Witch Song

L'auteur

Élevée sur un ranch au pied des montagnes, dans l'Utah, **Amber Argyle** a vécu entourée par la nature et les chevaux. Après une maîtrise de littérature, elle se consacre à sa passion, l'écriture. Après *Witch Song*, elle est l'auteur d'une autre trilogie, encore en cours, *Winter Queen*.

Amber Argyle

Witch Song

Traduit de l'anglais (États-Unis)
par Aldéric Gianoly

LUMEN

Pour Kent et Alice Argyle,
car vous êtes les premiers à m'avoir aimée,
plus que tous les autres et pour toujours

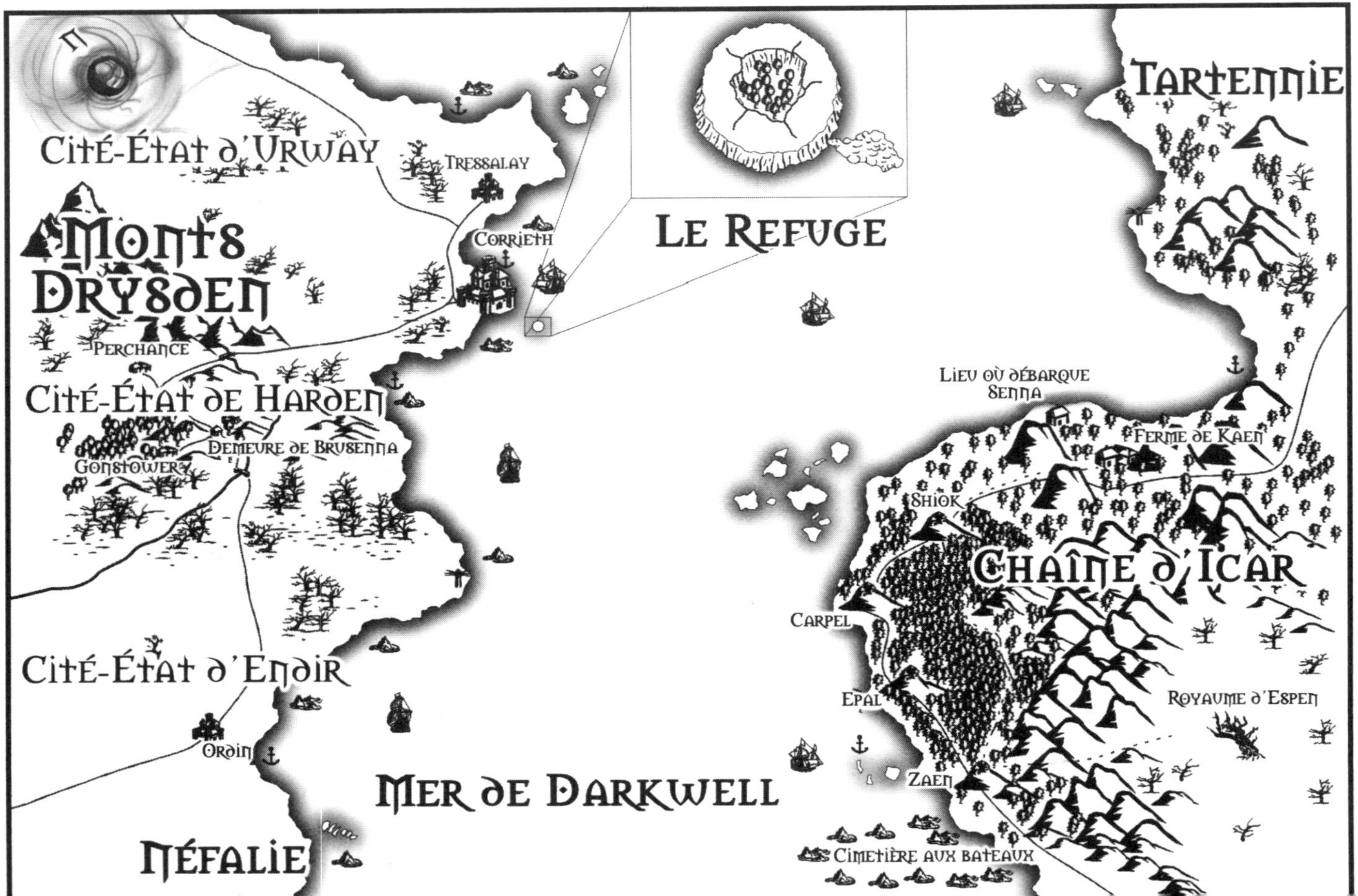
Cité-État d'Urway
Tressalay
Monts Drysden
Corrieth
Le Refuge
Tartennie
Perchance
Cité-État de Harden
Demeure de Brusenna
Gonstower
Lieu où débarque Senna
Ferme de Kaen
Shiok
Chaîne d'Icar
Carpel
Cité-État d'Endir
Epal
Royaume d'Espen
Ordin
Zaen
Mer de Darkwell
Néfalie
Cimetière aux bateaux

NÉE SORCIÈRE

Écrasée de chaleur, Brusenna secoua la tête. Il lui semblait que ses cheveux couleur de blé allaient bientôt prendre feu, tant la fournaise de l'été l'embrasait tout entière. Sa robe légère, détrempée de sueur, lui collait à la peau. Tous ses sens lui murmuraient de fuir la brûlure du soleil, comme autant de piqûres d'insecte sur sa peau. Mais impossible de reporter une fois de plus la corvée de marché.

Bommer, le marchand de tissus, finit d'emballer les quelques bobines de fil dans un épais papier brun avant de grincer d'un ton acerbe :

— Douze upices, petite !

Un prix extravagant, même en pleine sécheresse. Si elle avait été quelqu'un d'autre, Brusenna aurait pu le faire baisser de moitié. Certes, les villageois de Gonstower ne nourrissaient pour l'instant que de simples doutes sur sa véritable nature, mais c'était déjà bien assez. Impossible de négocier sans créer un esclandre. Elle déposa les piécettes dans la paume du marchand qui referma aussitôt les doigts dessus en veillant scrupuleusement à éviter tout contact avec la peau de la jeune fille. Brusenna se demandait quels mets délicieux l'avaient rendu si gras. Des plats sans doute aussi succulents que les gâteaux au miel de l'étal voisin, dont l'odeur entêtante collerait encore à ses vêtements longtemps après qu'elle aurait quitté le marché.

Tandis que le mercier acariâtre grommelait en comptant son argent, Brusenna serra ses achats contre sa poitrine et décampa en toute hâte. Elle n'avait pas fait cinq pas qu'une lourde paume s'abattait sur son épaule. Une vague de peur la submergea… Au village, personne n'osait jamais la toucher !

Elle tourna la tête, une grimace inquiète sur le visage. Le marchand la dominait de toute sa taille.

— On essaie de me rouler, l'envoûteuse ?

Soudain enveloppée par l'odeur rance du gros homme, elle dut réprimer un haut-le-cœur. Son esprit tournait à plein régime : elle était certaine d'avoir compté deux fois sa monnaie.

— Je vous ai donné douze upices, parvint-elle à articuler.

Il la força à se retourner, lui empoigna les deux bras et attira le frêle visage de sa cliente contre le sien. Elle tenta de reculer – l'énorme panse l'écrasait. Au loin, un bébé hurla.

— Tu crois peut-être que je ne sais pas compter ? gronda le marchand.

Brusenna voulut répondre, mais sa bouche refusait de lui obéir. Elle aurait dû se montrer plus prudente, patienter pendant qu'il comptait les pièces, mais elle n'avait pas su résister à une envie irrépressible de s'éclipser. Son tourmenteur, dont les ongles sales meurtrissaient les bras de la jeune fille, entreprit de la secouer avec vigueur. Elle ne put retenir ses paquets, qui s'écrasèrent au sol.

Le souffle court, le corps arc-bouté en arrière, elle se débattit de toutes ses forces pour se libérer.

— Je vous en prie, laissez-moi partir ! supplia-t-elle.

Il éclata de rire. Une lueur de plaisir dansait dans son regard bovin.

— N'y compte pas, petite. Pas cette fois ! Tu connais le sort réservé aux voleurs, ici ?

Le pilori, bien sûr. Brusenna sentit sa gorge se nouer : pitié, pas ça ! Pas un jour entier, entravée, à subir les railleries des villageois… Sans parler de ce qu'ils s'amusaient à déverser sur les condamnés – car les légumes avariés n'étaient qu'un début ! Du regard, elle quêta l'aide des badauds qui s'étaient massés pour assister à la scène, mais tous jusqu'au dernier arboraient un air ravi. Elle en voulut soudain férocement à sa mère de ne pas être venue affronter la foule avec elle par peur d'être reconnue.

— Je ne suis pas une voleuse, souffla-t-elle, bien consciente, d'avance, que personne ne l'écouterait.

— Tu me traites de menteur ? lui postillonna-t-il à la face, l'haleine chargée de tabac.

Il la gifla du revers de la main. Sous la violence du coup, elle vit un flash blanc, puis une pluie d'étoiles tourbillonna sur fond noir derrière ses paupières. Le goût du sang lui emplit la bouche, des larmes brûlantes lui montèrent aux yeux. Elle serra les dents pour museler la douleur, lutta pour ravaler ses sanglots.

Bommer la traîna jusqu'au centre de la place, où trônaient deux blocs de bois reliés par une charnière et percés de trois orifices : un pour le cou, deux pour les poignets. Tout autour, le sol était jonché de fruits et légumes pourris, de fumier et de pierres.

La vision de ce qui l'attendait aiguillonna Brusenna, qui se mit à se tortiller avec frénésie.

D'une main ferme, refermée comme une serre sur la nuque de la jeune fille, son bourreau la força à passer la tête dans le trou le plus large, au centre du dispositif. Lorsqu'elle tenta de reculer, il appuya plus fort. Elle ne pouvait plus respirer – le bois lui cisaillait la gorge. C'est alors qu'une voix féminine, douce et pourtant impérieuse, s'éleva dans le silence qui engluait la place :

— Si tu ne relâches pas cette enfant tout de suite, l'ami, ta cervelle ne s'en remettra jamais…

La jeune victime sentit Bommer s'immobiliser.

Malgré la poigne qui lui enserrait le cou, Brusenna parvint à se tourner vers celle qui venait de parler. Montée sur un cheval à la robe noir de jais, une femme pointait droit sur la tête du marchand le canon de son luxueux mousquet. Une légère brise soulevait sa chevelure claire, qui ondoyait comme la surface d'un champ de blés mûrs. L'inconnue riva des yeux couleur cobalt sur ceux, dorés, de Brusenna.

La jeune fille en resta sans voix. Qu'un villageois lui vienne en aide, elle l'avait bien espéré… Mais qu'une voyageuse fortunée, armée jusqu'aux dents, lui prête main-forte – voilà en revanche qui ressemblait à un véritable miracle !

— C… Comment ? bafouilla Bommer.

— Tu m'as très bien entendue ! répliqua la femme, avant d'armer son mousquet d'une main qui ne tremblait pas.

Le cliquetis de l'arme résonna dans le silence. Il y eut un moment de flottement où le marchand resta muet. Il hésitait, ne sachant sur quel pied danser. Mais la foule ne fit pas un mouvement. Privé de soutien, Bommer laissa échapper un grognement sourd avant d'administrer une dernière bourrade à sa proie et de la relâcher. Brusenna s'effondra, les deux mains plaquées sur le cou, en proie à une douloureuse quinte de toux.

Une fois les points lumineux qui dansaient devant ses yeux évanouis, elle releva la tête. La cavalière, qui l'observait, abaissa le canon de son arme. La colère allumait une lueur menaçante au fond de ses prunelles.

— Là d'où je viens, gronda-t-elle, on réclame la somme manquante avant d'accuser sa cliente de vol ! Surtout lorsque c'est une enfant.

Une enfant ? s'indigna Brusenna en se relevant. *Mon quinzième anniversaire n'est pourtant plus si loin !* Puis, du coin de l'œil, elle vit le shérif Tomack se frayer un chemin à travers l'assemblée. Toute fanfaronnade la quitta aussitôt. Elle tenta de trouver une ouverture dans la foule, mais la forêt de corps se referma autour d'elle, impénétrable. Des bras noueux la repoussèrent sans ménagement vers Bommer.

Elle tressaillit lorsque la patte velue du marchand vint une nouvelle fois se poser sur son épaule.

— Shérif, la gamine a voulu m'escroquer et cette... (Il s'interrompit, comme si un goût infect lui emplissait la bouche.) Cette intruse est venue s'en mêler !

— Ne te fatigue pas, Bommer, j'ai assisté à toute la scène. Alors, jeune fille... On cherche à faire des histoires ?

Le nouveau venu dévisageait l'accusée d'un œil impassible. Ses orteils fermement plantés dans la terre battue du marché, elle fit non de la tête, catégorique.

— Vraiment ? reprit-il. Dans ce cas, tu as le choix entre donner son upice à Bommer et passer la journée au pilori.

Une puissante colère embrasa la poitrine de Brusenna avant de s'éteindre, presque aussitôt, comme un feu de paille. Peu importait qu'elle ait déjà payé son dû à Bommer… Peu importait qu'il mente… Elle ne pouvait rien prouver et sa parole ne valait pas grand-chose aux yeux des villageois. Elle tira donc une upice de son escarcelle pour la tendre au marchand.

— Je ne veux pas de son argent ! glapit Bommer. Je veux qu'elle purge sa peine !

D'instinct, Brusenna porta la main à sa gorge meurtrie. D'un clignement de paupières, elle refoula les nouvelles larmes qui menaçaient de poindre au coin de ses yeux.

— Peut-on savoir pourquoi ? demanda Tomack.

— Tu le sais très bien ! renifla Bommer.

— Et… tu as des preuves de ce que tu avances ?

Le marchand cracha sur le sol.

— On n'en a pas besoin, nous autres. Sa véritable nature, on la connaît tous.

Même si personne n'avait prononcé le mot, il sembla à Brusenna l'entendre susurré à son oreille d'une voix sifflante : « Sorcière ! »

— La petite t'a-t-elle déjà volé par le passé ? s'enquit le shérif d'une voix prudente.

Irrité, Bommer prit une profonde inspiration avant de rétorquer d'un ton sec :

— Le choix de sa punition me revient de droit !

À ces mots, un autre cliquetis se fit entendre : d'un geste précis, la cavalière venait de relâcher le chien de son arme. Elle mit pied à terre pour s'avancer d'un pas résolu vers le malotru. La foule, mue par une peur mêlée d'émerveillement, s'ouvrit en deux devant elle. Sous les yeux incrédules de Brusenna, une petite pluie de monnaie aux reflets gris vint rebondir sur le torse du marchand pour aller ensuite s'éparpiller sur le sol. Pas deux ou trois vulgaires upices, non : une poignée entière de véritables pièces d'argent.

Aussi belle qu'effrayante, l'inconnue se campa fièrement devant Bommer.

— Ramasse ton paiement, marchand. Et si tu continues à persécuter cette jeune fille, jamais plus tu ne vendras une bobine de fil à qui que ce soit, tu peux me croire...

Le mercier cracha un filet de salive noire aux pieds de son interlocutrice.

— Qui es-tu pour me menacer de la sorte ?

— Tu tiens vraiment à le savoir ? répondit-elle, un sourire carnassier aux lèvres.

Furieux, il mâchonna sa chique quelques instant sans mot dire avant de reporter son regard assassin sur sa victime.

— Tu n'en vaux pas la peine, l'envoûteuse !

Il ramassa méticuleusement toutes les pièces jusqu'à la dernière, puis regagna son échoppe d'un pas lourd, le visage fermé.

Son souffre-douleur sentit une haine brûlante se refermer sur elle comme un étau. Contre Bommer d'abord, contre ses mensonges qui lui permettaient de maltraiter une innocente sans motif valable et d'empocher dix fois son dû au passage. Et contre cette foule qui lui vouait par principe une haine absolue. Mais l'issue aurait pu être bien pire – Brusenna aurait pu finir au pilori, et elle le savait. Un soulagement teinté d'amertume vint remplacer sa colère.

Il était plus que temps de rentrer, à présent. La rescapée tournait les talons pour disparaître dans la foule quand l'inconnue agrippa sa robe d'une main de fer.

Inutile de lutter, bien sûr. *Ça ne cessera donc jamais !* soupira Brusenna en étouffant un grognement. Le shérif adressa un petit hochement de tête à la cavalière avant de quitter les lieux.

La jeune fille balaya la place du marché d'un regard empreint de tristesse. La cohue avait fini par se disperser, mais les villageois continuaient de lui lancer de petits coups d'œil méfiants, lourds de mépris. La recrudescence de la sécheresse n'avait rien fait pour arranger la réputation de Brusenna, déjà bien entachée. Tous les tenaient, elle et sa mère, pour responsables de l'état déplorable de leurs récoltes. Leur unique tort ? Pratiquer la sorcellerie, ce qui faisait d'elles des parias.

Elle s'efforça de desserrer ses poings crispés, et ferma les yeux. Une brise fraîche vint caresser ses paumes moites. Elle se tourna timidement vers sa sauveuse, sans oser la regarder en face.

— Merci… murmura-t-elle.

— Pourquoi restes-tu la cliente de cet odieux personnage ? demanda la femme, la tête inclinée sur le côté.

Brusenna haussa les épaules.

— Les autres refusent de me vendre quoi que ce soit, expliqua-t-elle. Bommer, lui, a trop besoin d'argent pour m'envoyer sur les roses.

— Et t'en veut d'autant plus de faire partie de sa clientèle… conclut la cavalière, pensive, avant de relâcher la jeune fille. Comment t'appelles-tu, mon enfant ?

Sa voix semblait aussi douce et obsédante que le parfum des gâteaux au miel exposés sur l'étal du pâtissier.

— Je ne suis pas une enfant ! Je m'appelle Brusenna.

— Ah, la fille de Sacra ! s'exclama l'inconnue, apparemment soulagée. Je m'en doutais...

Comment peut-elle connaître mon nom ? Et celui de ma mère ? Les oreilles de la jeune fille se mirent à bourdonner sous l'effet d'une angoisse grandissante. Elle parvint malgré tout à rassembler ses achats. Sous ses doigts maladroits, l'épais papier brun, traîné sur le sol aride, se couvrit de terre. La cavalière s'accroupit à côté d'elle, ramassa le dernier paquet, l'épousseta, puis le lui tendit.

— Je m'appelle Coyel. Peux-tu me conduire à ta mère ?

Brusenna sursauta, aussitôt sur le qui-vive. Elle avait été élevée dans le respect de deux règles absolues. La première : ne jamais laisser personne vous entendre chanter. La deuxième : ne jamais montrer à quiconque le chemin de son foyer. Elle se racla la gorge :

— Merci infiniment pour votre aide. Mais je ne peux pas... Je n'ai pas le droit de...

Coyel haussa le sourcil et articula à voix basse, afin de ne pouvoir être entendue que de son interlocutrice :

— Je suis la doyenne des Gardiennes des Quatre Sœurs.

Déroutée, Brusenna cligna des yeux à plusieurs reprises. Ces propos semblaient receler un sens caché, mais elle avait beau se creuser la tête, impossible de comprendre lequel. Elle hésita un long moment avant de balbutier :

— Je suis fille unique. Ma sœur est morte avant ma naissance.

Au regard incrédule que lui jeta la cavalière, la jeune fille comprit qu'elle était passée complètement à côté de la question.

— Mène-moi jusque chez toi, petite, je dois parler à Sacra.

Laisser Coyel, qui lui avait évité le pilori, rencontrer sa mère lui semblait la moindre des choses… Encore un peu méfiante, Brusenna se mordit la lèvre. Elle épia une dernière fois la foule avec angoisse avant de hocher la tête et de s'engager dans la ruelle la plus proche.

Sitôt que le village eut disparu derrière les deux femmes, elles coupèrent à travers champs. De chaque côté, des collines en pente douce se couvraient d'une épaisse forêt touffue, tels des géants allongés sous une immense fourrure. En temps normal, tous les arbres auraient dû se parer de feuilles d'un vert profond, mais la sécheresse avait forcé les plus faibles à sauter une saison pour se vêtir d'or et de vermillon.

Brusenna brûlait de sentir la fraîcheur apaisante des frondaisons sur ses épaules. Elle se sentait nue loin de leur protection, à la merci du regard scrutateur des villageois hostiles. L'écho des sabots derrière elle – ceux de la monture de la femme aux yeux bleu glacé – n'arrangeait rien à son sentiment de vulnérabilité.

Près d'une lieue après avoir quitté la place du marché, Coyel attacha son cheval à un tronc d'arbre. Un peu plus loin, le chemin à emprunter était barré par des fourrés aussi denses et impénétrables qu'un véritable mur. Une mesure prise par Brusenna et sa mère afin de tenir les intrus à l'écart.

La jeune fille s'apprêtait à franchir la lisière de la forêt quand la cavalière plaça une main sur son épaule.

— C'est chez toi, ici. C'est à toi d'entonner le chant. À moins que tu ne préfères que je m'en charge ?

Brusenna écarquilla les yeux de surprise. *Cette femme est donc bien une sorcière, elle aussi ? Impossible !* Comment l'intruse – ni chétive, ni nerveuse, mais au contraire rayonnante, le port altier – pouvait-elle donc être des leurs ? Amusée par son air incrédule, Coyel haussa un sourcil.

— Au marché, vous saviez déjà ce que j'étais... Mais comment ?

— J'ai entendu un individu se réjouir qu'on mette enfin la sorcière au pilori, expliqua son aînée, qui coula vers le village un regard réprobateur.

Brusenna croisa les bras : tout s'éclaircissait. Qui d'autre qu'une sorcière aurait volé à son secours ?

Mais son hésitation n'était pas passée inaperçue.

— Qu'y a-t-il, tu n'en es pas capable ? demanda Coyel, une pointe de curiosité dans le regard, comme pour la mettre au défi.

La jeune fille était bien sûr capable de fredonner l'incantation toute simple qui permettait de dégager la route : elle le faisait depuis des années. Pourtant elle se tâtait. Chanter en présence d'une inconnue contrevenait à tous les principes qu'on lui avait inculqués. Sans compter qu'elle hésitait à s'exécuter devant une sorcière expérimentée – l'incarnation, en quelque sorte, de tout ce qu'elle-même n'était pas !

Avant de pouvoir changer d'avis, Brusenna se redressa de toute sa hauteur et entonna le sort :

Ô plantes de la forêt, ouvrez-moi la voie,
Que sur ce sentier, je poursuive ma fuite.
Après mon passage, refermez-la vite,
Que mes ennemis ne puissent venir à moi.

Un infime frisson sembla d'abord secouer le sous-bois. L'enchevêtrement de végétation s'écarta petit à petit et les branches broussailleuses se démêlèrent comme sous les dents d'un peigne. Brusenna, suivie de Coyel, s'engagea sur le chemin sans cesser de fredonner. Derrière elles, les buissons reprirent leur aspect d'origine et s'entortillèrent de plus belle pour former une redoutable barrière qui s'élevait jusqu'à hauteur de poitrine.

Le chant leur permit de traverser sans la moindre difficulté une forêt quasi infranchissable le reste du temps. Une fois parvenue à destination, la jeune fille fit un pas de côté pour offrir à son aînée un aperçu de la demeure. Si la sécheresse donnait à la campagne environnante un aspect poussiéreux, presque fragile, chez elle, en revanche, le potager paraissait luxuriant, la demeure et la grange parfaitement entretenues. Une vache, paisible, ruminait sous un arbre. Mue par un sentiment de profonde fierté, Brusenna épia la réaction de son invitée.

Coyel balaya l'opulence du jardin du regard sans paraître le moins du monde impressionnée, comme si elle s'était attendue à pareil spectacle. Bien sûr, il n'y avait sans doute là rien d'étonnant pour une sorcière aguerrie.

La bouche soudain sèche, sa jeune guide aurait voulu lui demander la raison de sa venue mais n'osa pas rompre le silence. La question qu'elle ne parvenait pas à formuler à voix haute rugissait dans son esprit : *Que nous voulez-vous donc ?*

Tapi dans l'ombre de la maison, Bruke, l'énorme chien de chasse de Brusenna, les remarqua soudain. Les poils de l'échine hérissés, il bondit à leur rencontre. Après avoir trouvé, un matin, leur vieux cheval de trait abattu par une main malveillante, la petite famille avait préféré faire l'acquisition d'un molosse pour garder son foyer. Méfiant, l'animal interrogea du regard sa maîtresse, qui comprit soudain à quel point la présence de la visiteuse sortait de l'ordinaire pour les siens.

Soudain pressée de justifier sa décision, d'expliquer pourquoi elle avait enfreint la règle et laissé une inconnue pénétrer chez elle, Brusenna s'élança sur le chemin de terre.

— Au pied, Bruke !

Un œil menaçant toujours rivé sur l'intruse, l'animal se posta à côté de la jeune fille, qui ouvrit à la volée la porte de la maisonnette.

— Mère ! appela-t-elle.

D'une main tremblante, elle repoussa quelques mèches blondes de son front en sueur. La tête de Sacra émergea de la trappe du cellier, qui s'ouvrait dans le plancher :

— Qu'y a-t-il ?

— J'ai rencontré au marché une certaine…

— Coyel, termina à cet instant précis l'invitée, qui s'était plantée derrière Brusenna.

Un lourd silence s'installa, et les deux femmes échangèrent un très long regard. Une tension pesante, qui donnait la chair de poule à la jeune sorcière, s'était emparée de la pièce. L'intruse finit par franchir le seuil d'un pas délibéré. Du plus loin que Brusenna s'en souvienne, personne d'autre qu'elle ou sa mère ne l'avait jamais fait.

— Il y a bien longtemps que je ne t'avais pas vue, Sacra.

Le regard effaré de la jeune fille passa d'une silhouette plongée dans la pénombre à l'autre qui s'encadrait dans la porte. Elle qui croyait avoir affaire à une inconnue cherchant à rencontrer sa mère, pourquoi pas, mais la connaître, c'était encore autre chose ! En quatorze ans, Brusenna n'avait jamais vu Sacra adresser la parole à quiconque, à l'exception de quelques très rares villageois – de jeunes fauteurs de troubles mis au défi par leurs camarade d'aller tuer l'une des têtes de bétail des deux sorcières, par exemple.

Sacra sortit du cellier, dont elle referma la trappe avec tant de précautions qu'on l'aurait crue en verre. Sa forme svelte se redressa lentement.

— Laisse les courses sur la table et va voir si le maïs se porte bien, Brusenna.

Choquée et incrédule, la jeune fille, qui se sentait soudain étouffer, parvint tout de même à articuler :

— Mais… Mère !

Le regard noir de sa génitrice lui fit ravaler sa protestation. Brusenna abandonna ses paquets sur la table et s'éclipsa, son chien sur les talons. S'éloignant à pas mesurés, elle attendit d'avoir dépassé l'angle de la maison pour jeter un coup d'œil derrière elle : la voie était libre.

— Reste ici, Bruke, souffla-t-elle.

L'animal s'assit avec un gémissement déçu. Pliée en deux, elle revint sur ses pas. Accroupie près de la porte, elle prit le temps de savourer la douce caresse de l'herbe fraîche contre ses paumes et la chaleur du soleil dans son dos. Mais aucun son ne lui parvenait. Elle patienta jusqu'à ce que ses genoux lui fassent mal. Elle était sur le point de risquer un coup d'œil par la fenêtre quand la voix calme et réservée de sa mère l'interrompit.

— Qu'est-ce qui t'amène, Coyel ?

— Je suis là parce que les Gardiennes ont besoin de toi. Nous ne sommes plus très nombreuses et les signes de la Sorcière Noire se multiplient un peu plus chaque jour. Il nous faut reconstituer le Cercle des Gardiennes pour pouvoir la capturer à nouveau. Nous devons mettre un terme à cette terrible sécheresse…

Brusenna écarquilla les yeux. Jamais il ne lui était venu à l'esprit que Sacra ait pu avoir une autre vie avant de devenir sa mère. Rassemblant tout son courage, la jeune fille glissa un regard à la croisée.

— Qualifier Espen de « Sorcière Noire » ne fait qu'accroître son pouvoir sur nous toutes, rétorqua Sacra, les yeux toujours rivés au sol. Trouvez-vous une autre Huitième.

Coyel pinça les lèvres.

— Les autres ne sont plus.

Brusenna vit sa mère relever lentement la tête avec, sur le visage, une expression d'incrédulité absolue, mais aussi de surprise… et de peur. Un temps, et puis :

— J'ai une fille, tu le sais. Toi, tu n'as personne.

— Les ignorants nous appellent « sorcières », répliqua Coyel, le doigt pointé vers Gonstower. Mais, il y a bien longtemps, pour les Créatrices, nous étions les Gardiennes. Et c'est toujours ce que nous sommes. Les

Gardiennes des Quatre Sœurs : la Terre, la Végétation, l'Eau et la Lumière. Tu en fais partie et tu sens toi aussi que toutes souffrent en ce moment. Si nous n'agissons pas maintenant, il sera trop tard !

— Je ne viendrai pas, trancha Sacra, inflexible.

— Tu sais ce que la Sorcière Noire fera si elle triomphe ? s'emporta son interlocutrice. Ta fille est née sorcière. Pire, elle est l'enfant de l'ancienne Maîtresse de la Terre. Quand je pense qu'elle ne connaît même pas nos signes de reconnaissance, j'en frémis !

Sacra lui tourna le dos. Le regard vague, perdu dans la forêt, elle expliqua :

— Moins Brusenna en sait, plus elle est en sécurité.

— En sécurité ? cracha la visiteuse. Tu ne lui as même pas appris à se protéger ! Elle est terrifiée par de vulgaires… villageois. (Son intonation rappelait celle de la mère de Brusenna lorsqu'elle surprenait des rats dans leurs récoltes.) À ton avis, quelles sont ses chances, si Espen la trouve ?

Elle s'avança pour poser une main réconfortante sur l'épaule de Sacra, qui s'était pris la tête entre les mains en gémissant, avant de poursuivre :

— Je l'ai entendue. Lorsque son initiation sera complétée, je ne doute pas qu'elle atteigne au moins le Niveau Quatre. Mais, pour le moment, elle manque un peu de maturité. Et je ne parle pas que de son chant. La tenir à l'écart du monde n'arrangera rien… Elle a besoin de côtoyer des Gardiennes de son âge, et d'apprendre !

La honte embrasa les joues de la jeune fille. Coyel disait sans doute vrai : chaque fois que Brusenna se retrouvait en présence d'inconnus, elle avait aussitôt la bouche sèche et l'impression que des serpents grouillaient dans son estomac.

De l'autre côté de la fenêtre, Sacra avait tressailli à ces mots, comme si la paume de Coyel la brûlait soudain.

— C'est non ! rétorqua-t-elle. Espen ne la trouvera jamais, j'ai pris toutes les précautions nécessaires. Gonstower est un village isolé, personne ne sait que je suis ici. Et j'ai quelques amis sur lesquels je peux compter.

Des amis ? Dans sa tête, Brusenna passa en revue les visages des villageois que sa mise au pilori aurait remplis de ravissement. *Quels amis ?*

Chez Coyel, la douceur le céda à une colère mêlée d'incompréhension.

— Voyons, je t'ai bien trouvée, moi ! Et si tu crois que ces rustres tairont leurs soupçons, tu te trompes. Ils la dénonceront avec le plus grand des plaisirs. Ils sont bien trop bêtes pour comprendre que les Gardiennes qu'ils détestent constituent le dernier rempart entre eux et...

— J'ai dit non, c'est non ! cria Sacra. (Brusenna sursauta. Elle n'avait jamais entendu sa mère s'emporter.) Sors d'ici !

Coyel recula d'un pas. Comme si elle brûlait d'ajouter d'autres arguments afin d'entamer la résistance de sa vieille amie, ses lèvres s'ouvrirent et se refermèrent à plusieurs reprises, mais elle finit par baisser la tête. Au bout d'un instant, son regard plein d'espoir croisa celui, incandescent, de son hôte.

— Nous nous réunissons au Refuge. Je t'attendrai trois jours au village. Je t'en prie, Sacra. Sans toi, nous ne nous en sortirons pas !

La conversation se terminait. Brusenna n'osa pas tenter le diable : elle fila à toutes jambes de l'autre côté de la maison, où elle s'aplatit contre un mur.

— Je t'en supplie… répéta Coyel.

La jeune fille n'entendit ensuite qu'un léger bruit de pas, qui s'estompa rapidement. Elle sentait à peine la truffe humide de Bruke contre sa main. Elle tenta de reprendre son souffle tandis qu'une ribambelle de noms inconnus tourbillonnait dans sa tête : Cercle des Gardiennes, Niveau Quatre, Sorcière Noire… Comment sa mère aurait-elle pu comprendre de quoi il retournait ? Impossible ! Elle vivait là depuis toujours, n'est-ce pas ?

D'ombre et d'argent

Un craquement résonna dans l'escalier. Quelques secondes plus tard, la porte de la cuisine grinça avant de claquer contre le chambranle. Brusenna, qui n'avait pas fermé l'œil de la soirée, s'approcha de sa fenêtre à pas de loup…

Sacra progressait dans le champ de maïs comme dans une mare dont l'eau lui arriverait à la taille. Au clair de lune, qui habillait toute la scène d'ombre et d'argent, ses paumes semblaient glisser à la surface des épis. Le vent apporta aux oreilles de la jeune fille un chant de sorcière ténu. Brusenna regarda sa mère s'approcher de la lisière des arbres et disparaître dans l'immense forêt, puis, sans réfléchir, décrocha sa pèlerine et la jeta sur ses frêles épaules.

Elle ordonna à son chien de garder la maisonnette, s'assura prudemment que Sacra n'avait pas rebroussé chemin entre-temps, et s'élança à son tour vers l'orée du bois. L'adolescente progressa d'ombre en ombre, jusqu'à percevoir la mélopée plus distinctement. Des notes pures, cristallines, enchanteresses. Elle ferma les yeux et se concentra sur les mots que seule une sorcière pouvait comprendre. Des paroles entonnées dans la langue des Créatrices, un langage qui transpirait l'autorité. Des phrases portées par un équilibre subtil entre rythme et mélodie.

S'orientant à l'oreille, Brusenna s'approcha de la première rangée de troncs. Elle glissa un œil dans la pénombre mouchetée de lumière. Le vent souleva sa robe de coton, qu'il plaqua contre elle avant de s'y engouffrer pour la faire tourbillonner. Baignée d'une lueur lunaire qui parait sa peau de reflets argentés, la jeune fille frissonna sous la caresse fraîche de la brise.

Les dents serrées, elle empoigna le bas de sa jupe d'une main frémissante et s'enfonça dans l'obscurité. Elle avait depuis longtemps cessé de compter ses égratignures et le nombre de fois où elle avait trébuché quand – surprise ! – le sentier s'élargit soudain devant elle. Un pas encore, et elle débouchait dans une clairière qui dessinait un cercle parfait. Elle s'arrêta sur-le-champ pour se couler derrière un arbre majestueux afin d'observer une scène qui la laissa sans voix.

Plantée au centre de la trouée, sa mère, les bras en croix, psalmodiait une incantation d'un ton impérieux.

Emporte-moi, ô vent, car sur toi je m'appuie,
Afin que mes paroles s'élèvent dans la nuit.

Tout autour de Sacra, les arbres tournoyèrent, comme pris dans le souffle d'une tornade. Le visage levé vers le ciel, la sorcière répéta une ultime fois son chant – sa voix somptueuse était bouleversante à entendre. Une bourrasque l'arracha au sol et fit danser sa chevelure.

Ô vent, jusqu'au Refuge porte mon chant,
Que les Gardiennes l'entendent à l'instant.
Dis-moi combien d'entre elles vivent encore,
Sur qui la Sorcière Noire a-t-elle jeté son sort ?

Une rafale vint envelopper ces mots et les emporta dans un grand rugissement. Tandis que ses paroles filaient dans les airs, Sacra, toujours soutenue par le vent, reprit contact avec le sol en douceur. Elle ne quitta pas le firmament des yeux, comme si elle attendait une réponse à sa supplique.

Tout au long de sa vie, Brusenna l'avait entendue chanter. Mais jamais avec une telle puissance. Parcourue de frissons, la jeune fille s'assit et ramena sa pèlerine autour de ses genoux. Elle contempla un moment l'idée d'aller affronter sa mère, mais la colère la retint. Trop de secrets les séparaient. Elle avait été tenue à l'écart de trop de vérités, et elle avait la ferme intention d'en découvrir la raison.

Un long moment s'écoula. Le silence était si parfait que Brusenna sursauta au son d'une nouvelle mélopée, à peine perceptible : un écho lointain aux accents inquiétants.

Seules restent huit sorcières,
Les autres ont été mises aux fers.

— Coyel disait donc vrai ! chuchota Sacra, la tête baissée.

Sa fille étira des jambes ankylosées par le froid et massa sa hanche engourdie. Elle patienta plusieurs minutes, mais l'invocatrice, parfaitement immobile, ne semblait pas disposée à partir.

Craignant d'être déjà restée trop longtemps, Brusenna se leva et recula d'un pas. Elle se pétrifia quand une brindille craqua sous son poids. Le regard de sa mère se posa aussitôt sur l'arbre qui lui servait de cachette. L'adolescente retint son souffle. Le sang lui martelait les tempes. Après ce qui sembla une éternité, Sacra se replongea dans sa contemplation du ciel nocturne.

Brusenna laissa échapper un soupir discret avant de rebrousser chemin à pas furtifs. Lorsqu'elle déboucha dans le champ de maïs, la position de la lune lui révéla combien de temps elle avait passé dans la forêt. Une nouvelle série de notes, légères, à peine perceptibles, la firent se retourner, mais elle renonça à faire demi-tour, de peur d'être surprise à espionner.

Les yeux lourds de fatigue et les membres tout engourdis, elle gravit tant bien que mal les marches qui menaient à sa chambre, puis s'effondra sur son lit.

L'instant d'après, le point du jour se montrait déjà derrière les rideaux. Brusenna repoussa sa couverture et dévala l'escalier à toute vitesse. Au rez-de-chaussée, comme chaque matin, sa mère préparait le petit-déjeuner en souriant. Combien de secrets encore dissimulait ce sourire de façade ?

— Il va falloir commencer à ramasser les légumes. Le gel sera précoce cette année, déclara Sacra, qui lui servit un bol de gruau.

Brusenna se laissa tomber sur sa chaise. Aveuglée par la lumière de l'aube, elle se croyait en plein rêve. Seules les égratignures qui zébraient ses tibias lui affirmaient le contraire. La certitude que les événements de la nuit avaient bien eu lieu lui fit perdre ses moyens. En temps normal, elle aurait simplement demandé des explications à sa mère. Elles n'avaient aucun secret l'une pour l'autre… Du moins était-ce ce qu'elle croyait jusqu'à ce que Coyel surgisse et fasse voler en éclats toutes ses certitudes.

Brusenna leva la tête. Sa mère fixait le gruau d'avoine comme s'il recelait les réponses à ses problèmes.

— Mère ?

Sacra releva brusquement la tête. Une lueur sombre dansait dans ses yeux. Brusenna se recroquevilla. Des changements qui la dépassaient s'opéraient.

— Que se passe-t-il, mère ?

— Pourquoi m'as-tu suivie cette nuit ? demanda Sacra sans la regarder.

La jeune fille eut l'impression qu'on lui comprimait la poitrine. Elle frotta ses pieds calleux contre le plancher usé.

— Tu savais ?

— Oui, Brusenna, reconnut-elle avec un petit rire. Je savais que tu m'observais.

— Pourquoi n'as-tu rien dit ?

— J'aurais fait pareil à ta place, admit-elle après avoir haussé les épaules. Ce que tu as entendu, c'était le Chant de l'appel. Il doit être chanté au cœur du Cercle de Pouvoir, une clairière circulaire bordée de hauts arbres. Il faut au moins huit sorcières pour entonner le plus puissant des chants… un chant capable de mettre un terme à la sécheresse. Elles se réunissent au Refuge, mais ne sont pas assez nombreuses.

— Pour combattre la Sorcière Noire ? laissa échapper Brusenna avant de plaquer aussitôt une main sur sa bouche. Sacra parut surprise.

— Mais comment… (Son regard se fit plus perçant.) Tu as écouté ma conversation avec Coyel, n'est-ce pas ? (Elle ferma les yeux et ses pattes-d'oie se creusèrent.) J'aurais préféré que tu n'entendes jamais parler d'Espen.

Elle s'agrippa à la table comme pour éviter de tomber, mais reprit d'un ton étonnamment posé :

— Oui, Brusenna. Nous nous apprêtons à la combattre. Mais nous sommes huit et elle est seule. Tu n'as aucune raison de t'inquiéter.

— Qu'a-t-elle fait ? demanda la jeune femme d'une voix prudente.

Sacra sembla se crisper davantage. Les tendons saillirent sur le dos de ses mains.

— C'est une meurtrière ! Nous aurions dû l'arrêter il y a bien longtemps déjà.

— Qui…

— Je ne veux plus entendre parler d'elle !

Brusenna recula comme si sa mère venait de la gifler. Elle ne l'avait jamais vue dans une telle colère. Elle comprit alors qu'une affaire personnelle la liait à la Sorcière Noire. Soucieuse, Sacra se pinça l'arête du nez.

— Peut-être Coyel avait-elle raison. J'aurais sans doute dû assurer ta formation, mais jamais je n'aurais imaginé qu'on en arriverait là. Peut-être… Oui, j'aurais peut-être dû m'y prendre autrement. Mais après la mort de ta sœur et de ton père… Je devais te protéger. Rien n'avait plus d'importance que ta sécurité. (Elle prit une profonde inspiration.) Il y a certaines choses qu'il faut que tu saches avant mon départ.

Brusenna se figea, soudain aussi immobile qu'une souche.

— Ton départ ?

Sa mère sembla ne pas l'entendre. Elle se hissa sur la pointe des pieds pour attraper un pot en étain sur l'étagère. Elle versa les haricots qu'il contenait dans une boîte vide où ils rebondirent avec fracas, tels de gros grêlons. Lorsqu'elle eut transféré la moitié des graines, elle plongea la main dans le pot pour en sortir un petit carnet bleu tout écorné.

— Je l'ai écrit au cas où… (Elle soupira.) Tout ce que j'aurais dû t'apprendre est consigné dans ce journal. Lis-le. Étudie-le. Garde-le toujours avec toi. Et n'oublie pas d'entraîner ta voix. Une sorcière qui ne sait pas chanter n'est pas une sorcière.

Brusenna tendit le bras pour prendre à son tour appui sur la table.

— Quand pars-tu ?

Sacra sembla chercher quelque chose dans le regard de sa fille.

— Après-demain.

Brusenna porta une main à sa bouche.

— Et tu rentres quand ?

— Je n'en sais rien, répondit Sacra.

Envoûteuse

Une main froide posée sur sa joue tira Brusenna du sommeil. Sa mère, chaudement vêtue, dégageait une agréable odeur. Elle tenait à la main un papier plié en quatre.

— Si quelque chose de… grave se produit, je veux que tu lises cette lettre et que tu obéisses aux instructions qu'elle renferme. D'accord ?

Brusenna acquiesça. Un froid glacial s'immisça sous ses vêtements dès qu'elle quitta la chaleur de ses couvertures pour suivre sa mère. Une fois dans sa chambre, la femme glissa la lettre dans une boîte qui, outre de l'argent, contenait l'alliance de son défunt mari. Un mauvais pressentiment s'empara de Brusenna, qui s'immobilisa, tétanisée par l'effroi.

— Je sais que tu penses que je t'abandonne, mais c'est faux. J'ai demandé au shérif Tomack de veiller sur toi. C'est un homme bien. Je le connais depuis des années.

L'intervention de Tomack la veille, au marché, prit soudain un tout autre relief.

— Il fait partie de ces amis dont tu as parlé à Coyel ?

— Oui, et ils sont rares. (Sacra s'engagea dans l'escalier.) J'aimerais te montrer autre chose.

Agenouillée devant le four, la femme tira sur une des briques d'angle, qui céda facilement. Brusenna resta sans voix devant le miroitement doré qu'elle découvrit. Elle vint se placer à côté de sa mère et tendit la main vers une des pièces tièdes qu'elle débarrassa de sa suie. C'était la première fois de sa vie qu'elle tenait une pièce d'or dans sa paume. Rien à voir avec le vulgaire métal dont étaient faites les upices !

— Où les as-tu eues ?

Elle se sentait à la fois blessée et trahie. Combien de mensonges sa mère lui avait-elle dits ? Sacra lui prit la pièce des mains et la replaça sous la brique.

— Il y en a d'autres dans la cheminée et sous le foin dans la grange. (Elle croisa le regard accusateur de sa fille.) J'avais mes raisons pour ne pas t'en parler plus tôt. Je compte sur toi pour ne pas dépenser…

— Et pourquoi pas ? explosa Brusenna. Au moins, je pourrais porter des chaussures toute l'année, de nouveaux vêtements et toutes ces choses que j'ai toujours voulues !

— À ton avis, quelle serait la réaction des villageois s'ils apprenaient que nous possédons des objets de valeur ? (Sacra, dont les yeux se voilèrent, dut détourner la tête.) Et ce n'est pas la seule raison. Mais je garderai les autres pour moi. Crois-moi, Brusenna : tout ce que j'ai fait, je l'ai fait uniquement pour te protéger. Ne prends cet or que si tu dois fuir. Pas avant. C'est compris ? (Brusenna refusa de croiser le regard de sa mère.) Brusenna ? insista Sacra sur le ton de la réprimande.

— Oui, j'ai compris, répliqua froidement la jeune fille.

Une bûche crépita dans la cheminée et Brusenna sursauta. Sacra se releva sans s'attarder.

— Je dois partir, maintenant. Je t'expliquerai tout à mon retour. (Elle glissa un bonnet de laine sur ses cheveux châtain et déposa un baiser sur la joue de sa fille.) Fais bien attention à toi.

Elle se détourna en hâte, mais tout de même pas assez vite pour dissimuler le scintillement des larmes dans ses yeux. La jeune fille eut envie de hurler : « Non ! Arrête ! Ne me laisse pas ! » Mais les mots refusèrent de sortir. La joue encore tiède du baiser de sa mère, Brusenna l'observa traverser le champ au pas de course, laissant derrière elle des empreintes sombres dans le givre. Elle disparut ensuite dans la forêt, comme avalée par les arbres.

La jeune sorcière resta plantée dans l'embrasure jusqu'à ce la chair de poule l'eût recouverte de la tête aux pieds. Elle était incapable de refermer la porte. Ce geste rendrait réels le départ de sa mère et sa propre solitude.

D'un autre côté, elle ne pouvait pas la laisser ouverte pour toujours. Avec un frisson qui la glaça jusqu'aux os, elle repoussa le pan de bois. De chaudes larmes ruisselaient le long de ses joues.

*

Brusenna s'empara du pot à sel qui reposait sur l'étagère. Elle l'ouvrit et observa la fine poussière qui en couvrait le fond : son cœur flancha. Il lui fallait du sel. Et le seul moyen de s'en procurer, c'était de se rendre en ville. Ravalant la bile qui lui montait aux lèvres, elle abaissa les yeux vers Bruke.

— Je n'ai pas le choix. Il faut que j'y aille.

Elle enfila sa robe longue la moins miteuse, puis pénétra dans la chambre de sa mère. Difficile de croire qu'elle était partie à peine trois semaines plus tôt. Le temps avait semblé à la jeune fille plus long. Beaucoup plus long. Elle avait fêté son quinzième anniversaire seule. Tous les jours, du matin au soir, elle faisait sécher le produit des récoltes ou bien le mettait dans des bocaux : un travail harassant.

Elle ôta le couvercle de la tirelire et ne put s'empêcher de laisser ses doigts glisser sur l'alliance de son père. Qu'aurait été sa vie avec Rend à leurs côtés ? Et avec Arel, sa sœur ? Elle examina les bords de la lettre que sa mère lui avait confiée. Elle eut soudain envie de la jeter au feu, mais retint son geste en tremblant. Elle dénoua les cordons d'une petite pochette en tissu et laissa tomber quelques upices dans sa paume. Son regard s'attarda sur les pièces ternes, usées.

— Par les Créatrices, j'en ai assez ! jura-t-elle, les poings serrés si fort que les pièces y laissèrent leur empreinte circulaire.

Elle remit les upices dans la boîte avant de quitter la chambre de sa mère d'un pas résolu. Elle s'agenouilla devant la cheminée, le cœur battant à tout rompre. Son accès de courage, éphémère, menaçait déjà de l'abandonner.

— Des mensonges ! Toute ma vie, elle ne m'a raconté que des mensonges !

Reprenant le contrôle de ses poings crispés, elle délogea la brique d'angle, s'empara d'une des pièces scintillantes, frappées de l'effigie d'un héros de guerre disparu depuis longtemps, et la glissa dans sa poche.

— On verra si Bommer me traite toujours de voleuse ! s'encouragea-t-elle.

Arrivée devant les premiers arbres, elle entonna le chant destiné à lui ouvrir un chemin et à rendre à la fois impénétrable le reste de la forêt.

Ô plantes de la forêt, ouvrez-moi la voie,
Que sur ce sentier, je poursuive ma fuite.
Après mon passage, refermez-la vite,
Que mes ennemis ne puissent venir à moi.

Elle commença à s'enfoncer dans les bois et prit peu à peu conscience de ses actes. Pour la première fois, elle désobéissait à sa mère de façon délibérée. Une petite voix lui intimait de faire demi-tour, mais impossible : son envie de poursuivre était trop forte.

Quand elle déboucha sur la route qui menait au village, elle se rendit compte que Bruke ne l'avait pas quittée d'une semelle. Elle soupira. Lui aussi se sentait seul.

— Reste ici, lui ordonna-t-elle.

Elle détestait se séparer de lui, de sa protection, mais même un chien ne ferait pas le poids face à un mousquet. Sans parler de la réaction des individus confrontés en plein marché à un molosse de la taille d'un poulain. En compagnie d'une sorcière, qui plus est. Elle avait retenu une chose de son altercation avec Bommer : les villageois n'hésiteraient pas à mentir pour la maltraiter.

Manifestement, Bruke n'approuvait pas la décision de sa maîtresse mais, dressé depuis toujours à la protéger et à lui obéir, il s'exécuta et s'assit à l'ombre d'un arbuste.

Hors de la forêt, la chaleur était insoutenable. De la sueur se mit à perler sur le front de Brusenna, et elle l'essuya d'un revers de la main. Le climat devenait incompréhensible. Comment le gel avait-il pu frapper si tôt et si fort avant de céder la place à un soleil de plomb ? Sans parler des trois années de sécheresse. La jeune fille soupira. Tant de choses dans sa vie étaient sens dessus dessous, alors pourquoi pas le temps ?

Le village se dressait devant elle, immonde pustule qui déformait la croûte terrestre. Elle coinça ses mèches blondes derrière ses oreilles et prit une profonde inspiration avant de s'y engager. Sous l'œil inquisiteur des habitants, elle se dirigea vers la place du marché, jusqu'à la boutique de Bommer. Les volets, de guingois sur leurs gonds rongés par la rouille, laissaient apercevoir des étagères décolorées autrefois couvertes de marchandises mais à présent complètement vides.

La jeune fille recula, chancelante, comme si le fantôme de Bommer avait surgi en hurlant. Coyel avait-elle mis sa menace à exécution malgré la volte-face du marchand ?

La gorge nouée, Brusenna se tourna vers l'échoppe voisine. Le tenancier la gratifia d'une moue dégoûtée. Elle baissa les yeux. Les joues rougies par la honte, elle s'adressa à un autre marchand, un peu plus loin.

— Hors de ma vue, sorcière ! croassa l'homme.

Un filet de sueur glacée ruissela dans son dos. Tout son courage l'avait abandonnée. Résignée, elle releva la tête. Un jeune inconnu lui adressait un sourire à la blancheur immaculée. Elle n'avait jamais vu des dents aussi parfaites.

— Qu'est-ce qui vous ferait plaisir, mademoiselle ?

Mademoiselle ? Surprise, Brusenna regarda derrière elle. Pas âme qui vive en vue. L'avait-il vraiment appelée

« mademoiselle » ? Les yeux rivés sur lui, elle intimait à sa langue de lui obéir, de dire quelque chose d'à la fois drôle et amical.

— Du sel, éructa-t-elle.

Il la scruta de la tête aux pieds.

— Que diriez-vous d'essayer une vraie robe de femme ? (Il lui montra un rouleau de tissu d'un bleu azur magnifique.) Cette couleur se marierait parfaitement avec la blondeur de vos cheveux et… (Il se pencha pour croiser le regard qu'elle dissimulait sous ses paupières baissées.) L'or de vos yeux. Celui des blés mûrs, avec une pointe de vert. Hmm…

Elle sentit ses joues s'embraser de plus belle.

— Non. Juste du sel.

Il laissa échapper un petit rire.

— Du sel, oui bien sûr. Mais une femme aussi belle que vous se doit de porter une jolie robe, insista-t-il, déroulant son tissu.

Personne ne lui avait jamais fait un tel compliment. Elle pensa à la pièce d'or scintillante qu'elle avait glissée dans sa poche : elle suffirait amplement à payer le sel et le tissu. Sacra ne remarquerait jamais son absence, pas avec toutes celles qui dormaient encore dans la cheminée. Quel mal y aurait-il à dépenser une seule de ces pièces ?

Il attendait sa réponse. Soudain prise d'audace, elle hocha la tête. Puis, fascinée, elle l'observa couper l'étoffe. Lorsqu'il eut terminé, il la lui tendit. Leurs mains se touchèrent et, plutôt que de reculer avec dégoût, le marchand laissa le contact se prolonger. Brusenna en fut abasourdie. Personne – absolument personne – ne la touchait jamais ! Sauf pour lui faire du mal. Dans un état second, elle lui remit la pièce qu'il examina avec révérence. Un sourire illumina son visage, souligna les petites rides qui encadraient ses yeux bleu pâle.

— Je m'appelle Wardof. C'est la première fois que je vous vois au village. Où habitez-vous ?

Surprise par sa propre réaction, Brusenna osa croiser son regard.

— Dans la forêt.

Le marchand encaissa son dû et rendit quelques pièces à la jeune fille.

— On peut dire que votre époux a de la chance.

— Oh, je ne suis pas mariée ! s'empressa-t-elle de répondre, flattée qu'il la vieillisse de quelques années. Je vis avec ma mère, ajouta-t-elle, empochant sa monnaie.

— Ah, peut-être aurait-elle envie de quelque chose ? proposa-t-il, un geste vers ses étalages fournis.

Le doute s'immisça en Brusenna. Il ne pouvait ignorer sa vraie nature, les autres marchands n'auraient pas manqué de l'en informer. Alors pourquoi tant de gentillesse ? Et surtout de questions ?

— Non, répondit-elle, soudain prudente.

— Je vois. Et si je vous offrais l'article de votre choix, pour votre mère ?

La jeune fille enfouit ses orteils dans le sol poussiéreux. Était-ce par paranoïa qu'elle se méfiait de toute marque de gentillesse ?

— Quand elle rentrera, peut-être.

— Oh ! Bien sûr. Quand elle rentrera de…

Brusenna regretta aussitôt ses paroles et détourna le regard. *Quand elle rentrera de son combat contre la Sorcière Noire*, pensa-t-elle. *Si toutefois elle revient un jour…* Elle eut soudain la sensation que le tissu soyeux n'était pas à sa place entre ses doigts calleux.

Wardof eut un petit rire décontracté.

— Peu importe. Dès son retour, dites-lui de passer prendre ce qu'elle veut.

Brusenna lui adressa un sourire timide avant de tourner les talons. Il lui saisit la main.

— Attendez ! Vous oubliez quelque chose. (Il déposa délicatement un sachet de sel dans la paume de la jeune fille.) Tenez, dit-il sans la relâcher ni la quitter des yeux.

De sa main libre, il fouilla sous son comptoir d'où il tira un collier. Au bout de la ficelle noire pendait une pierre d'ambre en forme de croissant de lune.

— Ses reflets souligneront à merveille ceux de votre regard, ajouta-t-il.

— Je ne peux pas, refusa Brusenna, sous le choc.

— Bien sûr que si ! insista-t-il, enjôleur. Je vais vous faire une offre : le reste de votre monnaie en échange du collier. Je débute en tant que marchand. Quoi de mieux qu'une bonne affaire pour s'attacher la fidélité d'un client ? Et je suis sûr que vous me le revaudrez un jour.

Brusenna admira longuement le collier. Elle n'avait jamais possédé le moindre bijou. Et celui-là était magnifique. Mais la proposition était trop belle, elle en avait conscience.

— Je ne sais pas.

Sans lui demander son avis, le marchand se glissa derrière elle, repoussa ses cheveux et lui passa le collier autour du cou. L'ambre déposa sa douce caresse sur la peau chauffée à blanc de la jeune fille. Elle souleva le pendentif et le contempla dans la lumière éclatante du soleil.

— Il est magnifique !

Elle se hâta de déposer le reste de sa monnaie dans la paume du marchand.

— Vous aussi.

Il serra doucement l'épaule de la jeune fille, puis retourna derrière son comptoir. Brusenna sentait encore la pression de la main du marchand. Cela faisait une éternité que personne d'autre que sa mère ne l'avait touchée. Et, après trois semaines d'absence, leurs derniers contacts commençaient à lui sembler bien lointains, presque irréels.

— Merci…

— Peut-être reviendrez-vous me voir prochainement ?

Pour revoir son gentil sourire et discuter avec lui ? Oui, peut-être. Avec un hochement de tête timide, elle prit congé du commerçant. Des larmes inattendues lui montèrent aux yeux. Elle les essuya d'un geste hâtif et détala dans une ruelle à l'abri des regards. Un groupe de garçons lui bloquait le passage.

— Tu es une envoûteuse, pas vrai ? demanda l'un d'entre eux, au nez crochu.

Elle baissa la tête et tenta de poursuivre sa route, mais il se planta juste devant elle. Si près qu'elle perçut les effluves nauséabonds de ses cheveux et de ses vêtements sales. Elle bondit rapidement sur le côté pour le contourner, mais le garçon l'imita aussitôt. Incapable de supporter sa proximité plus longtemps, elle recula d'un pas. Le garnement, jambes écartées et bras croisés, l'interpella alors :

— Eh, l'envoûteuse ! Pourquoi est-ce que tu ne lancerais pas un de tes sorts de sorcière ?

Persuadée qu'une réplique ne ferait qu'empirer la situation, Brusenna tenta à nouveau de se faufiler dans son dos. Nez Crochu l'en empêcha une fois de plus et la poussa en arrière.

— Regardez-moi ça, les gars ! On dirait bien qu'on lui fait peur, fanfaronna-t-il.

Elle prit soudain conscience d'une chose : son silence n'apaiserait jamais ce garçon, ni lui ni aucun de ses semblables. Leur cruauté serait sans fin. Inépuisable. L'étrange sentiment qui l'avait habitée plus tôt dans la journée la submergea de plus belle. Elle se redressa pour les regarder droit dans les yeux.

— Laisse-moi passer, lança-t-elle d'une voix qui ne trahissait pas sa peur.

— Et comment une demi-portion comme toi compte s'y prendre pour m'y forcer ? railla-t-il avant de lui pincer un sein.

Elle sentit alors un barrage céder en elle. Par les Créatrices, c'en était trop ! Elle ouvrit la bouche et, d'une voix venue du tréfonds de son âme, entonna un chant puissant appris dans le carnet de sa mère.

Plantes, entendez mon appel,
Car je dois affronter un ennemi cruel !

Aux alentours, toutes les plantes semblèrent prendre vie. Un frémissement les parcourut, comme si elles attendaient qu'on leur ordonne d'agir.

Plantes, sur ces garçons qui se dressent devant moi,
Usez de vos talents pour libérer la voie.

Une multitude d'herbes et de plantes grimpantes s'enroulèrent aussitôt autour des chevilles des garnements. Nez Crochu tenta de se dérober, mais un grouillement de racines lui cloua les pieds au sol. Brusenna renouvela son incantation avec une détermination renforcée. Ses agresseurs pâlirent à mesure que la végétation s'entortillait le long de leurs jambes. Pour une liane repoussée, trois autres surgissaient.

— Ça suffit ! tonna une voix dans le dos de la jeune fille.

Elle se tut aussitôt et fit volte-face. Le shérif Tomack surgit au pas de course. Qu'allait-il lui infliger comme sanction ? Tel un éclair douloureux, une vision s'imposa alors dans son esprit : elle se trouvait au centre de la place, prisonnière du pilori, livrée à la cruauté de Nez Crochu et de ses compères. Une irrésistible envie de déguerpir à toutes jambes la tirailla, mais elle en avait assez de fuir. Dorénavant, elle prendrait exemple sur Coyel plutôt que sur sa mère. À sa grande surprise, le regard noir du shérif était rivé sur Nez Crochu, non sur elle.

— Cette fois tu es allé trop loin, Corwood ! Je vais te faire enfermer quinze jours pour ce comportement inadmissible !

— Mais c'est une sorcière ! protesta le garçon, outré.

Tomack dévisagea Brusenna quelques secondes avant de revenir à Nez Crochu.

— Tout le monde le sait, ça, mon garçon. (Sans quitter Corwood des yeux, il adressa un petit signe de tête à la jeune fille.) Tu ferais mieux de rentrer chez toi maintenant, Brusenna.

Elle resta clouée sur place, bouche bée. Même si sa

mère lui avait affirmé que le shérif comptait parmi leurs amis, elle n'en revenait pas. Il s'approcha d'elle. Les villageois, attirés par les éclats de voix comme les mouches par un tas de fumier, se rassemblaient déjà à l'entrée de la venelle.

— Et sans traîner.

Ces mots la tirèrent de sa torpeur. Elle remercia le shérif d'un léger hochement de tête avant de s'élancer dans la ruelle. Elle ne put s'empêcher de marquer une pause à hauteur de Corwood.

— Ne t'avise plus jamais de me toucher ! lui siffla-t-elle à mi-voix.

La jeune sorcière eut alors l'impression qu'une petite graine racornie, abandonnée au fond de sa poitrine, recevait enfin de l'eau et du soleil en abondance. Elle enfla, pleine d'une vigueur retrouvée, et commença à germer. Brusenna sut que, grâce à elle, sa vie ne serait plus jamais la même. Trop absorbée par les bouleversements qui s'opéraient en elle, la jeune fille ne remarqua pas les yeux bleu pâle qui, depuis la foule de marchands, rivaient sur elle un regard entendu.

Chasseurs de sorcières

À peine sortie du village, Brusenna accéléra le pas. Ses cheveux d'or flottaient au vent et ses pieds volaient au-dessus du sol. Parvenue à la bifurcation, elle plongea dans le fourré où elle s'affala à côté de Bruke. Elle s'assit et ramena ses genoux devant elle. La sensation qui l'habitait était incroyable : la terreur tant redoutée avait cédé le pas à un profond sentiment de puissance. Des larmes ruisselaient tout de même sur ses joues.

— Pourquoi sont-ils aussi cruels ? Je ne leur ai jamais fait le moindre mal !

Bruke gémit doucement et entreprit de lui lécher le visage mais il s'immobilisa soudain. Un grognement sourd monta dans sa gorge. Il saisit le pendentif entre ses crocs et tira avec force : la cordelette cisailla le cou de la jeune fille.

— Arrête, Bruke ! Tu vas le casser ! cria-t-elle, lui arrachant sa prise.

Brusenna se releva et s'essuya le visage avant de s'élancer dans la forêt.

Arbres et plantes, masquez mes traces.
Faites de chaque voie une impasse.

Bruke lui emboîta le pas sans cesser de gémir.

Lorsqu'elle ouvrit la porte de chez elle, la lumière du jour déclinait déjà. À bout de souffle, elle s'appuya contre le chambranle. Elle se sentait incapable de franchir le seuil. La maison était vide, déserte. Elle posa les yeux sur Bruke, puis fit un pas de côté.

— Allez, entre.

Bien qu'il entrât pour la première fois dans la maison, il eut l'air de considérer cela comme tout à fait naturel. Il en fit le tour au petit trot puis revint s'asseoir face à sa maîtresse comme pour dire : « Et maintenant ? »

Brusenna éclata d'un rire nerveux.

— Maintenant, c'est l'heure du dîner ! répondit-elle, soudain consciente de sa faim.

À la lueur d'une lanterne, elle prépara un repas pour deux. Bruke ne s'y intéressa pas. La bouche pleine, elle parvint à articuler :

— Mange un peu.

Au lieu d'obéir, le chien se leva d'un bond et vint poser les pattes sur la cuisse de la jeune fille. Les yeux rivés sur le pendentif, il grogna. La chair de poule recouvrit les bras de Brusenna.

— D'accord, d'accord. Je vais l'enlever. (Elle ouvrit le fermoir et alla déposa le collier dans la boîte à l'étage, à côté de l'alliance de son père.) Voilà, tu es content ? demanda-t-elle, de retour en bas.

Bruke émit un grognement satisfait avant de s'attaquer à son repas. Brusenna maugréa et se laissa retomber sur sa chaise. Après le dîner, elle tenta de mémoriser de nouveaux chants dans le carnet de sa mère, mais ses paupières, trop lourdes, refusaient de rester ouvertes. Elle finit par renoncer et alla se glisser sous ses couvertures. La jeune fille s'endormit aussitôt, Bruke allongé au pied du lit.

Un coup de langue humide et une plainte aiguë la tirèrent du sommeil. Dehors régnait une obscurité onctueuse, propre au milieu de la nuit. Elle se frotta les yeux et demanda d'une voix encore endormie :

— Qu'y a-t-il ?

Bruke s'approcha de la porte close et gronda doucement, comme on lui avait appris à faire en cas d'intrusion. Les poils se dressèrent sur la nuque de Brusenna. Corwood serait-il parvenu à traverser la forêt ? Elle repoussa ses couvertures et risqua un coup d'œil par la fenêtre. Rien.

À pas de velours, elle vint se placer à côté du chien et remarqua qu'un filet de lumière passait sous sa porte. Avait-elle oublié d'éteindre une lanterne ? Elle tendit l'oreille malgré le martèlement de son cœur. La lumière bougea : quelqu'un était là ! Un flot d'énergie submergea la jeune fille. Bruke laissa échapper un faible jappement. D'une main posée sur son museau, elle lui indiqua de se taire.

— Reste ici.

Brusenna colla son visage contre la porte.

— Le pendentif est dans la chambre de gauche, chuchota une voix.

— Et comment sait-on qu'elle s'y trouve aussi ? demanda une autre.

— On va commencer par celle-là, répliqua la première.

Elle entendit grincer la porte de la chambre de sa mère. Si elle voulait fuir, c'était maintenant. Mais, les yeux rivés sur la poignée, elle était tétanisée. *Vite !* pensa-t-elle. *Avant qu'il ne soit trop tard !* Elle surmonta sa peur, ouvrit la porte à la volée et bondit dans le couloir. Droit dans les bras d'un inconnu.

— Tiens ! Voilà notre petite sorcière ! triompha-t-il.

Levant la tête, Brusenna découvrit le bleu intense des yeux de Wardof : toute trace de gentillesse en avait disparu, la jeune fille n'y lisait plus que haine et cruauté. La prétendue bienveillance de l'homme rendait sa trahison encore plus douloureuse.

— Lâchez-moi !

— Ça, ça m'étonnerait ! gloussa-t-il. Tu vas me rapporter un joli petit pactole.

Elle lui pilonna le torse de ses poings serrés, mais il rit de plus belle.

— Bruke ! appela-t-elle.

Le molosse surgit avec force grognements. Il planta ses crocs dans le bras de Wardof, qui ne put retenir un hurlement de douleur. Libre, Brusenna dévala l'escalier quatre à quatre, Bruke sur les talons.

— Ne la laisse pas s'échapper ! cria Wardof dans son dos.

Elle poussa la porte de la cuisine, qui vint claquer contre le mur de la maison, et s'élança à travers le champ de maïs. Les épis lui fouettèrent les bras, une entaille brûlante lui zébra la joue. Sans s'en rendre compte, elle avait pris la direction de la clairière circulaire. Elle risqua un coup d'œil par-dessus son épaule : Wardof, la chemise déchirée et couverte de sang, remontait les rangées accompagné de son complice grassouillet. Un éclat métallique scintillait dans la main du marchand.

Elle devait absolument atteindre la forêt et disparaître dans l'ombre des arbres. Elle tenta d'accélérer. Le bruit des pas derrière elle se fit plus pressant. Elle n'y arriverait jamais… Une douleur vive lui vrilla soudain le crâne. Elle était par terre, Wardof lui agrippait les cheveux d'une poigne ferme. Il la secoua brutalement de son bras valide en menaçant à la fois Bruke de sa lame.

— Retiens ton chien !

Elle ouvrit la bouche mais Bruke n'attendit pas qu'elle ait parlé pour se jeter sur l'agresseur. L'impact envoya Wardof valser au sol.

— Bâillonne-la, Garg ! Ne la laisse pas chanter ! hurla-t-il, les bras dressés pour se protéger des crocs du molosse.

Ces mots, plus qu'aucun autre, encouragèrent la jeune fille. Une des chansons du carnet lui vint aussitôt à l'esprit.

Maïs, immobilisez mes agresseurs,
Retenez leurs membres, muselez leur ardeur.

Bruke se dégagea d'un bond agile à l'instant où, aussi rapides que l'éclair, les maïs emmaillotèrent les deux intrus. Seule leur tête demeura visible. Brusenna répéta son incantation avec ferveur : les maïs gagnèrent en solidité et renforcèrent leur étreinte pour emprisonner les deux hommes dans deux cocons végétaux.

Avec un grondement menaçant, Bruke sauta sur la poitrine de Wardof comme pour le mettre au défi de bouger.

— Sale sorcière !

Le molosse montra les dents avant de les planter dans la joue du marchand. Le sang scintilla dans le clair de lune.

Le crâne en feu, Brusenna se laissa tomber par terre sans un mot. Si Bruke n'avait pas été là, ils l'auraient surprise en plein sommeil. Il lui avait sauvé la vie. Un frisson lui parcourut l'échine. Elle se frotta les bras et se rendit compte qu'elle ne portait qu'une simple robe de nuit sans manches. Elle croisa les bras sur sa poitrine afin de se protéger du froid glacial qui régnait.

— Tu avais dit que ce serait facile, geignit Garg.

— Ferme-la ! aboya Wardof.

— Je ne comprends pas, intervint Brusenna.

Wardof posa sur elle un regard lourd de mépris.

— Je suis Chasseur de sorcières, ma chère !

Elle fut prise d'un rire incontrôlable qui ressembla tout d'abord à une quinte de toux. Elle inspira un grand coup et le laissa pleinement éclater.

— Bah qu'est-ce qu'il y a ? Pourquoi elle se marre, Wardof ?

Brusenna se tenait les côtes.

— Un chasseur d'élite à ce que je vois !

Sa moquerie lui valut le flot d'injures le plus inventif et imagé qu'elle ait jamais entendu. Lorsqu'il eut repris son souffle, Wardof expliqua :

— Sans ce foutu chien, je t'aurais surprise en plein sommeil et capturée dans la maison ! Pas si facile de chanter avec un bâillon sur la bouche ! La prochaine fois, je…

Elle soupira et ordonna aux maïs de grimper de quelques centimètres supplémentaires. On ne vit plus que le nez de ses agresseurs, qui luttaient à grand renfort de chuintements pour respirer par les minuscules ouvertures à leur disposition.

— Merci, mes sœurs ! chanta Brusenna.

Devant le spectacle des deux hommes qui se débattaient misérablement pour se défaire de leur prison végétale, Brusenna se rendit compte qu'elle était maîtresse de la situation. Ébahie et un peu dépassée, elle se demanda quoi faire. Après quelques secondes de réflexion, elle déduisit que quelqu'un les avait envoyés à sa recherche. Seules deux personnes savaient qu'elle se trouvait à Gonstower : l'une d'elles était sa mère, Coyel était l'autre. L'estomac noué, la jeune fille se releva.

— Viens, Bruke. (Le chien l'implora du regard.) Bruke ! répéta-t-elle d'un ton sévère.

Il gémit mais obéit. Elle glissa les doigts dans son pelage raide, inspira à pleins poumons, puis demanda aux maïs de libérer le visage de ses agresseurs.

— Si vous ne me dites pas tout, je vous bâillonne de nouveau et je vous laisse là. Je suis sûre qu'il adorerait se retrouver seul avec vous… ajouta-t-elle, un hochement de menton vers Bruke.

Garg et Wardof posèrent un regard inquiet sur l'animal.

— Tout sur quoi ? demanda Garg.

La question déstabilisa la jeune fille. Elle fut vexée de sa propre ignorance, mais refusa de la laisser paraître.

— Sur tout. Et dans les moindres détails si vous ne voulez pas finir en pâtée pour chien.

L'élégant visage de Wardof demeura impassible. Garg, lui, paraissait moins résolu.

— Allons, Wardof…

Le Chasseur de sorcières foudroya son compère d'un regard empli de dégoût.

— Ferme-la ou je te…

— Ou quoi ? Qu'est-ce que tu vas me faire, saucissonné comme tu l'es ? (Il tenta de se tourner vers Brusenna.) Je te dirai tout, sorcière, si tu me laisses partir.

— Espèce de sale traî…

Le Chasseur fut interrompu par les maïs qui s'enrubannaient de nouveau autour de son visage. Sans tenir compte des protestations étouffées du gredin, la jeune fille se pencha vers Garg. Visiblement, elle le terrorisait – et bien plus que son cruel acolyte. Elle en fut choquée.

— Tout dépendra de ce que tu es prêt à me raconter.

Garg lança un regard inquiet vers Wardof et déglutit avec peine.

— Il a débarqué au village il y a quelques mois. On s'est rencontrés à la taverne. Il voulait savoir s'il y avait des sorcières dans le coin. Alors, bien sûr, je lui ai parlé de toi et de ta mère. Il a posé un tas de questions et il a dit qu'il me paierait si je lui filais un coup de main. Avec la famine et tout ça… (Il posa un regard envieux sur le champ de maïs.) Je ne sais pas comment vous faites pour que ça pousse comme ça… marmonna-t-il en se tortillant. Du coup, je l'ai aidé. Il s'est arrangé pour que le marchand que tu vas voir d'habitude fasse faillite. Ensuite, il a ouvert sa propre boutique et attendu que tu viennes. Pendant ce temps-là, j'ai engagé quelques gamins pour qu'ils te fassent des histoires.

— Des gamins… Oh ! C'est toi qui as mis Corwood sur mon chemin ?

Embarrassé, il s'éclaircit la voix.

— Ils devaient juste te ficher la frousse. Je le jure sur les terres de mon père et sur la tête de mon aînée, même si ce n'est qu'une fille. (Devant l'expression qui déforma le visage de Brusenna, il s'agita de plus belle.) Je suis un honnête homme ! Mais les temps sont durs. J'avais besoin de cet argent. Pour ma femme, mes gosses et tout le reste. Je ne les aurais pas laissés te faire du mal !

La colère monta en elle.

— Me ficher la frousse ? Mais pour quoi faire ?

Il eut un mouvement de tête vers Wardof.

— Il voulait être sûr que tu étais bien l'une d'elles. Il a dit que quand une sorcière se trouvait coincée, même la plus prudente se mettait à chanter. Mais tu leur as flanqué une sacrée trouille aux gamins ! ajouta-t-il dans un gloussement.

Ainsi, il s'était agi d'un piège. Dans lequel elle avait foncé tête baissée.

— Qu'est-ce que vous comptiez faire de moi ?

— Wardof n'a rien dit, et je n'ai pas demandé. Je ne savais pas qu'il avait un couteau. Je le jure !

Brusenna était certaine que Garg mentait. Au moins en partie. L'homme était assez lâche pour regagner sa liberté à coups de mensonges. Mais Wardof... Elle avait lu l'envie de meurtre dans ses yeux. Un regard qui présageait du pire, quels que fussent ses plans. C'était un Chasseur de sorcières.

Que faire de ces deux-là ? Elle ne pouvait pas les tuer – même si au fond d'elle, une petite voix l'y invitait –, ni les laisser mourir sur place. Une moue de frustration lui tordit la bouche. Elle avait besoin d'aide. Mais qui aiderait une sorcière ?

Soudain, elle se souvint : le shérif Tomack ! D'après sa mère, elle pouvait lui faire confiance. Il l'avait d'ailleurs déjà secourue une fois. Peut-être serait-il prêt à recommencer ? Mais impossible de laisser les deux intrus sans surveillance. Si seulement elle pouvait prévenir Tomack sans les quitter des yeux ! Son regard se braqua sur Garg et un plan commença à germer dans son esprit.

Elle s'agenouilla à côté de lui et l'observa longuement. Il s'agita, mal à l'aise sous le regard de la sorcière. Le front couvert de sueur, on eût dit un garnement aux poches remplies de bonbons volés. D'une voix posée – d'après sa mère, la douceur faisait parfois l'effet d'une boule de neige glissée dans le cou –, elle expliqua :

— Voilà ce que tu vas faire, Garg. Tu vas retourner au village et dire au shérif Tomack que cet homme a menacé de me faire du mal mais que tu l'as suivi jusqu'ici. Il a tenté de s'en prendre à moi avec une arme et tu l'en as empêché. Le shérif le mettra derrière les barreaux, et c'est dans ton intérêt qu'il y reste le plus longtemps possible.

Wardof se débattit. Il miaulait comme un chat enfermé dans un sac, mais le bâillon végétal rendait ses insultes incompréhensibles.

— Tu seras le héros de l'histoire. Ou alors… (Elle marqua une pause pour renforcer l'effet dramatique.) Je te laisse ici, et je vais moi-même chercher le shérif. Comme ça vous pourrez purger votre peine ensemble. Même si j'ai le sentiment que Wardof n'a rien du compagnon de cellule idéal…

Le regard de Garg, visiblement en proie à un dilemme insoutenable, passa de Wardof à la jeune sorcière.

— Tu ne me lanceras aucun maléfice ?

Brusenna ravala son rire.

— Si tu n'obéis pas, je veillerai personnellement à ce que rien ne pousse plus sur tes terres, lui glissa-t-elle à l'oreille.

La menace fonctionna. L'homme, terrifié, écarquilla les yeux. Il humecta tant bien que mal ses lèvres sèches.

— D'accord, je vais le faire. Mais tu diras bien que c'est la première fois que je passe un marché avec toi. J'ai une réputation à défendre, moi ! Qu'on dise que je m'acoquine avec les sorcières, et je suis fichu !

Brusenna se releva. Elle épousseta sa robe de nuit.

— Une réputation, mon œil… marmonna-t-elle à mi-voix. Un vulgaire voleur de bas étage, voilà ce que tu es ! Et porté sur la boisson, si tu veux mon avis.

— Quoi ? Qu'est-ce que tu dis ?

La jeune fille lui retourna un sourire angélique.

— Je vais te libérer maintenant. Si tu n'es pas de retour en compagnie du shérif au petit matin, je condamnerai tes terres à jamais.

De quelques notes, elle débarrassa Garg de son cocon végétal. Il se releva avec peine.

— Comment est-ce que je vais faire pour ramener le shérif jusqu'ici ? Personne d'autre que Wardof n'a jamais trouvé ta maison. Et encore, il avait l'autre moitié du collier !

L'épi humain miaula de plus belle. Enfin une information intéressante ! Brusenna pointa un doigt vers Garg.

— Surveille-le.

Muscles bandés, prêt à bondir, Bruke s'approcha du villageois, qui se mua aussitôt en statue. Brusenna demanda aux maïs de céder un peu de terrain – juste assez pour révéler la flamme haineuse qui brûlait dans les yeux de Wardof.

— À quoi sert ce collier ? demanda-t-elle d'une voix tremblante.

— Sorcière ! cracha-t-il, comme s'il s'agissait de la pire des insultes.

La jeune fille s'accroupit à côté de lui.

— Réponds-moi ou je t'abandonne ici. Les plantes ne faibliront pas. D'ici quelques jours, au mieux, tu seras mort.

— Inutile de me menacer, tu es incapable de finir ce que tu as commencé, sorcière !

Le courage qui l'animait fondit devant la haine brûlante de Wardof. En était-elle capable ? Pourrait-elle vraiment le laisser mourir ? Le regard de l'homme indiquait clairement qu'il n'hésiterait pas une seconde à la tuer – ce qu'il ne manquerait pas de faire si elle le relâchait. Brusenna s'accorda un long moment de réflexion. Elle fut surprise de découvrir, lovée tout au fond d'elle, une brutalité née des brimades qu'elle avait subies toute sa vie. Sa violence la terrifia.

— Si, j'en suis capable.

Pour la première fois, ses mots semblèrent toucher Wardof, qui, de ses yeux écarquillés, implora l'aide de son compère.

— N'y compte pas trop, trancha la jeune fille. Je parie que Garg n'a qu'une envie : faire comme si tout ça n'était jamais arrivé. Et si tu ne parles pas, lui le fera.

— Tu paieras pour chacun des mots que tu m'arracheras, sorcière.

Brusenna haussa les épaules.

— De toute façon, tu me tueras… si je t'en laisse l'occasion.

Wardof cessa de lutter contre ses liens.

— Les colliers fonctionnent par paire. Chaque moitié conduit à l'autre. C'est le moyen le plus rapide pour débusquer un repaire de sorcière.

— Où se trouve l'autre moitié ?

Wardof resta muet, mais la jeune femme surprit le regard de Garg rivé sur la poche de son compagnon. Lorsqu'elle tendit la main pour s'en emparer, Wardof se tortilla dans tous les sens. Bruke vint prêter main-forte à sa maîtresse pour clouer le faux marchand au sol. Les maïs s'écartèrent sous les doigts de la jeune sorcière. Elle s'efforça de ne pas penser à la peau que seul un mince tissu séparait de la sienne, et trouva un second pendentif. Il n'avait pas la forme d'un croissant, comme celui qui reposait dans la chambre de sa mère, mais celle d'une lune descendante. Réunis, ils formeraient une pleine lune.

Elle eut le souffle coupé. *Le symbole des sorcières !* Parcourue de tremblements, elle déversa sa colère sur Wardof.

— Ces colliers ont été façonnés par des sorcières. Où les as-tu trouvés ?

— Sur la première que j'ai capturée, répliqua-t-il avec désinvolture.

Combien avaient subi le même sort ? Sa mère comptait-elle parmi elles ? Elle lança le bijou à Garg.

— Sers-t'en pour retrouver ton chemin.

— Je te ferai subir une mort atroce, si tu fais ça, Garg ! Je le jure ! Attrape-la ! hurla Wardof.

— Mais il y a le chien ! geignit son compère.

— Ces pendentifs valent plus que tout ce que ton village minable gagne en une année !

— Encore un mot, intervint Brusenna d'une voix calme, et je ne te laisse qu'une narine pour respirer.

Wardof se tut mais braqua sur elle un regard meurtrier. Garg tourna les talons et détala aussi vite qu'une souris poursuivie par un chat.

— Pourquoi me chasses-tu ? demanda-t-elle, le dos tourné à l'homme emmailloté.

Les maïs craquèrent, signe que le prisonnier se calmait et relâchait ses muscles.

— Je vais attendre les autorités. Ensuite, je m'évaderai et je te tuerai.

La peur. Elle fit naître un goût amer dans la bouche de Brusenna, lui glaça les veines. Par miracle, la jeune fille parvint à maîtriser sa voix.

— Dans ce cas, tu pourrais très bien me le dire. Puisque ce n'est visiblement qu'une question de temps.

Il laissa échapper un grommellement satisfait. Son but était clair : il voulait l'effrayer, lui inspirer une terreur sans nom.

— La Sorcière Noire a capturé toutes les autres. Elle m'a envoyé pour vérifier une rumeur. Celle de ton existence, en l'occurrence.

Brusenna sentait le sang battre violemment à ses tempes. Elle se détourna pour dissimuler son visage.

— Elle les a capturées ?

— Oui, c'est ce que je viens de dire. Tu es sourde en plus d'être ignorante ? Elle a capturé la dernière il y a tout juste quelques jours. Mais la rumeur voulait que l'une des sorcières ait une fille. Alors, elle m'a envoyé ici pour en avoir le cœur net. Elle comprendra très vite que j'ai été emprisonné, et elle viendra me libérer. Peu importe où tu te cacheras, nous te retrouverons. Et tu iras rejoindre tes amies les Gardiennes.

Elle ne pouvait en entendre davantage. Elle ordonna aux maïs de bâillonner Wardof, puis regagna sa maison d'un pas chancelant. Sa mère. Coyel. Quel qu'ait été leur but, elles avaient échoué. La Sorcière Noire les avait capturées. Était-il possible qu'elle soit vraiment la dernière ?

Elle gravit péniblement les marches qui menaient à sa chambre, s'effondra sur le sol, enfouit la tête dans ses couvertures et se mit à pleurer. Une fois ses larmes taries, elle se releva lentement. Il fallait faire quelque chose. Mais quoi ?

Elle se souvint alors de la lettre de sa mère. Celle qu'elle avait failli livrer aux flammes. Elle se rua dans la chambre de Sacra et déversa le contenu de la boîte par terre. Elle décacheta la lettre, illisible dans l'obscurité. Elle tira donc sans ménagement sur les rideaux et tenta de la déchiffrer à la lueur de la lune, mais ses tremblements rendaient la chose impossible. Elle déposa la lettre sur le plancher et se pencha au-dessus.

Brusenna, ma chérie,

Si le pire se produit et que les Chasseurs te trouvent, prends l'or et rends-toi sur-le-champ au Refuge. C'est le seul endroit où ils ne pourront pas t'atteindre, tu y seras en sécurité. Pour le trouver, tourne-toi vers le soleil au petit matin et entonne le Chant de l'aurore. Il est dans le carnet. Suis le chemin, aussi difficile te paraîtra-t-il.

Je serai toujours avec toi,

Ta mère qui t'embrasse.

Pendant une fraction de seconde, Brusenna eut le sentiment, fugace, que sa mère se trouvait à ses côtés. Elle s'efforça de le retenir, mais il s'envola tel un oiseau apeuré. Sacra n'était pas là, la Sorcière Noire la retenait prisonnière. Elle et toutes les autres. Toute une communauté de sorcières dont Brusenna ignorait jusque-là l'existence. De nouvelles larmes affluèrent, qu'elle essuya d'un revers de la main. Elle plia la lettre et la glissa dans sa poche.

Elle s'apprêtait à quitter la pièce quand un scintillement attira son regard : le collier. Elle fit courir un doigt hésitant le long du croissant. Tout à coup sûre de sa décision, elle passa la cordelette autour de son cou et attacha le fermoir.

Elle ouvrit l'un des tiroirs de la commode de sa mère d'où elle extirpa une grande sacoche. Depuis le départ de Sacra, elle n'avait pas eu le temps de se confectionner de nouveaux vêtements : elle enfila l'une des robes épaisses qu'elle trouva dans le meuble et en fourra une seconde dans le sac. Les frimas reviendraient-ils avant qu'elle ait atteint le Refuge ? Dans le doute, elle prit aussi sa seule paire de chaussures, une couverture à la fois chaude et légère, un sac de couchage, de quoi faire du feu, un pot et du savon. Elle regretta d'être trop pressée pour faire cuire un peu de pain pour le trajet.

Elle s'agenouilla devant le four, délogea la brique et récupéra de pleines poignées de pièces d'or recouvertes de suie. Elle cousut un compartiment secret dans la sacoche pour y dissimuler les pièces. Enfin, elle finit de remplir le sac avec des provisions. Lorsque les coutures menacèrent de craquer, Brusenna passa la sacoche sur ses épaules pour en évaluer le poids. Avait-elle pris assez d'affaires ? Elle soupira. Si seulement elle avait possédé un cheval ! Elle balaya les lieux du regard.

— Est-ce que j'oublie quelque chose ? demanda-t-elle à Bruke, qui lui retourna un regard impassible.

Le Chant de l'aurore ! Elle retourna prendre le petit carnet bleu. Assise à la table de la cuisine, elle l'ouvrit à la bonne page et entreprit de mémoriser l'incantation.

La dernière des sorcières

Bruke trouva Brusenna avachie sur sa chaise, le menton posé sur la poitrine. Il la réveilla d'un coup de langue tiède appuyé d'un petit jappement. Elle se redressa d'un bond, inspira profondément et passa une main sur son visage – geste qui étala le filet de bave du molosse.

— Beurk !

Elle s'essuya la figure sur sa manche et, les yeux encore gonflés de sommeil, regarda par la fenêtre. Un frisson d'effroi lui glaça subitement l'échine. Et si Wardof avait réussi à se libérer pendant la nuit ?

Elle s'élança vers les rangs de maïs et laissa échapper un soupir de soulagement à la vue du cocon végétal étroitement ficelé. Elle leva la tête pour découvrir les premiers rayons du soleil qui franchissaient les cimes de la forêt. L'aurore approchait. Le carnet indiquait que le chant ne devait débuter qu'une fois le visage de son chanteur baigné par les premières lueurs du jour. Pour éviter que ses notes ne parviennent aux oreilles de Wardof, elle courut jusqu'à l'extrémité du champ de citrouilles.

Elle se tint bien droit et entama son incantation :

Ô lumière du matin, mes mots puisses-tu entendre,
Car au Refuge je dois me rendre.

Une brume s'éleva peu à peu du sol. Elle sembla ensuite s'épaissir et se solidifier. Lorsque le premier rai de lumière la frappa, elle prit une teinte dorée et émit de minuscules étincelles. Émerveillée, Brusenna l'observa glisser vers le nord-ouest, à l'opposé de Gonstower. Puis, aussi vite qu'elle était apparue, la brume se dissipa. D'un souffle, Brusenna relâcha tout l'air contenu dans ses poumons.

— Nord-ouest !

Par-là se trouvait Perchance, chef-lieu de la cité-État de Harden, dont Gonstower n'occupait qu'une infime partie. Au-delà, s'étalait Urway, la cité-État voisine qui abritait en son sein Tressalay, la capitale de toute la Néfalie. Les connaissances de Brusenna allaient à peine plus loin. Elle savait que la Néfalie était un petit pays bordé par une longue côte, et que Gonstower était niché en son centre. Elle n'avait cependant jamais vu la mer et redoutait que ses yeux ne soient à la hauteur d'un paysage si vaste.

De retour chez elle, elle glissa le carnet dans la sacoche déjà pleine à craquer. Elle la déposait tout juste près de la porte lorsque le grognement de Bruke, les oreilles dressées, se transforma en aboiement. Brusenna se raidit aussitôt. Les arbres s'écartèrent. Jusqu'à présent, seule Coyel s'était approchée de sa maison au grand jour. Ce qui vit alors la jeune fille lui fit cligner des yeux : la forêt déversait une horde d'inconnus qui se dirigeaient vers elle. Incrédule, la sorcière tenta de chasser cette vision, qui persista pourtant. Garg menait la troupe. Brusenna caressa la tête de son chien.

— Du calme.

L'animal gémit, mais obéit. Il rivait un regard noir sur les nouveaux venus, que Brusenna observait également.

Au moins une douzaine d'hommes envahissait ses champs. Garg, en tête, retenait d'une main la cordelette en cuir, tendue derrière le pendentif qui pointait vers la jeune sorcière. D'un geste machinal, les doigts de Brusenna glissèrent sur le croissant de lune retenu à son cou. L'ambre, à la fois dur et lisse, dégageait une douceur agréable.

Lorsque le shérif Tomack aperçut la jeune fille, il posa une paume sur l'épaule de Garg et indiqua à l'un de ses hommes de surveiller le villageois. Il lui prit le bijou des mains et ordonna à ses troupes de rebrousser chemin. Seuls deux subordonnés restèrent avec le shérif, qui s'avança.

— Merci de bien vouloir exposer les faits devant mes témoins.

Elle savoura la réaction de ses auditeurs dont les visages, à l'exception de celui du shérif, virèrent au gris lorsqu'elle évoqua l'épisode du maïs et le ficelage de Wardof.

— Cet objet te revient sans doute, vu tout ce que Wardof t'a fait endurer, déclara-t-il.

Tomack lui tendit la seconde moitié du collier. Le pendentif, scintillant dans la lumière du matin, tournoyait, tentait de se rapprocher d'elle. Elle s'en empara et, à au contact de la jeune sorcière, il devint totalement inerte. Elle passa un pouce sur la pierre lisse. Après quelques instants d'hésitation, elle ôta son collier puis plaça les deux moitiés côte à côte : elles s'emboîtèrent avec un petit déclic. La lune, de nouveau pleine, se mit à luire. Les yeux grands ouverts, Brusenna observa les fins serpentins de lumière qui s'en éloignaient en tourbillonnant. Toutes les plantes touchées par leur éclat poussèrent aussitôt, leurs couleurs devinrent plus vives, plus profondes. Puis, lentement, la lueur se dissipa. Le cœur de la jeune femme battait à tout rompre. Une ligne courbe à peine perceptible courait à la surface de la lune reconstituée.

Étrangement, le shérif Tomack ne semblait pas avoir été le moins du monde impressionné par le spectacle. Il se pencha en avant et murmura :

— Si jamais tu as besoin de quoi que ce soit, viens me trouver. D'accord ?

Brusenna lutta pour contenir ses larmes. Peut-être sa mère avait-elle eu raison à propos de leurs amis, finalement.

— Merci…

— Qu'est-il arrivé à ta mère ? Elle est morte ?

— Je ne sais pas, répondit la jeune fille avec une grimace de douleur.

Tomack la dévisagea.

— Je peux faire quelque chose d'autre pour toi ?

Brusenna renifla.

— Je vais partir à sa recherche, mais si je laisse tout ça…

— Je peux veiller sur vos biens, si tu veux, proposa-t-il.

Elle accepta d'un hochement de tête.

— En mon absence, la forêt refluera en moins d'une semaine. Vous ne devriez avoir aucun mal à retrouver l'endroit. En revanche, j'ignore quoi faire de nos bêtes.

— Je vais te dire quoi faire. Je vais les prendre chez moi et, en guise de paiement, je garde leur production. Ainsi, à ton retour, tu les récupères et on sera quittes.

Brusenna acquiesça de plus belle.

— Et pour nos réserves de nourriture ?

— Je te les échange, offrit-il, les bras croisés.

— J'aurais besoin d'un cheval, répondit-elle après quelques secondes de réflexion.

— Montre-moi ce que tu as.

Brusenna le conduisit jusqu'à la cave. Il découvrit, émerveillé, leurs étagères bien garnies.

— En ces temps de famine, ça vaut largement un cheval ! Avec tout ça, j'aurai de quoi nourrir ma famille pendant au moins un an. Un cheval, une selle et un paquetage, qu'en dis-tu ? proposa-t-il une main tendue vers elle. Marché conclu ?

Elle hésita. La dernière personne qui l'avait touchée avait tenté de la tuer. Mais sa victoire de la nuit passée la rendit téméraire : elle glissa sa main dans l'énorme paume.

— Marché conclu !

— Aurais-tu de l'encre et du papier ? (Elle lui apporta ce qu'il demandait et il se mit à rédiger un message.) Mon frère, Wittin, habite à Perchance, au nord-ouest. Il y tient une écurie. Il te donnera ce que tu veux en échange de cette lettre. Je le paierai la prochaine fois que je le verrai.

Brusenna parcourut rapidement la missive. Il consignait mot pour mot ce que le shérif venait de lui expliquer. Elle lui adressa un regard anxieux : elle n'avait jamais accordé sa confiance à personne. Sauf à Wardof. Elle ne savait même pas si l'écurie en question existait vraiment. Comment s'assurer qu'il ne mentait pas ?

— Tu as des doutes à ce que je vois, remarqua-t-il. (Il tira une montre à gousset en or de sa veste et en caressa la surface avant de la lui tendre à contrecœur.) Remets-la à mon frère lorsque tu le verras. Elle vaut bien plus qu'un cheval et une selle. Il la reconnaîtra sur-le-champ. Mon père me l'a donnée le jour de mon départ. Les Créatrices m'en soient témoins, nous nous sommes assez bagarrés pour l'obtenir !

Brusenna prit la montre d'un geste timide. Elle la glissa avec le message dans la poche qui contenait déjà la lettre de sa mère.

— Je ne connais pas tous les arcanes des sorcières, concéda-t-il avec un sourire bienveillant. Mais je sais que quand on en aide une, on est récompensé au centuple.

Elle le regarda, abasourdie.

— Si je ne reviens pas à temps, vous pouvez garder le reste de nos récoltes. Mettez juste quelques graines de côté.

— Tu as déjà amplement payé ta part, déclina-t-il, bougon.

Elle fit quelques pas avant de s'immobiliser.

— Merci de faire en sorte que Wardof ignore où je me rends.

— Il n'est pas près de retrouver la liberté, fais-moi confiance, promit-il en la regardant droit dans les yeux.

— Il a dit que quand les autres l'apprendraient, ils viendraient le libérer.

Elle avait délibérément omis de mentionner la Sorcière Noire.

— Ah vraiment ? (Le shérif passa une main dans sa barbe.) Je trouverai une parade.

Il la salua d'un signe de tête avant de se diriger vers le bétail, dont il remplit les mangeoires pour une semaine, le temps que la forêt se retire.

Brusenna se tourna vers le nord-ouest.

— Ma foi, Bruke, on dirait bien que Perchance est notre prochaine destination. Tu y as déjà mis les pattes ?

Comme si la route à suivre n'avait aucun secret pour lui, l'animal s'élança d'un bond et précéda sa maîtresse. Arrivée à l'orée de la forêt, la jeune fille se retourna pour contempler une dernière fois sa maison. Les souvenirs voletèrent dans sa mémoire comme autant de flocons de neige. Elle les repoussa. Les autres sorcières avaient besoin d'elle.

— J'arrive, mère !

Protecteurs

Dans la lumière du petit matin, Brusenna écarta prudemment les branches de l'arbuste qui la dissimulait pour observer la ville qui s'étalait au loin. Son souffle forma un petit nuage blanc qui lui brouilla brièvement la vue. Son estomac se noua : qui disait ville disait habitants. Et leur proximité ne lui avait jamais rien apporté de bon.

Mais elle avait à tout prix besoin d'un cheval. Depuis deux jours, elle progressait avec peine à travers une forêt vierge. En outre, elle avait épuisé toutes ses provisions et devait refaire le plein. Elle changea la position de la sacoche afin de soulager ses épaules douloureuses, prit son courage à deux mains et quitta le couvert végétal pour emprunter le chemin jauni et desséché qui menait à Perchance.

— Il vaut mieux que je renonce à mon vrai prénom, souffla-t-elle à Bruke. À partir de maintenant, je me ferai appeler Senna.

Tout comme à Gonstower, les maisons de Perchance étaient faites de bois et leurs toits comptaient deux versants. D'un gris terne dans les faubourgs les plus pauvres, elles se paraient de peinture blanche agrémentée de finitions noires dans les quartiers les plus aisés. À mesure qu'elle approchait de la ville, Senna comprit que les similitudes s'arrêtaient là. Perchance était au moins quatre fois plus vaste que sa voisine.

Senna eut soudain envie de tourner les talons. Mais si elle fuyait devant de simples inconnus, comment pourrait-elle affronter la Sorcière Noire ?

— Ils ne connaissent pas ta vraie nature, murmura-t-elle pour se rassurer. Garde la tête basse, évite les ennuis et tout ira bien.

Senna ne tarda pas à croiser des habitants de Perchance : affairés, ils vaquaient à leurs occupations sans lui prêter la moindre attention. La boule qui lui nouait l'estomac se desserra légèrement. Pour la première fois de sa vie, on ne la pointait pas du doigt, pas plus qu'on ne la foudroyait du regard en chuchotant.

— L'anonymat me plaît bien ! confia-t-elle à Bruke.

L'animal, toujours collé à sa maîtresse, leva les yeux et acquiesça d'un petit jappement. Lorsqu'elle pénétra sur la place du marché, Senna constata que la ville n'offrait pas que de simples échoppes à ciel ouvert, mais également toute une variété de boutiques ornées d'enseignes ouvragées, allant du cordonnier au maître tisserand. Elle entra dans le premier bureau de change qu'elle trouva. L'homme qui officiait derrière le comptoir mordilla sa pièce d'or, la soupesa et en examina les deux faces avec minutie.

— Je vous en donne une pièce d'argent et dix upices, déclara-t-il.

Bien décidée à en obtenir un bon prix, Senna lui reprit la pièce des mains.

— Je vais aller voir ailleurs, merci.

— Non ! Attendez, attendez ! (Il se précipita entre elle et la porte.) D'accord, je vous en donne deux pièces d'argent et dix upices. (Elle lui adressa un regard exaspéré.) Deux pièces d'argent, vingt-cinq upices et pas une de plus, grogna-t-il.

— Vendu.

La jeune fille lui remit la pièce d'un geste théâtral. Peu après, la poche pleine de petite monnaie, elle offrit une bonne dizaine de poissons frits à son chien, puis commanda une soupe de potiron à la crème en guise de petit-déjeuner, accompagnée d'une épaisse tranche de pain tout juste sorti du four. Et, incapable de résister, elle acheta aussi une douzaine de gâteaux au miel.

Elle en savoura chaque bouchée. Le goût du miel était tout d'abord puissant, sucré, puis il cédait la place à un mélange équilibré de noix et d'agrumes. Lorsqu'il ne restait plus que celui de la pâte ramollie, elle s'autorisait enfin à avaler.

Elle débarrassa ses doigts de l'exquise substance collante puis remit à contrecœur les gâteaux restants dans leur sachet, pour plus tard. Elle se rendit aux bains publics, où elle se frotta jusqu'à ce que sa peau vire au rose vif. Elle lava ensuite ses vêtements, enfila une robe propre et noua ses cheveux en une longue natte. Ses affaires humides accrochées à sa sacoche, elle reconstitua son stock de provisions, puis retourna voir la sympathique marchande qui lui avait vendu les gâteaux – une jolie femme accompagnée d'une ravissante fillette aux cheveux bouclés.

— Ne me dites pas que vous en voulez encore ! s'exclama-t-elle à la vue de Senna.

La jeune fille, repue, se tapota le ventre.

— Non, malheureusement. Mais j'espérais que vous sauriez où trouver un certain Wittin.

La marchande fronça les sourcils, un doigt posé sur le menton.

— Wittin, Wittin… Ah, oui ! Celui qui s'occupe des chevaux. Il vit au nord de la ville, affirma-t-elle.

Puis la commerçante lui indiqua la route à suivre pour se rendre chez le fameux Wittin. Se frayant un chemin à travers places et ruelles, Senna traversa les quartiers aisés pour finalement atteindre la limite de la ville. Elle continua vers le nord et finit bientôt par apercevoir une petite maison – petite en comparaison des écuries qui la bordaient. Le long du sentier qui y menait, des chevaux de diverses races et de toutes les robes jouaient, mangeaient ou se reposaient. Elle sentit son inquiétude grandir à mesure qu'elle les passait en revue. Excepté leur bête de trait, qui avait fini massacrée par un villageois malveillant, elle n'avait jamais été en contact avec un cheval. Et les bêtes de trait, lentes et pataudes, étaient de bien piètres montures.

Une fois devant les écuries, elle se hissa sur la pointe des pieds pour regarder par-dessus la porte dont seule la moitié inférieure était fermée. À l'intérieur du bâtiment, une peinture brillante renforçait l'impression de propreté.

— Il y a quelqu'un ?

Pas de réponse. Elle se tourna vers Bruke.

— Tu sais où ils sont ? (Le chien huma l'air avant de revenir à sa maîtresse.) Tant pis. Voyons ce qu'ils ont. On aura peut-être le temps de faire notre choix avant qu'ils arrivent.

Elle poussa le battant et s'avança. L'air était chargé d'une lourde odeur de purin, de terre et de foin, mêlée à celle, plus douce, des chevaux. La poussière, soulevée par la brise qui entrait par les fenêtres ouvertes, tourbillonnait dans les rais de lumière.

Les chevaux des premiers boxes, l'air irrité, renâclèrent au passage de Bruke, qui ne sembla rien remarquer. Senna examina chaque animal. Il y en avait de toutes les couleurs – noir, bai, palomino, alezan, isabelle – et de toutes les tailles. Certains, immenses, possédaient une musculature impressionnante. D'autres, en revanche, étaient fins et élancés. Tous étaient très différents et pourtant à la fois semblables aux yeux de la jeune fille.

— Je ne sais pas… hésita-t-elle, son regard errant d'une stalle à l'autre.

Soudain, elle se figea. Dans le box en face d'elle, un cheval couleur noisette la regardait. Un croissant de lune ornait son front et une petite entaille le bout de son nez. Les doigts occupés à jouer avec son collier, Senna scrutait l'animal, au regard doux et curieux. Elle tendit une main et il baissa la tête pour offrir son front à la caresse.

— Bonjour, chuchota-t-elle. Comment t'appelles-tu ?

— Knight, répondit-on dans son dos.

Elle fit volte-face et se retrouva nez à nez avec un garçon – non, un homme – non, un garçon. Bref, un jeune homme qui approchait.

— Je peux faire quelque chose pour vous, mademoiselle ?

Il n'était pas particulièrement beau avec ses oreilles décollées et sa mâchoire peu marquée, mais plus elle le dévisageait, plus elle changeait d'avis. Il était grand, bien plus qu'elle, svelte et athlétique. Une tignasse brune lui tombait sur le front. Ses jambes étaient légèrement arquées au niveau des genoux, sans doute à force de chevaucher. Un pli rieur, comme creusé par un indéfectible sourire, soulignait son regard. Incapable de se retenir, elle lui sourit en retour.

— Je voudrais acheter ce cheval.

Il croisa les bras et s'adossa au box.

— Ma foi, Knight n'est pas vraiment bon marché. Il est à la fois plein de sève et doux comme un agneau. Des qualités peu communes pour une même bête.

— Plein de sève ?

Il laissa échapper un petit rire, et elle en aima tout de suite le son.

— Ça veut dire qu'il ne manque pas d'énergie, de fougue.

Il lui tendit une main que Senna finit par serrer après une longue hésitation. Ses doigts étaient calleux, sa peau rêche.

— Je m'appelle Joshen.

— Et moi Senna.

— Si tu veux, je peux le seller pour que tu ailles faire un tour avec lui.

— J'adorerais ! répondit-elle, le regard de nouveau posé sur Knight.

Joshen s'empara d'un licol dont il équipa l'animal avant d'ouvrir le box en grand.

— Il faudra que je vérifie dans nos registres mais je suis sûr que Knight vaut au moins trois pièces d'or. On a aussi d'autres chevaux, moins chers, qui pourraient te convenir.

Senna vit clair dans le jeu de Joshen : il voulait s'assurer qu'elle était en mesure de payer. Mais elle préférait en dire le moins possible.

— J'aurais aussi besoin de matériel.

Il s'arrêta et se tourna vers elle.

— Tout dépend de la selle, mais le prix peut s'élever à deux pièces d'or.

— Tu crois que je ne peux pas payer, c'est ça ? répliqua-t-elle, les bras croisés sur la poitrine.

Il se passa une main sur le visage, visiblement mal à l'aise.

— Je ne voudrais pas être impoli, Senna. Mais les jeunes filles qui possèdent une telle somme ne courent pas les rues.

Elle glissa une main dans la poche qui contenait la lettre du shérif et la montre en or. Sans un mot, elle les lui tendit. Profitant de l'inattention de son maître, Knight vola une pleine bouchée de foin dans un râtelier voisin. Au milieu de sa lecture, Joshen leva un regard étonné sur la jeune fille. Lorsqu'il eut fini la lettre, il la garda serrée dans son poing, comme s'il redoutait qu'on la lui arrache.

— Alors, comme ça, c'est toi Brusenna ?

La sorcière devint livide. Rien, dans le message, n'indiquait son vrai prénom. Sans un mot de plus, Joshen attacha Knight à un poteau.

— Attends-moi ici. Je reviens.

Les mains crispées sur les bandoulières de sa sacoche, Senna envisagea de fuir. Mais, sans lui en laisser le temps, Bruke se dirigea vers un tas de foin, où il s'allongea, le museau posé sur les pattes. Il possédait un sens inné pour détecter les individus mal intentionnés. Il avait d'ailleurs senti que le pendentif leur vaudrait des ennuis. Mais depuis que Senna en avait repris la seconde moitié à Wardof, Bruke n'avait plus accordé la moindre attention au bijou.

— Très bien, concéda-t-elle avec un hochement de tête. Si tu lui fais confiance, moi aussi.

Elle entreprit de panser Knight avec une brosse laissée à disposition. Des poils et de la poussière voletèrent dans l'air. Soudain, une ombre imposante la força à se retourner : Joshen était de retour, accompagné d'un homme trapu. La brosse lui glissa des doigts.

— Je m'appelle Wittin. Joshen me dit que c'est mon frère, Tomack, qui t'a confié cette lettre ?

Senna chercha son chien du regard, mais Bruke se désintéressait complètement de la conversation.

— Oui, répondit-elle.

— Tu as eu des ennuis avec les Chasseurs de sorcières, déclara-t-il, les yeux tout à coup plissés.

La jeune fille recula d'un pas et butta contre Knight. Elle se sentit prise au piège et seule… très seule.

— Comment le savez-vous ?

L'homme se tourna vers son fils.

— Va donc chercher Stretch, Joshen.

Après un coup d'œil vers Senna, le jeune homme s'exécuta. Il s'empara d'un licol, d'un seau d'avoine et se dirigea vers les pâturages. Wittin s'approcha d'elle d'un pas claudiquant.

— Il y a un certain nombre de choses dont ta mère ne t'a jamais parlé. À commencer par moi.

Elle fut finalement reconnaissante à Knight de se trouver dans son dos, solide et puissant comme un roc.

— Vous connaissez ma mère ?

Wittin frotta le chaume qui lui couvrait les joues.

— Depuis près de vingt ans. Elles sont venues me voir, elle et Coyel, il y a un petit moment. Et m'ont demandé de te révéler tout ce que tu dois savoir si jamais tu venais.

— À propos de quoi ? demanda-t-elle, le souffle court.

Wittin prit une profonde inspiration.

— À propos de la Guerre des sorcières.

Depuis l'intrusion de Coyel dans sa vie, Senna n'avait cessé de chercher des réponses. Mais à présent, elle avait peur. Wittin était-il vraiment digne de confiance ?

— Pourquoi ne m'a-t-elle pas tout dit elle-même ? Elle aurait pu me laisser une lettre.

— Ce n'est pas le genre de choses qu'on couche sur le papier. Elle a agi ainsi pour te protéger.

Senna repensa à toutes les brimades et autres mauvais traitements qu'elle avait subis.

— Me protéger ? Comme le jour où on m'a envoyée au pilori ? Quelle protection efficace !

Le regard de Wittin se durcit.

— Tu ferais mieux de prier les Créatrices de ne jamais avoir à endurer les mêmes souffrances que ta mère. (Il tourna les yeux vers la porte de l'écurie, la maison et les pâturages qui s'étendaient au-delà.) Il faut que tu saches une chose : beaucoup ne croient pas aux pouvoirs des sorcières. Prends cette maudite sécheresse, par exemple. Ils pensent que c'est juste un mauvais coup du sort, que les saisons se comportent comme bon leur semble ! Mais c'est faux, elles ne font qu'obéir aux sorcières. Et les autres, pour la plupart, s'en prennent à elles au moindre gel précoce ou à la moindre récolte décevante. Ils ne comprennent pas que contrôler les saisons relève plus du débourrage d'un poulain sauvage que d'une vulgaire commande passée chez le boucher. Enfin, il y a un troisième groupe d'individus : ceux qui connaissent le pouvoir des sorcières et qui les craignent, qui les détestent. C'est à cause d'eux qu'a commencé la Guerre.

» Certaines sorcières, lassées par les rebuffades incessantes, ont décidé de monnayer leurs chants contre de l'argent ou du pouvoir. Mais les autres, les Gardiennes, sont restées convaincues que tous devaient pouvoir bénéficier de leurs talents. Les dissidentes se sont séparées du reste de la communauté. Elles se font appeler « Serviteurs d'Espen ». Chacune a dû choisir son camp.

Sa mère, impliquée dans une guerre ? Impossible. Wittin continua son récit :

— De très, très nombreuses sorcières furent tuées. Au final, les dernières Gardiennes survivantes se sont retranchées au Refuge. Toutes, sauf toi et ta mère. (La voix de l'homme se mit à trembler.) Tu comprends maintenant pourquoi Sacra a tout fait pour dissimuler ton existence ? Pourquoi elle a jugé sans importance les problèmes que vous avez rencontrés à Gonstower ?

Senna donna un coup de pied dans la poussière.

— Elle ne voulait pas que je devienne une véritable sorcière !

— Je ne dirais pas ça, contra Wittin. Elle voulait juste te garder le plus à l'abri possible du danger. Je n'étais pas forcément d'accord avec elle, mais tu n'es pas ma fille. Et elle a fait pour le mieux.

Des larmes jaillirent des yeux de la jeune fille – des larmes de colère et de déception autant que de tristesse. Wittin ne détourna pas le regard.

— Si elle était demeurée avec les Gardiennes, elle aurait dû faire de toi une combattante destinée à affronter Espen. Elle ne voulait pas de cette option.

— Elle aurait au moins pu m'apprendre à me défendre !

Wittin garda le silence et Senna comprit qu'il était à court de réponses. Seule sa mère détenait les dernières. Et elle était partie. Le regard triste, Wittin secoua la tête.

— Ta mère a dit que la situation était terrible, qu'il ne restait plus que huit sorcières pleinement formées, les autres n'étant que des gamines. Mais, si les Chasseurs sont après toi, une jeune fille sans formation… J'ai bien peur que tu ne sois la dernière sorcière encore en vie.

Senna tenta de recouvrer une respiration normale.

— Et ces Chasseurs de sorcières…

— Ils font partie des Serviteurs d'Espen. (Wittin releva sa manche pour exposer son avant-bras orné d'un tatouage vert de la taille d'un galet.) Mais Espen n'est pas la seule à faire appel à des humains.

Incapable de retenir son geste, Senna tendit la main pour toucher le dessin, mais s'interrompit à quelques centimètres de la peau de l'éleveur de chevaux.

— La pleine lune est l'un de nos signes de reconnaissance.

Le ton qu'elle avait employé, comme si elle le mettait en garde, la surprit, mais elle en avait assez de tous ces individus qui utilisaient leurs symboles à tort et à travers.

— Les sorcières font de nous des Protecteurs uniquement lorsque nous avons prouvé notre loyauté, expliqua-t-il, un doigt pointé vers les boursouflures de son tatouage. Sacra nous a marqués, mon frère et moi, il y a bien longtemps mais, après qu'Espen a brisé ma jambe, c'est Tomack qui a été chargé de garder un œil sur vous. Du moins, dans la mesure où ta mère le laissait faire.

— Je croyais que tu avais reçu un coup de sabot ! plaisanta Joshen, de retour dans l'écurie.

Un sourire aux lèvres, Wittin abaissa sa manche. Il observa son fils, qui attachait à un poteau un cheval bai aux longues jambes élancées.

— Je t'aurais bien accompagné, mais je ne suis plus d'une grande utilité, dit-il, un œil sombre posé sur son membre estropié. Il va me manquer, celui-là. (Il tendit la main et caressa l'encolure de Knight.) Sans des chevaux comme lui, mon travail ne servirait à rien. (Le regard de Senna, qui ne saisissait pas la portée de ses mots, passa de Wittin à l'animal.) Faites bien attention à vous, tous les deux. C'est compris ?

— Pourquoi m'aidez-vous ? laissa échapper la jeune fille.

Un voile de colère assombrit le regard de Wittin.

— J'ai mes raisons.

Elle comprit que sa réponse vague était tout à fait délibérée. Puis elle se rendit soudain compte qu'il avait dit « tous les deux » et vit que Joshen sellait un second cheval.

— Tu comptes venir avec moi ?

Joshen et son père échangèrent un regard incrédule.

— Tu ne pensais quand même pas partir seule ? demanda l'éleveur.

— Eh bien… si.

Les deux hommes se regardèrent de nouveau. Elle eut le sentiment que quelque chose lui échappait.

— Je pense que tu n'as pas bien saisi pourquoi

tu es ici, Brusenna. Tu n'es pas simplement venue récupérer une monture. Ta mère avait prévu que Joshen t'accompagnerait.

Senna toisa le jeune homme d'un œil perplexe. Il bomba le torse.

— Même si je ne suis pas encore un Protecteur, je me suis entraîné toute ma vie pour cette mission. Je suis le meilleur cavalier à la ronde et plutôt doué au mousquet.

— Le tir est ma spécialité, rétorqua-t-elle avec un haussement d'épaules.

Elle regretta aussitôt ses mots : elle n'avait jamais tiré de sa vie, pas plus qu'elle n'avait tenu d'arme à feu. Wittin se frotta le nez. Il avait visiblement constaté que la jeune sorcière ne portait aucune arme.

— Inutile de jouer les orgueilleuses. Tu auras forcément besoin d'aide à un moment ou à un autre.

— Je me débrouillerai, répondit-elle.

La simple perspective de se retrouver seule avec un homme – aussi sympathique que Joshen puisse être – l'oppressait. Le père et le fils communiquèrent en silence. Wittin fit non de la tête et Joshen, malgré une moue de frustration, se résigna.

— Très bien, Senna, concéda l'éleveur. Mais tu sais où nous trouver si tu changes d'avis.

Mal à l'aise, elle posa la main sur la tête de Bruke.

— Merci...

Toujours en silence et en s'échangeant un regard entendu, les deux hommes allèrent lui chercher du matériel flambant neuf. Le vélin clair de la selle dont ils équipèrent Knight souligna la profondeur de sa robe. Admirative, Senna lui passa une main sur l'encolure.

Tomack avait été bon avec elle, et elle avait vu à quel point il tenait à la montre en or. Elle aurait voulu la lui rendre, mais ne pouvait pas priver Wittin de son dû.

— J'aimerais vous racheter la montre de Tomack.

Wittin extirpa l'objet de sa poche. Son pouce en caressa machinalement la surface lisse.

— Garde-la.

Il lui tendit la montre et regagna la maison en boitant. Joshen dévisagea la jeune fille.

— Après la mort de mon grand-père, mon père et mon oncle n'ont cessé de se disputer cette montre. Prends-en soin.

Sur ces mots, il s'éloigna lui aussi. Une fois seule, Senna glissa la montre accompagnée de cinq pièces d'or sous la porte de la remise réservée au matériel. Elle mena Knight à l'extérieur, posa un pied sur l'étrier et se hissa sur l'animal. Dès son premier encouragement, Knight prit la direction de l'est.

Un instant de folie

Un œil mi-clos posé sur ses pains et ses gâteaux au miel, Berlie s'éventait à l'aide d'un chiffon lourdement empesé. Elle avait passé les heures qui précédaient l'aube dans la chaleur suffocante de sa cuisine, et le reste de la journée derrière son étal. Cuisiner ne la dérangeait pas. Ce qu'elle détestait en revanche, c'était voir ses produits se gâter au soleil. La journée n'avait pas été bonne. Elle se tourna vers Dall, sa fille.

— On ferait mieux de plier boutique.

— J'ai le droit de manger les gâteaux ?

La fillette, mains sous le menton, se pencha en avant avec gourmandise. D'habitude, elles ne mangeaient le pain que lorsqu'il commençait à rassir ou à moisir. Berlie s'apprêtait à refuser mais se ravisa devant la mine déconfite de Dall.

— D'accord, tu peux en prendre un. Tu en auras un autre après le dîner.

Avec un couinement ravi, la fillette bondit de sa chaise vers les pâtisseries. Berlie remballait ses marchandises quand une voix la fit sursauter.

— Oh, je suis désolé, madame !

L'homme, extrêmement séduisant, aurait pu avoir le même âge qu'elle. Une main plaquée sur la poitrine, Berlie tenta de reprendre son souffle.

— Ce n'est rien. Qu'est-ce qui vous ferait plaisir ?

— Malheureusement, je ne suis pas venu pour acheter, déplora-t-il d'un ton grave. Je suis à la recherche d'une jeune demoiselle. Elle est sans doute passée par ici.

Berlie croisa les bras. Elle se rappelait parfaitement la jeune fille mince qui avait dévoré ses gâteaux comme si elle n'en avait jamais encore goûté.

— Qui êtes-vous ?

L'homme se pencha vers elle.

— C'est une fugueuse, dit-il sur le ton de la confession.

Berlie connaissait ce regard. C'était celui d'un homme humilié d'avoir été éconduit. Pas celui d'un homme inquiet.

— Vous n'auriez pas dû l'épouser si jeune ! réprouva-t-elle, la mâchoire crispée au souvenir de son propre mariage.

Il recula brusquement et, pensa-t-elle, changea de tactique.

— Non, non ! Il ne s'agit pas de ma femme. C'est ma sœur.

Berlie fit la moue.

— Je sais lire le mensonge sur le visage d'un homme aussi facilement que l'enseigne d'une échoppe. Je n'ai rien à vous offrir et si vous ne fichez pas le camp, j'appelle le shérif !

L'homme, soudain menaçant, s'avança d'un pas mais Bloy, qui tenait l'étal voisin, intervint :

— Tout va bien, Berlie ?

Il avait les yeux rivés sur l'importun.

Berlie lui adressa un petit sourire. Il était laid comme un pou, mais extrêmement gentil. Il lui avait demandé sa main à de nombreuses reprises. Peut-être accepterait-elle, la prochaine fois. Un large sourire de nouveau plaqué sur les lèvres, l'inconnu retrouva toute son amabilité.

— Je dois y aller.

Berlie tortillait ses doigts pour tenter de contenir leurs tremblements. Elle remercia Bloy d'un signe de tête reconnaissant. Dall, les lèvres luisantes de sucre, ne souriait plus du tout.

— Tout va bien, ma chérie, murmura Berlie, qui l'embrassa sur le front. Rentrons à la maison. Après le dîner, tu auras droit à un autre gâteau au miel.

Il n'en fallut pas plus à la fillette pour oublier l'altercation. Berlie acheva de charger sa charrette qu'elle tira ensuite dans la côte qui conduisait aux quartiers pauvres. Une fois dans sa maison décrépite, elle souleva la trappe qui donnait sur la cave. Elle pourrait toujours revendre ses produits à moitié prix à ses voisins lorsqu'ils rentreraient de leur journée de travail. Au pied de l'échelle, elle ferma les yeux pour savourer quelques secondes la délicieuse fraîcheur ambiante. Un son la fit sursauter. Elle se retournait quand une main se plaqua sur sa bouche. Elle mordit à pleines dents deux des doigts boudinés qui la bâillonnaient.

— Aïe !

Elle s'élança vers l'échelle, mais une main lui saisit la cheville : elle tomba en avant et heurta un des barreaux, la tête la première. Du sang lui maculait le front, mais ce n'était pas sa première rixe. Son mari avait été de ce genre-là. Elle se retourna et adressa un coup de genou appuyé à l'entrejambe de son assaillant, qui se tordit de douleur en gémissant. Elle s'extirpa de la cave, referma la trappe et s'apprêtait à déplacer la table pour en condamner l'accès. Mais ce qu'elle vit la pétrifia. Sa fille, les yeux écarquillés, était assise sur les genoux de l'inconnu du marché. Il mordit dans un gâteau au miel et sourit.

— Délicieux !

Berlie était paralysée. L'homme reposa la pâtisserie et glissa brutalement ses doigts dans les boucles blondes de Dall.

— Je me demande comment vous réagiriez si vous perdiez un être cher pour avoir refusé d'indiquer à un homme où se trouvait sa sœur ?

Des sons montèrent de la cave. Un instant plus tard, un homme grassouillet en repoussait la trappe.

— Pourquoi c'est toujours moi qui me coltine le sale boulot ? grommela-t-il, gravissant les derniers barreaux de l'échelle.

L'inconnu ne daigna pas répondre à son compère.

— Allons, ce n'est pas si difficile. Dites-moi où elle est allée. Je vais vous attacher, vous et votre fille. Quelqu'un finira bien par vous rendre visite.

Berlie se sentit piégée. Comme lorsque son père avait insisté pour qu'elle épouse le « riche » boulanger à l'âge de quatorze ans. Comme lorsque son mari l'acculait dans un coin pour la frapper. Comme lorsqu'il était mort, la laissant seule, âgée de quinze ans, avec un nourrisson.

— Elle s'est rendue chez Wittin pour acheter un cheval.

L'homme afficha un sourire radieux. Il mordit de nouveau dans son gâteau au miel.

— Eh bien voilà ! Ce n'était pas si difficile. (Après les avoir ligotées et pendant que son compère glissait un bâillon dans la bouche de Berlie, l'homme tapota l'épaule de la pâtissière et déclara :) Quel dommage que des innocents doivent subir ce genre de choses ! Mais rassurez-vous, c'est pour la bonne cause.

Berlie le foudroya du regard. Il s'empara du dernier gâteau avec lequel il les salua avant de refermer la porte derrière lui. À grand renfort de contorsions, Berlie parvint à se libérer de ses liens. La pauvre Dall s'était endormie malgré son bâillon. Berlie la détacha et la souleva dans ses bras pour la déposer dans son lit. Elle se réveilla à l'instant où sa mère franchissait la porte de sa chambre.

— Ils ont mangé tous les gâteaux, maman !

— Je t'en préparerai d'autres demain matin, parvint à dire Berlie avec un sourire. Rien que pour toi. Qu'est-ce que tu en dis ?

— Des frais ?

— Tout juste sortis du four.

— D'accord, maman.

Berlie déposa un baiser sur son front.

— Maman va demander à un voisin de venir veiller sur toi. Je dois aller voir le shérif pour lui parler de ces deux méchants messieurs.

— Raconte-lui tout, maman, répondit Dall, les yeux soudain plissés. Comme ça, en prison, ils seront privés de gâteaux au miel !

*

Joshen déposa une nouvelle fourchée de foin dans la mangeoire avant de reculer d'un pas pour contempler son travail. Dans tous les boxes, les chevaux, ravis, savouraient leur dîner. Il posa l'outil contre un mur, récupéra l'huile pour selles et ouvrit la porte de la remise.

— Nom de… (Il se pencha pour ramasser la montre et les pièces d'or.) Aide une sorcière et tu seras récompensé au centuple, murmura-t-il, ébahi. Qui va là ? demanda-t-il, entendant un son derrière lui.

Il glissa la montre et les pièces dans sa poche puis passa la tête par la porte. Un inconnu, âgé de vingt-cinq ans environ, accompagné d'un autre, bien en chair.

— Je suis à vous tout de suite !

Il ne comprit pas ce qui le poussa à fermer à clé la porte de la remise mais obéit à son instinct.

— Que puis-je faire pour vous, messieurs ?

Le plus grand des deux lui adressa un sourire enjôleur, le sourire de celui qui vient vous subtiliser votre femme.

— J'aimerais vous acheter deux chevaux.

Joshen les invita à le précéder dans l'écurie. Autant ne pas leur tourner le dos…

— Avez-vous des préférences ?

L'inconnu s'arrêta pour caresser la joue d'un isabelle.

— Rapides et endurants si possible. En avez-vous vendu de tels dernièrement ? demanda-t-il.

Sans savoir pourquoi, Joshen eut l'intime conviction que l'homme parlait de Senna.

— Nous vendons des tas de chevaux, monsieur.

— Bien sûr.

Un peu plus loin, l'inconnu s'arrêta devant l'un des meilleurs hongres de l'écurie. Il ouvrit le box, fit courir ses mains sur les jambes baies de l'animal dont il examina la morphologie.

— Je vais vous prendre celui-ci. Et mon ami, l'isabelle que nous avons vu un peu plus tôt.

Joshen acquiesça et se mit en quête de deux licols. Il entraîna ensuite les chevaux vers le poteau d'attache. Il commençait à curer leurs sabots lorsque l'inconnu reprit la parole.

— Avez-vous vu passer une jeune fille dans les parages ? Elle est accompagnée d'un énorme chien.

Joshen s'immobilisa. Ces hommes étaient-ils les deux Chasseurs qui poursuivaient Senna ? Par les Créatrices, elle n'avait aucune idée du pétrin dans lequel elle se trouvait ! Il les observa de son œil expert. Le gros, il pouvait lui régler son compte sans trop de difficultés. Mais l'autre… Il semblait s'y connaître en bagarre. Et seul face à deux adversaires…

Joshen comprit que les chances n'étaient pas de son côté. Du moins pas sans arme. Il libéra la jambe du cheval et se redressa.

— Excusez-moi, monsieur, mais je viens de me souvenir que ces deux chevaux ne sont pas à vendre.

L'inconnu plissa les yeux. L'autre approcha.

— On peut se le faire, Wardof.

— Je t'avais ordonné de ne pas m'appeler par mon prénom ! Imbécile ! Si je n'étais pas obligé de te supporter, je jure que je t'aurais déjà tué depuis bien longtemps. (Wardof, menaçant, s'avança vers Joshen.) Pourquoi tiens-tu tant à la protéger ?

Le jeune homme réfléchit à toute vitesse. S'il parvenait à les attirer hors du bâtiment, ils seraient à portée de vue de son père. Il s'approcha de la porte.

— Je ne cherche pas à la protéger, mais je préfère ne pas

être impliqué dans cette affaire. Les sorcières constituent de redoutables ennemis.

— Pas autant que moi.

Joshen secoua la tête.

— Parce que vous avez le pouvoir de rendre toutes mes terres stériles, peut-être ?

— Non, répondit Wardof d'une voix grave aux accents meurtriers. Mais je connais quelqu'un qui en est capable. Enfin, il faudrait déjà que tu vives assez longtemps pour ça.

Les paumes de Joshen étaient moites, sa bouche toute sèche. Il s'était déjà battu par le passé, mais jamais contre des Chasseurs de sorcières. On lui avait appris à oublier son amour-propre et à ne reculer devant rien pour remporter la victoire.

— J'ignore par où elle est repartie. Mon père l'a peut-être vue, lui. Je vais aller le chercher.

La main de Wardof s'abattit lourdement sur l'épaule du garçon.

— Ne me dis pas que tu comptes sur lui pour équilibrer la balance, quand même ?

Joshen tenta de faire volte-face, mais le plus gros de ses opposants lui saisit l'autre bras. L'homme était plus rapide qu'il ne l'avait prévu. Joshen se laissa tomber au sol, dans l'espoir que son poids les déstabiliserait. Les Chasseurs trébuchèrent. Il libéra ses bras et balaya les jambes de Wardof.

— Saute-lui dessus, Garg !

Sans laisser à Joshen le temps de se relever, Garg s'exécuta. Wardof lui assena un puissant coup de poing au ventre. Joshen, le souffle coupé, se tordit de douleur.

Deux paires de mains le forcèrent à se relever avant de le projeter sans ménagement contre la porte de la remise dont le bouton lui poignarda le bas du dos.

— Où est-elle, gamin ?

Plié en deux, il essayait de reprendre son souffle.

— Je ne vous dirai rien, bande de lèche-bouses !

Il se raidit en les voyant approcher, poings serrés. Il refusait de leur faciliter la tâche. Il esquiva un coup et fit un pas de côté pour profiter de son allonge. Mais le combat tourna court. Ses assaillants le plaquèrent contre le mur et lui assenèrent une pluie de coups qu'il ne put esquiver. Les siens, en revanche, n'atteignaient que rarement leur cible. Les chevaux devenaient fous, rivalisant de ruades et de hennissements. Lorsque Joshen releva la tête, il vit les deux intrus projetés en arrière comme de vulgaires fétus de paille. Wittin, dont le boitement était à peine perceptible, souleva Wardof par les épaules et abattit un poing massif en plein milieu de son visage délicat.

Plusieurs secondes s'écoulèrent avant que Joshen, enivré par la fierté, ne vienne prêter main-forte à son père. Il s'élança en avant et plaqua le Chasseur grassouillet à la taille. Tous deux roulèrent dans le foin jusqu'à ce que le jeune homme parvienne à clouer son adversaire au sol. Garg se débattait avec force.

— Lâche-moi ! Lâche-moi !

Joshen resserra sa prise. Qu'allait-il faire de ce scélérat, maintenant qu'il le tenait par la gorge ?

Quant à Wardof, il ne faisait pas le poids face à Wittin. Il reçut une telle raclée qu'il finit par s'effondrer, inerte. L'éleveur, la respiration haletante et le regard assombri par la colère, se pencha sur lui avant de se tourner vers Joshen.

— Ça va, fiston ?

— Ça peut aller.

Wittin grogna. Trois immenses pas le rapprochèrent d'un licol – son boitement avait empiré. Il vérifia la prise qu'avait son fils sur Garg.

— Retourne-le sur le ventre et pose un genou sur sa nuque. S'il essaie de bouger, pousse de tout ton poids.

Joshen desserra légèrement sa prise et Garg tenta aussitôt de se libérer. Le jeune homme serra de nouveau. Wittin approcha et assena un puissant coup de poing à la tempe du voyou, qui s'affala, évanoui.

— Ça nous apprendra à vouloir faire les choses en douceur, grommela Wittin.

Ils ficelèrent les deux intrus qu'ils traînèrent ensuite dans un coin de l'écurie. Qarin, la mère de Joshen, accourut en essuyant ses mains, couvertes de farine, sur son tablier.

— Qu'est-ce que c'est que tout ce vacarme ?

Wittin désigna les deux prisonniers. Qarin ouvrit de grands yeux.

— J'ai entendu les chevaux depuis le pâturage, expliqua-t-il. Et quand je suis arrivé, Joshen était en train de se faire tabasser par des Chasseurs de sorcières.

Le plus gros des deux s'agita en gémissant. Wittin désigna la porte d'un signe de tête et ils s'éloignèrent de l'écurie.

— Je présume qu'ils cherchaient Senna ? demanda-t-il.

Joshen, qui frottait doucement son ventre endolori, acquiesça. Wittin interrogea sa femme du regard. Les yeux pleins de larmes, elle hocha la tête.

— Tu as raison. La protection des sorcières relève de notre responsabilité à tous. Et si Senna est vraiment la dernière, alors notre aide ne lui sera pas de trop. (Wittin grommela en massant sa jambe douloureuse.) Nous savions tous les deux que ce jour viendrait. Mais vous l'avez laissée partir !

Wittin haussa les épaules. Joshen dévisageait ses parents d'un œil suspicieux.

— Un Protecteur doit veiller sur sa sorcière, continua Qarin. En toutes circonstances. Brusenna refuse d'être accompagnée, soit. Suis-la de près !

Une vague d'excitation submergea le jeune homme. Senna n'avait que quelques heures d'avance : sa trace serait encore fraîche. Elle n'avait en outre rien d'une grande cavalière, il la rattraperait sans difficulté. L'occasion lui serait enfin donnée de prouver ses talents de Protecteur.

Un martèlement de sabots attira leur attention. Un groupe de cavaliers remontait le chemin dans la pénombre grandissante. Joshen reconnut le shérif, accompagné de plusieurs volontaires. L'homme de loi leur adressa un petit salut de la tête.

— Berlie, la pâtissière, nous a rapporté que deux hommes les avaient ligotées, elle et sa fille, avant de s'enfuir dans cette direction. Les avez-vous vus ?

D'un pouce, Wittin désigna l'écurie, derrière lui.

— Ils sont là-dedans. Bien ficelés.

— Vous les avez attrapés ? s'étonna le shérif, dont le regard incrédule passait du jeune homme dégingandé à son père estropié.

— Bien sûr ! tonna Wittin, qui croisa les bras, visiblement vexé.

Le shérif leva aussitôt une main en signe d'excuse.

— Tout ce que je veux dire, c'est qu'ils avaient l'air plutôt coriaces… d'après Berlie, s'empressa-t-il d'ajouter.

— Ils ont tenté de nous voler des chevaux. Quand Joshen a voulu les en empêcher, ils se sont mis à le frapper. J'ai, en quelque sorte, rétabli l'équilibre. Ils ont fait long feu.

Le shérif transcrivait avec fébrilité les faits relatés par Wittin sur une feuille de parchemin. Joshen et son père signèrent ensuite le document. Deux des volontaires, désignés comme témoins, les imitèrent avant d'aller récupérer les malfaiteurs à demi-conscients, qu'ils jetèrent en travers de leur monture comme de vulgaires sacs de pommes de terre. Le shérif et ses hommes esquissèrent un salut de la tête. Wittin les regarda s'éloigner d'un œil inquiet.

— Ces deux-là ne vont pas rester en prison bien longtemps. (Il se tourna vers Joshen.) Il est grand temps que tu rejoignes la cause, fiston !

*

Wardof jeta son pain rassis sur le plateau.

— Nous n'en serions pas là si tu ne t'étais pas conduit comme un abruti !

— Qu'est-ce que j'ai fait ? s'indigna Garg.

— Tu m'as appelé par mon prénom.

— Et alors ? s'étonna son compère avec un haussement d'épaules. Je ne vois pas ce que ça change. Le fermier t'aurait quand même flanqué une raclée.

— Ah ! Parce que tu t'en es mieux tiré avec le grand dadais peut-être ? répliqua Wardof.

— C'est toi le Chasseur de sorcières. Si tu l'avais attrapée chez elle, on n'aurait pas eu à lui courir après dans toute la cité-État !

Wardof, dépité, secoua la tête.

— Je te l'ai déjà dit, il n'y a que deux façons de capturer une sorcière. Soit pendant son sommeil, soit en la bâillonnant pour l'empêcher de chanter. Comment j'aurais pu savoir qu'elle avait un chien ?

— En surveillant la maison plus longtemps, rétorqua Garg.

— Je me demande comment un demeuré comme toi a pu hériter de ce district !

— Personne d'autre ne voulait vivre à Gonstower, grommela Garg.

— Voilà qui explique tout… ricana Wardof.

Garg lui lança un regard assassin.

— Arrête tout de suite de m'insulter.

Wardof pencha son visage tuméfié en avant et attira Garg vers lui.

— Et comment comptes-tu m'en empêcher, espèce de misérable tas de graisse ? Tu ne mérites pas de porter le nom de Serviteur d'Espen !

Garg s'élança d'un bond sur son compagnon d'infortune. Le plateau valsa et une pluie de soupe de pois cassés éclaboussa les deux hommes. Wardof maîtrisait tout juste son adversaire quand la porte de la cellule s'ouvrit. Une robe noire tourbillonnante pénétra dans la pièce.

— Debout, bande d'incapables !

Wardof reconnut aussitôt la voix. Il lâcha prise et se releva tant bien que mal, aussitôt imité par son compère.

Des cheveux ondulés, des yeux verts… il aurait pu trouver cette femme belle – s'il s'était agi d'une inconnue.

— Espen, bredouilla-t-il. Je sais que je m'étais engagé à la capturer, mais…

— Je vous avais demandé de la trouver, l'interrompit-elle. Une simple jeune fille. Sans formation, qui plus est. (Espen tournait autour d'eux sans les quitter du regard, tel un faucon à l'approche de sa proie.) Mais vous avez échoué. À deux reprises. Par deux fois, j'ai dû vous soustraire aux forces de l'ordre. Par deux fois, j'ai dû interrompre mes affaires. (Elle s'approcha d'eux, les yeux embrasés par la colère.) Je la capturerais bien moi-même, mais mes dernières recrues se débattent encore un peu trop pour que je les laisse sans surveillance.

Elle attrapa chacun des deux hommes par le nez et les tira sans ménagement derrière elle. Malgré l'incongruité de la situation, Wardof se laissa traîner hors de la cellule sans protester. En passant devant la salle des gardes, il comprit que de la barbelle vénéneuse était à l'œuvre : de magnifiques fleurs orange emplissaient la pièce d'une odeur entêtante. Wardof sentit ses paupières s'alourdir et il puisa dans sa peur la force de poursuivre. D'énormes racines se lovaient autour des chevilles des gardes comme autant de serpents venimeux. En moins de quelques heures, la barbelle aurait dissous les chairs.

Une fois à l'extérieur, Espen les relâcha et commença à s'éloigner, flottant à quelques centimètres du sol. Une main sur leur nez douloureux, Wardof et Garg la suivirent à une dizaine de pas de distance. Aux abords d'une taverne, Wardof ne put contenir un grognement qu'avec peine : la beauté d'Espen passait rarement inaperçue auprès des villageois avinés.

Il avait été de ceux-là. Et en subissait à présent les conséquences. Comme il l'avait redouté, un des habitués, admiratif, s'avança.

— Oh, ma beauté ! Ça te dirait de prendre un verre avec Tomund ?

Espen poursuivit sa route. D'un regard, Garg tenta d'avertir l'inconnu, qui l'ignora. Tomund s'élança au petit trot pour rattraper la femme.

— Allez, viens ! Je te paie une bière.

Espen se retourna. D'instinct, Wardof et Garg reculèrent de quelques pas.

— Si j'avais été à la recherche d'un… (Elle le dévisagea avec une moue dégoûtée.) D'un homme, j'aurais répondu à ta première offre. Mais, puisque tu persistes, je vais t'accorder un instant de folie.

Elle trempa un doigt dans une petite bourse retenue à sa ceinture et s'enduisit la bouche d'une substance cireuse. En chantonnant, elle offrit ses lèvres à Tomund, qui, ravi, approcha. À peine eut-il effleuré la bouche d'Espen qu'il recula d'un bond, l'air ahuri.

— Qui suis-je ? Et qui êtes-vous ?

Espen sourit.

— Je suis ta mère. Et je t'ordonne de sauter. Jour et nuit. Sans jamais t'arrêter.

Farouchement déterminé à suivre l'ordre que venait de lui donner sa mère, l'homme se mit à sauter aussi haut et vite que possible. Wardof et Garg échangèrent un regard lourd de sens. Ils devaient à l'humeur de la Sorcière Noire, moins badine le jour de leur recrutement, de ne pas avoir connu le même sort. Tous deux étaient parfaitement conscients de l'emprise qu'elle exerçait sur eux.

À l'orée de la forêt, Espen entama un chant. Les arbres, non sans plainte, lui obéirent et formèrent un Cercle de Pouvoir. Elle invoqua ensuite le vent. Nourrie par la puissance de ses prisonnières, elle regagnerait son domaine en moins d'une heure.

Wardof fit courir ses doigts sur le croissant de lune qu'il portait au cou. Il rêvait de s'en débarrasser – de le jeter dans un abysse, l'enfouir sous terre ou le livrer à la fournaise d'un forgeron – de sorte qu'Espen ne puisse plus le suivre à la trace. Mais il savait l'idée stupide. Tôt ou tard, elle le retrouverait. Et elle lui ferait payer son geste.

En outre, une jeune sorcière vivait encore en liberté. Quelque part. Et il refusait de la faire attendre.

Le Chant de l'aurore

Le Chant de l'aurore indiquait le nord-est. Senna progressait rapidement, le plus souvent sur des routes isolées, loin de toute habitation. Un jour, elle eut l'impression de franchir une barrière invisible qui détournait sur Urway, déjà ravagée par les inondations, tous les orages qui auraient dû s'abattre sur Perchance.

Ses affaires étaient détrempées. Et, même lorsque la pluie cessait, le froid et l'humidité ne la quittaient jamais. Depuis quelques jours, elle avait pénétré dans un épais brouillard, plus désagréable encore que les averses. Il recouvrait le monde de son manteau humide, étouffant, et la privait de la chaleur réconfortante du soleil.

Pour s'occuper, Senna répétait ses gammes. Elle prêtait une attention toute particulière aux tons, au tempo, à la justesse de sa voix. Un aboiement de Bruke la tira de la torpeur dans laquelle elle avait sombré. Elle se redressa aussitôt sur sa selle. Soulevant sa capuche détrempée, elle plissa les yeux pour tenter de distinguer la silhouette floue de son chien.

— Qu'y a-t-il ?

Il aboya de nouveau puis, dans un jappement, disparut.

— Reviens !

Senna incita Knight à accélérer le pas. Debout sur les étriers, elle scrutait le brouillard.

— Arrête de faire l'imbécile, Bruke, reviens !

Que se passerait-il s'il ne revenait jamais ? Il revenait toujours. Une vague de chaleur la submergea. Elle était en nage.

— Bruke ! Viens ici !

Elle lança Knight dans un trot soutenu. Et s'il l'abandonnait ? Comme son père et sa sœur avant lui... Et sa mère aussi. Un vide se creusa en elle, prêt à l'engloutir tout entière.

Elle piqua des deux avec force et Knight s'élança aussitôt au galop. Rejetée en arrière, Senna tâtonna à la recherche du pommeau de la selle et se redressa avec peine. Chaque foulée la secouait de tous côtés, comme une vulgaire poupée de chiffon. Elle parvint malgré tout à saisir les rênes et força Knight à s'immobiliser.

Sans réfléchir, Senna descendit de sa monture. Mais son pied, coincé dans l'étrier, l'envoya au sol, la tête la première. Elle tendit les bras pour amortir sa chute et la violence du choc lui vrilla les poignets. En dépit de la douleur qui lui brûlait les paumes, elle s'efforça de s'asseoir de peur que Knight s'élance à nouveau et ne l'entraîne vers une mort certaine. Mais le cheval se contenta de renifler la jambe de sa cavalière avant de la contempler de son regard clair. Senna se releva et parvint à libérer son pied. Sans laisser à Knight le temps de s'éloigner, elle enroula les rênes autour de son bras. Pressant ses mains contre sa poitrine, elle étouffa un grognement de frustration.

Bruke était de retour. Elle posa un genou à terre et le serra dans ses bras. Les sanglots ne se firent pas attendre.

— Ne t'avise plus jamais de me laisser seule ! Quand je te dis de revenir, tu reviens !

L'animal glapit avant de lui lécher le visage. Il était trempé et dégageait une odeur curieuse. Senna le repoussa. Les yeux posés sur la selle, elle s'adressa à Knight :

— Merci d'avoir pris soin de moi, mais nous n'irons plus jamais aussi vite. Plus jamais. C'est d'accord ?

Elle ôta la terre qui s'était incrustée dans ses paumes à vif et épousseta sa robe. Le vent glissait ses doigts dans les cheveux blonds de la jeune fille. Un frottement régulier parvint à l'oreille de Senna, mais elle ne vit rien d'autre que cet impénétrable brouillard. Elle reprit les rênes dans une main et entraîna Knight avec elle.

Le vent forcit. Sa cape claquait derrière elle et le son étrange gagnait en intensité. Soudain, Senna déboucha hors du brouillard : sous ses yeux s'étalait l'océan.

— La mer, souffla-t-elle dans un murmure.

Les eaux gris sombre s'étendaient si loin que la jeune fille devinait la courbure de la Terre. Bruke gambadait déjà sur la pente qui menait à la plage. Prudente, Senna s'avança de quelques pas. Elle percevait chaque galet sous ses chaussures. Elle observa la mer qui approchait de ses pieds avant de se retirer et se pencha pour plonger les mains dans l'eau. Par les Créatrices, quel froid ! Hésitante, elle porta un doigt à sa bouche.

— C'est salé !

Les gens disaient donc vrai. Elle secoua les mains pour se débarrasser des dernières gouttes et se releva. La nuit approchait, il lui fallait trouver au plus vite un endroit pour camper et nourrir Knight. Elle longea la plage jusqu'à découvrir une petite alcôve naturelle au pied de la falaise à pic. De rares arbres y poussaient et de la mousse en recouvrait les parois.

Le bois flotté était trop humide pour allumer un feu. *Merci la pluie !* pensa Senna. Elle sortit quelques provisions de son paquetage et se mit à déguster ce frugal repas froid en observant le retour du brouillard. Le sol glacial semblait drainer le peu de chaleur qui habitait encore la jeune fille. Elle rejeta la tête en arrière et entonna un des chants appris dans le carnet de sa mère.

Ô frêne, toi mon ami,
M'offrirais-tu un tendre nid ?

Elle entamait son incantation pour la dixième fois quand l'arbre qui la surplombait acheva de tisser un lit douillet de ses fines branches. Ravie d'avoir été exaucée, Senna se tourna vers Bruke.

— Tu veux te joindre à moi ?

Le regard du chien passa du frêne à sa maîtresse, puis de nouveau à l'arbre. Il accepta finalement de se coller à la jeune sorcière. Elle interpréta alors un second chant : dans un craquement rigide, l'arbre déploya une branche avec laquelle il déposa en douceur les deux compagnons sur la couche improvisée.

— Au moins, nous serons au sec !

Elle déplia son sac de couchage et se blottit contre Bruke. Le vent frais glissait sur ses joues.

Le sommeil refusa de l'emporter. Elle était trempée et trop fatiguée par son périple. En outre, le confort des branches noueuses, bien que sèches, restait tout relatif. Elle se retournait pour la dixième fois lorsque lui parvint le cliquetis caractéristique de sabots sur la pierre. Elle se hissa sur un coude et plissa les yeux.

Une silhouette sombre se découpait dans l'obscurité. La tension de Bruke, parfaitement silencieux, était palpable. Tapie dans son nid, Senna risqua un coup d'œil par-dessus le rebord en priant pour que l'intrus passe son chemin. La faible lumière qu'offrait la lune ne lui permit pas de discerner les traits du cavalier. Il progressait avec détermination, droit devant lui, les yeux rivés sur le sol. Knight laissa échapper un hennissement aigu de bienvenue. L'inconnu s'immobilisa, à présent averti que les lieux étaient occupés. Senna retint sa respiration. S'il s'agissait de Wardof, le combat serait inévitable. Mais un autre pouvait se révéler tout aussi dangereux. Que faire s'il essayait de s'emparer de Knight ?

Lentement, l'inconnu fit demi-tour. Les contours de son visage se découpèrent alors dans la lueur ambiante.

— Joshen ? s'exclama Senna, incapable de se retenir.

Il fit volte-face, tourna la tête de tous côtés, sans penser à lever les yeux.

— Senna ?

Elle reconnut sa voix sans difficulté.

— Joshen ?

Il approcha, sourcils froncés. Il ne la voyait toujours pas.

— Je suis là-haut.

Surpris, il leva la tête. Senna cligna des yeux à plusieurs reprises, mais la vision persista.

— Que fais-tu ici ? lui demanda-t-elle.

— Je… Je… (Il prit une profonde inspiration.) Je t'ai suivie.

Elle se redressa d'un coup.

— Tu m'as suivie ?

— Je suis ton Protecteur, ou le serai bientôt, déclara-t-il, bras croisés. Il est de mon devoir d'assurer ta sécurité. (Elle ouvrit la bouche pour protester, mais il ne lui en laissa pas le temps.) Wardof et son compère ont débarqué à l'écurie juste après ton départ. Nous avons réussi à les maîtriser. Le shérif les a conduits en prison, mais ils se sont sans doute déjà évadés à l'heure qu'il est.

Le cœur de la jeune femme battait à tout rompre. Elle repoussa son sac de couchage.

— Wardof, répéta-t-elle d'une voix aiguë, incrédule. Déjà évadé ?

Elle pensait disposer d'au moins quelques jours supplémentaires. Joshen acquiesça.

— Tu tiens toujours à rester seule ?

Senna plongea les yeux dans ceux, intelligents, de son chien. Bruke, capable de percevoir les intentions de chacun, n'avait pas jugé bon lever la tête à l'approche de Joshen.

— Non, admit-elle.

Le garçon observa leur abri de fortune et son regard tomba sur Knight. Il fit courir une main sur le flanc du cheval.

— Il a l'air en forme, commenta-t-il.

Son attention se reporta ensuite sur sa propre monture. De ses doigts experts, il débarrassa Stretch de sa selle. Puis, sous les yeux de Senna, il tira ce qui ressemblait à un ramassis de miettes de son sac et entreprit de le dévorer. La jeune fille s'efforça de ne pas laisser paraître son dégoût.

— J'ai des provisions, si tu veux, offrit-elle.

— Ça ira pour ce soir, déclina-t-il, engloutissant la dernière bouchée.

Il s'essuya les mains sur son pantalon puis releva la tête.

— Où avez-vous trouvé ce chien ? Il est énorme.

— Quand ma mère l'a acheté, expliqua-t-elle, le menton posé sur son poing, ce n'était encore qu'un chiot. Des villageois venaient de massacrer notre cheval de trait. (Inconsciemment, elle glissa ses doigts dans le pelage hirsute de l'animal.) Il veille sur moi.

— Il t'a déjà valu des réflexions ?

— On nous regarde parfois de travers, mais personne n'ose rien dire. Je serais curieuse d'en voir un essayer de lui faire du mal, tiens !

Un voile étrange passa sur le visage du jeune homme, qui le refoula aussitôt. Il s'affaira à étendre ses couvertures sur le sol.

— Tu peux dormir dans l'arbre, si tu veux, proposa-t-elle, gagnée par la culpabilité.

Sourcils froncés, Joshen examina le lit improvisé.

— Non, merci. Je préfère dormir par terre que perché dans un nid.

— Comme tu voudras, répondit Senna, qui se blottit contre Bruke.

Au petit matin, la jeune fille s'assit, les jambes ramenées contre sa poitrine. La pluie avait repris. Elle chantonna à voix basse afin de ne pas réveiller ceux qui dormaient encore. À ses ordres, la brume se forma de nouveau. Mais cette fois, elle indiqua le nord. Senna interpréta un second chant et l'arbre la déposa délicatement sur le sol. Elle tira Joshen par le bras.

— Debout. (Il ouvrit un œil endormi.) Il faut y aller.

Le jeune homme s'étira avec force bâillements. Ils prirent leur petit-déjeuner en silence. Senna peinait à ignorer sa présence, elle se sentait mal à l'aise. Et, en même temps, elle avait l'impression de redécouvrir le printemps après un long hiver rigoureux : elle n'était plus seule.

— Comment as-tu fait pour me retrouver ?

— Grâce aux fers de Knight. Ses traces sont faciles à suivre.

La terrible menace de Wardof lui revint en mémoire : *« Je m'évaderai et je te tuerai. »* Elle ferma les yeux.

— Si tu m'as retrouvée, lui aussi le pourra.

Joshen posa sa selle sur le dos de Stretch.

— Pour le moment, et jusqu'à ce qu'il se procure un nouveau cheval, il est à pied. En plus, la pluie finira bien par effacer nos traces. Nous devrions pouvoir maintenir une bonne distance entre lui et nous. (Il bondit en selle, puis la regarda.) Où allons-nous ?

Senna glissa tant bien que mal un pied dans l'étrier, se hissa sur le dos de Knight et se dirigea vers le nord. Bruke, ravi de bouger enfin, ouvrit la marche en bondissant.

— Vers le nord. Direction le Refuge.

— Je n'ai jamais entendu parler de cet endroit. Comment sais-tu que c'est par là ? demanda-t-il, dubitatif.

Sur ses gardes, Senna le dévisagea.

— Je le sais, c'est tout, finit-elle par répondre.

Elle comprit qu'il aurait voulu en savoir plus mais il cessa de la questionner. Apparemment, le silence ne le dérangeait pas. Tant mieux, car elle n'avait absolument aucun talent pour la conversation ! Après de longues minutes, elle entreprit de répéter ses gammes. Absorbée par ses exercices et sa volonté d'améliorer son amplitude vocale, elle mit quelque temps à remarquer que Joshen l'observait, bouche bée. Elle s'interrompit.

— Non… Ne t'arrête pas.

Le rouge monta aux joues de la jeune fille. Embarrassé, son compagnon détourna le regard.

— Je ne savais pas que ça pouvait être aussi… fort.

Senna profita de la capuche rabattue sur sa tête pour dissimuler son sourire. Puis, au lieu de reprendre ses exercices, elle entonna une ballade néfalienne. Elle enchaîna ensuite les chansons les unes après les autres et ne cessa qu'à la vue d'une ville dont le contour, flou, se dessinait dans le brouillard. Le silence qui suivit ses chants semblait plus épais que jamais.

— Tu sais où nous sommes ? demanda-t-elle.

— Je dirais Corrieth. C'est un port marchand.

— Et qu'est-ce que les habitants de Corrieth pensent des sorcières ?

Il se tourna vers elle. Le regard doré de la jeune fille trahissait une grande appréhension – bien supérieure à ce qu'elle aurait voulu révéler.

— Je n'en sais rien, Senna.

La jeune sorcière sentit son estomac se nouer. Après l'intimité réconfortante d'un voyage en petit groupe, la morsure glaciale de la multitude n'en serait que plus douloureuse.

La marque des sorcières

Senna n'en revenait pas de la hauteur des murs qui la surplombaient. Ils étaient certes voués à protéger les habitants de Corrieth mais elle avait surtout l'impression de pénétrer dans une cage.

— C'est au moins dix fois plus grand que Perchance ! déclara Joshen.

Senna déglutit et lança un regard inquiet à son chien.

— Qu'est-ce que tu en dis, Bruke ?

L'animal, visiblement inquiet, remua la queue d'avant en arrière. Puis, tête baissée, il avança d'un pas prudent. Un sentiment de soulagement envahit Senna lorsque les gardes, postés à l'entrée de la ville, les laissèrent passer sans leur prêter la moindre attention. Elle n'avait parcouru que quelques mètres lorsqu'un puissant mélange d'épices exotiques lui assaillit les narines. L'eau lui monta à la bouche. Elle rêvait d'un bon plat chaud. Joshen, le regard interrogateur, fit claquer sa langue. Un petit sourire aux lèvres, Senna mit pied à terre et se laissa guider par son odorat. Ils débouchèrent bientôt sur la place du marché par une ruelle dérobée. Ébahie, Senna s'arrêta. L'endroit grouillait d'étrangers aux tenues chatoyantes. Les teintes pastel que portait son peuple semblaient bien ternes en comparaison. Jusqu'à présent, elle pensait que de telles couleurs étaient réservées aux fleurs.

Sans parler des badauds eux-mêmes ! Senna ignorait que les humains puissent arborer autant de teints et des parures si diverses. La peau, couleur charbon, de certains contrastait avec la blancheur de leurs dents. D'autres, dorés et les yeux en amande, portaient une épaisse chevelure noire. Beaucoup, le crâne rasé, affichaient de terrifiantes marques bleutées tracées à même la peau. D'autres encore, drapés de longs voiles de tissu en guise de vêtement, avaient le nez percé de bijoux et de scintillants anneaux accrochés aux oreilles.

Pressée de toutes parts par des inconnus, Senna se sentait perdue. L'odeur des mets vendus sur les étals, mêlée à celle des excréments d'animaux et des corps non lavés lui soulevait le cœur. Une multitude de sons et de couleurs achevaient de saturer ses sens.

Telle une enfant apeurée, elle s'accrochait au bras de Joshen, qui leur acheta de quoi faire un petit festin. Peut-être remarqua-t-il le malaise de Senna ou bien éprouva-t-il lui-même une certaine gêne ? Toujours est-il qu'il les entraîna vite à l'écart du marché, vers l'océan. Ils s'installèrent au calme sur l'une des jetées, à proximité d'un groupe de marins qui patientaient à côté de leur navire.

La jeune fille avait oublié la douceur d'un plat chaud entre ses paumes, les volutes de fumée qui s'en élevaient dans l'air frais, ainsi que le plaisir et la chaleur qui accompagnaient le sentiment de satiété. Elle engloutit trois petits pains fourrés avant de s'attaquer aux gâteaux au miel. Elle était tellement absorbée par son repas que le coup de coude de Joshen la fit sursauter. La bouche ouverte, prête à mordre de nouveau dans sa pâtisserie, elle se tourna vers lui. Il désigna les marins d'un signe de tête. Elle se pencha pour mieux les observer, mais il lui adressa un second coup de coude.

— Ne les regarde pas ! chuchota-t-il. Tends juste l'oreille.

Non sans avoir auparavant mordu dans son gâteau au miel, elle obéit.

— Non, ça fait des mois que je ne les ai pas vues, déclara un des marins, roux et barbu. Et je commence à en avoir assez de ce fichu brouillard !

Senna et Joshen échangèrent un regard. La jeune fille se pencha de plus belle pour mieux voir la scène qui se jouait sous ses yeux.

— Elles sont peut-être occupées ailleurs, capitaine Parknel, suggéra un homme au teint mat.

— Leur quartier général est quelque part dans le coin, déclara un marin à la dentition chaotique. Elles seront bientôt de retour pour régler leurs affaires.

Le premier des trois, le capitaine Parknel, reprit la parole.

— L'océan ressent ces choses, croyez-moi. Ce brouillard nous empêche peut-être de reprendre la mer, mais ce n'est qu'un début. Bientôt, des orages capables d'envoyer un navire par le fond en une seule lame éclateront.

— J'ai entendu dire que de terribles inondations frappaient déjà l'arrière-pays, confirma un marin chauve.

Le capitaine Parknel porta une timbale à ses lèvres.

— Si les sorcières ne reviennent pas, nous ne transporterons plus jamais aucune marchandise sur les flots.

Senna et Joshen se consultèrent de nouveau du regard.

— Nous ne devons plus être très loin ! murmura-t-elle avec enthousiasme.

Joshen se rembrunit et demanda d'une voix trop forte :

— Tu veux dire que tu ne sais pas où nous allons ?

— Chut ! (Senna se pencha vers le garçon, qui avait attiré l'attention des marins.) C'est la première fois que j'y vais.

— Mais comment vas-tu faire pour le trouver ? demanda-t-il d'une voix de nouveau maîtrisée.

— Je le trouverai, lui assura-t-elle.

Dubitatif, il haussa les épaules.

— Ah, les sorcières…

Senna sourit. Les mots de Joshen avaient plutôt sonné comme un compliment accordé à contrecœur par un ami que comme une insulte. Elle se mit à balancer ses jambes dans le vide, au-dessus de l'eau, et tendit un morceau de gâteau à Bruke.

Une fois leur repas savouré et leurs stocks de vivres reconstitués, ils décidèrent de reprendre le chemin avant la tombée de la nuit, pour ne pas perdre l'avance qu'ils avaient prise sur les Chasseurs. Ils avaient couvert une demi-lieue vers le nord quand l'obscurité les obligea à s'arrêter. Ils dînèrent autour d'un feu de camp pendant qu'un vent glacial s'évertuait à leur en souffler la fumée en plein visage. Rassasiée, Senna étendit son sac de couchage à côté de Joshen. Surpris, il haussa les sourcils. Les joues de la jeune fille s'embrasèrent aussitôt.

— Il n'y a pas beaucoup d'arbres ici, s'empressa-t-elle de bredouiller, embarrassée. Et il va sans doute faire froid.

En plus, ça dissuadera peut-être d'autres voyageurs de s'attarder.

— Et donc… tu veux qu'on partage le même lit ? demanda-t-il, encore stupéfait.

Elle resta sans voix. Elle aurait voulu disparaître, mais le sol, désespérément dépourvu de végétation, lui refusait toute cachette. Elle tenta de parler, mais seul un croassement ridicule s'échappa de sa gorge. Elle secoua la tête, soudain persuadée qu'une démonstration vaudrait mieux qu'une longue explication bégayante.

Elle creusa un trou dans lequel elle déposa une graine de la taille d'une petite prune. Elle le reboucha, puis entonna un chant.

Ô graine protectrice, entends ma voix,
Et de tes rameaux abrite-moi.

Une minuscule pousse grise jaillit hors du sol, puis commença à s'élargir à plat, tel un fer de bêche. Elle poursuivit sa croissance et s'étira jusqu'à les recouvrir tous les deux complètement, à la manière d'un bol retourné.

— C'est une graine protectrice, expliqua-t-elle avec un sourire timide. Elle s'inspire de la topologie de l'endroit où elle pousse pour cacher ses habitants et leur offrir un abri. Mais, si tu préfères dormir dehors, je peux lui demander de te laisser sortir…

Joshen l'observa d'un regard où se mêlaient à la fois crainte et admiration. Elle se sentit soudain mal à l'aise. Et s'il refusait ? Sa proposition n'avait rien d'équivoque. Elle avait pensé qu'il préférerait ne pas subir les assauts du vent glacial.

— J'aurais dû te demander avant.

— J'aime autant rester. Si ça ne te dérange pas.

Elle hocha la tête avant de se laisser tomber sur son sac de couchage. Son épaule heurta lourdement le sol dur. Elle étouffa un grognement et resta allongée, parfaitement immobile. Leur chaleur respective finit par se propager dans l'abri, et Senna se détendit. La respiration de Joshen se fit plus profonde. Bien qu'il fût à peine plus âgé qu'elle, il dégageait une impression de force et de hardiesse. Une force qui enveloppa la jeune fille comme une couverture douillette. Une fois certaine que Joshen s'était endormi, elle chuchota :

— Je suis contente que tu sois là.

— Moi aussi, répondit-il.

*

Lorsqu'elle ouvrit les yeux, à l'aube, elle baignait dans la chaleur mêlée de Bruke, blotti contre son ventre, et de Joshen, étendu dans son dos, un bras passé sur son épaule. Elle resta allongée quelques instants à se délecter du contact du jeune homme, à la fois étrange et agréable. Puis, à contrecœur, elle repoussa son bras et se redressa.

Joshen était magnifique – elle eut subitement envie de toucher son visage. Se mordant la lèvre, elle se demanda si elle en aurait le courage. Non. Que se passerait-il s'il se réveillait et la surprenait ? Il verrait dans son geste un message caché qui n'y était pas, elle en était certaine. Et, même s'il y en avait un, il ne serait pas réciproque. À la simple idée qu'il pourrait la repousser, sa poitrine lui fit mal. Elle se leva et chantonna doucement : le rideau végétal s'écarta délicatement sur le côté. Senna enjamba Joshen et quitta l'abri. Aussitôt, la morsure de la bise lui fit regretter la douceur de leur refuge.

Elle se massa les bras pour contenir ses frissons et chassa les larmes que le vent lui arrachait. Quelques minutes plus tard, l'aube s'élevait derrière elle. L'ombre de la jeune fille s'étira sur le sol couvert de galets, jusqu'à atteindre les eaux glaciales.

Ô lumière du matin, mes mots puisses-tu entendre,
Car au Refuge je dois me rendre.

La brume s'épaissit et glissa sur les flots, vers l'est.

— Je ne comprends pas, murmura-t-elle.

— Alors c'est comme ça que tu fais pour connaître la route à suivre !

Elle se retourna d'un bond. Joshen glissait un œil ébahi par l'ouverture de l'abri. À sa grande surprise, elle ne lui en voulait pas. Une forme de confiance, qui semblait s'être instaurée entre eux, lui délia la langue.

— À l'est ! Mais il n'y a rien d'autre que de l'eau, à l'est ! (Elle se laissa tomber sur le sol et lança un galet dans les cendres de leur feu.) Je suis censée y accéder à la nage, peut-être ?

Joshen, venu s'asseoir à côté d'elle, lui donna un léger coup d'épaule.

— Du calme. Le brouillard doré a désigné l'est. Alors nous irons vers l'est.

— Ah oui, et comment ? rétorqua-t-elle, le regard noir.

D'un signe de tête, il indiqua la direction de Corrieth.

— Nous étions sur une jetée, il n'y a pas si longtemps, non ?

Il se releva et lui tendit la main, qu'elle accepta à contrecœur.

— Ça fait une journée entière de gâchée ! Et en plus, il va falloir retourner dans cet endroit…

Bruke, compatissant, laissa échapper un faible jappement.

Après avoir rebroussé chemin, ils longèrent la ville pour atteindre les quais. Une fois de retour sur la jetée de leur festin, Joshen s'approcha de l'homme à la barbe rousse qu'ils avaient espionné la veille.

— Vous êtes le capitaine Parknel, si je ne m'abuse.

L'homme acquiesça, les yeux rivés sur Senna. Joshen jeta un coup d'œil aux marins qui se tenaient derrière le capitaine.

— Où pourrions-nous acheter un petit bateau ?

Parknel frotta sa barbe.

— Qu'est-ce que vous comptez en faire ?

— Pêcher, répondit Joshen avec un haussement d'épaules.

— Pêcher ? Avec ce brouillard ? (Un œil soupçonneux toujours rivé sur la jeune fille, il reprit :) Après tout, si c'est ce que vous voulez… McBedee doit en avoir quelques-uns en état de flotter. Mais vous devriez faire attention : ces derniers temps, la mer est différente.

Le bras tendu, il leur indiqua le chemin. Joshen le remercia et se mit en marche, Senna sur les talons. Elle percevait, dans son dos, la brûlure d'un regard. Elle se retourna et vit que le capitaine Parknel l'observait d'un œil entendu. L'estomac noué, elle sut qu'il connaissait sa vraie nature. Elle s'en remit à l'instinct de Bruke dont elle chercha le regard rassurant, mais l'animal était envoûté par une palette de poissons.

— N'y pense même pas ! l'avertit-elle.

Il protesta, mais revint malgré tout trottiner à ses côtés. Senna lança un dernier coup d'œil au capitaine par-dessus son épaule avant de rattraper Joshen au pas de course.

Lorsqu'ils furent arrivés devant une échoppe délabrée surmontée d'une enseigne gravée d'un bateau et d'un tour à bois, Joshen lui ouvrit la porte. Elle n'avait fait qu'un pas dans la boutique quand une crise d'éternuements la saisit : absolument tout était recouvert d'un mélange de sciure et de poussière. Senna s'approcha d'une fenêtre graisseuse. Une main plaquée sur le nez, elle se demanda si elle ne préférait pas la puissante odeur de poisson à celle de renfermé qui régnait dans l'atelier de McBedee.

Un homme au visage buriné surgit de l'arrière-boutique. Des copeaux de bois donnaient à sa tignasse grisonnante l'aspect d'un nid.

— Que puis-je faire pour vous ?

— Le capitaine Parknel nous a dit que vous vendiez des bateaux de pêche, répondit Joshen.

L'homme grommela et, d'un geste impatient, les invita à le suivre.

— Je récupère des vieux bateaux, et je les retape, expliqua-t-il.

Il ouvrit une porte qui donnait sur l'extérieur, où quelques vieilles carcasses branlantes, rafistolées de frais, gisaient çà et là. Senna adressa un regard dubitatif à son compagnon.

— Le capitaine Parknel nous a dit de nous méfier de la mer.

— Ils flottent, trancha McBedee, qui se récurait les ongles.

Elle examina les embarcations qui ressemblaient plus à des coquilles de noix qu'à de vrais bateaux, mais elle doutait qu'ils puissent s'offrir mieux sans éveiller les soupçons.

— Espérons qu'il dise vrai, glissa-t-elle à Joshen.

Il se pencha pour lui chuchoter à l'oreille :

— Ça ne doit pas être bien loin. Autrement, comment les sorcières feraient-elles pour y aller sans équipage ?

Elle s'en remit à lui. Elle n'y connaissait rien en matière de mer ou de navires. McBedee se gratta la tête, scrutant la jeune fille d'un œil averti.

— J'ai également des bidons étanches à vendre. Vous pourrez y mettre vos objets les plus fragiles. M'est avis que vous en aurez besoin.

Senna s'humecta les lèvres. Joshen offrit sa main au marchand.

— Marché conclu.

Ils achetèrent la barque sans savoir comment ils la ramèneraient – qui plus est avec les chevaux – jusqu'à leur campement de la veille. Elle ne résisterait sans doute pas à un trajet sur la plage de galets. Aussi, ils décidèrent de laisser leurs montures à l'écurie la plus proche et de rentrer à la rame. Ces dispositions les entraînèrent bien après la mi-journée, trop tard pour s'offrir un repas chaud. Ils portèrent l'encombrante embarcation jusqu'aux quais, où Joshen la tint fermement afin de permettre à Senna de monter à bord. Le tout tangua et rua, tel un cheval ivre.

Une fois assise, la jeune fille laissa échapper un soupir de soulagement.

Voyant que Joshen s'apprêtait à mettre à son tour un pied à bord, elle retint son souffle. *Pourvu que le bateau ne se délite pas sous notre poids !* Joshen se glissa à l'intérieur. Le bois grinça, protesta, mais tint bon. Ils plongèrent chacun leur rame dans l'eau et s'activèrent. La barque décrivit un cercle parfait.

— Tu dois ramer de l'autre côté, Senna.

Elle rougit sous le regard amusé des marins présents sur le quai.

— Désolée.

Elle s'exécuta et ils serpentèrent tant bien que mal vers leur campement. À peine avaient-ils gagné un peu de vitesse qu'une jetée se matérialisa devant eux.

— Nous devons tourner. Mets-toi du même côté que moi, Senna.

Les efforts de Joshen pour se montrer patient avec elle ne faisaient que renforcer son sentiment d'incompétence. Elle obéit de nouveau et ils évitèrent la collision de justesse. Le choc aurait sans doute eu raison de leur coquille de noix. Fort heureusement, une fois le port derrière eux, elle commença à se sentir plus à l'aise et ses manœuvres s'améliorèrent nettement.

Une douleur aiguë ne tarda pas à se lover entre ses omoplates. Lorsque la jeune fille repéra enfin leur camp de fortune, la nuit les avait complètement avalés. Épuisés, trempés, ils dévorèrent un dîner de pain et de fromage avant de s'effondrer sur leurs couvertures.

Sans la truffe fraîche de Bruke pour la réveiller, Senna aurait sans doute manqué le lever du soleil. Comme la veille, la brume indiqua l'est. Les épaules et les bras perclus de courbatures, la jeune sorcière aida Joshen à remettre leur bateau à l'eau. Une fois de plus, elle plongea sa rame dans les flots scintillants et retrouva son rythme de la veille. Bien vite, de larges flaques glaciales se formèrent sous ses pieds.

— J'aime autant ne pas perdre la côte de vue, indiqua Joshen.

Senna observa le littoral qui s'estompait derrière eux.

— On ne retrouverait jamais notre route.

— Bien sûr que si, répondit Joshen d'un rire. Il suffirait d'attendre les étoiles pour s'orienter.

Elle baissa les yeux vers Bruke, qui fixait les flaques d'un regard angoissé.

— Ne t'inquiète pas. Tout va bien se passer, dit-elle, autant pour se rassurer elle-même que pour apaiser son chien.

La côte n'était plus qu'une ligne lointaine quand une masse noire surgit à l'horizon. Les deux compagnons échangèrent un regard, puis se mirent à pagayer de plus belle. La côte avait désormais disparu dans leur dos, mais les contours d'une île prenaient forme devant eux.

— On y est ! s'exclama Senna.

Mais, en approchant, ils ne distinguèrent rien d'autre que d'immenses falaises abruptes qui jaillissaient hors de l'eau et pointaient vers le ciel.

— Impossible d'accoster ici, déplora Joshen.

— On pourrait essayer d'escalader.

— Les vagues nous pousseraient contre les rochers et réduiraient notre bateau en miettes, expliqua-t-il, un geste vers le pied des falaises. On serait ensuite aspirés vers le fond par les courants. Il va falloir trouver un autre moyen.

Bien conscients que la tâche allait leur coûter une bonne partie de la journée, ils décidèrent de faire le tour de l'île. Une fois qu'ils furent parvenus de l'autre côté, Senna remarqua un nuage de fumée.

— Regarde, Joshen ! On dirait que quelqu'un campe sur la plage.

Ils reprirent leurs efforts, contournèrent une avancée rocheuse et immobilisèrent l'embarcation. La fumée jaillissait d'un cône béant – on eût dit une bouche affamée percée dans le visage de la falaise –, orienté vers eux. À son pied, les eaux, rougeâtres, tourbillonnaient et, à leur contact, de la vapeur s'élevait de la roche sombre. Sa rame posée en travers des genoux, Joshen trempa une main dans l'eau. Il l'en retira aussitôt.

— Elle est chaude ! Ce n'est pas un feu de camp, se renfrogna-t-il. C'est un volcan.

Senna écarquilla les yeux.

— Nous ferions peut-être mieux de nous éloigner.

Joshen acquiesça. À l'exception du volcan, le contour de l'île n'offrait que d'infranchissables falaises à pic. Senna sentait la force quitter ses bras et ses épaules.

— Je ne pense pas être capable de rentrer si nous tardons trop.

— C'est impossible, se lamenta-t-il. Il y a forcément une autre île quelque part.

Ils firent demi-tour et gagnèrent en vitesse. Senna jeta un dernier coup d'œil à l'île.

— Attends !

Elle distinguait une forme verte sur les falaises. Une plante dessinait un…

— Non, impossible !

Joshen tenta de suivre son regard.

— Qu'as-tu vu ?

Concentrée, Senna examina l'île : en un point précis, les falaises inégales s'alignaient.

— Là, sur l'à-pic. La mousse forme un croissant de lune !

— La marque des sorcières ? demanda Joshen, les yeux écarquillés.

— Une partie seulement. (Elle examina son pendentif.) J'ai lu ça dans le carnet de ma mère. Les sorcières pensent faire partie d'un tout. Comme les phases de la lune. Ensemble, nous complétons le cercle et apportons l'équilibre.

— L'union. Nous sommes plus forts ensemble que séparés, grommela-t-il. Mais où se trouve la lune descendante ?

Une flamme d'excitation dansa dans le regard de la jeune fille.

— Allons voir de plus près.

Avec prudence, ils s'approchèrent aussi près de la falaise que possible. Tandis que Joshen empêchait l'embarcation de se faire aspirer par les courants sous-marins, Senna scrutait minutieusement la falaise. Pas la moindre lune descendante.

— Elle est peut-être sous l'eau, se dit-elle.

Elle se leva pour observer la roche à l'endroit où les vagues refluaient.

— Attention, Senna !

Un brisant les frappa de plein fouet et Senna vacilla. Incapable de retrouver l'équilibre, elle s'écrasa sur la proue du bateau. Le choc la laissa inerte. Elle commença à glisser vers l'avant et les eaux glaciales lui léchèrent les mains. Elle basculait par-dessus bord ! Joshen la saisit par les chevilles au dernier moment. L'embarcation s'inclina dangereusement : il se jeta de l'autre côté, toujours agrippé à la jambe de Senna. Ils se rapprochaient de la falaise à une vitesse inquiétante.

— Continue de ramer ! s'écria-t-elle, tentant de s'agripper tant bien que mal au bateau ivre.

Joshen la relâcha et obéit. Grimaçante, la jeune fille prit appui sur ses genoux pour s'extraire de l'eau. Elle se massa la poitrine et, ignorant la douleur qui lui vrillait les côtes, se pencha pour plonger les yeux sous la surface. Un cercle vert, flou, se dessinait sous les flots.

— Là ! Sous le bateau !

Joshen risqua un œil par-dessus bord, puis scruta de nouveau la falaise.

— Je ne comprends pas.

Senna examina chaque anfractuosité à la recherche d'une ouverture. Rien.

— Il y a forcément une grotte ou une brèche. Je suis sûre que c'est ici !

— Mais comment on entre ?

Senna se tourna vers lui. Le prix de ses efforts pour maintenir l'embarcation à bonne distance des courants meurtriers se lisait sur son visage écarlate.

— Je ne vais plus tenir très longtemps, ajouta-t-il. Je n'ai plus de force.

La jeune fille reporta son attention sur l'île.

— Nous sommes si près du but… (Elle ramassa sa rame et lui prêta main-forte.) L'entrée se trouve peut-être sous l'eau, uniquement accessible à la nage ?

Joshen la regarda comme si elle avait perdu la raison.

— As-tu remarqué la température de l'eau ? Elle est glaciale, Senna ! Les crampes nous entraîneront par le fond si nous ne mourons pas de froid avant et si les vagues ne nous réduisent pas en charpie contre les rochers. On ferait mieux de revenir tenter notre chance demain.

Senna soupira et ses épaules lasses s'affaissèrent.

— D'accord. Demain, nous trouverons un moyen d'entrer.

Trahison

— Vous en êtes sûr, les deux gamins ont acheté un bateau ?

— Ils ont dit qu'ils partaient pêcher, répondit McBedee.

— Pêcher, vraiment ? grogna Wardof. Où ça ?

— Faites comme chez vous, je vous en prie. Consultez donc mes registres pour voir si l'information y figure ! répliqua l'artisan en se grattant le crâne.

Wardof serra les poings. Ses ecchymoses s'étaient résorbées : peut-être était-il temps de les remplacer par de nouvelles ? Garg, qui dansait d'un pied sur l'autre, intervint :

— C'est bon. On a déjà assez d'ennuis comme ça.

Wardof le foudroya d'un regard assassin – le même qui avait laissé McBedee de marbre –, avant de tourner les talons.

— Il croit sans doute que je vais garder un œil sur sa sœur… Même pas capable de savoir où elle est, et il voudrait que moi, je garde un œil sur elle… marmonna le commerçant.

Wardof claqua la porte derrière lui.

— Nous savons au moins qu'elle est passée par ici, dit-il à son complice. Je parie qu'elle cherche le Refuge.

Si elle a acheté une embarcation, c'est que l'île n'est pas bien loin.

— Peut-être, mais seules les sorcières peuvent y pénétrer. Et en plus, elle pourrait très bien la déplacer avant qu'on l'ait trouvée.

— C'est bien pour ça que nous devons la rattraper au plus vite ! Même si, ignorante comme elle est, elle est sans doute incapable de la déplacer, pauvre imbécile !

— Je t'ai déjà dit d'arrêter de m'appeler comme ça ! se renfrogna Garg.

Wardof, trop heureux de pouvoir user de ses poings, fit volte-face.

— Je t'appelle comme je veux, espèce de…

— Salut, les gars ! l'interrompit une voix venue de derrière son dos.

Il se retourna et dut plisser les yeux dans la lumière aveuglante du soleil. Du coin de l'œil, il aperçut une silhouette, étrangement proche de celle de McBedee, disparaître derrière une maison. Une main appuyée contre le front en guise de visière, il examina l'endroit. L'homme avait disparu.

En revanche, un type dégarni, accompagné d'un autre à la barbe rousse et bien fournie, était adossé contre les planches délavées d'une boutique d'articles de pêche.

— Vous cherchez quelqu'un ?

Aussitôt, Wardof se mit sur ses gardes.

— Oui. Cheveux blond doré, yeux couleur d'ambre, maigrichonne, pas bien grande et âgée de quinze ans.

Les deux marins hochèrent la tête.

— On dirait bien que ça correspond, conclut le barbu. Vous lui voulez quoi ?

Wardof leur servit la même histoire qu'il avait répétée à travers toute la Néfalie. Les hommes de mer échangèrent un regard entendu.

— Votre sœur, hein ? raillèrent-ils.

— Elle a l'esprit un peu embrouillé en ce moment. Elle s'est mise en quête d'un lieu secret…

Le capitaine à la barbe rousse sourit.

— Il existe une île, quasiment impénétrable. Il n'y a qu'un moyen de passer et je suis le seul à le connaître. Je parie que c'est là-bas qu'ils allaient. D'habitude, je sillonne la côte pour vendre mes marchandises, mais les affaires sont plutôt calmes ces temps-ci. Je pourrais vous y conduire en échange de quelques piécettes…

— Votre prix sera le mien ! accepta Wardof, ravi.

*

Senna, assise sur la plage, contemplait les flots. Ses pensées revenaient sans cesse aux falaises ornées du croissant vert et à la lune descendante dessinée sous les vagues.

— Nous devons franchir ces falaises… Mais comment ? Impossible de s'en approcher davantage. Impossible de nager.

Joshen lui tendit un gâteau sec et une tranche de poisson salé avant de se laisser tomber à côté d'elle.

— Comment sais-tu que l'île n'est pas qu'un immense rocher ? Je veux dire, comment peut-on être certains qu'il y a quelque chose derrière les falaises ?

Senna se pencha pour caresser la tête de Bruke. L'animal grogna de plaisir sous ses doigts.

— D'après ma mère, les indications du Chant de l'aurore sont censées nous mener vers un lieu sûr. Je suppose qu'elle ne parlait pas d'escalader un à-pic pour vivre de crabes et de lichen à son sommet. (Elle lui lança un regard désapprobateur en le voyant engloutir une pleine poignée de nourriture.) Tu manges toujours comme ça ? lui demanda-t-elle, dégoûtée.

— Comme quoi ? s'étonna-t-il, juste avant d'engouffrer une autre énorme bouchée.

— Comme si tu n'avais rien avalé depuis huit jours.

Il déglutit sans prendre la peine de mastiquer.

— J'ai faim.

— Tu vas t'étrangler si tu ne mâches pas plus que ça.

— J'ai l'impression d'entendre ma mère ! rétorqua-t-il, l'œil noir.

— Désolée. Vas-y, mange. Je ne te regarde plus, je te le promets ! concéda-t-elle, soudain écarlate.

Il bougonna et dévora de plus belle.

— Il y a forcément un moyen d'entrer, dit-il. Il nous faudrait peut-être un bateau plus gros ? Ou un équipage ?

Senna s'efforça de ne pas critiquer sa façon de parler la bouche pleine et se contenta de secouer la tête.

— Non. Les sorcières ne sont pas du genre à révéler leur secret à n'importe qui. (Les coudes posés sur les genoux, elle enfouit son visage dans le creux de ses paumes.) Réfléchis, Senna ! Réfléchis !

Si sa mère ne lui avait pas expliqué comment accéder au Refuge, c'est que la chose devait être évidente. Sans doute réfléchissait-elle de travers. Que ferait une autre sorcière à sa place ? La jeune fille se leva d'un bond.

— Mais oui ! Quel talent est le propre des sorcières ? Le chant, bien sûr ! (Ses traits se décomposèrent aussitôt.) Oui, mais lequel ?

Elle courut chercher le carnet de sa mère dans sa sacoche, puis se rassit à côté de Joshen. Elle enfourna un biscuit entier dans sa bouche et parcourut la section dédiée aux chants marins.

— Et c'est moi qui mange comme un cochon ? ricana le jeune homme.

Senna, plongée dans sa recherche, l'ignora. Soudain elle se releva : elle avait trouvé le bon chant. Faisant les cent pas sur la plage de galets, elle étudia le texte, puis commença à fredonner. Elle ajusta sa voix et son tempo avant d'entonner les paroles.

Ô plantes marines, mes sœurs, entendez ma prière,
Menez-moi en ce lieu, que seules voient les sorcières.

Ce chant était le bon, elle le savait. Elle agrippa le bord de l'embarcation et poussa de toutes ses forces.

— Allez, le seul moyen de savoir, c'est d'essayer !

Joshen, les joues gonflées de nourriture, avala. Il toussa, s'assena de lourds coups de poing sur la poitrine et manqua s'étrangler.

— Mais il fait presque nuit ! articula-t-il avec peine.

Senna releva la tête.

— Oh, tu as raison ! On va devoir attendre demain matin, râla-t-elle.

Déçue, elle s'assit sur les galets et se mit à répéter son chant.

*

Il était tôt. Très tôt. Les yeux fermés, Garg vacilla, bercé par les mouvements du bateau. Wardof lui adressa un violent coup de coude aux côtes.

— Aïe ! grimaça Garg.

— Reste éveillé, imbécile ! Nous devons monter la garde.

— Je croyais que la vigie était là pour ça, rétorqua Garg, qui massait son flanc douloureux.

Wardof passa en revue la nuée de marins avant de chuchoter :

— Ils ne m'ont pas l'air bien intelligents. Comment pensent-ils que ma prétendue sœur a fait pour trouver cette fameuse entrée secrète, à ton avis ?

Garg lui retourna un regard entendu avant de reprendre sa surveillance. Quelques instants plus tard, il pointa un doigt droit devant lui.

— On est arrivés ? C'est la bonne île ? demanda-t-il, excité.

Les yeux plissés, Wardof scruta l'horizon à travers les embruns, puis il se tourna vers le capitaine pour confirmation.

— Celle-là même. Nous devrions tomber sur votre sœur d'un moment à l'autre.

Un sourire carnassier déforma les traits du Chasseur de sorcières.

— Vous avez dit que vous connaissiez une entrée secrète ?

Le capitaine Parknel le toisa d'un œil suspicieux.

— Vous n'avez pas l'intention de parler de cet endroit autour de vous, j'espère ? C'est le coin idéal pour la chasse aux phoques.

— Non, le rassura Wardof. Votre secret ne risque rien avec moi. (Le marin, dubitatif, garda le silence.) Je vous en ai promis une dizaine de plus, vous vous rappelez ? insista Wardof, une pièce d'or à la main.

La vue du métal brillant suffit à rallumer la flamme dans le regard du capitaine.

— En effet ! (Il donna un grand coup de barre à roue et mit le cap au sud.) Je vais vous déposer dans le lagon caché. Vous n'aurez plus qu'à les attendre là-bas.

— Cette fois, on l'aura, patron ! gloussa Garg.

Wardof, euphorique, se frottait les mains. Espen serait satisfaite.

Les marins jetèrent l'ancre à distance respectable des falaises et le capitaine mit une chaloupe à la mer. Un des pans de la falaise, plus saillant que les autres, semblait rejoindre une seconde avancée rocheuse : ce qui de loin ressemblait à une fissure dissimulait en réalité un étroit passage sinueux. Wardof sentit l'excitation l'envahir. Aucun navire ne remarquerait l'invisible canal.

Après un long trajet à la rame, le passage s'ouvrait sur une petite crique peuplée de phoques. Une fois assez proche du rivage, Wardof sauta dans l'eau glaciale et, accompagné de Garg, pataugea jusqu'à la plage rocailleuse.

Il examina les lieux sous le regard irrité des phoques, qui disparurent vite dans l'eau. Aucune construction, aucune trace de vie humaine, rien n'indiquait que l'endroit était habité. Wardof s'était attendu à autre chose, mais peut-être le lieu avait-il périclité depuis la capture des sorcières. Ou peut-être n'était-ce qu'une façade vouée à protéger leur sanctuaire ?

— Vous êtes sûr que…

— Oui, oui, oui, l'interrompit le capitaine Parknel. C'est la seule et unique plage. Il y a même une grotte là-bas. Allumez-y un feu et attendez-les. Nous repasserons demain.

Wardof et Garg observèrent les marins remettre la chaloupe à l'eau.

— N'oubliez pas que vous toucherez la seconde moitié de votre paiement à votre retour ! lança Garg d'une voix anxieuse.

Le capitaine Parknel éclata d'un rire guttural.

— À demain, messieurs !

Sans s'attarder, Wardof s'élança sur la grève au petit trot. Derrière lui, Garg progressait d'un pas lourd. À la vue de la grotte, le Chasseur se mit à courir franchement. Elle n'était pas très vaste et… bien différente de ce qu'il avait espéré. Les sorcières étaient plutôt riches, alors pourquoi ne pas rendre leur repaire un peu plus confortable ? Une petite masse tiède s'écrasa sur le haut de son crâne. Il essuya la substance visqueuse de ses doigts, qu'il eut le malheur de porter à son nez.

— Beurk !

Le plafond grouillait de chauves-souris. Si c'était là un stratagème des sorcières pour le faire fuir, elles en seraient pour leurs frais. Il secoua les doigts pour les débarrasser de la fiente.

— On va voir si vous êtes toujours là après un bon feu ! marmonna-t-il à l'instant où un deuxième tas gluant dégoulinait sur son épaule.

*

Senna se tenait à la proue de la petite embarcation malmenée par la houle. Elle avait le sentiment qu'une nuée d'anguilles grouillaient dans son estomac. Si le chant ne fonctionnait pas, elle serait à court de solution. Le visage éclaboussé par les embruns, elle s'absorba dans la contemplation des reflets qui dansaient à la surface des flots. Ce spectacle avait quelque chose d'apaisant. Elle ferma les yeux et chanta.

Ô plantes marines, mes sœurs, entendez ma prière,
Menez-moi en ce lieu, que seules voient les sorcières.

Malgré le fracas incessant des vagues contre les falaises et le clapotis de l'eau où mouillait le bateau, Senna tendit l'oreille. Elle avait entonné son invocation avec application, mais crut s'être trompée sur une des notes. Elle chanta de nouveau. Et encore. En vain. Un goéland, qui décrivait de larges cercles au-dessus de leur tête, poussa un cri strident. Senna observa son vol gracieux avant de se tourner vers Joshen.

— Je crois que ça ne marche pas…

Il s'apprêtait à répondre quand un doigt de varech surgit derrière lui. Un second l'imita aussitôt. Senna voulut hurler, mais aucun son ne sortit de sa bouche. Un mur verdâtre s'élevait tout autour d'eux. Au fond d'elle, une petite voix lui conseillait de ne pas lutter. Bien que terrifiée, elle se laissa tomber au fond de l'embarcation et regarda les falaises disparaître derrière les algues.

Bruke et Joshen, eux, refusèrent de se résigner. Toutes dents dehors, l'animal, comme s'il avait soudainement retrouvé ses instincts les plus sauvages, se débattait comme une bête féroce pendant que Joshen tranchait le varech à grands coups de couteau.

— Arrêtez ! leur ordonna Senna.

Mais son cri, noyé dans le vacarme ambiant, resta sans effet face à la peur qui les animait. En guise de défense, les algues les ficelèrent tous les deux. Elles soulevèrent ensuite la frêle embarcation qu'elles entraînèrent vers les falaises. Elles accélérèrent l'allure – Senna avait dû manquer son incantation. Ils allaient s'écraser contre les rochers ! Un cri inaudible franchit ses lèvres. Le varech jaillit alors hors de l'eau et enveloppa la barque. Les deux jeunes gens ne voyaient plus que du vert, mais le fracas grandissant des vagues leur révélait toute l'horreur de leur situation : ils se rapprochaient toujours plus vite des falaises.

— Que les Créatrices nous protègent ! implora la jeune sorcière, se préparant à l'impact.

Mais le bateau bascula brusquement vers l'arrière et Senna fut projetée dans les algues gorgées d'eau. Elle reçut le bidon étanche que leur avait vendu McBedee en pleine poitrine. Sans le varech, elle aurait terminé sa chute dans l'eau glaciale. Il immobilisait toujours ses compagnons, qui se débattaient tels des serpents enfermés dans un sac.

Soudain, son ouïe sembla se détraquer. Les sons étaient étouffés, comme si elle avait plongé la tête sous l'eau. Les yeux écarquillés, Senna constata que le mur verdâtre se renflait vers l'intérieur. Ils étaient sous l'eau !

Elle remonta tant bien que mal à bord de l'embarcation. Sous ses pieds, les planches protestaient avec force grincements. Les muscles bandés, elle s'agrippa si fort au banc de nage que ses phalanges prirent la teinte du bois flotté. *Créatrices, faites que cette coquille de noix tienne le choc !* supplia-t-elle en silence.

Du coin de l'œil, elle surprit un mouvement sur sa droite. Elle tourna la tête et découvrit la lame aux pâles reflets argentés que Joshen tenait dans sa main libre.

— Non ! hurla-t-elle.

Elle se jeta sur lui à l'instant où le couteau s'enfonçait dans les algues. L'eau s'engouffra par l'entaille en rugissant, tel un animal sauvage qui la griffait, la transperçait de sa morsure glaciale. Le choc lui coupa le souffle. Ses vêtements flottaient, tourbillonnaient dans l'eau qui lui arrivait à présent à hauteur de genou. Elle saisit ce qu'elle pensait être le bras de Joshen et tira de toutes ses forces pour sortir son compagnon des flots. Bruke se débattait sous la surface. Elle se rua vers lui et tenta de lui maintenir la tête hors de l'eau. Le froid lui crispait la mâchoire, ses cheveux lui collaient au visage.

Le varech s'éleva brusquement, accompagné par un déchirement sinistre et par le hurlement de l'eau qui lui vrilla les tympans, bientôt aussi meurtris par la pression. Le monde s'obscurcit. Et soudain, elle eut l'impression que deux lames acérées lui transperçaient le cerveau, si fort que le froid disparut, remplacé par une douleur insoutenable. Parcourue de spasmes, elle tenta de lutter contre une irrépressible envie de respirer. Pendant combien de temps pourrait-elle encore retenir son souffle ?

Elle pensait ne plus pouvoir tenir quand elle sentit la pression diminuer. Ils remontaient. Vite. Très vite. Ils jaillirent hors de l'eau à la manière d'un bouchon de vin pétillant. Senna, qui attendait que l'eau s'évacue de la bulle, redoutait que son visage et ses poumons n'explosent. Incapable de résister plus longtemps, elle ouvrit la bouche pour respirer. Trop tôt. L'eau envahit ses poumons. Pliée en deux, elle fut secouée par une effroyable quinte de toux et vomit, recracha le liquide salé, qui se dilua tout autour d'elle. Le bateau retrouva enfin une position normale à la surface de l'eau. Toujours privée d'air, Senna observait le varech se retirer.

Une lumière douce les enveloppa. Loin de l'éclat aveuglant du soleil, la lueur dansante ressemblait à un feu aux reflets dorés. Senna balaya les lieux du regard. Ils flottaient sur un petit bassin, au cœur d'une grotte. Ses compagnons, inertes, gisaient à ses pieds. Ils respiraient. Elle se laissa tomber au fond de l'embarcation, où stagnait une petite flaque, et la sentit s'échouer mollement. Levant les yeux, elle découvrit une silhouette tournée vers elle. Un rire sinistre lui vrilla les tympans. Une voix s'éleva, elle parlait d'un autre accès, plus facile… Senna renonça à lutter et se laissa entraîner à la dérive.

*

Le feu, efficace contre les chauves-souris, restait en revanche impuissant face à la puanteur de la substance gluante qui tapissait le sol. Bien trop occupé à traquer la jeune sorcière, Wardof avait négligé son stock de vivres. La seule eau potable qu'offrait cette maudite île stagnait au creux de la grotte, sous une ignoble couche poisseuse.

À mesure que la journée s'étirait, l'hypothèse que les marins lui avaient fait une mauvaise blague se formait dans l'esprit du Chasseur. Aucune sorcière n'aurait fait de ce trou nauséabond un refuge. Un lieu aussi mal dissimulé, découvert par un simple marin, n'aurait jamais résisté tant d'années à Espen.

Entonnant à tue-tête un chant de marins truffé de fausses notes, Garg entra dans la grotte, les bras chargés de coquillages.

— Espen sera tellement contente quand nous aurons attrapé cette petite sorcière ! (Wardof vacilla avant de quitter les lieux en trombe.) Ben quoi ? Tu n'aimes pas les palourdes ?

Wardof ramassa une poignée de galets qu'il lança violemment à la tête de son compagnon.

— Ils nous ont roulés, triple idiot ! C'est une vulgaire grotte ! Pas le Refuge !

Il tourna les talons et trébucha sur un phoque. Visiblement énervé, l'animal gronda et lui mordit la jambe. Ses dents raclèrent contre l'os.

— Aaah !

Wardof tomba lourdement au sol puis se mit à ramper tant bien que mal pour s'éloigner du phoque, qui regagna les flots en vitesse. Le Chasseur de sorcières ramassa une nouvelle poignée de galets qu'il destina à l'animal. Garg saisit son compagnon par le bras pour l'aider à se relever.

— Mais si, Wardof, on est au bon endroit. Il faut juste attendre encore un peu.

— Fiche-moi la paix !

Wardof se dégagea d'une secousse. Il visa le phoque avec la plus grosse pierre qu'il trouva, mais manqua lamentablement sa cible. Il rêvait de l'éventrer avec sa lame, mais l'animal était hors de portée. Comme cette maudite sorcière. Allongé par terre, sa jambe meurtrie maintenue à quelques centimètres au-dessus du sol, Wardof serra les poings et laissa échapper un cri de frustration.

— Je t'aurai, sale petite sorcière !

Il se trouvait toujours allongé au même endroit quand la chaloupe s'immobilisa près de la plage. Le capitaine, un sourire radieux plaqué sur le visage, scruta les lieux de son regard suffisant.

— Alors, vous les avez trouvés ?

Wardof lutta pour ne pas s'emporter.

— Vous savez très bien que non.

Le capitaine Parknel haussa les épaules.

— Vous m'aviez demandé de vous conduire dans un lieu secret. Personne ne connaît cette crique. Sauf, bien sûr, si vous comptez les phoques. La nuit fut agitée ? demanda-t-il, un geste vers la jambe de Wardof.

L'homme se leva d'un pas chancelant. Garg lui offrit un bras, que Wardof ignora.

— Vous me le paierez…

Parknel rejeta la tête en arrière et éclata d'un rire sonore. Les marins qui l'accompagnaient, en revanche, n'affichaient pas le moindre sourire. Le capitaine s'essuya les yeux, s'éclaircit la voix, puis reprit :

— En réalité, c'est vous qui allez payer. Vous allez devoir honorer la seconde moitié de notre accord.

— Vous voulez plus d'argent ? ironisa Wardof, le visage blême. Eh bien moi, j'exige que vous me rendiez le mien !

Le capitaine se détourna pour indiquer à ses hommes de faire demi-tour. Les marins plongèrent leurs rames dans l'eau.

— Où allez-vous ? s'écria Garg. Vous ne pouvez pas nous laisser ici !

— Vous pouvez peut-être essayer de dresser les phoques pour qu'ils vous ramènent à terre, railla le capitaine. On ne sait jamais, peut-être qu'un bateau passera par ici… un jour. Ou alors, peut-être qu'il s'agit bien de l'île des sorcières et qu'il vous suffit d'attendre. En tout cas, j'espère que vous aimez les phoques.

Wardof, boitillant, s'élança vers eux. Il plongea vers la chaloupe, se hissa à bord et menaça le capitaine de son couteau, avant de s'immobiliser à la vue du canon d'un mousquet rivé sur lui.

— Tu n'as ni la force ni les armes pour ce genre d'entreprise, pauvre larve ! Les sorcières sont les Gardiennes des mers et nous les vénérons. (Il renifla d'un air dégoûté.) Maintenant, vire ta carcasse puante de Chasseur de mon bateau ou je te transforme en appât pour requins.

Wardof obéit et recula. Avec une moue de dégoût, il plongea la main dans sa veste et lança une bourse au capitaine.

— Tenez ! Voilà votre argent !

Parknel attrapa la bourse dégoulinante d'eau de mer et sortit la seconde de sa poche. D'un geste vif, il projeta les deux sacs d'or dans les airs. Wardof observa leur course tourbillonnante vers les galets, où ils s'écrasèrent. Les pièces scintillantes se répandirent en cliquetant sur la plage grisâtre.

— Garde ton argent. Allez, les gars, on rentre !

Garg pataugea dans l'eau pour rejoindre son compère, qui regardait les marins s'éloigner.

— Vous ne pouvez pas nous abandonner ici ! brailla-t-il.

Personne ne se retourna. Garg dépassa Wardof mais, plus petit d'une tête, il dut se hisser sur la pointe des pieds pour garder la tête hors de l'eau. Il plongea finalement en avant, battit pitoyablement des bras, puis disparut sous la surface. La mine dégoûtée, Wardof observait la scène : son complice s'ébattait en tous sens dans l'eau peu profonde.

— Recule d'un pas, pauvre idiot !

Exaspéré par le spectacle ridicule qu'offrait son compagnon, il s'avança, le saisit par le col et le traîna sur la plage. Entre deux haut-le-cœur, Garg bredouilla :

— Ils ne peuvent pas nous laisser ici !

Wardof le fusilla du regard.

— C'est pourtant ce qu'ils viennent de faire.

Le Refuge

— Pogg soigner vous. Oui. Oui. Pogg sauver votre vie.

Pogg ? C'est qui, ça ? se demanda Senna. Une foule d'informations éparses se bouscula dans sa tête jusqu'à lui donner le tournis. Elle était allongée dans un lit douillet. N'avait-elle pas débouché dans une grotte ? Elle s'efforça d'ouvrir les yeux. Une masse informe, sombre, se découpait dans la lumière trouble. Elle cilla, mais la masse resta floue.

Elle cligna des yeux de plus belle, en vain. Senna le scruta – si tant est qu'il fût masculin – avec une peur mêlée de dégoût. Sa peau, d'un gris-vert marbré, semblait aussi douce et lisse que celle d'un dauphin. Un nez aplati surmontait des dents triangulaires. Il cilla à son tour : une épaisse substance huileuse dégoulina entre ses deux yeux globuleux. Ses mains semblaient normales, à l'exception d'une fine membrane qui courait entre ses doigts à la manière d'une aile de chauve-souris. Pour tout vêtement, il portait un simple sac de toile graisseuse, troué à l'endroit de ses appendices.

— Qui êtes-vous ? demanda la jeune fille.

Ce qu'elle espéra être un sourire se dessina sur le visage de la créature.

— Pogg, Mettlemot. Peuple grenouille.

Senna se recroquevilla sur le lit. Elle examina les lieux à l'affût d'une issue, mais ce qu'elle découvrit la laissa sans voix. Elle se trouvait dans une maison bien différente de celles qu'elle connaissait. Les fenêtres étaient en forme de toupie, larges au centre, effilées aux extrémités. Les parois, incroyablement lisses par endroits, étaient noueuses à d'autres, comme formées de branches de saule tressées. Aucun coin, aucun angle, rien n'interrompait les courbes gracieuses des murs, qui se transformaient en plafond ou en sol avec harmonie. Le tout luisait d'une couleur crème aux riches reflets de lait.

— Où suis-je ? (Sans lui laisser le temps de répondre, elle pensa à Joshen et Bruke.) Où sont mes amis ?

Son hôte manifesta sa désapprobation par des trilles aigus.

— Pas poilu dans maison Pogg. (D'un signe de tête, il désigna un lit de l'autre côté de la pièce.) Autre plus grave. Falloir du temps.

Joshen gisait sous une pile de couvertures d'où seule sa tignasse ébouriffée dépassait.

— Joshen ! cria la jeune sorcière.

Elle bondit hors du lit, sur le sol noueux, mais le monde se mit aussitôt à tournoyer autour d'elle et sa vision s'assombrit. Une douleur insoutenable lui brûla les pieds, comme s'ils étaient piqués par un millier de guêpes. Elle grogna, ferma les yeux et se laissa retomber sur le matelas douillet. Agrippée aux rebords du lit, elle s'efforça de rester en position assise, le temps que le voile se dissipe. Lorsqu'elle s'en sentit capable, elle se leva en douceur, les bras écartés en guise de balancier. Titubant comme un poulain tout juste né, elle s'approcha du lit de Joshen où elle s'affala de tout son long.

Le visage blême du jeune homme et ses lèvres livides n'étaient rien en comparaison de la respiration saccadée, caverneuse, qui lui soulevait la poitrine.

— Il va s'en sortir ? demanda Senna, les larmes aux yeux.

Pogg se dandina jusqu'à elle.

— Eau de mer dedans. Pogg retirer, garçon respirer, chaud maintenant.

Senna posa une main sur le front de son compagnon, aussi chaud que des galets inondés de soleil.

— Il est brûlant ! (Elle fouilla sa mémoire et passa en revue l'ensemble des herbes qu'elle connaissait.) De la pesnitte. Il me faudrait de la pesnitte pour lutter contre sa fièvre. Et un peu de garque ne lui ferait pas de mal non plus.

Pogg se dirigea vers la porte.

— Venir. Pogg montrer.

À contrecœur, Senna se leva. Elle dut encore une fois attendre que la sensation de nausée se dissipe. Lorsqu'enfin elle franchit la porte, elle découvrit une interminable série de marches : elle chancela, prise d'un nouvel accès de vertige, ferma les yeux et tendit le bras à la recherche d'un appui.

Un gargouillis désapprobateur lui parvint de loin. Pogg, dont les joues tressautaient d'impatience, l'attendait au pied des marches, devant une seconde porte. Elle descendit l'escalier d'un pas peu assuré.

Pogg ouvrit la porte et recula d'un bond avec un cri horrifié. En voyant sa maîtresse, Bruke aboya et s'élança vers elle. Il la renversa de tout son poids puis entreprit de lui lécher le visage malgré les protestations effarouchées de Pogg. Sa queue battait à toute vitesse. Senna le repoussa.

— Pas maintenant, Bruke.

Avec un jappement ravi, le chien bondit et disparut par la porte ouverte. Senna se mit à genoux, puis se releva pour regarder dehors. Sous ses pieds, une nouvelle volée de marches interminable plongeait jusqu'au sol telle une cascade gelée. Une odeur enivrante envahissait la pièce. Le parfum des fleurs se mêlait à celui, plus lourd, de la terre humide, verdoyante. Le tout était souligné par une symphonie de chants d'oiseaux multicolores.

Aussitôt, la jeune fille se sentit plus forte, comme revigorée. Elle franchit la porte. Tout en bas, les murs tressés s'enfonçaient dans le riche sol brun. Elle découvrit que le sommet de la maison était couvert de feuilles.

— Mais c'est un arbre !

Pogg la dévisagea comme si des champignons avaient subitement jailli de ses narines.

Émerveillée, elle resta sans voix. Toute une forêt de maisons perchées, dont certaines culminaient plus haut que tous les bâtiments qu'elle connaissait, se dressait devant elle. À leur pied, d'immenses plantes luxuriantes s'épanouissaient. Chaque arbre habité était relié à une passerelle centrale par un chemin étroit et sinueux. Tous serpentaient à travers le feuillage dense comme autant de ruisseaux alimentant une rivière. La passerelle, visiblement peu entretenue, disparaissait sous la végétation. Plus aucun doute n'était permis. Elle avait trouvé le Refuge.

Joshen ! La santé du jeune homme la ramena vite à la réalité.

— Le jardin ?

Pogg se mit aussitôt à quatre pattes et se faufila en un clin d'œil entre les innombrables racines de l'arbre. Senna s'empressa de chanter pour s'ouvrir un passage avant de lui emboîter le pas. Elle fit le tour de l'arbre et resta pétrifiée par ce qu'elle découvrit. Un immense jardin abritait toute sorte de plantes médicinales dont la plupart lui étaient inconnues. L'endroit, manifestement livré à lui-même depuis bien longtemps, semblait avoir fait l'objet de quelques tentatives récentes d'aménagement. L'appel des plantes était poignant. Elle y répondit.

Nourrissez-vous de lumière, puisez l'air à l'envi,
Que croissent vos racines et vos feuilles épanouies.

Elle répéta son incantation et crut entendre un soupir de soulagement émaner du jardin. Sans cesser de chanter, elle cueillit des herbes pour Joshen et rebroussa chemin en toute hâte. Autour d'elle, un grincement s'éleva dans les airs : plantes et arbres étiraient leurs membres et agitaient leurs feuilles.

Elle gravit les marches de la demeure au pas de course, accompagnée de son fidèle Bruke.

— Pas poilu dans maison ! s'écria Pogg.

Elle s'immobilisa. Pogg n'appréciait pas sa présence sur l'île, c'était évident. Mais elle n'avait pas le temps de s'attarder sur ses raisons. Joshen ne pouvait pas attendre.

— J'ai besoin de lui. Où se trouve la cuisine ?

Avec un borborygme désapprobateur, Pogg tendit un doigt vers la pièce en question. Senna ne tarda pas à dénicher une casserole dans un des placards. Elle fit bouillir de l'eau, y laissa infuser ses herbes et emprunta l'escalier qui menait à la chambre. Elle s'assit à côté de Joshen et tâta de nouveau son front, toujours aussi brûlant. Si elle ne parvenait pas à faire tomber la fièvre rapidement, il serait peut-être trop tard.

— Il me faudrait un seau d'eau, Pogg.

De nouveau sur deux pattes, l'être lança un regard assassin à Bruke avant de quitter la pièce en trottinant. À l'aide d'une cuillère en bois à la forme parfaite, Senna entrouvrit la bouche de Joshen pour y déverser son infusion, que le jeune homme avala par réflexe. Après quelques minutes, pleine d'espoir, elle lui toucha le front. Choquée, elle retira sa main : la fièvre avait empiré.

Et s'il ne s'en sortait pas ? redouta Senna. Elle lutta pour contenir les tremblements qui lui agitaient les bras, des larmes ruisselèrent sur ses joues. C'en était trop ! Sa sœur et son père avant sa naissance. Puis sa mère. Et à présent Joshen…

— Je t'en supplie, Joshen, tiens bon ! Tous ceux que j'aime m'ont abandonnée. Je t'en supplie…

Avec un gémissement, Bruke vint coller sa truffe froide dans la paume de sa maîtresse. Elle lui caressa le crâne.

— Tu as raison. Tous, sauf toi.

Alerté par un son inaudible pour Senna, le chien se tourna soudain vers la porte. Un grognement sourd faisait vibrer tout son corps.

Pogg fit irruption dans la pièce. Avec sa démarche étrange, il éclaboussait le sol à chaque pas. Il déposa le seau à côté de la jeune fille sans manquer de manifester au passage son agacement. D'instinct, Bruke aboya. Pogg se cambra alors de tout son long et poussa un hurlement strident. Senna, les mains plaquées sur les oreilles, cria :

— Arrêtez !

Le Mettlemot, dont le visage était parcouru de tremblements, se redressa et couva la jeune fille d'un œil glacial. Puis, sans un mot, il rampa jusqu'à l'autre lit. Senna foudroya son chien du regard.

— Assis !

Bruke s'exécuta. Elle hocha la tête à l'intention de Pogg – après tout, elle lui devait la vie.

— Merci pour l'eau et pour… Enfin, merci.

Sans attendre sa réaction, elle revint à Joshen, qu'elle débarrassa de sa chemise. Elle fit ensuite courir un chiffon humide sur sa peau nue, qui se couvrit aussitôt de chair de poule. Elle prit le temps d'observer les muscles secs du jeune homme qui commençaient à se dessiner sous sa peau.

— Il sera aussi costaud que son père. S'il vit assez longtemps… constata-t-elle à voix basse.

— Mâles pas invités interdits dans Refuge ! Interdits ! s'écria Pogg.

— Pourquoi sont-ils interdits ?

— Seulement sorcières, répondit-il, ses yeux de poisson toujours rivés sur elle.

Senna changea de position. Sans s'en rendre compte, elle s'était placée entre Joshen et Pogg.

— Vous n'êtes pas une sorcière, que je sache !

Il émit un nouveau son strident, moins aigu cette fois.

— Pogg, dernier Mettlemot. Dernier. Dernier. Dernier. Sorcières pitié de Pogg. Pogg pouvoir rester si pêcher pour sorcières. (Il se releva et approcha d'un pas lent. Bruke grogna, mais il ne lui prêta aucune attention.) Pogg pitié de garçon. Garçon pouvoir rester.

— Merci !

Elle se demanda ce qu'elle aurait fait dans le cas contraire.

— Gardiennes, reprit le Mettlemot. Sorcière Noire venir. Capturer Gardiennes. Emporter toutes. Seul Pogg rester.

D'un geste machinal, Senna continuait à humecter les bras et le torse de Joshen.

— Si vous m'aidez et que vous m'enseignez ce que vous savez, j'irai l'affronter. Je vous le promets.

Il la dévisagea d'un œil dubitatif.

— Sorcière Noire, doyenne des sorcières autrefois. Faire rassemblement. Dire sorcières maîtresses du monde. Humains se soumettre ou sorcières tuer récoltes, arrêter pluie. Autres sorcières dire non. Groupe rejoindre Sorcière Noire : Serviteurs. Autres rejoindre sorcières : Gardiennes. Guerre des sorcières ! Horrible ! (Pogg chancelait au rythme de ses explications.) Gardiennes perdre guerre. Exiler. Mais Sorcière Noire pas fini. Non ! Pas fini !

» Sacra avoir petite Brusenna. Sacra cacher, pas vouloir Brusenna mourir comme père et sœur. Mais Sorcière Noire capturer Gardiennes dans Refuge. Lune cesser marées. Brouillards venir, plus repartir. Pluie tomber. Hiver venir pendant été, tuer récoltes. Humains se soumettre à Sorcière Noire. Sorcière Noire devenir reine ! Sorcières plus pouvoir arrêter Sorcière Noire ! Pogg montrer toi. Toi libérer sorcières. Cette fois, Gardiennes tuer Sorcière Noire !

SECRETS

Senna tira sur le col de sa chemise, imprégnée de sel de mer. Il l'irritait, lui donnait l'impression de s'être roulée dans la paille. Mais pire que les démangeaisons, il y avait l'odeur de vomi. Il lui tardait de pouvoir se changer, mais elle refusait de quitter les lieux de peur que quelque chose ne se produise en son absence… Elle soupira et fit courir le chiffon humide sur les longs bras de Joshen, sur son torse, son ventre, sa nuque et son front. Elle laissa couler un peu d'eau sur ses cheveux, qu'elle dégagea de son visage avant de l'éventer.

Combien de fois avait-elle répété l'opération au cours de la nuit ? Elle avait travaillé ses gammes et réviser les chants consignés dans le carnet de sa mère jusqu'à en perdre la voix. Il lui restait au moins ça, le petit carnet bleu. Merci McBedee et son bidon étanche !

Elle posa une oreille contre le torse du jeune homme, à l'affût du raclement caverneux. Soulagée, elle ferma les yeux : il s'était tu. Joshen remua en gémissant. Elle se redressa et l'observa s'agiter sous l'effet de la douleur. Il geignit de plus belle. Ses paupières mi-closes ne laissaient apparaître que le blanc de ses yeux. Il cessa de bouger et replongea dans un sommeil à la respiration saccadée.

S'il ne recouvrait pas rapidement un peu de ses forces, il mourrait. Un frisson glaça la jeune fille jusqu'aux os, un torrent de larmes la submergea.

Elle perçut les pas spongieux de Pogg sur les marches et se tourna vers la porte. Le Mettlemot tenait un poisson mort entre ses dents. Le cadavre s'écrasa au sol dans un bruit mou.

— Senna manger.

La jeune fille déclina d'un signe de tête.

— Je ne peux pas le laisser tant qu'il ne va pas mieux.

Pogg émit un gargouillis désapprobateur. Il s'approcha du lit puis ôta un drap qu'il plongea dans l'eau avant d'en envelopper Joshen. Il bondit ensuite sur la couche, aux pieds du jeune homme, et entreprit de l'éventer à son tour. Stupéfaite, Senna cligna des yeux.

— Pourquoi n'y ai-je pas pensé plus tôt ?

Sans surprise, Pogg ne répondit pas. Soudain, une irrépressible envie de quitter la pièce la saisit et elle se leva pour se rendre à la cuisine. Resté à la porte, Bruke hésitait entre Joshen et sa maîtresse. Finalement, avec un jappement de frustration, il suivit Senna. Elle rassembla un peu de bois, alluma un feu dans le four de briques et fit cuire le poisson en vitesse, manquant presque de le brûler. Bruke était toujours occupé à en dévorer la tête et la queue quand elle remonta voir Joshen. Pogg n'avait pas bougé. Il se tourna vers elle.

— Senna prendre bain. Sentir poisson pourri. Sorcières pas aimer.

Elle était trop épuisée pour s'offusquer – d'autant qu'il avait raison. Elle se frotta les yeux et acquiesça.

— Où ?

— Eau fraîche, dit-il, un de ses doigts palmés tendu vers un point précis. Senna trouver ?

Elle hocha la tête. Elle fouilla la maison en quête de savon et dénicha des vêtements à peu près propres et qui ne sentaient pas trop le moisi. Elle suivit alors la direction indiquée par Pogg et, en chemin, examina les alentours. Une luxuriance incroyable entourait les maisons qui rivaient sur elle leurs fenêtres sombres, sans vie. Elle frissonna. Quelle splendeur… mais quel vide aussi !

Au pied d'une falaise, elle découvrit une mare peu profonde. L'eau y était tiède – sans doute réchauffée par le volcan voisin – et scintillait de reflets émeraude. Après un bain rapide, elle rebroussa chemin, frissonnante dans ses nouveaux vêtements humides. Ceux qu'elle avait lavés pendaient sur son bras. Elle les étendit au pied de l'arbre-maison, puis remonta les escaliers en courant. Joshen s'agitait de nouveau.

Pogg posa sur elle un regard indéchiffrable. Les bras croisés sur la poitrine, elle inspira profondément.

— Merci…

Il lui donna l'éventail de fortune avant de se dandiner vers la porte. La jeune fille resta au chevet de Joshen jusque tard dans la nuit. Elle était à bout de forces, son dos et ses bras ankylosés la faisaient souffrir. Pourtant, elle veilla sur lui sans cesser de chanter, comme si les invocations dont elle usait pour revigorer les plantes pouvaient avoir le même effet sur le jeune homme. Après de longues heures, elle remarqua de minuscules gouttelettes de sueur qui perlaient sur sa lèvre supérieure. Elle laissa tomber le chiffon dans le seau presque vide et posa une main sur son front. Sa température avait baissé !

Pendant l'heure qui suivit, elle l'observa transpirer à grosses gouttes tandis que la fièvre finissait de refluer. Son corps sembla se détendre. Enfin, il laissa échapper un long et profond soupir.

— Que les Créatrices soient louées ! murmura-t-elle, soulagée.

Engourdie de fatigue mais remplie d'une joie toute simple, elle s'effondra à côté de lui.

*

À son réveil, Senna découvrit la pièce inondée par la lumière dorée du soleil. Elle trouva la force de se retourner et s'abîma dans le regard gris-bleu de son compagnon.

— Joshen ?

Il fronça les sourcils. Il semblait exténué et encore bien faible, comme s'il avait été traîné au sol par un cheval sur plusieurs centaines de mètres.

— Senna ?

Elle bondit sur son torse.

— Tu es vivant ! sanglota-t-elle.

Il la serra doucement, les mains posées sur ses frêles épaules nues.

— Oui, bien sûr. J'ai une faim de loup, mais à part ça… (Les pleurs de la jeune fille redoublèrent et il la repoussa avec douceur.) Qu'est-ce qui ne va pas, Senna ? Et pourquoi sommes-nous dans le même lit ?

Elle secoua la tête et essuya ses larmes.

— Tu as été malade.

Il se rembrunit.

— Longtemps ?

— Trois jours.

Il écarquilla les yeux de stupeur. Elle lui sourit et posa une main sur sa joue. Tout tourbillonnait dans sa tête : elle avait envie de chanter, de danser et de pleurer tout à la fois.

— Tu as dit que tu avais faim. Je vais te préparer quelque chose à manger.

Une fois dehors, elle enfila l'une des robes qu'elle avait empruntées avant de se ruer dans la cuisine pour concocter un ragoût à base d'herbes. Pogg, dégoulinant, fit irruption dans la pièce, un poisson frétillant entre ses mâchoires et une étoile de mer sous le bras. Le Mettlemot sourit à pleines dents. Elle grimaça : son rictus n'avait rien d'humain. Pogg savait sans doute que les hommes souriaient pour exprimer leur joie et il les imitait. Mais l'effet escompté n'était absolument pas au rendez-vous.

Rongée par un sentiment de culpabilité, elle lui retourna un sourire timide. Sans en prendre ombrage, Pogg, toujours aussi radieux, lui tendit le poisson.

— Garçon aller mieux. Poisson rendre fort.

Il lança l'étoile de mer à Bruke qui mâchonna aussitôt sa friandise. Senna supposa que les Mettlemots vivaient un peu comme les phoques, ou les morses : ils évoluaient sur terre, mais se nourrissaient de la mer. Une tendresse infinie pour la créature la submergea soudain.

— Je pense qu'il est trop tôt pour lui servir quoi que ce soit de solide.

— Poisson rendre garçons forts. Donner vigueur.

Elle hésita. Joshen n'avait rien avalé depuis plusieurs jours – excepté les infusions qu'elle lui avait préparées. Il serait préférable qu'il reprenne en douceur. Peut-être un bouillon de poisson ferait-il l'affaire ? Elle débita l'animal en gros dès qu'elle plongea dans sa préparation aux herbes.

— Encore du poisson, marmonna-t-elle, déposant les entrailles de l'animal dans la gamelle de Bruke. J'en ai tellement marre du poisson que je pourrais dévorer un bœuf tout entier !

Mais, d'après ce qu'elle avait vu, l'île n'offrait rien d'autre. Pas même de simples poulets. Elle remplit deux bols – l'un avec du bouillon débarrassé de la chair du poisson pour Joshen et l'autre pour elle. Dès qu'il la vit entrer dans la chambre, le jeune homme se redressa. Elle lui tendit la soupe et s'assit à côté de lui. Il jeta un bref coup d'œil au bol de Senna, s'empressa de le troquer contre le sien et en engloutit la moitié avant même qu'elle ait pu protester. Il laissa ensuite échapper un soupir d'aise et s'adossa contre le mur.

— Je suis désolé, Senna.

Elle contempla le reste du bouillon d'un regard désapprobateur, avant de le reposer sur la table de chevet.

— De quoi ?

— D'avoir utilisé mon couteau contre le varech. Je ne comprenais pas, je…

Elle posa l'index sur ses lèvres.

— Chut. Tu ne pouvais pas savoir. Et finalement personne n'est mort.

Joshen acquiesça avant de s'emparer encore une fois du bol et d'avaler de nouvelles gorgées de soupe. Ses paupières menaçaient déjà de se refermer. Senna se leva.

— Repose-toi. Demain, tu devrais pouvoir marcher.

Il finit son bouillon d'un trait, hocha la tête et se blottit sous les couvertures. La jeune fille quitta la pièce sur la pointe des pieds. Voyant que Bruke s'apprêtait à la suivre, elle lui adressa un signe de refus.

— Non. Tu restes ici.

La queue entre les jambes, Bruke se traîna jusqu'au lit de Joshen. De retour dans la cuisine, Senna mélangea le bol de bouillon sans chair de poisson avec le reste de la marmite, puis se servit une nouvelle portion. Elle se mit à manger, quelque peu mal à l'aise sous le regard insistant de Pogg.

— Vous en voulez un bol ?

— Senna venir.

Non sans un coup d'œil inquiet vers la chambre, elle finit sa soupe, puis suivit le Mettlemot. Ils s'éloignèrent de l'arbre pour s'enfoncer dans l'île. Les fenêtres des maisons perchées semblaient la couver de leur regard lugubre. Elle imagina que la Sorcière Noire, tapie dans l'obscurité, l'observait.

— La Sorcière Noire peut-elle me trouver ici ?

Pogg secoua la tête.

— Gardiennes seulement trouver Refuge. Quand Sorcière Noire emprisonnée, sorcières lui voler Chant de l'aurore.

— Alors comment a-t-elle fait pour le retrouver ?

— Traîtres ! cracha Pogg, toutes dents dehors.

Ainsi, l'une des huit dernières sorcières était une traîtresse. Mais laquelle ? Pogg émit un nouveau hurlement strident.

— Espen.

— Espen, répéta Senna.

Le nom lui laissa un goût amer. Ce même nom que haïssait sa mère. Mais pourquoi ? Alors que les pensées de Senna s'entrechoquaient dans sa tête, les habitations laissèrent place à une vaste clairière circulaire, semblable à celle dans laquelle Sacra s'était rendue avant son départ. Senna souleva sa robe verte et s'élança sur les pentes douces de la petite colline qui s'élevait en son centre et constituait le point le plus élevé de la vallée.

— Est-ce ici qu'elles viennent pour contrôler la nature ?

— Oui. Cercle de Pouvoir, répondit Pogg, le regard posé sur l'herbe ondoyante.

Le sommet offrait une vue imprenable sur les alentours. À l'image d'un nid d'aigle, l'île était nichée au creux d'un anneau de falaises hérissées, ponctuées çà et là de cascades vertigineuses.

— Les Quatre Sœurs, murmura Senna, qui les désigna tour à tour. L'Eau, la Végétation, la Lumière et, à l'extérieur, la Terre que forme le volcan.

— Venir. Toi voir Cercle de Pouvoir. Maintenant voir livres.

Toujours sous le coup de l'émerveillement, Senna suivit Pogg de l'autre côté de la clairière, où s'élevait un arbre-maison colossal. À l'intérieur, des étagères de livres couraient du sol au plafond. Le Mettlemot resta sur le seuil.

— Pogg pas venir. Seulement sorcières. Pogg surveiller Joshen. Senna apprendre à tuer Sorcière Noire.

Sans lui laisser le temps de protester, Pogg retomba à quatre pattes et s'éloigna d'un pas tranquille. Un étrange frisson parcourut l'échine de Senna lorsqu'elle contempla les innombrables étagères. Les autres pièces, un temps habitées, étaient à présent désertes. La jeune fille erra dans l'immense bibliothèque. Au détour d'une allée, sur une table, un livre ouvert, comme abandonné en pleine lecture, attira son attention.

Ses doigts glissèrent sur les pages poussiéreuses. Elle se pencha en avant et souffla : un épais nuage de poussière s'éleva, elle éternua. Elle épousseta ensuite la chaise, puis s'assit. Ses yeux découvrirent des lignes tracées à la main. Il ne s'agissait pas d'un livre, mais d'un journal. Son nom lui sauta tout à coup aux yeux et elle se mit à lire avidement.

Brusenna, si tu lis ce mot, sache que tu es la dernière. Elle est ici, au moment où je t'écris ces lignes. Nous avons perdu. Elle ne va plus tarder à me trouver. Elle me jettera en prison, avec les autres, puis se nourrira de nos chants. Elle nous gardera captives jusqu'à ce que nous lui jurions fidélité. Elle fera alors de nous des soldats dociles, elle nous forcera à prendre l'humanité en otage. Mais nous résisterons tant qu'il y aura de l'espoir. Et tu es notre dernier espoir ! Je regrette de ne pas t'avoir enseigné les chants, je voulais te protéger. J'ai eu tort. Reste ici, car dans cet endroit tu es en sécurité. Le sang de la traîtresse a fini de couler. Si seulement j'avais su…

La phrase s'interrompait brusquement. Senna ne se rendit compte qu'elle pleurait qu'en voyant une larme s'écraser sur la page. Avec sa manche, elle épongea la petite tache d'encre. Elle refoula ses sanglots. Ainsi, tout était vrai. Sa mère était retenue prisonnière. Elle s'en doutait depuis des semaines, mais la confirmation n'en était pas moins insupportable.

Comment pourrait-elle les secourir ? Elle repensa à Coyel, si puissante que les plantes s'écartaient sur son passage sans qu'elle ait à chanter. Si le pouvoir combiné des huit Gardiennes n'avait pas suffi, comment elle, une jeune fille sans la moindre formation, pourrait-elle réussir ?

Elle ferma les yeux. Une peur brûlante irradiait en elle. Les talents des sorcières se transmettaient de mère en fille. En tant que dernière représentante, elle ne pouvait pas rester ici, ou les sorcières s'éteindraient. Espen vaincrait. Mais si elle combattait et qu'elle échouait, alors le monde serait plongé dans le chaos : le climat se déréglerait, les saisons oublieraient de changer, les graines pourriraient en terre. Sa mère et ses consœurs resteraient prisonnières, ou pire, seraient transformées en esclaves.

Une résolution de fer naquit en elle. Elle n'avait pas le choix. Elle devait combattre, et gagner. Elle observa les livres qui encombraient les étagères. Elle les lirait tous, jusqu'au dernier. Elle apprendrait et libérerait les sorcières. Ou les rejoindrait.

*

À ses pieds, Bruke changea de position. Senna suivit son regard dirigé vers la porte. Joshen approchait de la bibliothèque d'un pas lourd, sa respiration sifflante formait de petits nuages blancs. Cette vision fendit le cœur de la sorcière. Le jeune homme avait risqué sa vie pour la sauver. C'était la seule personne qui tenait à elle, et elle avait failli la tuer. Elle soupira.

— L'hiver est en avance, cette année.

Il s'appuya contre le chambranle de la porte.

— Où étais-tu passée, Senna ?

Elle contemplait les mots du livre ouvert sous ses yeux sans les voir.

— Pogg ne s'est-il pas occupé de toi ?

— Si, bien sûr, hésita-t-il. Mais je ne t'ai pas vue depuis trois jours.

Senna tira le journal de sa mère de la pile d'ouvrages qu'elle avait déjà lus. Elle recouvrit ses épaules d'un léger châle et quitta la bibliothèque pour aller s'installer sur une racine en forme de banc naturel, baignée par la lumière du soleil. Elle caressa la couverture du journal.

— Ma mère a laissé ça pour moi, au cas où les choses tourneraient mal.

Un peu à contrecœur, Joshen s'assit à côté de la jeune fille. Elle déchiffra à voix haute les mots de Sacra :

— « Espen a un secret. Chaque fois qu'elle capture une sorcière, sa puissance grandit de façon inexplicable. Bientôt, elle nous surpassera toutes. Si nous échouons à découvrir son secret, tu devras t'y prendre autrement, explorer des pistes que nous avons négligées. Ou alors passer le reste de tes jours à te cacher. »

Elle suivait l'écriture ronde et harmonieuse de sa mère du bout des doigts.

— Je dois trouver un moyen d'arrêter Espen. Un qui n'implique pas que je l'affronte en duel, si possible.

Sensible à la tristesse qu'il perçut dans sa voix, Bruke essaya de glisser la tête sous le bras de sa maîtresse.

— Et comment comptes-tu t'y prendre ?

— Je vais étudier les livres, répondit Senna, un geste vers la bibliothèque. Ils doivent bien contenir une réponse.

— Tous ? demanda Joshen, les yeux écarquillés.

Senna se leva et lissa sa robe.

— Oui, jusqu'à ce que je découvre le moyen de la combattre. Et pendant mon temps libre, je m'entraînerai au duel.

— Tu ne sais même pas où elle se trouve, ni comment elle les a capturées ! objecta Joshen, qui lui avait agrippé le bras. Sans parler de tes piètres aptitudes au combat. Tu crois pouvoir apprendre à la vaincre dans ces bouquins ? Si c'était si simple, tu ne crois pas que ta mère et les autres y auraient pensé ?

— Inutile de m'inquiéter encore plus, protesta Senna, les joues écarlates. Je le suis déjà bien assez.

Il lui lâcha le bras.

— Mon père m'a parlé d'Espen. C'est le mal incarné, Senna.

La jeune fille soupira bruyamment avant de s'éloigner d'un pas vif. Joshen s'élança à sa suite.

— Laisse-moi t'aider ! Laisse-moi devenir Protecteur. (Elle ne ralentit pas.) Mon père l'était, tout comme mon oncle Tomack, le shérif de Gonstower. Ils m'ont chargé de veiller sur toi, d'assurer ta sécurité.

— C'est inutile, Joshen. Espen est incapable de trouver le Refuge seule. Et il ne reste plus aucune sorcière pour la guider.

Le jeune homme, haletant, le visage livide, faisait de son mieux pour masquer sa douleur.

— J'attendrai avec toi. Et je te protégerai quand nous partirons.

Senna se sentit soudain bien plus âgée que lui. Elle avait mûri du jour au lendemain, mais lui n'était encore qu'un enfant. Il refuserait de l'abandonner. Mais si elle lui permettait de rester, il mourrait. Et l'abandonnerait, comme tous les autres. Elle pourrait supporter la solitude – à condition qu'elle le sache vivant et en sécurité –, mais pas sa mort… Elle préférait le repousser que le perdre.

— Tu ne peux pas rester.

L'île lui était devenue familière au cours des derniers jours, et elle s'était volontairement dirigée vers une grotte dont l'ouverture béait devant elle. La jeune fille s'engouffra dans l'obscurité, Joshen sur les talons.

— Tu penses que je ne peux pas t'aider, Senna, je le sais. Mais tu te trompes.

Elle fit volte-face, les bras croisés sur sa poitrine.

— Tu ne retrouveras jamais l'accès au Refuge. Pas sans l'aide d'une sorcière. Ferme les yeux.

— Je ne te laisserai pas.

— Monte dans cette barque, Joshen.

— Non ! Je…

Sans lui laisser le temps de finir, Senna se mit à chanter.

Plantes marines, loin de moi emmenez Joshen.
De façon que jamais il ne revienne.

Il tenta de fuir, mais Senna changea d'incantation. Des arbres, surgis de nulle part, lui bloquèrent toute retraite. La jeune fille s'adressa de nouveau aux plantes marines et le varech s'entortilla autour des chevilles de Joshen.

— Senna, non ! Écoute-moi…

La sorcière continua de chanter. Même bâillonné par les algues, Joshen ne cessait de protester.

— Laisse-toi faire, lui intima-t-elle. Tu n'es pas encore remis, tu vas t'épuiser. (Il finit par obéir et Senna s'approcha du bateau.) Je suis désolée, mais je refuse que tu sois impliqué plus longtemps. Elle ne me tuera pas, elle a besoin de moi. (C'est du moins ce qu'elle espérait. Elle ravala ses larmes puis reprit :) Mais toi, elle n'hésitera pas à t'abattre. Et tu n'as aucune chance face à elle.

Il la fusillait d'un regard assassin. Elle baissa les yeux, incapable de soutenir la haine qu'elle lisait sur son visage.

— Je t'en supplie, ne me déteste pas. Je ne veux pas te perdre toi aussi, murmura-t-elle.

Elle demanda aux algues de lui laisser déposer un baiser sur sa joue et glisser une poignée de pièces d'or dans sa poche avant de l'emporter. Une bulle verdâtre enveloppa l'embarcation, qui s'enfonça dans les eaux. Senna l'observa disparaître sous la surface. Elle refusait de quitter le puits sombre des yeux malgré l'envie douloureuse de cligner. Si elle cédait, il serait parti pour de bon… et elle se retrouverait toute seule. Finalement, elle se tourna vers Pogg.

— Le varech va le ramener à terre. Peux-tu t'assurer qu'il atteigne bien Corrieth sans encombre ?

Le Mettlemot acquiesça.

— Pogg connaître chemin.

De longues minutes plus tard, plongée dans la pénombre de la grotte, Senna contemplait toujours les eaux gris sombre du bassin. Combien de temps allait-elle rester sur l'île… seule ?

Bouleversements

Parcourue de frissons, Senna ramena le châle sur ses épaules, le regard rivé sur la fenêtre battue par la pluie. Elle distinguait la silhouette difforme de Pogg qui claudiquait entre les flaques. Elle reposa son livre et frotta ses yeux lourds de fatigue. Deux mois s'étaient écoulés depuis qu'elle avait renvoyé Joshen.

Pogg déposa ses prises aux pieds de la jeune fille avant de disparaître dans l'escalier. Senna échangea un regard inquiet avec Bruke. Même si elle n'était sur l'île que depuis quelques mois, le lien entre l'humeur changeante du Mettlemot et l'état de l'océan ne lui avait pas échappé. Elle laissa Bruke mâchouiller une nouvelle étoile de mer, souleva sa longue robe de velours vert – sans doute un uniforme de sorcière, pensait-elle – et s'élança à la suite de Pogg. Une fois devant sa chambre, elle glissa la tête par l'embrasure de la porte.

— Encore un coup d'Espen ?

Le Mettlemot poussa un trille perçant et Senna s'efforça de rester impassible. Elle détestait quand il poussait ces cris. Ils lui vrillaient les tympans et mettaient ses nerfs, déjà bien éprouvés, au supplice. Le silence retomba, mais Senna resta muette, par peur de déclencher une nouvelle crise. Pour passer le temps, elle entreprit de compter les balancements de Pogg. Elle avait atteint trente-huit lorsqu'il déclara :

— Pogg pas vouloir effrayer Brusenna. Pogg en colère. Sorcière Noire maltraiter mer. (Il fit claquer sa langue.) Intruse ! Intruse ! Intruse ! Changer choses pas devoir changer ! Détourner courants. Tortues plus trouver plage. Bébés tortues mourir ! Eaux tièdes froides, eaux froides tièdes ! Intruse !

— Comment sais-tu tout ça ?

— Tortues dire.

Senna se redressa, sa curiosité soudain éveillée.

— Les tortues ? demanda-t-elle.

— Oui. Oui. Et baleines dire eaux tièdes trop froides pour petits, eaux froides trop chaudes pour nourriture.

Une brutale prise de conscience ébranla la jeune fille.

— Tu peux parler avec les autres créatures marines ?

— Oui. Oui. Créatures parler.

— Toutes ?

— Créatures respirer air parler. Créatures respirer eau pas parler.

— Est-ce qu'elles sauraient où se cache Espen ? s'enquit-elle, le cœur battant. Et où elle retient ma mère ?

Les yeux de Pogg commencèrent à bouger en tous sens, comme s'il était devenu fou. De nouveau à quatre pattes, il décampa à une vitesse étonnante. Senna releva le bas de sa robe et le suivit – elle ne prit pas la peine de s'abriter sous son châle malgré l'averse.

Vêtements, cheveux, chaussures, tous lui collèrent aussitôt à la peau. En moins de quelques minutes, elle fut trempée de la tête aux pieds, comme si elle s'était immergée tout habillée dans l'océan. Persuadé qu'il s'agissait d'un jeu, Bruke les dépassa en trombe. Il attendit qu'ils reviennent à sa hauteur pour détaler de plus belle. Lorsque Senna atteignit la caverne, Pogg avait déjà disparu. Seules quelques vaguelettes témoignaient de son passage. Elle entreprit de faire les cent pas autour du bassin et patienta. Longtemps.

Si Pogg avait raison, les créatures marines sauraient où trouver Espen. Peut-être pourrait-elle la surprendre et la neutraliser sans lui laisser le temps de répliquer ? Ses cheveux gorgés de pluie dégoulinaient sur son visage, qu'elle essuya d'un geste irrité. Elle essora son châle, s'en couvrit les épaules et regretta de ne pas avoir choisi des vêtements plus chauds, moins perméables. En désespoir de cause, elle s'absorba dans ses exercices vocaux.

L'idée du jeu n'étant plus qu'un lointain souvenir, Bruke, couché en boule à l'entrée de la grotte, dormait d'un sommeil paisible ponctué de quelques plaintes. Senna avait l'estomac dans les talons mais, malgré la lumière déclinante, elle ne put se résoudre à quitter les lieux.

Le visage de Pogg, triomphant, transperça soudain la surface du bassin.

— Baleines dire chants maléfiques venir terre drapeaux rouges.

Une petite flamme d'espoir réchauffa le cœur de la jeune fille, qui ferma les yeux, mais elle s'éteignit aussitôt. Les Tartenniens arboraient des drapeaux rouges : la couleur du sang, des conquérants. C'était un peuple hostile. Surtout depuis leur échec de conquête de la Néfalie plusieurs dizaines d'années auparavant. Se cacher en leur sein relevait du génie.

Et puis comment faire pour traverser les océans tombés sous le contrôle d'Espen ? Si les flots déchaînés ne semblaient poser aucun problème à Pogg, ils rendaient toute navigation impossible. Elle se souvint avoir lu quelques lignes à propos d'une potion compliquée à laquelle ne s'étaient risquées que de rares sorcières. L'Ioa.

Elle se couvrit la tête du châle, puis ressortit sous les trombes d'eau, encore plus abondantes et glaciales qu'avant. Une fois dans la bibliothèque, elle abandonna le fichu détrempé par terre et parcourut les vieux grimoires avec d'infinies précautions.

Elle trouva la recette dans un recueil couleur émeraude griffonné de noir. Elle écarquilla les yeux devant la complexité de la préparation. Un puissant coup de tonnerre la fit soudain sursauter. L'orage était si violent qu'elle redouta l'espace d'un instant que la foudre ne fende la bibliothèque en deux. Apeuré, tremblant, Bruke se réfugia sous la table. La pluie redoubla.

Senna imagina le chaos qui devait régner en mer.

Elle ne me laisse pas beaucoup de temps, on dirait.

*

Senna dormait. Il ne faisait pas nuit noire car le clair de lune argenté baignait la vallée de sa lumière et conférait à ses reliefs des teintes bleu sombre. La jeune fille marchait sans un bruit sur l'herbe tendre. À l'orée de la clairière, elle s'immobilisa. Les ombres étaient ses complices, ses amies, elles la dissimulaient.

Le vent tirait sur sa cape verte, comme pour l'inciter à courir. Mais dans son rêve, les choix n'existaient pas.

Ses pieds la portèrent au centre du cercle. Presque aussitôt, elle l'aperçut : la Sorcière Noire venait à sa rencontre.

— Voilà des années que j'attendais ce moment, Brusenna.

La jeune fille garda le silence. Elle avait les yeux rivés sur les arbres en contrebas, derrière Espen. Tous étaient lourdement chargés de fruits et dégageaient une impression étrange.

— Tu aimes mon petit bosquet ?

Senna reporta son attention sur la Sorcière Noire. Elle avait troqué sa tenue verte contre une robe rouge et une cape noire – la vie et la croissance remplacées par le sang et la mort.

— Je suis venue pour en finir. Quelle que soit l'issue.

Un sourire se dessina lentement sur les lèvres d'Espen. Elle porta une main à sa ceinture, où pendaient plusieurs poches remplies de graines de duel. Senna l'imita. Elle préleva une pleine poignée de graines, consciente que sa vie en dépendait. Elles les jetèrent en même temps devant elles. Leurs chants, aussi mortels que les plantes qui serpentaient au sol, s'élevèrent dans les airs.

Les lianes d'Espen prirent le dessus et enveloppèrent les chevilles de la jeune fille. Elle n'était pas de taille. Pas plus que toutes celles qui l'avaient précédée.

Le souffle court, Senna se redressa d'un bond. La tête de Bruke surgit aussitôt à ses côtés.

— Toujours le même rêve…

Elle passa les doigts dans ses cheveux humides, qu'elle attacha dans son dos, avant de poser la tête sur ses genoux.

— À chaque fois il finit de la même façon : elle me bat.

Grâce à ses longues heures d'étude, elle était à présent capable de ressentir l'ingérence d'Espen. Elle se concentra sur les interférences. La pression de l'air était anormale, le vent balayait la vallée avec violence, le tonnerre ébranla l'arbre-maison, la pluie redoubla et un éclair aveuglant déchira la nuit. Espen était de nouveau à l'œuvre. Elle modifiait les lois de la nature, tranchait les fils qui en assuraient la cohésion. Lorsque le mal prenait une telle ampleur, les rêves abondaient. Des rêves d'échec.

Bruke posa la tête sur la cuisse de sa maîtresse, qui se mit à le caresser entre les oreilles. D'habitude, ces instants de complicité la réconfortaient mais, cette fois, elle préférait être seule.

— Reste ici.

Elle jeta sa cape sur ses épaules et se dirigea vers la porte sous le regard de l'animal. Après un dernier coup d'œil en arrière pour s'assurer qu'il obéissait bien, elle se glissa à l'extérieur.

Elle prit une profonde inspiration, puis s'élança sous l'orage. Elle était libre. Ses pieds flottaient sur l'herbe ondoyante du Refuge. Comme toujours, le froid et l'humidité la transpercèrent sans tarder : elle accéléra le pas pour se réchauffer. Au centre du Cercle, essoufflée, elle s'immobilisa.

— Exactement comme dans mon rêve ! murmura-t-elle. (Elle pensa à Espen, à ses maléfices.) On dirait bien que nous sommes connectées, toi et moi. Comme les deux extrémités d'une même corde.

Bientôt un an que Joshen était parti. Elle avait seize ans, lui dix-sept. Une douleur aiguë la saisit à la pensée du jeune homme. De sa chaleur. Du sentiment de sécurité qu'il dégageait. Elle secoua la tête pour chasser ces souvenirs. Elle aurait voulu qu'ils restent enfouis tout au fond d'elle, qu'ils cessent de la tourmenter.

Comme sa mère avant elle, Senna écarta les bras et se mit à chanter.

Emporte-moi, ô vent, car sur toi je m'appuie,
Afin que mes paroles s'élèvent dans la nuit.

À l'image d'un groupe de poulains sauvages qui tendraient l'oreille à son chant, les rafales s'apaisèrent. Elle renouvela son incantation. Le vent l'enveloppa dans un tourbillon. À mesure qu'elle chantait, la petite tornade gagnait en force. Ses cheveux volaient en tous sens. Les arbres qui délimitaient la clairière, en transe, dansaient d'un même mouvement. L'air sembla s'épaissir. Elle répéta son chant une dernière fois et fut soudain soulevée.

— Plus haut, demanda-t-elle, les pieds pendus dans le vide.

Le vent obéit et l'emporta comme un vulgaire fétu de paille. Lorsqu'elle aperçut les flots déchaînés au-delà des falaises de l'île, elle changea d'incantation. De là-haut, ses paroles atteindraient le monde entier.

Bien qu'Espen la nature veuille maudire,
Votre rôle, je vous prie, vous devez remplir.
Que chaque saison vienne en son temps,
Que sans violence soufflent les vents,
Que les climats fassent preuve de clémence,

Qu'apaisée soit des plantes la croissance.
Jamais ne rompez, je vous en conjure,
Car bientôt, je vous livrerai la cure.

Elle répéta ces mots jusqu'à en perdre la voix. Au moment de la reposer au sol, le vent sembla hésiter, comme s'il répugnait à se séparer d'elle. Suspendue dans les airs, la jeune fille eut l'impression que l'orage qui pilonnait l'océan démonté se calmait quelque peu. Elle scruta les flots à l'affût d'un navire téméraire, signe qu'elle n'était pas complètement seule, mais où qu'elle porte son regard la mer était déserte.

Elle regretta de ne pas pouvoir faire taire l'orage. Bien que ses chants aient gagné en puissance, ils restaient beaucoup trop faibles face à ceux d'Espen. Mais tant que ses consœurs résisteraient, la Sorcière Noire peinerait à asseoir son emprise.

Le vent finit par déposer la jeune fille en douceur.

Merci, vent, d'avoir porté mon appel.
Tu m'as permis de voler, comme si j'avais des ailes.

Elle attendit qu'il se retire dans une ultime caresse. De nouveau seule sous la pluie battante, elle grimaça. Elle avait livré cette bataille à de trop nombreuses reprises au cours de l'année écoulée. Et l'avait toujours perdue.

Accablée par le poids de la décision à prendre qui la taraudait depuis plusieurs mois, elle regagna la maison d'un pas lourd. Rares restaient les livres qu'elle n'avait pas parcourus. En vain. Si la réponse ne s'y trouvait pas, où était-elle ?

Elle sentit soudain une présence dans son dos. Impossible. Rien ni personne ne pouvait trouver l'île à moins de connaître le Chant de l'aurore. Malgré tout, Senna s'immobilisa devant sa porte. Incapable de résister, elle se retourna.

Les nuages s'effacèrent, aussitôt remplacés par un brouillard épais qui, tel un linceul tiré par une immense main invisible, enjamba les falaises, puis rampa vers elle à toute vitesse. Elle se laissa envelopper par l'écume blanchâtre sans broncher, mais grimaça lorsqu'elle atteignit ses narines.

— Sorcière Noire envoyer vapeurs. Obstruer lumière. Plantes mourir, animaux mourir, l'informa Pogg avec gravité.

Le regard de la jeune fille passa du Mettlemot à Bruke, assis au pied des marches, la truffe levée. Un grondement sourd résonnait dans sa poitrine. Senna referma la porte. La tête appuyée contre l'encadrement, elle murmura :

— On dirait bien qu'Espen a pris la décision à ma place.

Retrouvailles

Joshen scrutait les phoques inertes. L'humidité ambiante ruisselait sur son visage, lui brûlait les yeux. Il s'essuya à l'aide de sa manche détrempée. Il avait tout d'abord accueilli l'arrivée du brouillard avec soulagement, heureux que l'orage les ait épargnés. Mais après trois jours sans vent, l'immense masse grisâtre leur promettait sans doute une mort encore plus lente.

Une voix le fit sursauter.

— Je n'aime pas ça du tout !

Il se tourna vers Lery, le marin à la dentition chaotique, qui se tenait au bastingage.

— Tu entends ça ? continua son ami.

Joshen le rejoignit.

— Quoi ?

Lery secoua la tête. Sa tignasse brune, détrempée, projeta des gouttelettes dans tous les sens.

— Rien justement. Pas même le son des vagues contre la coque.

Il avait raison. Même amarré, le bateau n'aurait pas baigné dans un tel calme. Pas le moindre souffle de vent n'effleurait la surface de l'eau.

— Je ne l'ai jamais connu aussi immobile, reconnut Joshen.

Certes ils auraient pu naviguer à l'aveugle, avec la boussole pour tout repère – mais pas sans vent. La mer était d'huile. Joshen continua d'une voix aussi confiante que possible :

— Le capitaine Parknel dit qu'il a déjà connu ce genre de brumes, et qu'elles finissent toujours par se dissiper.

Lery cracha au loin.

— Pas celle-là, contra-t-il. Elle est arrivée trop vite, comme un nuage chargé d'orage. Elle n'a rien de naturel, tu peux me croire !

Les traits de Lery laissaient transparaître un sentiment de pure terreur. Une peur que les autres membres de l'équipage, des marins chevronnés qui connaissaient la mer depuis toujours, semblaient partager. Lery fit passer sa pipe de l'autre côté de sa bouche. Il se contentait d'en mâchonner le bec car l'humidité l'avait rendue inutilisable.

Joshen couvait le brouillard d'un regard noir. Il n'avait rien contre l'océan, mais ses chevaux lui manquaient. Sans parler de sa famille. Il s'accouda au bastingage. Pouvait-il tourner le dos à Senna ? Abandonner et rentrer chez lui, conscient de tout ce qu'elle aurait à affronter seule ? Il entendait encore les échos de sa voix.

Ce jour-là, le souvenir du chant était plus limpide qu'à l'accoutumée. Comme à chaque fois, il s'efforça de saisir le sens des mots étranges. Il releva brusquement la tête : il aurait juré que le chant était réel. Il se pencha autant que possible et tendit l'oreille.

— Vous entendez ça ?

Une rafale glaciale lui gifla le visage.

— Ne laissez pas ce vent s'échapper ! brailla le capitaine Parknel.

Lery se rua aussitôt vers les drisses. Joshen, toujours à l'affût de la moindre note malgré les cris des marins, hésita.

— Joshen ! hurla Lery.

Le jeune homme rejoignit le reste de l'équipage, paré pour la manœuvre. La brume commençait à se dissiper, de la lumière filtrait. Tout à sa tâche, Joshen gardait une oreille attentive tournée vers le chant. Soudain, malgré les ordres vociférés et le sifflement de la brise, il l'entendit de nouveau, si distinctement que les mots se détachaient. Les yeux écarquillés, il s'interrompit.

— Joshen ! Ne reste pas planté là, bouge !

— Elle chante, murmura-t-il.

Tous les marins semblèrent alors l'entendre. Ils s'immobilisèrent, pétrifiés de terreur.

— Espen. C'est forcément elle, déplora Lery à mi-voix.

— Aux armes ! ordonna Parknel, qui se dirigea d'un pas résolu vers ses quartiers.

Rapide comme l'éclair, il tendait déjà les premiers mousquets à ses hommes. Il en fourra un entre les mains de Joshen, qui le contempla bêtement.

— Non, dit-il au capitaine. C'est peut-être Senna.

— Senna n'aurait jamais invoqué ce genre de brume, mon garçon, lui opposa Parknel sans interrompre sa distribution des armes. C'est forcément Espen, venue voir les cadavres des derniers chevaliers des mers tapisser le fond de l'océan. Maintenant, bouge !

Le capitaine avait raison. Il était peu vraisemblable qu'une sorcière fasse son apparition quelques jours à peine après la venue du brouillard. La coïncidence serait trop belle. Hébété, Joshen suivit les autres sur la dunette.

Il éventra sa cartouche avec les dents, enfonça la balle dans le canon et versa un peu de poudre d'amorçage dans le bassinet avant de le refermer. Tout autour de lui, les marins épaulaient leur mousquet.

— Mais si c'était elle ? demanda-t-il à Parknel.

Le capitaine pinça les lèvres.

— Ne tirez qu'à mon commandement ! lança-t-il.

Un frisson de peur et d'excitation parcourut les marins alignés le long du bastingage. Prêt à faire feu, Joshen patientait. Le poids de son arme lui brûlait les épaules et des gouttes de sueur se mirent à ruisseler sur son visage.

— La brume se dissipe, avertit Lery sur sa gauche. Si Espen nous voit, nous sommes fichus.

Soudain, la brise forcit. Les cheveux de Joshen tourbillonnèrent, ses bras se couvrirent de chair de poule. Il frissonna.

— Là-bas, chuchota Lery.

Joshen plissa les yeux. Une silhouette. Debout dans une barque. La tension qui régnait autour de lui était palpable. Prêts à tirer, les hommes hésitaient à enfreindre les ordres de leur capitaine. L'espace d'une seconde, Joshen se demanda s'il serait capable d'interrompre un chant si magnifique – quand bien même il émanerait d'Espen.

Un visage se découpa sur une cape foncée. Des mèches blondes, qui ondoyaient dans le vent, encadraient des lèvres généreuses. La tenue était celle des sorcières : robe vert clair et cape sombre. Un énorme molosse se tenait à ses pieds. Joshen n'en croyait pas ses yeux, et pourtant ce ne pouvait être qu'elle ! C'était elle !

— Baissez vos armes ! hurla-t-il. Baissez vos armes !

D'un regard meurtrier, il mit en garde tous ceux qui oseraient le défier. Le capitaine Parknel abaissa son canon.

— Tu es sûr de toi, Joshen ?

— Ce n'est pas Espen. C'est Senna. Baissez vos armes !

En un instant, tous lui obéirent. Les dernières notes du chant s'évanouirent et Joshen trembla à l'idée de ce qui aurait pu se passer.

— Bienvenue à bord, mademoiselle ! lança Parknel. (Pendant que la jeune fille gravissait les derniers échelons, le capitaine se tourna vers ses hommes.) Occupez-vous de la barque.

— Comment a-t-elle fait pour naviguer ? s'étonna Lery.

Senna saisit la main que lui offrait le capitaine et bondit à bord. À sa simple vue, Joshen tressaillit.

— C'est une sorcière, répliqua-t-il simplement, sans donner plus d'explications.

Senna, les yeux écarquillés, se tourna vers cette voix qui lui était si familière. Livide, elle découvrit le jeune homme.

— Joshen ? demanda-t-elle, incrédule. Tu n'es pas reparti ?

— Non, répondit-il, à peine capable de respirer.

Ils se dévisagèrent pendant de longues minutes. Il aurait voulu la serrer dans ses bras, ou la jeter par-dessus bord. Mais, comme un idiot, il resta pétrifié, incapable de se décider. Senna cligna des yeux à plusieurs reprises, inspira, puis se tourna vers le capitaine.

— J'aurais besoin de vos services.

— Pour aller où ? demanda Parknel, qui se grattait la barbe.

Joshen hurla intérieurement : *Peu importe sa destination. Nous devons l'y conduire !*

Senna redressa les épaules.

— Vers le sud-est. Jusqu'à la Tartennie.

Sauf là-bas, se ravisa le jeune homme.

— La Tartennie ? Mais ses Chanceliers ne jurent que par la guerre, Senna. C'est un territoire hostile, intervint-il, les poings serrés.

Il regrettait de ne pas l'avoir jetée par-dessus bord. Sans lui prêter la moindre attention, elle poursuivit :

— Je sais que l'endroit est dangereux, mais vous pourriez me déposer sur une côte déserte, loin de toute ville. J'ai de quoi payer. Et, avec moi, vous n'aurez plus rien à craindre des tempêtes. Alors, acceptez-vous de m'aider ?

— Même sans ton argent ou ton offre de protection, nous l'aurions fait.

Incrédule, elle n'acquiesça qu'après plusieurs secondes.

— Parfait. Préparez le navire. Moi, je m'occupe du vent.

Sans attendre les ordres de leur capitaine, les marins, leur morosité oubliée, s'activèrent. Certains entonnèrent même quelques chants où il était question de poissons qui réchappaient de filets ou de sirènes qui dansaient sur les flots.

— Les sirènes des légendes sont en réalité des Mettlemots, mais aucun marin n'aurait vraiment envie de les voir danser sur les vagues, expliqua-t-elle à Joshen avec un sourire timide.

Même quand elle ne chantait pas, sa voix était mélodieuse. Des frissons parcoururent l'échine du jeune homme. Joshen imagina Pogg – sa peau verdâtre, ses dents pointues et ses doigts palmés – se dandiner sur l'eau, et grimaça.

— Au fait, où est-il ?

Le sourire de la jeune fille s'évanouit aussitôt et elle se détourna.

— Il a accepté de m'accompagner jusqu'à ce qu'un navire me vienne en aide. Il est reparti.

La tendresse évidente qu'elle éprouvait pour la créature surprit Joshen.

— Je suis désolé.

Senna effaça une larme sur sa joue.

— C'est mieux ainsi. Il n'aurait pas pu nous aider, là où nous allons. (Elle hocha la tête, comme pour laisser ses souvenirs derrière elle.) Je vais dégager la voie.

Elle se dirigea vers la proue, Bruke toujours à ses côtés, à veiller sur elle. Joshen s'empressa d'aider ses camarades. Il sentit l'odeur du vent et entendit son souffle dans les mots envoûtants que chantait Senna bien avant qu'il ne vienne gonfler les voiles et repousser le brouillard avec force.

Quand ils atteignirent enfin le port, une foule de villageois inquiets les assaillit de questions. Avaient-ils vu d'autres navires ? Le temps était-il aussi mauvais au large ?

De loin, Joshen suivit Senna du regard. Elle s'approcha du capitaine.

— Avec l'appui des Gardiennes, nous aurions pu nous débarrasser du brouillard, et aider les autres bateaux à rentrer. Mais seule, je peux à peine le dissiper. Je suis désolée.

Le capitaine se rembrunit.

— Ça t'épuise. De chanter, je veux dire. Tu as les traits tirés.

Elle se détourna mais, constatant que Joshen l'observait, elle se raidit et s'empressa de revenir au capitaine.

— N'importe qui serait épuisé après plusieurs heures de chant d'affilée. Ma voix aussi est affaiblie. Et moins elle est forte, moins mes chants sont efficaces.

— Tu devrais te reposer.

Elle écarta la proposition d'un haussement d'épaules. Le capitaine fit la moue.

— Réunir l'équipement nécessaire va m'occuper une bonne partie de la nuit. Je te laisse mes quartiers. (Il désigna Joshen d'un signe de tête.) Il va aller récupérer vos chevaux.

Senna, le regard soudain plus lumineux, se tourna vers le jeune homme.

— Tu as gardé Knight ?

— Oui. Et Stretch aussi.

Joshen s'efforça de masquer la flamme qui s'était emparée de lui.

— Merci…

— Merci à toi pour le vent ! répondit-il, évitant de croiser son regard.

— C'était la moindre des choses, concéda-t-elle, fatiguée.

La Sorcière des mers

Petit à petit, l'odeur de la couverture qu'elle avait empruntée à Joshen la ragaillardit. Les yeux ouverts, elle inspira profondément et repensa à toutes les choses qu'elle aurait voulu lui dire la veille s'il n'avait pas refusé de croiser son regard. Il était resté si froid et distant ! Elle ne put s'empêcher de craindre que sa décision, prise un an plus tôt, ne lui ait coûté son seul et unique ami.

Avec un soupir, elle examina la pièce : des cartes marines roulées et des malles en occupaient chaque recoin. Elle se drapa dans la couverture et se dirigea vers la fenêtre. Sans surprise, elle découvrit Pogg, sous la surface, qui lui adressait un regard triste.

Elle ne s'était rendu compte de son attachement qu'après avoir quitté le Refuge. La dernière des sorcières. Le dernier des Mettlemots. Elle posa les mains contre la vitre. « Rentre », articula-t-elle en silence. L'image du Refuge laissé sans surveillance lui nouait l'estomac. Un coup à la porte la fit sursauter.

— Entrez, dit-elle sans réfléchir.

Un long silence passa avant qu'elle décide de se retourner. Joshen, visiblement désemparé, rougit et se hâta de détourner le regard.

— Je suis désolé.

— Pourquoi ?

Senna glissa un regard par la fenêtre, mais Pogg avait disparu. Elle recula d'un pas. Le contour embué de ses mains sur la vitre s'estompa peu à peu. Elle tenta de voir par-delà l'épais brouillard.

— Tu avais besoin de quelque chose, Joshen ?

Elle pouvait très bien se montrer distante, elle aussi.

— Je, euh… Je venais juste prendre quelques affaires pour le capitaine.

Elle se débarrassa de la couverture et chercha son paquetage.

— Inutile, le capitaine n'a pas à me céder sa cabine.

— Si. Il veut que tu restes ici. Il a prévu de dormir avec nous, sur le pont inférieur.

— Non. Je ne peux pas…

— Tu préfères peut-être passer la nuit au milieu d'un groupe de marins ? l'interrompit-il. Quitte à priver tout le monde de son intimité ? Allons, Senna, la situation les mettrait aussi mal à l'aise que toi.

Il avait raison. Le regard rivé sur la fenêtre, elle se massa les tempes. La multitude des envoûtements destructeurs d'Espen mettait ses nerfs à rude épreuve.

— Son influence est encore plus forte ici. C'est comme si le Refuge y résistait mieux que les autres endroits.

Pour la première fois, le silence qui s'installa entre eux la dérangea. Elle s'empressa de le briser.

— J'espère être à la hauteur.

— Tu le seras, répondit-il avec une simplicité désarmante.

Il en était certain. Il lui faisait confiance. Il était même resté avec elle. Un sentiment de remords l'envahit soudain : il méritait mieux que le sort qu'elle lui avait réservé.

— Tu veux toujours devenir Protecteur ?

— Oui.

— Es-tu conscient qu'en cas de trahison la marque des Protecteurs se transforme en poison ?

— Mon père me l'a expliqué dans une de ses lettres.

Elle entendit Joshen approcher. Elle sentit le souffle du jeune homme sur sa nuque et frissonna.

— Et malgré tout, telle est ta volonté ?

— Oui.

Elle se demanda si son ton catégorique découlait d'une envie de la protéger ou d'une ambition personnelle… et surtout pourquoi elle tenait tant à le savoir. Elle secoua la tête. Qu'importe, il avait fait ses preuves.

Elle fit volte-face La proximité du jeune homme la dérouta un instant – elle percevait sa chaleur, son odeur… Après tout ce temps, les parfums de l'écurie lui collaient encore à la peau. Avec précipitation, Senna fouilla dans son sac en quête d'une fiole de verre remplie d'un liquide pâle et visqueux.

— Les lèvres d'une sorcière se nourrissent de ses chants pour améliorer la puissance de ses potions.

Elle s'enduisit les lèvres de la substance brillante, puis saisit ensuite le bras du jeune homme et entonna :

Des Gardiennes Protecteur et des sorcières ami, reçois le sceau,
Qui, si ton serment trahis, empoisonnera ta peau.

Elle remonta la manche de Joshen. La potion, activée par l'incantation que Senna ne cessait de répéter, vibrait d'une énergie contenue. Sans laisser au jeune homme le temps de parler, la sorcière apposa les lèvres sur son avant-bras, où elles laissèrent une marque verte aux contours harmonieux.

— Ça brûle, dit-il, le souffle court.

— Ça va devenir très froid. Tiens bon.

Senna souffla sur la marque dont les bords se rejoignirent pour former un disque parfait. Elle se redressa et sourit.

— Voilà. Maintenant, tu es un Protecteur.

Joshen fit courir un doigt sur les boursoufflures du sceau.

— Merci…

Pourquoi refusait-il de croiser son regard ? Ne venait-elle pas de lui accorder ce qu'il désirait ?

— Tu le mérites.

Il lui lança un infime coup d'œil avant de tourner la tête. Ses phalanges, exsangues, se détachaient sur le cuir du sac vide qu'il tenait dans son poing serré.

— Pourrais-tu enfiler une robe, Senna ?

C'était donc ça qui le dérangeait tant ? Sa peau dénudée ? Gênée, elle s'exécuta. Il se détendit aussitôt.

S'il ne supportait même pas la vue de ses bras nus… Elle fouilla sa sacoche avec empressement pour se donner un peu de contenance. Elle tira une dague au manche d'ivoire et à la lame d'acier qui arborait les symboles des sorcières : rayons de soleil, montagnes, vagues et feuilles.

— Elle est magnifique, commenta Joshen, occupé à enfourner les affaires du capitaine dans son sac.

Ces mots sans importance sont-ils les premiers pas vers un pardon ? se demanda-t-elle. Elle fit courir ses doigts sur les signes gravés.

— Il y a une chose que j'ai apprise bien vite. Toutes les sorcières sont riches. Sauf celles qui, comme ma mère, choisissent délibérément de ne pas l'être.

— On va les retrouver, Senna, sois en sûre.

Des larmes embuèrent le regard de la jeune fille.

— Si je suis assez forte.

Joshen ne comprenait visiblement pas pourquoi elle avait si peu confiance en elle, mais elle n'avait pas le courage de s'expliquer. Pas le courage de lui révéler que tout leur périple s'achèverait certainement par une défaite face à une sorcière bien plus avisée et plus puissante qu'elle. Une sorcière qui avait triomphé de toutes les autres. À ses yeux, c'était un peu comme si un joli poisson tropical défiait un requin en duel. Pourtant elle se devait d'essayer – hors de question qu'elle se terre à jamais sur une île !

Elle se pencha vers le sac qui contenait son bien le plus précieux : une ceinture vert et or à laquelle pendaient plusieurs petites poches en cuir. Chacune renfermait un assortiment de graines dont les noms étaient brodés de fil d'or.

— Qu'est-ce que c'est ? demanda Joshen.

— Ma ceinture de graines, répondit-elle.

À peine l'avait-elle bouclée que ses doigts plongèrent dans les petites poches.

— Des graines pour affronter les autres sorcières en duel, guérir et tout ça ?

— Oui.

Elle glissa la dague dans son étui et prit une profonde inspiration qu'elle relâcha lentement. Enfin, elle osa prononcer les mots qui lui brûlaient les lèvres depuis leurs retrouvailles.

— Tu m'as manqué, Joshen.

Tendue, elle attendit sa réponse.

— Toi aussi, grogna-t-il. Les autres sont prêts. On ferait mieux d'y aller.

Ils sortirent de la cabine pour retrouver le brouillard qui, étrangement, lui sembla plus épais que les autres jours. Elle avait l'impression de respirer de l'eau. Entre deux quintes de toux, elle observa les marins s'affairer de tous côtés. Elle ne pouvait s'empêcher de se demander combien n'étaient là que parce que Parknel les avaient payés. Les amis des sorcières étaient rares.

— Ils viennent tous avec nous en Tartennie ?

Joshen la gratifia d'un regard oblique.

— Chacun d'entre eux sait comment Espen traite la mer. Ils t'aideront, Senna.

Elle contempla les flots anormalement calmes. Seraient-ils aussi disposés à l'assister s'ils savaient que leur entreprise était vouée à l'échec ?

— Reste ici, lui dit Joshen quand il aperçut le capitaine Parknel.

Elle le regarda s'éloigner. À la différence de son père, plus trapu, Joshen jouissait d'une silhouette sculpturale qui, depuis ses larges épaules, s'affinait jusqu'à sa taille. Sa tignasse n'était plus aussi hirsute qu'auparavant. Une barbe de quelques jours soulignait à présent sa mâchoire. Ses yeux, en revanche, n'avaient pas changé : son regard, du même gris que la neige plongée dans l'ombre, tranchait avec la couleur de terre fraîchement retournée de ses cheveux. Il était devenu un homme.

Bien qu'occupé à discuter avec le capitaine, il remarqua que Senna le dévisageait. La jeune fille se détourna en toute hâte dans l'espoir de masquer la rougeur qui lui empourprait les joues. Quelques instants plus tard, il vint la retrouver.

— Nous sommes prêts à mettre les voiles.

Elle le scruta du coin de l'œil. Elle aimait les petites rides pâles qui encadraient ses yeux. Elles se détachaient sur sa peau hâlée et lui donnaient un air heureux, souriant.

Les marins s'immobilisèrent pour la regarder gagner la proue. Elle tenta de se persuader qu'elle était encore au Refuge, au centre de la clairière. Mais, arrivée devant le bastingage, elle hésita et perdit confiance en elle. Elle se tourna vers Joshen, qui la soutint d'un hochement de tête. Même s'il gardait ses distances, le simple fait qu'il ne soit plus en colère suffit à lui redonner du courage. Déterminée, elle posa une main sur la tête de Bruke et regarda droit devant elle.

Ô vent, entends ma voix,
Depuis le nord-ouest souffle pour moi.

Une rafale joua dans ses cheveux. Elle renouvela sa prière avec plus de force, le bateau commença doucement à fendre les flots. À son troisième appel, les voiles se gonflèrent d'un coup et le navire prit vie sous ses pieds. Elle scruta le brouillard. Le vent qui aurait dû leur dégager la voie ne faisait qu'ébranler mollement les vapeurs maléfiques. Derrière eux, la brume avait déjà avalé les quais.

Parknel la rejoignit. L'humidité ambiante constellait ses tempes de gouttelettes.

— C'est impossible, Senna. Nous ne pouvons pas naviguer à l'aveugle, je suis désolé.

Elle fit face au sud-est. Quelque chose ne tournait pas rond, le vent ne lui obéissait pas comme à l'accoutumée. Elle ferma les yeux et tendit l'oreille. Soudain elle comprit. Espen, depuis son propre Cercle, chantait pour annihiler le vent invoqué par Senna et épaissir le brouillard. Elle sentit la présence de Joshen à ses côtés.

— On dirait qu'elle entend mes chants et les rend impuissants.

— Les sorcières sont-elles capables de contrôler des choses aussi infimes à de telles distances ?

— Elle n'est pas seule. Il semblerait qu'elle utilise les sorcières prisonnières pour amplifier sa puissance.

— Alors, c'est fini ? Espen a gagné ? intervint Parknel, une main dans sa barbe. Elle nous empêche de traverser l'océan, comme de la vulgaire poiscaille prise dans ses filets ?

— Non, répondit Senna, la mâchoire crispée. La distance affaiblit ses envoûtements. Je peux la contrer. Ce sera juste plus difficile que prévu.

Elle invoqua une trouée au-dessus de leurs têtes. Un coin de ciel bleu apparut et une colonne lumineuse les enveloppa. Senna insista, et la percée s'élargit.

— Ça suffira ? demanda-t-elle au capitaine.

D'un œil critique, il examina la distance qui les séparait du mur de brume.

— Pour la plupart des capitaines, non. Mais je connais ces rivages mieux que personne. Je vais te conduire à bon port.

Elle demanda au vent de tourner. Le navire gagna de la vitesse mais, très vite, le brouillard se referma sur eux. En temps normal, sans ces perpétuels changements de direction, un simple enchantement aurait suffi à les propulser pendant des heures. Malgré tout, grâce à ses efforts, le navire filait et la vue restait dégagée. Mais les forces de Senna fondaient comme neige au soleil.

Joshen lui toucha le bras de son plateau. Il lui apportait de la viande séchée accompagnée de fromage et de biscuits.

— C'est l'heure du déjeuner, annonça-t-il.

Elle s'interrompit. Appuyée sur le bastingage, elle se massa la gorge. Ses membres tremblaient, le vertige menaçait, et déjà, le vent faiblissait. Avec un soupir, elle s'assit sur le pont. Un œil rivé sur la brume qui jugulait petit à petit la colonne de lumière si difficile à maintenir, elle dévora son repas. Joshen lui tendit une timbale qu'elle but à petites gorgées. L'eau tiède apaisait sa gorge douloureuse.

— Senna ? l'appela-t-il avec un regard inquiet. Je ne pense pas que les autres l'aient remarqué, mais notre visibilité ne cesse de diminuer.

— Ma voix n'est plus assez claire, ni assez puissante.

— Et demain ?

Elle haussa les épaules. Elle refusait de penser au lendemain. Elle se releva, lissa sa robe, puis retourna à sa tâche. Les notes les plus aiguës, comme les plus graves, lui étaient à présent inaccessibles. Sa voix devenait rauque : la réponse des Quatre Sœurs pâtirait de sa piètre prestation.

Pourtant, à l'heure où le soleil, toujours invisible, atteignait son zénith, la jeune fille poursuivait ses efforts.

Elle ne se rendit compte qu'elle titubait que lorsqu'elle manqua de s'effondrer. Elle rassembla tout son courage et chanta de plus belle. Sa voix tressautait, vacillait. *Vivement la fraîcheur de la nuit !* pensa-t-elle. Elle rêvait d'une bonne tasse de thé à la menthe rehaussé d'une tranche de citron.

Espen était-elle aussi épuisée qu'elle ? Devrait-elle bientôt s'arrêter ? Ou sa force la supplantait-elle de loin ? La jeune fille tenta de se ressaisir. Elle avait étudié, s'était entraînée pour cette guerre, pour ce duel. Il lui faudrait tout donner, ne s'épargner aucun effort. Elle irait jusqu'au bord du précipice si nécessaire – voire plus.

Soudain, la présence maléfique reflua : la Sorcière Noire s'était interrompue. Le navire fit une embardée et le brouillard se dissipa. Les premières étoiles scintillèrent à l'horizon. Senna s'effondra, mais des bras solides la retinrent – elle reconnut aussitôt leur propriétaire à son odeur.

— Tu vas bien, Senna ?

Refusant de parler, elle se contenta d'acquiescer.

— Viens. Tu dois te reposer, l'invita Joshen, qui la prit par la main.

Elle était trop faible pour protester. Les marins, inquiets, l'observèrent se diriger vers la cabine du capitaine. Bruke la suivit en gémissant.

Un repas et une tasse de thé l'attendaient sur la table de chevet. Elle s'assit et souffla, soulagée. D'un coup de pied, elle se débarrassa de ses chaussures. Elle fit danser ses orteils, jouer ses chevilles, et savoura son breuvage. Il n'était pas parfumé à la menthe, mais il était chaud, et sucré au miel. Joshen la rejoignit sur le lit.

— Tu ne peux pas t'infliger ça jour après jour. Si tu continues ainsi, tu ne seras plus en état de l'affronter.

Senna s'immobilisa. Elle reposa la tasse avec soin, puis glissa les mains sous ses cuisses.

— C'est peut-être ce qu'elle cherche à faire.

— Je ne comprends pas.

— Si Espen avait réellement voulu me garder à l'écart de la Tartennie, elle aurait continué avec ses tempêtes. Le seul but de ce brouillard, c'est de me forcer à quitter le Refuge et de m'affaiblir pour que je ne sois plus assez forte pour l'affronter.

Joshen repoussa les cheveux qui tombaient sur le front de la jeune fille.

— Dans ce cas, nous n'avons qu'à trouver un autre moyen. Je n'ai pas l'intention de rester les bras croiser à te regarder t'éteindre à petit feu !

Il avait raison. Un jour de plus et elle perdrait sa voix. Ils seraient alors livrés à eux-mêmes, au beau milieu de l'océan. Un profond sentiment de désespoir et de découragement l'envahit. Elle serra les dents. Il existait bien une alternative, mais elle s'y refusait. *Pas déjà.*

— Hors de question que je fasse demi-tour !

— Je n'ai jamais dit ça.

— Alors comment faire pour traverser la mer autrement ? demanda-t-elle.

Elle le dévisageait d'un œil interrogateur. Peut-être aurait-il une idée, une solution à laquelle elle n'avait pas pensé ?

— Je n'en sais rien, mais on ne peut pas continuer comme ça. On va trouver un moyen.

Elle sourit timidement, touchée que l'on prenne soin d'elle, rassurée de ne pas être seule. Sa tension se dissipa, aussitôt remplacée par une fatigue extrême. Elle finit son thé, mais laissa le repas intact. Allongée sur le lit, elle se roula en boule et Joshen remonta la couverture sur ses épaules.

— Joshen ?

— Oui ?

— Merci de ne pas être parti…

Il la regarda en silence.

— Merci à toi d'être revenue me chercher…

*

Senna et Joshen, debout à la proue, tentaient de voir par-delà les vapeurs maléfiques. Les marins, désœuvrés, s'occupaient tant bien que mal. Leur malaise transparaissait dans les fréquents coups d'œil angoissés qu'ils leur adressaient. Pour eux, l'immobilité en mer était pire qu'un séisme à terre.

Si seulement elle avait été plus forte !

— C'est de devoir changer la direction du vent sans arrêt qui m'épuise. Je suis désolée, murmura-t-elle.

Il se frotta les yeux.

— Tu vas arrêter de t'excuser, oui ?

Senna soupira. Si ses enchantements ne suffisaient pas, elle serait contrainte d'envisager l'autre option. Une option qui ne la ravissait pas et à laquelle Joshen s'opposerait, elle en était convaincue.

— Tu as raison.

Il se tourna vers elle, bouche bée. Puis un sourire étira ses lèvres.

— Bien sûr que j'ai raison !

— Espen sait que je vais m'épuiser à lutter contre son brouillard. Je n'aurai plus la force au moment de l'affronter. Il est temps de changer de tactique.

Le sourire du jeune homme laissa place à une expression suspicieuse. Il la suivit à grands pas dans la cabine du capitaine.

— Changer de tactique ? C'est-à-dire ?

— Je vais devoir récolter quelques… informations.

— Auprès de qui ? s'enquit-il, les sourcils toujours froncés.

— Tu ne me croirais pas, répondit-elle dans un éclat de rire.

— Dis toujours.

Les bras croisés sur son large torse, il semblait disposé à la retenir par la force. D'un geste qu'elle voulait le plus nonchalant possible, elle tenta de le rassurer.

— Des créatures marines. Elles pourront m'avertir des dangers, me renseigner sur les menaces qui nous attendent.

— Et comment fais-tu pour soutirer des informations à une créature marine ?

— Grâce à l'Ioa, répondit Senna, qui tira de sa ceinture une fiole d'un liquide couleur topaze. Mais il va falloir que tu renvoies tout le monde sur le pont inférieur.

Le visage de Joshen s'assombrit.

— Senna ?

Personne ne s'était inquiété pour elle depuis si longtemps qu'elle ne put retenir un sourire ému.

— Ce n'est pas dangereux, mentit-elle. Juste douloureux et un peu gênant.

— Douloureux comment ?

Au prix d'un effort colossal, Senna parvint à ne pas ciller.

— Comme si on t'écorchait vif à l'aide d'une pierre affûtée. Mais ça ne dure pas longtemps, s'empressa-t-elle d'ajouter. (Face à son regard inflexible, elle leva les mains en signe d'impatience.) C'est le seul moyen !

Il fit la grimace, mais finit par se résigner et alla rejoindre Parknel. Le capitaine posa sur Senna un regard perçant avant d'acquiescer.

— Tous sur le pont inférieur ! ordonna-t-il.

Les marins s'exécutèrent, malgré leur évidente perplexité.

— Toi aussi, dit-elle à Joshen lorsque tous eurent disparu.

— Je n'irai nulle part ! refusa-t-il, le torse bombé.

— D'accord, accepta-t-elle dans un soupir. Mais tourne-toi.

Il obéit à contrecœur. Elle ouvrit le fermoir qui retenait sa cape et déposa également sur le pont sa ceinture et sa robe. Joshen fit mine de se retourner.

— Je t'interdis de regarder !

Le jeune homme se ravisa aussitôt. Un œil méfiant toujours rivé sur lui, Senna posa délicatement son collier au sommet de la pile de vêtements. Elle était nue et frissonna. Elle redoutait l'épreuve qui l'attendait. D'après les livres, la douleur était pire que celle d'un accouchement, même avec une potion parfaitement réalisée. Elle avait passé plusieurs mois à parfaire sa décoction, sans jamais atteindre le résultat escompté.

Apitoyé par ses échecs, Pogg lui avait ouvert la collection privée de la Maîtresse de la Végétation. Une sorcière émérite, auteur d'un grand nombre des livres que Senna avait étudiés à la bibliothèque. Une potion aux dosages imparfaits la condamnerait à l'état de semi-créature. Puis à la mort.

Elle plongea un doigt tremblant dans la fiole et appliqua la substance sur ses lèvres. D'une voix douce et basse, elle entonna :

Ô mer, une de tes créatures j'ai choisie,
Son apparence confère-moi, je te prie.

À mesure que les notes s'élevaient, elle sentit la potion prendre vie. Sans cesser de chanter, elle apposa un peu de la substance sur son front, au creux de son cou, à la base de ses côtes et sur le bas de son ventre. Elle relia ensuite les points du bout de son doigt, répétant son incantation une deuxième, puis une troisième fois.

Les lignes huileuses se mirent à chauffer. Senna serra les poings de toutes ses forces et cessa de chanter. La brûlure qui la transperçait était devenue insupportable. Puis, lentement, très lentement, la chaleur se dissipa et ses doigts se décrispèrent. Mais son cœur s'emballa soudain : le pire était encore à venir. Le livre relatait que la première sorcière ayant osé la potion Ioa avait cru mourir.

La morsure glaciale du brouillard s'estompa. Sa chair fut parcourue de petites vaguelettes, ses os se mirent à vibrer, de puissants élancements explosèrent dans ses muscles. Elle s'était promis de ne pas hurler, mais la douleur bouillonnait sous sa peau. Un de ses os se brisa, puis se reforma. Un sanglot lui déchira les poumons. Elle plongea dans les eaux glaciales la tête la première. Elle se tortillait, mais un feu tout droit sorti de l'enfer semblait consumer ses os et ses muscles.

Puis, peu à peu, la douleur reflua avant de disparaître complètement. Désorientée, la jeune fille nagea pour regagner la surface. Elle regarda Joshen, qui demeura impassible. Après plusieurs secondes, stupéfait, il écarquilla les yeux.

— Senna ? (Elle hocha la tête. Il chancela.) Tu t'es transformée en phoque !

Elle se détournait pour s'éloigner quand elle remarqua les lettres gravées à l'arrière du navire. Sous sa véritable apparence, elle aurait souri. Parknel avait baptisé son bateau « *La Sorcière des mers* ».

Senna plongea sous la surface de l'eau et se mit en quête de ses congénères. Elle perçut les appels des baleines, à l'est, dont les plaintes aiguës, entrecoupées de cliquetis, véhiculaient leur mécontentement à l'égard des maléfices d'Espen. Elle les écouta discuter des humeurs de l'océan, de points de repères, de *La Sorcière des mers* et du fait, étrange, qu'aucun autre navire ne soit de sortie.

Satisfaite de ce qu'elle venait d'apprendre, Senna se mit en quête d'autres créatures. Elle ne tarda pas à croiser la route d'une tortue marine. Elle nageait à ses côtés, et soudain l'envie de jouer avec sa carapace menaça de prendre le dessus. Concentrée sur ses pensées humaines, elle demanda à l'animal s'il avait connaissance d'éventuels dangers.

La tortue la contempla de son regard fatigué par les années avant de lui répondre qu'aucune menace ne guettait plus les navires depuis plusieurs jours.

— La terre des drapeaux rouges est-elle loin d'ici ?

L'animal grogna. Il ne s'exprimait pas par la parole, mais par de lents mouvements déliés, que Senna décrypta grâce à son cerveau de phoque.

— Voilà longtemps que les sorcières n'ont pas nagé avec nous. Vous avez besoin de notre aide ?

Surprise, elle cessa de nager.

— Oui, implora-t-elle.

Ses poumons, à court d'air iodé, réclamaient un retour d'urgence à la surface.

— Reviens nous voir. Je vais propager ton message, le transmettre à tous ceux qui peuvent aider les Gardiennes.

La tortue s'éloigna en décrivant d'amples tonneaux. Senna leva les yeux vers le ciel grisâtre et se demanda quelles créatures pourraient bien refuser de leur prêter main-forte. Elle eut envie d'éclater de rire. Qu'Espen s'époumone avec son maudit brouillard ! Elle avait trouvé une parade.

L'envie de céder à ses instincts de phoque était si forte que, l'espace de quelques instants, elle accepta de lâcher prise. Une fois à la surface, elle inspira à pleins poumons et tourbillonna comme une folle, enivrée par un puissant sentiment de liberté. Plus rien ne la retenait. En haut, en bas, sur les côtés, elle avait l'impression de voler. Un frisson d'excitation la parcourut. Elle visa une petite branche qui flottait sur les vagues et bondit, le museau en avant. Le morceau de bois, projeté dans les airs, retomba dans une gerbe d'eau. Grisée, elle le chargea de plus belle.

Elle s'amusait avec le bois flotté. Elle l'entraînait sous l'eau, puis le laissait lentement remonter à la surface avant de s'élancer en trombe derrière lui pour l'éjecter toujours plus haut. Elle roulait, tournoyait dans l'eau froide quand un sombre pressentiment la frappa.

Elle s'immobilisa : l'eau était froide, en effet. La peur la submergea. Si sa transformation prenait fin avant qu'elle ait regagné le navire, elle mourrait à coup sûr. Elle replongea sous les flots et se mit en quête de *La Sorcière des mers*. L'océan n'offrait rien d'autre que son immensité glacée. Proche du désespoir, elle nagea en surveillant son corps, à l'affût du moindre changement.

Une tache à l'horizon attira son attention. Elle n'en revenait pas de s'être autant éloignée. Mais sous cette forme, elle se déplaçait bien plus vite que n'importe quel humain. Elle redoubla d'efforts. Lorsqu'elle atteignit l'imposant navire, ses nageoires s'allongeaient déjà.

— Elle est là ! brailla Joshen.

Soulagée, elle se laissa volontiers prendre dans les filets de l'équipage. Ils la tiraient hors de l'eau quand ses jambes passèrent du brun profond à un blanc crémeux. Joshen la recueillit sur le pont avec une couverture. Ses nageoires avaient fini leur mutation. À l'instant où il l'enveloppait et la soulevait dans ses bras, les dernières traces de son pelage disparurent. Elle avait recouvré forme humaine. Elle posa la tête contre le torse du jeune homme.

— Tu veux bien me poser par terre ? Je n'en aurai pas pour longtemps.

— Oublie un peu ton orgueil. Et pour une fois, accepte qu'on t'aide, répondit-il sur le ton du défi.

Elle garda le silence. Joshen se faufila entre les marins au pas de course. Une fois dans la cabine du capitaine, il la déposa sur le lit. Bruke, qui avait aussitôt accouru, se mit à lui lécher le visage joyeusement. Joshen le repoussa et récolta en échange un regard assassin. Immobile, les cheveux collés dans le dos, Senna se concentrait sur sa respiration.

— Tu t'es transformée en phoque !

Un sourire illumina le visage de la jeune fille.

— C'était comme si je volais, je pouvais aller partout ! En haut, en bas, sur les côtés, dans toutes les directions. Je n'ai jamais éprouvé un sentiment de liberté aussi fort. Enfin… une fois que la transformation est finie, bien sûr.

Émerveillé, il ne pouvait la quitter des yeux.

— Je ne savais pas que les sorcières pouvaient faire ça.

— Tu serais surpris de découvrir tout ce que je sais faire. (Le souvenir de la douleur lui arracha une grimace et la ramena à la réalité.) La confection d'une potion Ioa requiert des années de pratique méticuleuse, un talent proche de la perfection. Ce breuvage est extrêmement rare. Par chance, Pogg savait où s'en procurer. Pour ce qui est de la métamorphose elle-même… (Elle frissonna.) Je ne l'aurais jamais tentée s'il ne m'avait pas parlé de la haine farouche que les créatures de la mer vouent à Espen. Je me suis dit que devenir un phoque pourrait être utile.

— Heureusement qu'Espen n'a jamais pensé à interroger les animaux ! Ils auraient pu la conduire jusqu'au Refuge par mégarde… et à l'heure qu'il est, tu croupirais au fond de ses geôles.

— Je n'avais pas pensé à ça, concéda Senna.

— Du coup, tu pourrais te transformer en requin et tracter le navire ?

Un petit rire échappa à la jeune fille.

— Non, il faut que la créature soit à peu près de la même taille que moi et que ce soit un mammifère, les poissons sont trop différents. Et puis ça ne dure jamais très longtemps.

— Pas d'oiseau non plus, alors ?

Elle ramena la couverture sur ses épaules pour lui éviter de voir sa peau dénudée, et se redressa sur le lit.

— Non. J'en ai bien peur.

— Qu'est-ce que t'ont appris les créatures que tu as croisées ?

Elle s'approcha de la grande fenêtre qui surplombait la mer.

— Faisons cap au sud-est pour le moment. Laissons-la nous aveugler avec sa brume. Je ferai souffler le vent et demanderai aux poissons de nous guider.

Le goût du sang

La tortue avait tenu parole. Une foule de créatures marines escortaient à présent Senna, qui flottait parmi elles, attentive à leurs rapports. Dauphins, phoques, marsouins et baleines se relayaient. Les mammifères semblaient plus enclins à la suivre – ou toléraient mieux sa présence – que les poissons. Ou peut-être étaient-ils tout simplement plus intelligents.

Elle fut surprise lorsqu'elle entendit dire qu'un navire avait été aperçu dans le sillage de *La Sorcière des mers*. En effet, depuis plusieurs jours, il n'avait été question ni de terre, ni de bateaux. Comme elle se trouvait dans l'eau depuis peu, elle avait encore le temps de se diriger vers ce nouveau venu pour voir ce qu'il en était.

Appuyé au bastingage, Joshen vociférait : il voulait savoir où elle allait. Mais Senna était bien sûr incapable de lui répondre. Juste avant que le brouillard n'avale à nouveau le navire, elle le vit manœuvrer pour la suivre.

Peu désireuse de retrouver sa forme humaine dans les eaux glaciales, Senna accéléra. Lorsqu'elle remonta à la surface pour respirer, la brume était si épaisse qu'elle eut envie de tendre une main pour la toucher. Le fracas des vagues la surprit et elle se retourna : une énorme masse menaçante surgit du brouillard. Elle fonçait droit sur elle.

Son cœur se mit à battre à tout rompre. Elle plongea sous l'eau et évita la proue de justesse. Un vacarme de grognements et de craquements passa au-dessus d'elle. Elle regagna la surface à côté du navire.

— Regardez, capitaine ! Un phoque !

Un visage inconnu se pencha par-dessus bord.

— Nous sommes proches d'une île ?

— Non, monsieur. Pas que je sache.

Le navire, noir et vert, était un peu moins gros que celui de Parknel, mais il se déplaçait plus vite. Son nom, *« Le Vert galant »*, se découpait en lettres d'or sur la coque. Le nombre de ses sabords et l'immensité de ses voiles frappèrent Senna. Sans doute avait-il profité du vent né de ses chants.

— Hmm… déclara le capitaine, les lèvres pincées. Ils s'aventurent rarement aussi loin, mais ça s'est déjà vu. Restez sur vos gardes. J'aime autant éviter qu'on finisse fracassé sur une île inconnue.

Senna, convaincue qu'elle n'apprendrait rien de plus, gonfla ses poumons d'air et ferma ses narines. Mais une voix familière s'éleva soudain :

— Je hais les phoques !

Elle se retourna juste à temps pour apercevoir Wardof qui épaulait un mousquet dans sa direction. Une douleur aiguë lui transperça la nageoire et un battement de cœur plus tard, la détonation lui parvint. Prise de convulsions, elle s'efforça de garder les narines closes. Avec un gémissement, elle posa son regard sur la blessure : du sang jaillissait de sa plaie, elle en sentit le goût dans l'eau.

Son instinct de phoque, paniqué par le danger, prit le pas sur ses sens humains. Elle nagea à toute vitesse vers son navire, synonyme de sécurité. Mais plus ses efforts étaient violents, plus elle perdait de sang. Elle faiblissait. Pire, elle commençait à ressentir la morsure du froid. Elle remonta à la surface pour respirer. Ses pulsions animales lui intimaient de plonger en profondeur, mais la métamorphose était proche.

Fébrile, elle scruta l'horizon avant de céder à son instinct, toujours plus pressant. Elle perdit de précieuses secondes à s'enfoncer toujours plus loin sous les flots. Au fond de l'océan, l'obscurité était telle qu'elle ne pouvait plus compter que sur son odorat pour s'orienter. Elle comprit soudain la raison de son sentiment d'urgence. Un requin. Il tournoyait au-dessus d'elle, en quête de la source du sang. De son sang. Dépourvu de lèvres, l'animal exhibait en permanence sa dentition meurtrière, conçue pour saisir et déchiqueter les chairs. C'était l'ennemi juré des phoques.

Senna puisa dans des ressources qu'elle ne se connaissait pas et accéléra. Sous le requin, elle était en sécurité. Mais elle ne pourrait plus tenir très longtemps sans respirer. En outre, des fourmillements lui parcouraient déjà la peau : la mutation ne tarderait pas.

Si elle restait au fond, elle mourrait. Elle s'élança de toutes ses forces, concentrée sur sa seule vitesse. Un frisson la parcourut. Du coin de l'œil, elle vit que le requin fondait sur elle. Ses nageoires redevinrent des mains. *Pitié, Créatrices, faites que ma queue tienne encore quelques secondes !* Son pelage reflua et sa queue se fendit en deux. Elle avait perdu toute sa vitesse au moment d'atteindre la surface. Elle se mit à nager vers l'échelle de *La Sorcière des mers* et hurla :

— Requin !

Le chaos éclata sur le pont, les aboiements de Bruke perdus dans le vacarme. Une gerbe d'eau explosa tout près d'elle et quelques secondes plus tard, la tête de Joshen perça la surface. Il s'élança vers elle, la prit dans ses bras et la serra à lui en couper le souffle.

— Tirez ! brailla-t-il.

Senna se sentit soulevée dans les airs. Elle baissa les yeux et découvrit, sous ses pieds, l'aileron du requin, sur lequel gouttait l'eau qui ruisselait de son corps. Ils s'immobilisèrent. Le squale se retourna. Sa pupille se fondit dans l'immensité de son œil noir tandis qu'il scrutait sa proie. Senna retint un hurlement. Avec une secousse, ils reprirent leur ascension.

Elle était étendue sur le pont, les bras en croix, recouverte par le corps de Joshen.

— Apportez-moi une couverture ! lança-t-il.

Jusqu'à cet instant, la jeune fille avait oublié qu'elle était nue – ou bien ne s'en était tout simplement pas préoccupée.

— Tournez-vous ! ajouta-t-il.

Les marins n'avaient pas attendu son ordre pour s'exécuter. Joshen plongea ses yeux dans ceux de la sorcière puis, sans dévier son regard une seule seconde, il se releva et étendit la couverture sur elle.

— Tu vas bien ?

Senna n'avait plus la force de répondre. Il la prit dans ses bras et s'élança vers la cabine du capitaine, où il la déposa sur le lit. Il enveloppa ses petites mains dans les siennes.

— Tu es gelée !

En effet elle avait froid. Très froid. Et se sentait trop faible pour parler. Mais lorsqu'il tenta d'ajuster la couverture, une violente douleur se réveilla dans son bras. Un cri lui échappa.

— Senna ?

Il ôta sa main, écarlate. Avec précaution, il retira la couverture imbibée de sang.

— Senna ! Que s'est-il passé ?

La jeune fille se souvint alors de la raison de sa fuite.

— Wardof. Derrière nous, parvint-elle à articuler.

Puis elle perdit connaissance.

*

De violents élancements la ramenaient à elle de temps à autre. Comme quand Joshen avait nettoyé sa plaie à l'aide d'un liquide nauséabond. Elle avait ensuite replongé dans les ténèbres, puis s'était réveillée en sursaut. Une aiguille s'enfonçait dans sa peau meurtrie. Elle tenta de se débattre, mais des bras puissants la maintenaient en place. Elle reconnut la voix ferme de Parknel.

— Du calme, petite. Du calme.

Elle sentit le fil se tendre dans sa chair. Une idée saugrenue lui vint alors à l'esprit : elle savait désormais ce qu'éprouvaient les couvre-lits brodés.

— Courage, Senna. J'ai presque fini, l'encouragea Joshen.

Résignée, elle serra les dents et endura le supplice. Lorsqu'ils eurent terminé, elle avait l'impression d'avoir placé son bras entre un marteau et une enclume. Elle aurait voulu dormir, mais impossible, la douleur était trop forte. Elle gémit. Elle se retourna et une pointe brûlante la transperça de part en part. La mâchoire crispée, elle ouvrit les yeux.

Joshen la regardait. Quelqu'un bougeait derrière lui – sans doute Parknel. Le jeune homme lui prit la main.

— Tu as mal ?

— Oui, admit-elle, en larmes.

— Tiens. Bois ça, offrit Joshen, qui dégagea une mèche de cheveux du front de la jeune sorcière.

Elle huma la timbale qu'il avait approchée de ses lèvres et tenta de détourner la tête. Elle avait vu des hommes transformés en monstres par l'alcool.

— Bois. Ça te fera du bien.

Le liquide lui brûla la gorge et lui chauffa le ventre. Elle toussa avant de se rallonger. Un goût amer lui envahit la bouche : le mélange ne contenait pas que de l'alcool. Joshen la poussa à avaler de nouvelles gorgées. Pendant d'interminables minutes, elle resta immobile, les dents serrées, puis la douleur reflua. Son corps se détendit.

— Ça va mieux ? fit-il. (Elle acquiesça.) Raconte-moi ce que tu as vu.

Le goût ignoble de la décoction était tenace.

— Je pourrais avoir un peu d'eau ? demanda-t-elle d'une voix encore faible.

Joshen lui apporta un verre et l'aida à boire. Elle s'allongea de nouveau.

— Wardof a trouvé un navire. Il est juste derrière nous. Il m'a tiré dessus.

— Ce sale lèche-bouse ! éructa Joshen.

Il ponctua son insulte d'un violent coup de poing au matelas.

— Il savait que c'était toi ? demanda Parknel, incrédule.

— Non. Il a juste dit qu'il détestait les phoques. Puis il a tiré.

— Il déteste surtout ne pas faire le poids. Un phoque lui a arraché un morceau de mollet, une fois.

Les deux hommes échangèrent un regard. Senna souffrait trop pour s'étonner du fait que Parknel connaisse Wardof.

— Son navire doit être plus rapide que le nôtre, s'il arrive à nous suivre, dit Joshen, les lèvres pincées.

— La question est de savoir quand ils nous rattraperont, acquiesça Parknel.

Senna désigna ses bagages d'un geste faible.

— Apporte-les-moi.

Joshen s'exécuta. De son bras valide, elle farfouilla en quête de graines et d'un petit pot cacheté rempli de terre du Refuge. Elle ouvrit le pot, fit courir un doigt sur la terre et y saupoudra une pincée de graines.

— Donne-leur un peu d'eau.

Joshen obéit. Senna toussota puis, d'une petite voix tremblante, elle entonna :

Nourrissez-vous de lumière, puisez l'air à l'envi,
Que croissent vos racines et vos feuilles épanouies.

Des pousses jaillirent aussitôt et, en quelques secondes, les plantes étendirent leurs feuilles.

— Prends toutes les feuilles, mais laisse les fleurs, lui indiqua-t-elle.

Lorsque Joshen eut fini sa récolte, Senna chanta de plus belle pour faire mûrir les plantes.

— Récupère les graines.

Il tendit une paume ouverte et observa, émerveillé, les graines séchées y tomber d'elles-mêmes.

— Je t'avais bien dit que je savais faire un tas de choses, sourit-elle faiblement. Tiens, peux-tu remettre les graines dans ma ceinture, s'il te plaît ? Il faut laisser infuser le tabre dans l'eau chaude et disposer les feuilles de népat directement sur ma plaie, sous le bandage.

Joshen suivit ses directives avec application. Peu après avoir avalé la décoction de tabre, Senna sentit la douleur s'estomper davantage.

— Repose-toi, maintenant, dit Joshen. Je m'occupe de Wardof.

Serviteurs de la Sorcière Noire

Deux jours entiers s'écoulèrent avant que Joshen n'autorise Senna à quitter la cabine du capitaine. Le bras en écharpe, elle se pencha par-dessus le bord patiné de *La Sorcière des mers* et plissa les yeux dans l'épais brouillard. Le navire de Wardof restait invisible, mais elle le savait proche. De plus en plus proche. Parknel la rejoignit. Tous deux tendirent l'oreille à l'affût du clapotement caractéristique des vagues contre une coque en bois. En vain.

— Les canons sont parés, déclara-t-il.

Elle lui lança un bref coup d'œil avant de revenir à sa veille.

— Je suis désolée de vous avoir entraînés dans une situation aussi dangereuse.

— Bah ! (Parknel cracha un filet de salive noire de tabac dans les eaux glaciales.) Ça fait des années que la mer est déréglée à cause des interférences d'Espen. Il est grand temps qu'elle paie. Et je suis ravi de pouvoir vous y aider.

Il posa une main réconfortante sur le bras valide de Senna, puis retourna à ses occupations. La jeune fille secoua la tête. Elle n'en revenait pas qu'il la croie capable de battre Espen. Il n'en avait sans doute pas conscience, mais son soutien lui était précieux.

— Capitaine, l'appela-t-elle. Merci quand même !

Il hocha la tête, puis regagna le pont principal au petit trot. Senna resta de longues heures à scruter le brouillard. Elle était incapable de s'en détourner. Persuadée d'entendre un son inhabituel, elle invita le vent à souffler pour repousser la brume. Ce qu'elle découvrit lui glaça le sang : les contours d'un bateau se découpaient sous ses yeux. Muette de stupeur, elle cessa de chanter et la silhouette s'évanouit aussitôt dans le brouillard. Senna tourna les talons et se précipita vers le pont. Elle se souvenait du regard, à la fois enjôleur et haineux, de Wardof. Il n'hésiterait pas une seconde à la tuer.

La douleur dans son bras battait au rythme de son pouls. Elle saisit Joshen par le coude, mais fut incapable de prononcer le moindre mot. Il la regarda brièvement puis scruta la brume opaque.

— Ils sont là ? (Elle parvint à hocher la tête.) Nous y étions presque, regretta-t-il, amer.

Sans hausser la voix, Parknel ordonna à ses hommes de se préparer au combat.

— Descends sur le pont inférieur, dit Joshen à la jeune fille.

— Hors de question. Je refuse de rester cachée pendant que vous vous battez.

— À moins que tu ne parviennes à faire que les algues coulent leur navire, tes enchantements risquent de ne pas nous être d'une grande utilité, déclara-t-il, une main douce posée sur son épaule. En revanche, nous aurons besoin de tes plantes pour les blessés.

— Les blessés… (La jeune fille blêmit. De grosses larmes ruisselèrent sur ses joues.) Ils ne peuvent pas faire ça ! Pas pour moi !

Joshen regarda autour d'eux avant de l'entraîner dans la cabine. Il claqua la porte dans son dos puis se retourna vers Senna.

— Ce n'est pas pour toi qu'ils le font, Senna ! C'est tout leur mode de vie qui est en jeu. Il se trouve que tu es la réponse que ces hommes attendaient et je n'ai pas l'intention de te laisser crier sur tous les toits que tu n'es pas digne de leur confiance !

Bruke, sans prêter attention à la réaction de Joshen, bondit sur le lit.

— Ils pourraient être blessés, Joshen ! Et toi aussi… (D'une petite voix, et le regard plongé dans ses yeux, elle ajouta :) Tu es mon seul ami. Je refuse de te perdre.

Il la serra doucement dans ses bras. Personne ne l'avait étreinte depuis si longtemps ! Ses sanglots redoublèrent. De grosses larmes inondaient l'épaule de Joshen, qui ne bougea pas. Il laissa le flot se tarir de lui-même.

— Je ne peux pas te promettre que je ne serai pas blessé. Mais je ferai attention, c'est promis.

Senna s'essuya les joues d'un revers de la main.

— Juré ?

— Juré ! (Un sourire fugace passa sur ses lèvres.) Au pire, tu aurais toujours Bruke et Parknel.

Senna ne put retenir un petit rire.

— Tu oublies Pogg !

— Et Lery, si tu vas par-là. (Senna sécha ses dernières larmes et Joshen sembla se détendre.) Tu vois, tu n'es pas aussi seule que tu le pensais. (Il lui caressa la joue d'un doigt, puis déposa un baiser sur son front.) Maintenant, va prendre soin de tes plantes.

L'instant d'après, il avait disparu. Senna récupéra sa ceinture de graines et plusieurs pots de terre. Une fois sur le pont inférieur, dans le coin le moins encombré, elle disposa ses pots et saupoudra de nombreuses graines sur la riche terre du Refuge. Grâce à ses enchantements, elle mena ses plantes à maturité, puis patienta. Un silence de mort régnait. Incapable de le supporter plus longtemps, elle se leva.

— Viens, Bruke. Allons voir ce qui se passe.

Elle regagna le pont principal et vint se placer à côté de Joshen. Il la considéra d'un œil désapprobateur, mais ne l'obligea pas à redescendre. Pas pour le moment. Parknel observait la silhouette de l'autre navire.

— Wardof nous reconnaîtra au premier coup d'œil, moi et Joshen. (Il se tourna vers Lery.) Tu viens d'être promu !

Joshen se pencha vers Senna.

— Nous allons essayer de discuter, lui glissa-t-il à l'oreille. Nous assurer que ce sont bien des mercenaires – et pas de simples marchands – avant de faire parler la poudre. Au moindre mot que je prononcerai, je veux que tu disparaisses sur le pont inférieur. C'est d'accord ? (Elle acquiesça.) Et toi, tu restes avec elle, ajouta-t-il d'un ton autoritaire à l'intention de Bruke.

Comme s'il avait compris, l'animal se rapprocha de sa maîtresse. Parknel s'adressa à ses hommes :

— Nous ne pouvons pas les distancer. Encore un peu et ils auront notre poupe en ligne de mire. Pourtant, si nous virons maintenant, nous pourrons les surprendre avec une bordée d'enfilade. Mais avant tout, nous devons découvrir pourquoi ils nous pourchassent. Chargez les canons et préparez les boutefeux. Virez de quatre-vingt-dix degrés à bâbord.

Lery, à la barre, obéit. Les marins préposés à l'artillerie se ruèrent vers le pont inférieur tandis que d'autres grimpaient dans les haubans. Bien plus vite que prévu, *Le Vert galant* surgit du brouillard.

Joshen prêtait l'oreille aux protestations de la coque. Face au vent, ils seraient immobiles, mais jouiraient d'un alignement de bordée favorable. Parknel adressa un signe de tête à ses hommes, qui hissèrent aussitôt une série de pavillons : croix bleue sur fond blanc (« Arrêtez vos manœuvres et veillez mes signaux »), puis croix blanche sur fond bleu (« Mon navire est stoppé et n'a plus d'erre. »)

L'autre navire, les ayant sans doute déjà repérés malgré le brouillard, affala ses voiles et vira de bord. Il n'était encore qu'une silhouette sombre quand il ralentit, mais le vent se chargea de le rapprocher. Il hissa un pavillon unique formé de deux bandes verticales – jaune, puis bleue.

— Ils veulent discuter, interpréta Parknel.

Malgré le peu de visibilité, Joshen les vit mettre une chaloupe à la mer.

— Hissez le pavillon de réponse affirmative ! ordonna Parknel.

Joshen enfila un épais manteau et vissa une casquette sur sa tête. Le capitaine l'imita puis lança un coup d'œil entendu à ses hommes.

— Mettez un canot à la mer et voyons ce qu'ils ont derrière la tête.

Joshen rejoignit Parknel à l'arrière du canot. Lery, dans ses habits de capitaine, s'installa à l'avant. Joshen se mit à ramer, un œil rivé sur le navire ennemi. *La Sorcière des mers* avait l'avantage de la taille, mais *Le Vert galant* semblait à la fois plus rapide et plus facilement manœuvrable. Difficile de savoir lequel l'emporterait en cas d'affrontement.

Quand les deux chaloupes se rapprochèrent l'une de l'autre, le jeune homme garda la tête baissée et laissa les marins se toiser mutuellement. Wardof était assis derrière son capitaine, qui se leva.

— Je suis le capitaine Arneth. J'ai à mon bord un certain M. Wardof à la recherche d'une fugueuse répondant au nom de Brusenna. Nous vous demandons l'autorisation de fouiller votre navire.

Digne et sûr de lui, Lery, mains jointes dans le dos et jambes écartées, répondit :

— C'est impossible, vous vous en doutez.

Le capitaine du *Vert galant* haussa un sourcil.

— M. Wardof, qui nous a payés grassement pour retrouver cette gamine, a laissé entendre que le recours aux armes pourrait se révéler nécessaire.

— Serait-ce là une menace, cher capitaine ? s'enquit Lery avec désinvolture.

Les traits d'Arneth se durcirent.

— Précisément.

Lery, faisant mine d'observer ses hommes, derrière lui, scrutait en réalité le visage de Parknel, en quête d'une indication. Du coin de l'œil, Joshen vit le capitaine réfléchir à toute vitesse. Du bout des lèvres et en silence, il articula : « Armé ? »

— Ainsi, vous êtes armés ? demanda Lery à son vis-à-vis.

— Bien sûr que non ! s'indigna Arneth, le torse bombé. Seul le plus vil des capitaines viendrait parlementer en armes.

Parknel, satisfait, se leva tout à coup.

— Dans ce cas, laissez-moi vous dire que cet homme, ce Wardof, est un menteur. C'est un meurtrier à la solde de la Sorcière Noire, l'ennemi juré de tous les hommes libres et de tous les marins. Nous sommes les alliés des Gardiennes. Si vous êtes du côté des Chasseurs de sorcières, dites-le et épargnons-nous ces formalités pour passer directement au combat.

— Vous ! s'exclama Wardof, un doigt tremblant pointé sur Parknel. C'est vous qui m'avez laissé pour mort sur une île abandonnée au milieu de nulle part ! Six mois à chasser les chauves-souris et à me nourrir de phoques avant qu'on ne me retrouve !

Parknel, amusé, baissa les yeux vers Joshen. Souriant, le jeune homme se leva à son tour.

— Et toi ! cracha Wardof. Le fils du palefrenier ! Capitaine Arneth, elle est avec eux, j'en suis sûr.

— En effet, admit Parknel. Avouez que j'aurais été stupide de vous laisser monter à bord pour la chercher.

— Lequel d'entre vous est le capitaine ? demanda Arneth, qui dévisageait tour à tour les trois hommes.

— C'est moi, déclara Parknel. Mais dites-moi, capitaine Arneth, de quel côté êtes-vous ? Sorcière Noire ou Gardiennes ?

— Nous allons en discuter avec mon équipage, répliqua-t-il sans ciller. Puis nous vous livrerons notre réponse.

Sans se quitter du regard, les deux capitaines ordonnèrent chacun à leurs hommes de ramer vers leur navire respectif. Lorsque la chaloupe buta contre la coque de *La Sorcière des mers*, Joshen bondit à bord.

— Armez les canons ! rugit Parknel dans son dos.

Le cri fit sursauter Senna, qui pâlit.

— Qu'est-ce qu'ils ont dit ?

— Qu'ils allaient réfléchir. Ce qui signifie en clair : « Laissez-nous le temps de tirer les premiers ! » (Un geste vers le pont inférieur, il ajouta :) Il n'y a rien que tu puisses faire. Maintenant, file !

Senna s'éloigna d'un pas rapide.

— C'est faux. Il y a une chose que je peux faire, murmura-t-elle, brandissant une fiole aux reflets topaze dans la lumière du soleil. C'est même par là que j'aurais dû commencer.

— Feu à volonté ! lança Parknel.

— Cours ! cria Joshen.

Elle obéit. À peine avait-elle fait deux pas qu'une déflagration assourdissante retentit depuis *Le Vert galant*. Une série de détonations qui ébranlèrent *La Sorcière des mers* lui fit écho. Les boulets sifflèrent dans les airs avant de finir leur course dans d'immenses gerbes d'eau. Une fumée âcre s'éleva des ponts inférieurs. Les marins criaient et couraient en tous sens. Mais aucun ne sembla remarquer la jeune fille qui, au lieu de chercher un abri, se dirigeait vers la proue.

Bruke tenta bien de lui bloquer la route, mais elle le contourna sans difficulté. Les canons rugirent de nouveau. On se mit à armer une nouvelle bordée dans un concert de cris. Le troisième tir de *La Sorcière des mers* fut récompensé par le fracas lointain du bois qui volait en éclats.

Senna refoula un haut-le-cœur : des hommes venaient de mourir. Ennemis ou pas, leur mort la blessait profondément. Les canons du *Vert galant* tonnèrent à leur tour.

Un craquement sinistre l'obligea à se couvrir les oreilles. Le pont tangua. Senna, déséquilibrée, trébucha sur Bruke et s'affala de tout son long. La douleur fulgurante qui lui vrillait le bras l'empêchait de réfléchir. Elle sentit la fiole lui glisser des doigts. Malgré le vacarme et la confusion qui régnaient, elle perçut le cliquetis du verre contre le sol. Impuissante, elle observa le flacon accélérer sa course et basculer dans le vide.

Elle se redressa à l'aide de son bras valide pour regarder par-dessus bord : la petite fiole dansait dans l'écume. Le temps pressait… Avec précaution, Senna ôta l'écharpe qui soutenait son bras et, malgré la douleur, elle parvint à se débarrasser de sa cape et de sa robe, pour ne garder que sa chemise.

Debout sur le bastingage, elle se sentit tirée en arrière. Elle tendit son bras blessé pour ne pas perdre l'équilibre et s'écroula sur le pont. Le fil de suture joua dans sa chair à vif. Le souffle coupé et les yeux remplis de larmes, elle constata que sa plaie saignait de nouveau. Bruke, un pan de chemise dans la gueule, gémit. Il posa sur elle un regard paniqué. Elle tenta de dégager l'étoffe de ses crocs.

— Je dois les protéger, Bruke.

Il geignit de plus belle et refusa de lâcher prise. Chaque seconde comptait. La fiole risquait de disparaître sous les flots, à moins qu'une vague ne l'emporte au loin. D'un bond, elle s'élança par-dessus bord. Bruke tint bon, pas la chemise. À l'instant où Senna s'enfonçait dans les eaux glaciales, une nouvelle déflagration ébranla *La Sorcière des mers*. La jeune fille s'efforça de rester en surface malgré la grêle de débris qui s'abattait sur elle.

Un fragment de tissu blanc toujours coincé entre les dents, Bruke faisait les cent pas sur le pont. Une plainte poignante s'élevait de sa poitrine.

Senna scrutait avec frénésie l'écume autour d'elle. Elle finit par repérer la fiole. Usant de son bras valide, elle s'en approcha péniblement. Dans l'eau, la potion pourrait ne pas faire effet, mais la jeune fille se sentait obligée de tenter sa chance. Elle ôta le bouchon, trempa un doigt dans le liquide visqueux, puis referma la fiole. Allongée sur le dos, elle se laissa porter par les vagues. En dépit de la chemise qui lui collait à la peau, elle parvint à marquer les différents points rituels, qu'elle relia du bout du doigt.

Ô mer, une de tes créatures j'ai choisie,
Son apparence confère-moi, je te prie.

Tout d'abord, aucune métamorphose ne se produisit, puis la morsure du froid s'amenuisa, aussitôt remplacée par une douleur bien plus aiguë. Senna eut l'impression qu'on lui arrachait de la chair par lambeaux entiers. Sa peau tressaillit, ses os se brisèrent puis se ressoudèrent. Enfin, la mutation s'acheva. Grâce à sa puissante queue, avec laquelle elle se propulsait, elle put laisser son bras au repos et, même si le sel attisait le feu de sa plaie, l'eau de mer en jugulait l'hémorragie.

La fiole serrée entre ses dents, elle se mit en quête d'une plainte familière. Guidée par son ouïe, elle croisa la route d'une immense baleine bleue. Elle se porta à la hauteur de son œil, et commença à grogner. La baleine, hermétique à son appel, posa sur elle un regard agacé. Senna insista mais, d'un coup de son énorme queue, la baleine accéléra l'allure.

Senna eut beau redoubler d'efforts, elle fut rapidement distancée. Pire, la morsure glaciale de l'eau se faisait déjà sentir. Elle regagna la surface pour respirer et contempla la bataille qui, au loin, faisait rage. Le brouillard s'était dissipé comme par miracle, laissant place à d'épais nuages d'une fumée noirâtre. Les deux navires avaient souffert, mais *La Sorcière des mers* semblait plus mal en point que son adversaire.

Le regard de Senna passait de la scène de combat à la baleine. Tous deux se trouvaient à présent à une bonne distance. Si elle ne rebroussait pas chemin en vitesse, la potion cesserait d'agir avant qu'elle n'ait rejoint le navire.

Je dois continuer, pensa-t-elle. *C'est le moins que je puisse faire pour eux.*

Elle brava sa peur et décida de s'élancer dans le sillage de la baleine. Malgré le danger croissant, elle ne ralentit pas l'allure. Quelques instants plus tard, des tremblements agitèrent ses membres, qui reprirent leur forme originelle : la jeune fille, vêtue de sa seule chemise déchirée, se retrouva seule, perdue au milieu des eaux glaciales.

Aide-moi ! Je suis la dernière Gardienne ! Aide-moi !

Si la plupart des animaux comprenaient les chants des sorcières, entonnés dans le langage des Créatrices, beaucoup avaient d'excellentes raisons de ne pas y prêter attention. Senna répéta sa prière, mais la baleine ne donna aucun signe de vie. Résignée, elle se tourna vers le bateau. *Faites qu'aucun marin n'ait à payer mon échec de sa vie !* songea-t-elle.

Soudain, une énorme gerbe d'eau jaillit dans son dos. Surprise, Senna se retourna pour se retrouver face à la baleine, qui la contemplait de son immense œil bleu. Le cétacé laissa échapper une longue plainte : elle mourait de faim. L'absence de soleil, responsable de la raréfaction des algues et, par conséquent, du krill, affamait les baleines, comprit alors Senna. Attristée, la jeune fille éleva doucement la voix :

La Sorcière Noire, dans son ignominie,
Souhaite que la Terre entière à ses désirs se plie.
Les Gardiennes, une par une, elle a emprisonnées,
Pour que toutes, à la fin, renient leur destinée.

La baleine, furieuse, souffla. Senna, dont les mâchoires s'entrechoquaient, désigna *Le Vert galant*.

Ses Serviteurs ont juré de détruire la dernière,
Pour asseoir son emprise partout sur la Terre.

Il n'en fallut pas plus pour inciter la baleine à battre de son énorme queue. Les remous, puissants, repoussèrent Senna toujours plus loin de *La Sorcière des mers*.

En proie à d'incontrôlables tremblements, elle ouvrit la fiole, qui lui échappa des mains. Son contenu se déversa dans l'eau. Malgré la vague de chaleur qui la traversa, Senna sentit son cœur se serrer : impossible désormais de se métamorphoser. Sur le point d'abandonner tout espoir, elle évalua la distance qui la séparait de la bataille. De Joshen.

— Au moins, la douleur a disparu, soupira-t-elle.

Au dernier moment, elle rattrapa la fiole qui menaçait de sombrer et tenta d'écumer la potion qui s'étalait en surface. Elle replaça le bouchon, puis serra le flacon entre ses dents. Son bras blessé collé le long du corps, elle se mit à battre des jambes.

Ioa

Joshen, émerveillé, regarda la baleine bleue foncer vers le navire d'Arneth. Il n'aurait pas cru ces colosses capables d'une telle vitesse. À l'approche du cétacé, les cris qui émanaient du *Vert galant* se muèrent en hurlements de panique. Un fracas assourdissant retentit : tout l'arrière du navire venait d'être réduit en miettes.

Dans le silence abasourdi qui suivit, Joshen observa la proue du *Vert galant*, parsemée de bernacles, se dresser hors de l'eau. À son bord, les marins s'échinaient pour trancher les amarres des canots de sauvetage. Certaines chaloupes se brisèrent dans leur chute, d'autres coulèrent. Moins d'une minute plus tard, le navire poussa un profond soupir puis disparut subitement sous les flots avec le reste de son équipage. Les rescapés retournèrent les canots mal tombés, puis se hissèrent à bord.

— Les baleines n'attaquent pas les bateaux, déclara un marin apeuré.

— Celle-là si, répliqua un autre.

Joshen lutta pour ne pas céder à la panique : Senna était derrière tout ça, il en avait la certitude. Il courut jusqu'au pont inférieur où il trouva Parknel penché sur un marin à l'agonie.

— Avez-vous vu Senna ?

Surpris, le capitaine se redressa.

— Elle était censée veiller sur nos blessés. Heureusement pour eux que je sais faire la différence entre le tabre et le népat !

Joshen, qui n'avait pas écouté la fin de la réponse, s'éloignait déjà à grandes enjambées. Il ouvrit brutalement la porte de la cabine. Vide.

— Bruke !

L'animal surgit derrière lui. Il déposa un morceau de tissu blanc aux pieds du jeune homme qui, submergé par une vague d'effroi, ramassa l'étoffe.

— Senna, murmura-t-il, paralysé par la peur.

Il sentit qu'on tirait sur sa chemise – Bruke tentait de l'entraîner vers la porte. Sans réfléchir, Joshen se laissa guider jusqu'à la proue, où le molosse gémit, le regard tourné vers les flots.

Le jeune homme découvrit l'écharpe de Senna, abandonnée à côté de ses autres vêtements. Il se pencha pour ramasser le collier, qui scintilla dans la lumière. Puis il se tourna vers l'océan.

— Qu'a-t-elle fait ? (Il savait pertinemment qu'elle ne s'y trouvait pas, mais il ne put s'empêcher de regarder par-dessus bord.) Elle s'est changée en phoque et a demandé à la baleine de nous venir en aide, c'est ça ?

Depuis combien de temps était-elle partie ? Les effets de la potion ne duraient jamais très longtemps... Il se rua vers les canots de sauvetage.

— Mettez une chaloupe à la mer ! Et prenez vos armes !

Parknel, les mains couvertes de sang, surgit du pont inférieur.

— Joshen ? appela-t-il.

— Senna est quelque part dans l'océan, répondit-il à l'instant où il s'attaquait aux cordages.

Plusieurs marins accoururent. Joshen bondit à bord avant même que la chaloupe ne touche l'eau.

— Bruke ! Viens !

Le molosse bondit par-dessus le bastingage. Les marins finirent de dénouer les amarres, puis s'emparèrent de leurs rames. Le museau pointé vers le sud-ouest, Bruke aboya.

— Ramez ! lança Joshen, qui donna aussitôt l'exemple.

*

Transformée en phoque, Senna pouvait couvrir des distances incroyables à une vitesse folle. Elle battit des bras – bien moins efficaces que des nageoires –, mais ses muscles, endoloris, répondaient à peine. Malgré tous ses efforts, elle était encore loin du navire. De nouveau parcourue de la tête aux pieds par de violents frissons, elle cessa de nager, le temps de s'asperger la tête avec ce qui restait de potion. L'espace d'un bref instant, elle se sentit mieux.

Elle lança un regard désespéré vers *La Sorcière des mers*. Après tout ce qu'elle avait traversé, c'est sa propre folie qui allait causer sa perte, et non Espen !

— Je suis désolée, Joshen. Je n'étais pas à la hauteur. (Elle baissa les yeux vers les profondeurs de l'océan, sa future demeure.) Pardonne-moi, mère, murmura-t-elle.

*

Bruke, posté à l'avant de la chaloupe, la truffe dressée, guidait les marins. Chaque fois qu'il changeait de position, les hommes ajustaient leur cap. Joshen avait oublié combien la chaleur du soleil pouvait être écrasante. De larges filets de sueur dégoulinaient le long de ses tempes, sa chemise lui collait à la peau et il devait plisser les yeux dans la lumière aveuglante.

Soudain Bruke aboya. Une main contre le front en guise de visière, le jeune homme se pencha en avant. Il crut distinguer une silhouette blanchâtre qui flottait au loin. Il se rassit et redoubla d'efforts.

— Plus vite ! hurla-t-il.

Il jetait sans cesse des coups d'œil par-dessus son épaule pour évaluer la distance qui les séparait de la silhouette. C'était Senna. Sur le ventre. Et immobile. Aidé de Parknel, il la saisit par les bras et la tira à bord. Ils l'étendirent au fond du canot, où elle resta inerte. Son visage, livide, rivalisait avec le blanc de sa chemise.

— Senna ! s'écria Joshen.

Les autres marins s'écartèrent pour lui permettre de s'agenouiller auprès d'elle. Il posa une oreille contre sa poitrine. Rien. Pas le moindre son. Ni la moindre chaleur.

Parknel la souleva sans ménagement. Il la déposa sur le rebord de la chaloupe, la tête par-dessus bord, et lui assena de puissantes pressions dans le dos. En vain.

Joshen avait les mains plaquées sur le visage. Elle ne pouvait pas mourir, c'était impossible ! Il l'étendit de nouveau au fond de l'embarcation, bien déterminé à la ramener d'entre les morts. Elle régurgita alors un petit filet d'eau, elle toussota. Joshen la fit aussitôt rouler sur le côté. Elle vomit. Une nouvelle quinte de toux la secoua. Pantelante, elle leva ses yeux d'ambre vers lui.

— Senna ?

— J'ai froid, gémit-elle.

Il l'enveloppa dans sa chemise – qu'il avait ôtée sans prendre le temps de la déboutonner –, puis la serra dans ses bras. D'abord inerte, elle fut petit à petit gagnée de tremblements : Joshen sut alors qu'elle survivrait. Il lui frotta le bras pour tenter de la réchauffer et le cri de douleur de la jeune fille lui rappela qu'elle était blessée.

— Ne t'avise plus jamais de refaire une chose pareille ! grogna-t-il.

— Il y a peu de risque, ironisa-t-elle dans un souffle. J'ai perdu ma fiole.

Le chagrin qui étreignait la jeune fille le surprit.

— Je ne peux pas dire que ça m'attriste.

— Une Gardienne a consacré des années à la confection de cette potion, et je l'ai gâchée, gémit-elle.

Que pouvait-il lui répondre ? Elle avait été blessée par un tir de mousquet, poursuivie par un requin et à deux doigts de se noyer. Si elle ne l'avait pas perdue, il se serait sans doute lui-même chargé de la jeter à la mer.

*

Senna se laissa porter jusqu'à la cabine du capitaine sans protester pendant que Parknel lançait une série d'ordres à ses hommes.

— Tireurs d'élite, à vos postes ! Vous autres, hissez les voiles et sortez-nous de là ! Tiens, toi, prends la barre jusqu'à ce que Lery ou moi prenions la relève. En parlant de Lery, quelqu'un l'a vu ?

Joshen déposa Senna sur le lit.

— Bruke, dit-il, une tape sur le matelas.

Le chien obéit et vint se coucher à côté de sa maîtresse. Joshen les borda puis s'assit près d'eux. Il frotta vigoureusement les mains de Senna.

— Tu as un peu moins froid ?

La jeune sorcière avait l'impression que son corps pesait une tonne. Le simple fait de lever la tête était au-dessus de ses forces.

— J'ai bien peur de ne jamais me réchauffer, dit-elle avec un faible sourire.

— Pourquoi as-tu fait ça, Senna ?

— Je ne supportais pas de rester les bras croisés pendant que d'autres risquaient leur vie, ou mouraient, pour me protéger. J'ai peut-être risqué la mienne, mais pas plus que quiconque sur ce navire !

Le jeune homme se massa les tempes.

— Tu n'as toujours pas compris. Tu restes persuadée que tu n'es pas digne de leur confiance. (Il luttait visiblement pour ne pas s'emporter.) Tu ne peux pas continuer à prendre de tels risques. Si tu meurs, tout est fini !

Elle détourna les yeux. Lui ne comprenait pas que s'il mourrait, tout serait fini pour elle. Elle refusait que cela se produise, quelles qu'en soient les conséquences.

— Et lorsque je serai morte, qu'est-ce qui se passera ? Tu retourneras t'occuper de tes chevaux ?

Joshen se leva.

— Je t'ai attendue pendant plus d'un an, dit-il. Et voilà que tu mets ma loyauté en doute ?

Elle ferma les yeux et des larmes roulèrent sur ses joues.

— Il ne s'agit pas de ta loyauté.

— De quoi alors ? demanda-t-il, exaspéré.

— Je ne peux pas… te perdre. Je refuse que ça arrive. J'ai déjà perdu ma mère, mon père et ma sœur. Tous ceux qui me sont chers disparaissent les uns après les autres. Tous.

Le regard rivé sur la fenêtre, elle baignait dans la douceur du soleil.

— Je ne savais pas que tu avais eu une sœur, bredouilla Joshen.

Senna serra les dents. Le souvenir vague d'un dessin qui représentait une fillette brune aux cheveux bouclés, dans les bras de son père, lui revint.

— Elle est morte avant ma naissance.

Joshen s'approcha de la fenêtre. Sans la regarder il déclara :

— Je te promets une chose, Senna. Je ne t'abandonnerai jamais de mon plein gré.

— Ce n'était pas non plus de leur plein gré, lui opposa-t-elle. Mais ils m'ont quand même quittée.

— Il faut que tu cesses de ressasser tout ça et que tu ne penses plus qu'à ce qui t'attend, dit-il, se tournant vers elle.

— C'est-à-dire ? demanda-t-elle dans un souffle.

Agenouillé près d'elle, il lui prit la main.

— Tu dois l'arrêter. (Quelqu'un frappa à la porte. Sans la lâcher, Joshen répondit :) Entrez !

Parknel, couvert de sang des genoux jusqu'au bout des doigts, pénétra dans la pièce. Dans ses mains, les plantes, semées par Senna, étaient totalement dépourvues de feuilles.

— Il nous en faut plus.

— Elle n'est pas en état, capitaine.

— Je vais m'en occuper, répliqua-t-elle.

Elle se redressa sur son oreiller.

— Tu as failli mourir, Senna !

— En effet, et pendant un instant, j'ai bien cru que j'étais morte, pour être franche. Mais je ne le suis pas encore.

D'une main experte, elle débarrassa les plantes nues de leurs graines, qu'elle enfonça dans la terre, puis chanta. Parknel la remercia d'un signe de tête avant de tourner les talons.

— Capitaine, l'appela Joshen. Avez-vous retrouvé Lery ?

Parknel s'immobilisa.

— Il est mort, leur annonça-t-il sans se retourner.

Senna ne put retenir un sanglot.

— Combien… à part Lery ?

— Huit.

Les épaules voûtées, Parknel referma la porte derrière lui. La bouche grande ouverte, Senna manquait d'air. Ses poumons refusaient de lui obéir. La douleur qui la paralysait était si violente, si cruelle, qu'elle crut en mourir. Joshen se rua sous la couverture et serra la jeune fille comme pour empêcher la vie de s'échapper d'elle.

— Respire, Senna. Respire.

Pourquoi la réconfortait-il ? Pourquoi ne la haïssait-il pas ? Après tout, Lery était son ami. Et il était mort à cause d'elle. Manquant de s'étrangler, elle parvint finalement à inspirer, avant de fondre en larmes.

— Voilà, c'est bien. Laisse-toi aller, l'encouragea-t-il.

Il caressait ses cheveux et la berçait, tout doucement. Elle aurait voulu lui expliquer, mais les sanglots l'en empêchaient. Une nouvelle personne l'avait quittée. Une autre souffrait par sa faute. Le cauchemar ne prendrait-il donc jamais fin ?

Équilibre

Arrachée à un profond sommeil, Senna se réveilla en sursaut. Elle scruta les lieux dans le clair de lune tamisé, mais ne remarqua rien d'anormal. Puis elle l'entendit de nouveau. Une détonation. Elle rejeta sa couverture et courut vers la porte de la cabine. Elle l'avait à peine franchie que l'écoutille du pont inférieur s'ouvrit brutalement. Un flot de marins, mousquet à la main, en jaillit. Vêtu de son seul pantalon, Joshen pointa un doigt résolu vers elle.

— Reste à couvert ! lui ordonna-t-il avant de rejoindre les autres.

Senna souleva le bas de sa robe : elle n'avait aucune intention de lui obéir. Constatant qu'elle lui emboîtait le pas, Joshen la foudroya d'un regard exaspéré avant de la forcer à se placer derrière lui. Une fois devant le bastingage, il lui fit signe de s'accroupir. Il chargea son mousquet et arma le chien.

Par-dessus l'épaule de Joshen, la jeune fille aperçut, grâce aux reflets de la lune et des étoiles, deux canots chargés de marins en fuite. Parknel posa le canon de son arme sur le rebord du navire.

— Lorsque vous aurez choisi votre cible, tirez à volonté. (Il ferma un œil et regarda dans son viseur.

La brise joua avec sa barbe.) Attention au léger vent d'ouest, les avertit-il.

Il ajusta sa visée et fit feu avec les autres. Senna sursauta malgré elle. De fines volutes d'une fumée bleuâtre s'échappaient des bassinets qui contenaient la poudre. Tous rechargèrent leurs armes. Prêt le premier, Parknel attendit ses hommes. Après la seconde volée de plomb, il leva un bras.

— Ils sont hors de portée maintenant. Je me demande ce qu'ils voulaient... Ils devaient bien se douter que nous les avions repérés. Et pourtant, aucun n'était armé.

Joshen regarda Senna du coin de l'œil.

— J'aimerais assurer le quart cette nuit, capitaine.

— Accordé, répondit Parknel, à qui le regard de Joshen n'avait pas échappé. Garde l'œil bien ouvert. J'ai comme l'impression qu'ils mijotent quelque chose.

— Joshen...

— Retourne dans la cabine, Senna, l'interrompit-il. Il vaut mieux qu'ils ne te voient pas.

La jeune fille fit la moue, mais obéit. Une fois dans la cabine, elle referma la porte en douceur.

La Tartennie ne doit plus être très loin, pensa-t-elle. *Les parfums incroyables de ses fleurs nous parviennent déjà.* Elle inspira à pleins poumons pour en savourer l'odeur. Soudain, une profonde fatigue s'empara d'elle. Elle se frotta les yeux, puis caressa la tête de Bruke.

— Pas étonnant que je sois épuisée, après tout. J'ai quand même frôlé la mort aujourd'hui !

Elle fit un pas vers son lit mais ses pieds, de plomb, refusèrent d'avancer. Ses paupières menaçaient de ne plus jamais se rouvrir. Elle scruta la pièce sans parvenir à réfléchir, comme si ses pensées étaient enfermées à double tour, inaccessibles. Malgré tout, elle sentait qu'un certain chaos les agitait. Quelque chose ne tournait pas rond. Pas rond du tout.

Il fallait qu'elle sorte de là. Et vite. Elle se sentit basculer en arrière et chercha vainement un appui. Elle tenta de retrouver l'équilibre, mais son corps ne répondit pas : elle s'effondra lourdement sur les fesses. La violence du choc l'ébranla et un faible gémissement lui échappa. Elle voulut ramper mais ses membres semblaient avoir perdu leurs os.

— Au secours ! cria-t-elle d'une voix rauque.

Un fracas de verre brisé retentit. Elle leva les yeux et découvrit une dizaine de lianes, larges comme un bras, qui s'introduisaient par la fenêtre. *De la barbelle vénéneuse !* comprit-elle aussitôt. Le sentiment de panique, diffus, reflua sous le poids de la fatigue.

Bruke chancela à son tour. Malgré sa difficulté à se mouvoir, il vint se placer entre Senna et les lianes. Il avait la tête basse, la truffe au ras du sol et la langue pendante.

Une silhouette sombre apparut à la fenêtre. Bien que l'obscurité masquât son visage, Senna l'identifia aussitôt. Wardof l'avait retrouvée. Titubant, Bruke grogna. Sa résistance héroïque arracha des larmes à la jeune fille.

Les lianes, à présent couvertes de fleurs, occupaient la moitié de la pièce. Senna envisagea de céder à l'insoutenable poids qui l'écrasait, mais elle savait bien que, si elle sombrait, elle ne rouvrirait plus jamais les yeux. Wardof épaula un mousquet. C'était la fin.

Terrifiée, les yeux rivés sur le canon de l'arme, elle tenta de se libérer de l'emprise de la drogue. Dans un dernier sursaut d'énergie, Bruke émit un aboiement féroce et bondit en avant. Le coup de feu éclata et la détonation vrilla les tympans de la jeune fille. Le corps de Bruke tressauta, puis retomba au sol, inerte.

Non ! rugit Senna dans sa tête. *Non ! Non !* Elle planta ses ongles dans le plancher et se traîna jusqu'à lui.

— Bruke !

Ses lèvres formèrent son nom, mais aucun son ne les franchit. Son bras glissa sur une flaque visqueuse de sang tiède. Elle referma les doigts sur le pelage du chien et tira. Aucune réaction.

Un reflet argenté scintilla dans la main de Wardof. La rage bouillonnait en elle. Elle brûlait de le maudire sur plusieurs générations. À chacun de ses pas, les plantes faneraient, puis mourraient ! Sa nourriture pourrirait avant même qu'il l'ait portée à sa bouche ! Elle le priverait à jamais des douceurs de la Terre !

Mais elle était aussi impuissante qu'un nourrisson et il approchait toujours, une lame à la main. Une mort certaine l'attendait. Derrière elle, la porte s'ouvrit brusquement. Une série de bruits sourds – ceux de corps qui s'effondraient – retentit.

— Ne respirez pas ! hurla Parknel.

Wardof plongea sur la jeune fille. Des balles sifflèrent. Elles se plantèrent dans le bois du navire ou réduisirent en miettes les éclats de verre tombés au sol. Le visage rougi par le manque d'air, Wardof se rua vers la fenêtre et disparut dans une petite gerbe d'eau.

Parknel s'agenouilla à côté de la jeune fille et observa la pièce. Il dégaina son couteau et trancha avec frénésie les lianes de barbelle enroulées autour des jambes de Senna. Elle ne les avait même pas remarquées.

Des mains familières la saisirent sous les épaules pour l'entraîner à l'air libre. Toute la partie inférieure du corps de Bruke disparaissait sous les plantes. Elle tendit un bras vers lui, dans une prière silencieuse pour que Joshen ne l'oublie pas.

Dès sa première bouffée d'air frais, la barrière invisible qui retenait ses pensées s'estompa. On avait dirigé une attaque de barbelle contre elle : l'échange de tirs de mousquets n'était qu'une diversion. Sans l'aboiement de Bruke, les marins seraient arrivés trop tard pour la secourir. Il avait bondi sur Wardof et reçu la balle qui lui était destinée. Il lui avait sauvé la vie. Tournée vers Joshen, qui se penchait sur elle, elle demanda :

— Bruke ?

Il écarquilla les yeux, puis regagna la cabine au pas de course. Lorsqu'il reparut, il tirait Parknel, endormi, par le col de sa chemise et Bruke par la peau du cou. À bout de souffle, il adressa de grands signes aux autres marins.

— Ne restez pas plantés là à ne rien faire ! Sortez les autres de la cabine ! Et que quelqu'un fasse feu sur cette fichue chaloupe qui s'enfuit !

Petit à petit, l'engourdissement quittait les membres de Senna. Des détonations déchirèrent une fois de plus le silence de la nuit. Malgré ses tremblements, elle rampa vers Bruke, dont la poitrine se soulevait faiblement. Il vivait. Soulagée, elle ferma les yeux. Elle usa ensuite de sa cape pour contenir le saignement. Du bout des doigts, Joshen fouillait le pelage de l'animal à l'affût d'une seconde plaie par laquelle la balle serait ressortie.

— Je ne trouve rien. Mais on dirait qu'il perd déjà moins de sang.

Bruke jappa faiblement. Parknel et les autres sortaient peu à peu de leur torpeur.

— Senna ! s'écria Joshen.

Elle leva aussitôt la tête. Les lianes de barbelle franchissaient la porte de la cabine. Ses fleurs orange emplissaient l'air de leur fragrance toxique. Si elle n'agissait pas rapidement, tout l'équipage succomberait à ses émanations mortelles.

Joshen la remplaça auprès de Bruke. Elle se leva d'un pas chancelant et entonna un chant.

Barbelle ! À mon ordre obéis !
Tes funestes desseins j'exige que tu renies !

La plante tressaillit, mais poursuivit sa progression. Senna avança d'un pas et répéta son incantation. La barbelle, qui cherchait à contourner la jeune fille, se cabra. Senna redoubla de ferveur : tremblantes, les lianes cédèrent un peu de terrain.

Sans cesser de chanter, Senna les repoussa jusqu'à la porte de la cabine. Elle invita ensuite le vent à la précéder dans la pièce pour en purifier l'atmosphère. Une fois à l'intérieur, elle découvrit le pot d'où jaillissaient les lianes rétives sur le rebord de la fenêtre. Sans une hésitation, elle le fit basculer dans le vide et ne prit pas la peine de l'observer disparaître dans les flots.

Elle retourna en toute hâte auprès de Bruke. Il n'avait pas bougé. Ses dents étaient à présent visibles.

— Je suis désolé, Senna… Il est mort, lui apprit Joshen.

Refusant de le croire, elle cligna des yeux.

— Il m'a sauvé la vie. Cette balle m'était destinée.

Une douleur brûlante lui comprima la poitrine avant d'étendre ses insoutenables ramifications dans tout son corps. Son intensité, sa violence, dépassaient de loin celles d'une blessure par balle ou d'une métamorphose en phoque. Elle avait envie de mourir. Le caractère inévitable de sa mort – et de celle de tous ceux qu'elle aimait – des mains de Wardof lui retourna l'estomac.

— Il ne s'arrêtera jamais. Pas avant d'avoir tout détruit.

Elle oscillait en silence d'avant en arrière, les joues baignées de larmes.

— Tu te trompes, Senna, la reprit Parknel avec douceur. Tu oublies l'équilibre. Le bien et le mal, la joie et le chagrin. Tout tend vers l'équilibre. Ce qui implique que le bien et le mal ont une fin. Comme tout le reste, d'ailleurs. (Il s'assit avec peine.) Conduis-la dans la cabine et veille sur elle, Joshen. (Son visage se durcit.) Vous autres, regagnez vos postes ou retournez vous coucher. Le vent se lève. Ce rafiot a beau être une passoire, hors de question qu'on parvienne à nous suivre à la rame ! (Il leva les yeux vers les étoiles. Un voile sombre obscurcit ses traits.) D'autant que nous sommes plus proches de la Tartennie que prévu. Je ne serai pas étonné qu'on aperçoive la côte dès demain.

*

Hébétée, Senna contemplait par la fenêtre brisée l'immense paysage qui s'étalait sous ses yeux. Espen avait choisi une terre magnifique pour retenir captives les Gardiennes.

Les montagnes de Tartennie, contrairement à celles que Senna connaissait, n'offraient pas de pente progressive. Elles jaillissaient subitement de la forêt, quasiment à la verticale. Leurs sommets non plus n'étaient pas communs : les pics acérés, déchiquetés, étaient remplacés par de vastes collines bombées. Et, aussi incroyable que cela puisse paraître, certains abritaient des villes entières. Carpel, la capitale, semblait tout droit sortie du sol, comme creusée à même la roche. Un bâtiment blanc, étincelant, se détachait en son cœur.

— C'est magnifique ! déclara Joshen.

Senna ne trouva pas la force de répondre. Depuis que le brouillard s'était évaporé, une atmosphère étouffante, lourde d'humidité l'avait remplacé.

— Une fois que Parknel aura repéré un endroit isolé pour accoster, comment ferons-nous pour les retrouver ?

Le son de sa voix l'irrita. Elle croisa les bras et rétorqua :

— Je me chargerai de les trouver seule. Sans toi. Tu ne ferais que me ralentir.

Elle était parfaitement injuste et le savait très bien. D'ailleurs, elle ne se serait jamais montrée aussi cruelle avec un autre.

— Et si Wardof et Garg te mettent la main dessus ? demanda-t-il, la mâchoire crispée. Que se passera-t-il ?

— Je suis une sorcière, répliqua-t-elle avec un haussement d'épaules. Wardof et Garg ne sont pas de taille.

— Comme l'ont prouvé vos dernières rencontres, ironisa-t-il, le regard noir.

Ne pouvait-il pas comprendre qu'elle devait continuer seule ? Elle devait trouver la force de poursuivre sans lui.

— Je serai sur mes gardes, je…

— Tu ne vas pas pouvoir rester à l'affût à longueur de journée, c'est impossible ! Ce qui s'est passé cette nuit ne t'a pas suffi ?

Cette nuit. Bruke. Elle répondit d'une voix brisée :

— C'est ma faute, je suis la seule responsable… Je veux le voir.

— Il n'est plus là, Senna.

Elle inspira lentement pour repousser ses tremblements. L'avaient-ils déjà jeté par-dessus bord ? Sans même lui laisser le temps d'un adieu ?

— Pourquoi ? Pourquoi avez-vous fait ça ?

Il posa une main sur son épaule. Elle se dégagea brusquement et le fusilla du regard.

— Parce que nous pensions que ce serait plus facile si…

— Qui vous a permis de faire ça ? l'interrompit-elle, les poings serrés sur les hanches.

— Senna, je…

La colère la submergea. Elle déversa une pluie de coups sur le torse du jeune homme, qui la serra contre lui. Elle accueillit la douleur dans son bras blessé avec soulagement, comme elle accueillait toutes celles qui éteignaient le feu insatiable qui menaçait de la consumer tout entière. Elle tenta de le repousser, mais il était trop fort. Elle lui en voulut.

— Je ne veux plus jamais te voir, espèce de misérable…

Les yeux embrasés par la colère, il la secoua brutalement.

— Arrête ! Je n'ai pas l'intention de te laisser partir seule, alors cesse de me repousser. Bruke est mort. Je sais que tu l'aimais. Je sais qu'il était l'un de tes rares amis. Mais c'est toi qui n'en acceptes aucun autre, Senna. Ni moi, ni Parknel, ni Lery. Personne !

— Je refuse que tu me suives ! Tu as encore toute ta famille. Ta maison. Ta vie.

Le souffle court, il recula d'un pas.

— Si tu avais su tout ce qui t'attendait, aurais-tu quand même tenté ta chance ? Ou serais-tu restée bien sagement à Gonstower en espérant que les choses s'arrangent d'elles-mêmes ?

Elle lui tourna le dos.

— J'aurais suivi ma mère, reconnut-elle. Même si cela m'avait conduite droit dans les geôles d'Espen. Même si cela scellait le sort des sorcières. Au moins, je n'aurais plus été seule.

— Et malgré tout, c'est le sort que tu souhaites m'infliger ? Peut-être qu'au fond tu ressembles plus à ta mère que tu ne le penses. J'ai tout abandonné pour toi. Tout. Et s'il le fallait, je recommencerais.

Sans un mot de plus, il quitta la cabine. Parcourue de tremblements, elle contempla la porte fermée. Lui faisait-elle vraiment subir le même sort ?

Oui. La réponse la surprit. Elle enfouit son visage entre ses mains. Toute sa vie, sa mère avait caché son existence pour tenter de la protéger. Mais, quels que soient les dangers qu'elle aurait encourus, Senna aurait préféré se tenir aux côtés de sa mère et des autres sorcières, plutôt que de vivre au milieu de villageois qui la rejetaient.

Joshen, qu'elle avait chassé du Refuge, s'était-il senti aussi seul et abandonné qu'elle ? Il avait raison. C'était sans doute injuste de vouloir le tenir à l'écart d'une bataille qu'il avait lui-même choisi de livrer. Face à cette réalité, elle sentit la tension qui l'habitait s'évanouir lentement. Après tout, peut-être n'avait-elle pas à traverser ces épreuves seule.

La porte s'ouvrit soudain. Joshen, soulagé de la voir, se rua vers elle.

— Je suis désolé. Je n'aurais pas dû…

Elle posa un doigt sur ses lèvres.

— Tu avais raison. (Il la dévisagea, incrédule.) Quoi, je suis si têtue que ça ? s'indigna-t-elle.

— Oui, répondit-il sans l'ombre d'une hésitation.

Elle s'efforça de réprimer un sourire, puis de ne pas rire lorsqu'il continua :

— La dernière fois que nous n'étions pas d'accord, tu m'as ficelé avec du varech et forcé à regagner la côte. Tu veux bien me promettre une chose ? demanda-t-il, soudain grave.

Elle retrouva son sérieux et attendit.

— Promets-moi que tu ne me referas jamais une chose pareille.

La jeune fille retourna à la fenêtre.

— Tu parles du retour vers la côte ou du ligotage ?

Il remonta sa manche pour dévoiler la lune verte qui ornait son avant-bras.

— Ce symbole n'a-t-il aucune valeur à tes yeux ? Pour moi, il en a. Il signifie que je suis lié à toi. Prends-tu tout ça à la légère ?

Perdue dans son regard d'acier, elle sentit son chagrin s'estomper.

— J'essaie de t'en vouloir, mais en réalité, c'est à moi que j'en veux. Si j'avais été assez forte, tu n'aurais pas eu à courir tous ces risques. Et Bruke… (Sa voix vacilla.) Bruke serait toujours en vie.

— C'est Wardof le responsable. Pas toi. Et, en ce qui me concerne, je ne voudrais être nulle part ailleurs. (Il lui caressa la joue du bout des doigts.) Promets-moi que nous ne nous séparerons plus.

L'espace d'un instant, la panique prit le pas sur le sentiment de sérénité que lui inspirait Joshen.

— Je promets de faire de mon mieux. Mais les autres doivent repartir. Ils risquent d'attirer l'attention, et je suis incapable de garantir leur sécurité.

Joshen s'affaissa sur la chaise, derrière le bureau fixé au sol.

— Tu ne sais vraiment pas dans quelle direction nous devons chercher ?

Elle secoua la tête.

— Alors, qu'est-ce qu'on fait ?

Elle s'efforça de ne pas laisser transparaître sa peur et répondit :

— On rame jusqu'à la côte et on avise.

Les amis des sorcières

Le sol sembla tanguer sous ses pieds. Elle s'appuya contre l'épaule de Knight, détrempé de sueur, et observa les minuscules silhouettes qui s'agitaient à bord de *La Sorcière des mers*. À cette distance, les séquelles de la bataille donnaient au navire l'aspect d'une bouche de géant édenté.

— Vous êtes certain qu'il tiendra le coup ?

Parknel enfournait dans les sacoches de Senna des biscuits de mer et du poisson séché.

— Nous allons le rafistoler. Tant que nous ne croiserons pas de grosse tempête, ça devrait aller.

— Mais…

Parknel la serra fort dans ses bras.

— Ne t'inquiète pas pour nous. Nous nous en sortirons. McBedee s'occupera des réparations dès que nous atteindrons la Néfalie. (Les rides rieuses qui lui encadraient les yeux s'effacèrent.) Peut-être que vous aurez fini avant nous. Et alors on pourra rentrer tous ensemble.

Elle ferma les yeux pour dissimuler sa peur.

— Non. Ne nous attendez pas.

— De toute façon, nous allons devoir rester à quai encore quelques semaines. Tu es un gars bien, ajouta-t-il à l'adresse de Joshen, dont il serra la main. Veille sur elle.

Le regard baissé, le jeune homme acquiesça. Une hache sur son épaule, Parknel s'enfonça dans la forêt. Senna, dont les jambes flageolaient, monta en selle avec un soupir de soulagement. Elle rêvait d'échapper aux insoutenables vagues de chaleur qui les assaillaient. Joshen, qui s'épongeait le front avec sa manche, grogna.

— Quelle direction, Senna ?

Elle y avait longuement réfléchi au cours de sa dernière nuit sans sommeil, à bord de *La Sorcière des mers*. Elle se tourna vers le petit village qu'ils avaient dépassé la veille.

— Si Espen s'est aménagé une espèce de Refuge à elle, je suppose que les Tartenniens auront remarqué quelque chose. Il ne nous reste plus qu'à trouver le moyen de les faire parler.

— La plupart des Tartenniens détestent les Néfaliens. D'après Parknel, leurs Chanceliers jettent les sorcières en prison. Tu as oublié ?

La jeune fille laissa son cheval choisir sa route sur le sable.

— Eh bien, on ne leur dira pas que j'en suis une. Si des marchands de Néfalie continuent de commercer avec eux, c'est que la situation n'est pas si terrible que ça. Allons poser quelques questions aux villageois, sans en avoir l'air, décréta-t-elle d'un ton qu'elle espérait plein d'assurance.

Devant eux, un peu en retrait du littoral, une piste s'enfonçait dans la jungle épaisse. Senna se retourna pour lancer un dernier coup d'œil à *La Sorcière des mers* avant que le navire ne disparaisse derrière l'abondant feuillage.

— Je suppose que tu as raison, concéda Joshen, qui jouait avec ses rênes. Mais je n'aime pas ça.

Les yeux grands ouverts, Senna ne perdait pas une miette du paysage. La forêt, si différente de celles qu'elle connaissait, semblait à la fois luxuriante et fragile. Il était peu probable que le givre ait un jour frôlé ses tendres feuilles ! Les parfums du sol et des plantes étaient eux aussi particuliers, imprégnés de tenaces effluves de pourriture.

Senna huma l'air. Elle décela un fumet de poisson mêlé à l'odeur d'un feu mourant. Les arbres, plus rares, révélèrent une chaumière aux murs d'argile blanche. Des draps mis à sécher dehors ressemblaient à des fantômes retenus par la corde à linge. À côté, un petit jardin s'épanouissait.

— Senna, souffla Joshen.

Elle suivit son regard. Obnubilée par la maison, elle n'avait même pas remarqué le petit groupe de cavaliers, vêtus de manteaux écarlates brodés de fil d'or, qui se détachait au loin. Des soldats. Six, en tout. La peur lui noua l'estomac.

Son Protecteur désigna un sentier qui contournait la maison avant de disparaître entre deux montagnes au sommet arrondi.

— Nous ferions mieux de quitter la piste principale.

Sans objecter, Senna s'engagea sur le chemin grêlé d'ornières. Après quelques mètres, ils durent se ranger sur le côté pour laisser passer un Tartennien au teint sombre assis dans une charrette tirée par une mule. Bouche bée, l'homme dévisagea la jeune fille.

Une fois certaine qu'il ne l'entendrait pas, elle s'approcha de Joshen.

— Il ne peut quand même pas savoir que je suis une sorcière d'un simple coup d'œil, chuchota-t-elle.

Inquiet, Joshen fronça les sourcils.

— Et si ces soldats étaient à ta recherche ? On ferait peut-être mieux de retourner au navire.

Un filet de sueur ruissela dans le dos de Senna, qui frissonna.

— Il a subi trop de dégâts pour que nous puissions fuir à son bord. Et de toute façon, les hommes de Parknel ne sont pas encore en état de combattre.

Joshen risqua un regard derrière lui. Son masque d'effroi obligea Senna à se retourner à son tour. Elle eut le souffle coupé : le groupe de soldats les avait suivis.

Le Tartennien pointa un doigt vers eux en hurlant des propos inintelligibles. L'ordre que les six soldats leur adressèrent ensuite était, en revanche, sans équivoque. Certains glissèrent une main vers la sangle qui retenait leur mousquet.

Senna, incapable de donner un sens à la scène, resta pétrifiée.

— Vite ! lança Joshen.

Couchée sur Knight, elle piqua des deux. L'animal s'élança aussitôt dans un galop effréné. Agrippée de toutes ses forces au pommeau de la selle, Senna risqua un coup d'œil dans son dos. Mousquet à la main, les soldats fondaient sur eux. Mais pourquoi ? Pourquoi les pourchassaient-ils ?

— On a peut-être tort de fuir, cria-t-elle dans le vent. Ça n'est peut-être qu'un malentendu.

Une déflagration éclata derrière eux et Senna baissa la tête. Elle n'avait rien oublié de sa blessure au bras.

— Un simple malentendu, tu crois ? ironisa Joshen. Knight et Stretch sont plus rapides que leurs chevaux sur les courtes distances, mais ils sont presque à bout de souffle. Nous devons nous cacher.

Senna se retourna. Il avait raison, les soldats accusaient déjà un certain retard.

— Longtemps ?

— Non, répondit-il sans la regarder.

Le vent né de leur vitesse arrachait des larmes à Senna, qui, les yeux humides, scrutait la jungle impénétrable à l'affût d'un abri. La respiration de Knight devenait plus saccadée à chaque foulée.

Le sentier décrivit un brusque coude à droite : la jeune fille tira sur ses rênes et se pencha dans le virage. Quelque chose, à demi dissimulé par les arbres, attira son attention. Elle plissa les yeux et distingua des bâtiments qui se mêlaient aux ombres de la forêt. Elle se retourna pour essayer de voir les soldats, mais le coude lui bloquait la vue. Ce qui signifiait – les Créatrices soient louées ! – qu'eux non plus ne la voyaient pas.

— Joshen ! appela-t-elle, le doigt tendu.

Le jeune homme obligea Stretch à faire demi-tour pour galoper jusqu'au bâtiment le plus proche. Il arrêta sa monture et descendit de selle dans une gerbe de terre, puis il s'élança de tout son poids contre la porte. Une volée de poules rousses déguerpit dans une explosion de plumes.

Senna pénétra dans l'étable avant de mettre à son tour pied à terre. Une vache, hagarde, meugla. Deux chevaux de traits hennirent et s'agitèrent dans leur stalle. Joshen referma la porte.

— Tu peux les faire taire ? demanda-t-il dans l'obscurité.

D'une voix douce, à peine plus forte qu'un murmure, Senna susurra :

Soyez apaisés,
Car rien vous ne craignez.

Les animaux obéirent. Seules les respirations haletantes de Knight et Stretch se faisaient entendre dans l'étable. Les rais de lumière qui se faufilaient entre les murs en roseaux illuminaient les tourbillons de poussière. Joshen glissa un œil dans l'un des interstices.

Le second bâtiment devait être le corps de ferme. Si le propriétaire alertait les soldats de leur présence, ils étaient perdus. Senna se rua vers le mur opposé et retint son souffle. Elle redoutait qu'un fermier épuisé ne surgisse de sa maison, ou que Joshen ne donne l'alarme.

— Ils sont passés, chuchota son Protecteur, soulagé.

Senna souffla à son tour, mais un mouvement, derrière la porte, attira son attention.

— Il y a quelqu'un, Joshen.

D'une seule enjambée, le jeune homme s'approcha de Stretch et détacha son mousquet de la selle. Senna fut surprise du calme avec lequel il chargea son arme. Elle parvenait à peine à garder entre ses doigts tremblants la petite graine piochée dans sa ceinture.

La porte s'ouvrit brusquement et la lumière les aveugla. Joshen pointa le canon de son mousquet vers la poitrine de l'inconnu. Avec un cri de stupeur, l'homme leva les mains et se lança dans une explication incompréhensible. Joshen approcha de quelques pas.

— Vous parlez néfalien ?

Le fermier posa un regard éberlué sur Senna. Il examina ses vêtements et scruta longuement sa ceinture de graines.

— Sorcière ?

Inutile de nier l'évidence. Avec précaution, elle vint se placer près de Joshen et acquiesça. L'homme observa leurs chevaux. Il fit la moue puis marmonna de nouveau en tartennien. Malgré tous ses efforts, Senna ne comprit pas un traître mot. Il s'empara d'un licol, pendu à un clou, et le lança sur le dos d'un de ses animaux de trait. Il monta sur la porte du box, bondit sur le cheval, puis les invita à le suivre.

— *Cheche.*

Joshen ajusta sa visée.

— Senna ?

Elle considéra le fermier – ses guenilles, ses pieds nus, sa silhouette maigrichonne – de longues secondes. L'homme gagnait à peine de quoi survivre à la sueur de son front. Pourrait-il être tenté de les vendre ? Elle avait le sentiment contraire. L'homme ne mourait pas de faim, il était seulement harassé par son travail.

— Dès qu'ils s'apercevront que nous avons disparu, les soldats vont nous chercher partout, conclut Senna.

Joshen baissa son arme.

— Comme tu voudras. Mais il reste devant nous.

Senna se hissa sur le dos de Knight. L'homme fouetta la croupe de son cheval avec une lanière de cuir pour qu'il s'engage sur la piste. Une pluie comme Senna n'en avait jamais vu se mit alors à tomber, un peu comme si un barrage céleste venait de céder. L'eau, tiède, se déversait à flots, mais elle avait au moins le mérite de rafraîchir l'atmosphère.

Un œil rivé sur leur guide, Joshen tentait de maintenir sa poudre au sec. De son côté, Senna ne quittait pas la piste des yeux. Soudain, le fermier s'engagea dans un sentier à peine plus large qu'un cheval. Ils avaient parcouru environ une demi-lieue lorsqu'il immobilisa sa monture et pointa un doigt devant lui.

Senna se décala tant bien que mal pour apercevoir une maison minuscule, elle aussi tout en roseaux, nichée au milieu des arbres. Elle se retourna pour demander des explications au fermier, mais il avait déjà fait faire demi-tour à son cheval – dont les sabots énormes s'abattaient sur le sol avec fracas.

— Et maintenant ? demanda la jeune fille.

— Au moins, il ne nous a pas livrés aux soldats, répondit Joshen avec un haussement d'épaules.

— Il pourrait s'agir d'un piège.

— Et comment ? (Il observa la maison.) Il ignorait que nous nous cachions dans son étable.

Sa décision prise, il remit Stretch au petit trot. La peur aiguisait les sens de Senna. Une myriade de sons se bousculait dans ses oreilles : martèlement de la pluie, grognements des cochons qui fouillaient le sol au pied des arbres, jardin qui réclamait qu'elle chante. Sans réfléchir, elle entonna :

Nourrissez-vous de lumière, puisez l'air à l'envi,
Que croissent vos racines et vos feuilles épanouies.

À peine eut-elle fini qu'un homme, au comble de l'émerveillement, surgit de derrière la maisonnette.

— Vous êtes une sorcière ! déclara-t-il dans un néfalien parfait.

Les plantes qui croissaient à vue d'œil dans son dos

en étaient la preuve vivante. Senna, qui l'examinait à travers le rideau de pluie, inclina la tête sur le côté. Sa peau semblait plus claire que celle des autres Tartenniens. Du sang néfalien coulait-il dans ses veines ?

— Je m'appelle Senna.

L'homme plaqua une main sur sa bouche, comme pour retenir ses émotions.

— Nous attendions la dernière depuis si longtemps !

— Qui êtes-vous ? demanda Joshen, suspicieux.

L'homme sursauta, comme s'il découvrait tout juste sa présence.

— La Néfalie n'est pas la seule terre où vivent des amis des sorcières. Ici, on n'aime pas trop les taxes du Chancelier Grendi. (Il essuya la pluie qui ruisselait sur son visage et s'élança au petit trot vers sa maison.) Je m'appelle Kaen. Venez vite. Nous avons tant à faire !

— Attendez ! s'exclama Joshen. De quoi parlez-vous ?

Kaen lui lança un regard fatigué.

— Allez, en avant ! La région grouille de soldats à sa recherche. Du nerf ! Il n'y a pas une seconde à perdre !

— Comment ont-ils su que je venais ? intervint Senna.

— Comment voulez-vous que je le sache ? rétorqua-t-il avant de disparaître dans sa maison.

Senna descendit de sa monture et jeta un coup d'œil inquiet au chemin en contrebas. Le groupe de soldats était-il déjà sur leurs talons ? Redoutant de le voir surgir à tout moment, elle souleva le bas de sa robe et s'élança derrière Kaen.

Joshen, un bras tendu, l'empêcha d'entrer dans la maison. Il s'assura d'avoir son mousquet bien en main, puis la précéda à l'intérieur. Il baissa presque aussitôt son arme et invita Senna à le suivre. Soulagée d'être enfin à l'abri des trombes d'eau, la jeune fille redoutait tout de même que la touffeur ambiante ne cesse jamais. La pièce, exiguë, était encombrée de paniers en osier, remplis de fruits et de poissons séchés, posés par terre. Ni table, ni chaises, seulement un gros rondin entouré de nattes tressées. Des herbes pendaient mollement au plafond. Une odeur inconnue lui irritait la gorge et lui brûlait les yeux.

Comme statufiés, une femme et cinq enfants aux yeux noirs les dévisageaient, incrédules. Affolée, la femme adressa une salve de mots rapides à Kaen, qui s'affairait dans une pièce voisine. Elle s'approcha ensuite de Senna, lui saisit la main et l'entraîna avec elle.

— *Cheche.*

— Qu'est-ce que vous faites ? intervint Joshen, en retenant Senna par le bras.

Sans lui prêter la moindre attention, la femme tirait toujours la jeune sorcière vers la seconde pièce. Elle ignorait pourquoi, mais Senna sentait qu'elle pouvait leur faire confiance. Leur comportement n'était pas celui de personnes mal intentionnées. Kaen et sa femme prenaient même de gros risques en leur prêtant ainsi secours.

— Je crois qu'ils cherchent à nous aider, Joshen.

— Elle s'appelle Valicia, expliqua Kaen, de retour dans la pièce principale, à propos de sa femme.

Il jeta un tas multicolore de vêtements élimés dans les bras de Joshen.

— Si tu tiens à la vie, enfile ça.

Valicia prononça une nouvelle série de mots inintelligibles. Trois fillettes s'empressèrent d'accompagner

Senna dans la salle voisine – une minuscule chambre commune. Des nattes roulées avec soin et des paniers en osier occupaient chaque espace disponible.

À peine la porte fut-elle refermée que les fillettes lui ôtèrent sa cape et tirèrent sur sa robe. En dépit de sa gêne, elle se laissa faire. Le vêtement n'avait pas touché le sol qu'une tunique aux couleurs vives glissait déjà sur sa chemise. Un ample pantalon l'attendait également. Valicia essora la robe de Senna avant de la rouler en une petite boule qu'elle tendit à son aînée. Après avoir échangé quelques mots avec sa mère, la fillette disparut.

Valicia souleva le couvercle d'une jarre remplie d'une pâte brunâtre. Elle en préleva une pleine poignée, dont elle s'enduisit les mains avec vigueur pour ensuite l'étaler sur le visage, le cou et les bras de Senna. Pendant ce temps, une des fillettes enveloppait la chevelure blonde de la jeune fille avec un linge. Enfin, elles déposèrent un chapeau sur sa tête, puis l'entraînèrent hors de la pièce.

Senna n'en crut pas ses yeux. La peau de Joshen était presque aussi sombre que celle du petit garçon qui se tenait à côté de lui. En revanche, la tunique et le pantalon lui donnaient une allure étrange.

Kaen posa les mains sur les épaules du garçonnet auquel il donna quelques indications en tartennien avant de s'adresser aux deux jeunes gens.

— Venez ! Nous devons nous hâter !

Le fils de Kaen détala à toutes jambes, bondit sur Knight et saisit les rênes de Stretch.

— Eh ! Que fait-il avec nos chevaux ? demanda Joshen, plus inquiet que suspicieux.

— Il les emmène aussi loin que possible. Si les soldats les trouvent ici, ils comprendront que nous vous avons aidés.

Incrédule, Senna le regarda disparaître dans la jungle.

— Mais ce n'est qu'un enfant.

— C'est vrai. Mais c'est aussi déjà un homme par bien des aspects.

Sans s'attarder, Kaen replongea sous la pluie et s'élança au pas de course vers la base escarpée de la montagne, derrière la maison.

— Ne progressez pas en ligne droite, évitez de briser la végétation. Il ne faut surtout pas qu'ils puissent repérer nos traces.

À peine plus profond qu'une tombe

La main crispée contre son point de côté, Senna grogna – Knight n'était pas le seul à préférer voyager par les mers. Elle refusa pourtant de ralentir et préféra ne pas s'épuiser en complaintes. Au cœur de la jungle, l'air était si chargé d'humidité qu'il lui semblait être liquide. Au moins, grâce à son chapeau, elle était à l'abri de la pluie.

La végétation luxuriante, au feuillage dense, démesuré, leur avait tout d'abord paru impénétrable, mais plus ils progressaient, plus elle se raréfiait. C'était la première fois que Senna voyait des arbres avec un pied aussi large, ramifié, comme soutenu par d'innombrables contreforts, duquel jaillissait un tronc élancé, dépourvu de branches et de feuilles jusqu'à sa cime, qui culminait à une hauteur incroyable. Même lorsque l'orage se calmait, aucune éclaircie ne trouait la canopée. Des cris étranges, effrayants, résonnaient tout autour d'eux, d'énormes insectes surgissaient de nulle part pour les piquer ou les mordre. Et il y avait également des serpents. De gros serpents.

Par les Créatrices, pensa-t-elle, *j'aimerais tellement pouvoir me cacher sous mon chapeau et disparaître !*

Elle avait cessé d'espérer la fin de leur périple lorsque Kaen s'immobilisa au pied d'un à-pic infranchissable. Il se pencha en avant et tira sur un rocher plat.

— Aide-moi !

Joshen s'approcha et poussa en sens inverse. Sous leurs efforts conjugués, le rocher finit par céder. À grand renfort de grognements, ils parvinrent à le repousser sur le côté : noire comme de l'encre, l'ouverture d'un tunnel béait devant eux.

— Entrez là-dedans et n'en ressortez pas avant que je revienne. C'est compris ?

Senna glissa un regard inquiet dans le sous-terrain.

— Je pourrais demander aux arbres de nous porter jusqu'à leur cime.

— L'un des premiers endroits où ils penseront à chercher une sorcière ! répliqua Kaen. Si vous voulez que je vous aide, vous allez devoir obéir sans discuter.

Senna frissonna à l'idée de pénétrer dans l'étroite galerie. Quels horribles insectes rôdaient dans le noir ? Sans parler des tonnes de roche qui la surplomberaient…

— Je ne suis pas certaine de pouvoir entrer là-dedans.

Joshen se glissa tant bien que mal dans l'étroite ouverture. Il posa son mousquet à côté de lui et tendit une main à Senna.

— Viens. Je serai avec toi.

— Je ne peux pas, dit-elle.

Elle recula d'un pas.

— Mais si, tu peux. Allez, viens.

La poitrine comprimée, elle avait l'impression de manquer d'air.

— Non, je ne peux pas.

— Ça suffit, Senna ! (Il retira sa main.) Tu n'as pas peur de plonger dans l'océan glacial à la poursuite d'une baleine, ni de te mettre en chasse de la sorcière la plus puissante de tous les temps, mais tu refuses de te cacher dans un trou ? Alors, maintenant, tu entres ou je ressors te chercher !

Elle inspira à pleins poumons avant de se glisser à son tour dans le boyau. Le sol était recouvert d'une natte tressée qui aurait pu la réconforter si elle n'avait pas été aussi sale et rongée par la moisissure. Kaen lança une petite bourse de cuir à Joshen.

— Il y a des fruits et de l'eau à l'intérieur. Économisez-les : je ne sais pas quand vous pourrez ressortir en sécurité.

Sur ces mots, il se plaça derrière le rocher, et Joshen l'aida à le remettre en place. Senna s'accrocha au rayon de lumière qui pénétrait dans le tunnel jusqu'à ce qu'il disparaisse. Une fois plongée dans l'obscurité complète, elle distingua des racines blanches qui pendaient au-dessus de leur tête. Elle s'étira et ses doigts de pied effleurèrent le fond de la cavité.

— C'est à peine plus profond qu'une tombe, chuchota-t-elle.

— Au moins, nous sommes à l'abri de la pluie.

Elle grogna. Quelque chose lui chatouilla la nuque.

— Joshen !

Pétrifiée, elle retint son souffle : une multitude de pattes zigzaguait sur sa peau.

— Dans mon cou !

Le jeune homme délogea l'insecte.

— Aïe ! s'écria-t-il, le projetant contre la paroi. Il m'a mordu !

Il écrasa l'animal rampant du plat de la main. Senna ne put retenir un cri perçant. Combien d'autres créatures grouillaient dans l'obscurité ? Elle fut soudain prise de tremblements incontrôlables. Joshen suçotait son doigt meurtri.

— Une sorcière qui a peur des insectes ? railla-t-il.

La jeune fille dissimula son visage derrière ses mains et Joshen s'approcha aussitôt pour la prendre dans ses bras. Il se mit à lui caresser les cheveux.

— Excuse-moi, dit-il. C'était pour te taquiner. Tout va bien, Senna. C'est juste un trou dans le sol.

Réconfortée par la chaleur de son étreinte, elle se laissa aller contre lui, et finit par s'endormir. Lorsqu'elle se réveilla, elle avait toujours la tête appuyée contre le torse de Joshen. Elle se sentait poisseuse de sueur. Elle tenta de scruter l'endroit, mais aucune lumière ne filtrait. Il devait faire nuit, conclut-elle. Elle entendait toujours la pluie, qui tombait à verse. Elle reporta son attention sur le jeune homme, dont seule la respiration apaisée, profonde, était perceptible dans le noir. Elle se lova de nouveau contre lui et se laissa emporter par le sommeil.

À son second réveil, elle surprit Joshen en train de l'observer. Il détourna les yeux en vitesse.

— Bien dormi ? demanda-t-il.

Un peu embarrassée, elle se releva. Elle constata, consternée, que la pluie n'avait toujours pas cessé.

— Une fois calmée, oui, parfaitement.

— Et ton bras ?

Presque deux semaines s'étaient écoulées depuis que Wardof lui avait tiré dessus.

— Je n'ai plus mal. Sauf si je force, ajouta-t-elle après quelques mouvements.

Joshen attira le petit sac de cuir sur la natte. Une odeur d'épices et de poisson s'en dégageait.

— Alors, nous avons du poisson séché, quelques biscuits secs et… au toucher, je dirais des fruits. Qu'est-ce qui te ferait plaisir ?

— Un peu de chaque.

Ils dégustèrent leur repas, entrecoupé de petites gorgées d'eau, en silence. Le fruit était étrange : à la fois sucré et acide, il collait au palais et se coinçait entre les dents. Senna se demanda de quel grain était issue la farine du pain. Elle ne reconnut ni le blé, ni le seigle, ni l'avoine, ni aucune autre céréale habituelle.

— Nous ferions mieux de garder le reste. Autant manger peu maintenant que rien plus tard.

L'estomac de Senna protesta, mais elle ne dit rien. Elle s'allongea sur le côté et chantonna doucement.

— Que ferons-nous si Kaen ne revient pas nous chercher ? demanda-t-elle après de longues minutes.

Sans avoir à le regarder, elle sut que Joshen pinçait ses lèvres en une ligne étroite.

— On ne va pas pouvoir rester ici très longtemps. Tu serais capable de déplacer le rocher avec une plante ?

— Sans doute. Il suffirait de convaincre une de celles qui poussent dehors.

— Au pire, je pourrais peut-être y arriver seul. Mais nous verrons ça en temps voulu.

— À quoi lui sert ce trou, à ton avis ? Et pourquoi parle-t-il néfalien ?

— Nous ne sommes visiblement pas les premiers qu'il cache, répondit Joshen, étendu sur le dos. Mais nous avons eu une chance incroyable de tomber sur quelqu'un qui le connaissait.

— Tu crois vraiment qu'il cherche à nous aider ?

— Et toi ?

— Oui, conclut-elle après une brève réflexion. Son comportement n'est pas celui d'un homme qui nous voudrait du mal. Qu'est-ce…

Joshen plaqua précipitamment sa main sur la bouche de la jeune fille et l'attira contre lui. Au début, Senna n'entendit rien… Puis un faible bruissement s'éleva soudain derrière le rocher. Peut-être un animal – ou peut-être pas. Osant à peine respirer, elle resta immobile. Le bruit sembla s'approcher. Joshen s'empara de sa poire à poudre noire, tandis que Senna piochait des graines dans sa ceinture.

Le rocher bougea et une pluie boueuse s'abattit sur eux. Aveuglée par la lumière, Senna plaça une main devant ses yeux. Accroupi, Joshen tenait son mousquet comme une massue.

— Tout va bien, là-dedans ?

Malgré les larmes qui lui brouillaient la vue, Senna reconnut la silhouette de Kaen.

— Oui, répondit Joshen.

— Tu pourrais m'aider ?

Le jeune homme confia son arme à Senna et prêta main-forte à Kaen. Le rocher roula sur le côté. Joshen bondit hors du trou et tendit une main à Senna. Elle s'étira, fit jouer ses muscles ankylosés et épousseta ses vêtements.

— Juste avant de nous faire entrer chez vous, vous avez dit que les soldats étaient à la recherche de Senna…

— Voilà des années que le Chancelier Grendi arrête en secret toutes les sorcières, expliqua Kaen, écœuré. Mais maintenant, il ne se donne même plus la peine d'agir discrètement. Depuis plus d'une semaine, des escouades patrouillent les routes. Il a même offert une prime pour la capture de Senna. Avec les autres amis des sorcières, nous sommes restés en alerte tout ce temps, dans l'espoir de vous trouver les premiers. Mais nous n'avons ni les ressources ni les effectifs de l'armée.

— Par « amis », vous voulez dire « sympathisants » ?

Kaen acquiesça. Joshen posa sur la jeune fille un regard protecteur.

— Comment ont-ils su que nous venions ? demanda-t-il.

— Grâce à des espions ou des voyantes... mais peu importe, répliqua Kaen avec un haussement d'épaules. Ce qui compte, c'est que nous assurions sa sécurité. (Il leur tendit deux sacs en échange de la petite bourse de cuir.) Venez. Suivez-moi.

Joshen dut courir pour le rattraper.

— Comment comptez-vous vous y prendre ?

— Nous disposons d'un réseau clandestin pour ceux qui se sont attiré les foudres de Grendi. Nous allons vous aider à fuir la Tartennie.

Le souffle court, Kaen s'enfonçait dans la jungle selon un itinéraire irrégulier, sinueux. Il tenait à la main une arme incurvée à mi-chemin entre une épée et un couteau. Il surprit le regard que Senna posait sur la lame.

— C'est une machette, dit-il.

— Je ne cherche pas à fuir, déclara la jeune fille, les bras croisés. Je suis ici pour trouver Espen.

Kaen s'arrêta net et se tourna vers elle.

— Espen ? La sorcière ? Mais elle est l'ennemi des Gardiennes depuis toujours ! Même Grendi la craint.

Que se passera-t-il si elle te capture comme les autres ? Qui l'empêchera de dévaster la nature ?

— Vous ne comprenez pas. Je ne suis pas en mesure de contrer ses envoûtements. Je peux à peine en amoindrir les effets… et encore. Plus je passerai de temps à me cacher, plus elle fera de ravages.

— Même si tu parviens à les libérer, vous ne pourrez jamais quitter la Tartennie. Vous serez trop nombreuses, réfuta Kaen.

— Nous aviserons le moment venu, contra Senna, une moue sur le visage.

Kaen se massa les tempes, comme pour dissiper une puissante migraine.

— Que comptes-tu faire que les autres n'ont pas déjà tenté ?

La jeune fille soutint son regard. Après un long silence, il soupira et tourna les talons.

— Pendant des années, je les ai aidées à fuir Grendi et Espen. Et voilà que je m'apprête à lui livrer notre dernier espoir sur un plateau ! J'espère ne pas me tromper…

Senna détourna les yeux – elle aussi espérait ne pas se tromper.

La jungle des ténèbres

Leur récente rencontre avec les soldats toujours à l'esprit, Senna écarta le feuillage dense pour scruter la piste à l'affût de manteaux rouges. Si les doigts glacés de la peur lui étreignaient la poitrine, la jeune fille eut carrément le souffle coupé par la vision qui s'étalait sous ses yeux. Une ville magnifique, complètement blanche, se lovait autour de la montagne, tel un lierre sur son treillis. Kaen leur fit signe de garder le silence et posa son sac par terre.

— Voici Shiok. L'un de mes meilleurs contacts y habite. Mais je dois d'abord m'assurer qu'il n'y a pas de soldats. S'ils sont là, nous continuerons jusqu'à la prochaine ville. Attendez-moi ici.

Il avança à petits pas, puis attendit. Lorsque les quelques badauds qui passaient par là se furent éloignés, il sortit du fourré. Une immense fougère dissimulait Senna et Joshen. Assise contre un arbre, la jeune fille se frotta la nuque.

— Ça va ? s'enquit son Protecteur.

Les yeux clos, elle acquiesça.

— J'ai juste un peu mal au cou. Et toi ?

Il s'accroupit derrière elle et entreprit de masser la zone douloureuse.

— On est en vie, alors je ne me plains pas.

Senna sentit sa fatigue – chassée par une agréable chaleur – s'évaporer.

— À ton avis, comment les soldats ont-ils su que nous venions ?

— De la même façon que Garg et Wardof parviennent chaque fois à s'évader. J'imagine qu'ils disposent d'un moyen pour communiquer avec Espen.

— À travers les océans ? s'étonna Senna, dont les muscles commençaient à se détendre. Comment est-ce possible ?

Le massage terminé, Joshen fit craquer ses doigts puis se laissa tomber à côté de la jeune fille.

— Les marins du *Vert galant* n'ont pas pu atteindre la Tartennie avant nous. Mais les soldats savaient tout de même où nous allions accoster. Ça ne peut pas être une coïncidence.

Refusant de céder à l'inquiétude, Senna posa la tête sur l'épaule de Joshen et s'endormit.

Elle se réveilla en sursaut. Kaen était accroupi devant eux.

— Venez. La voie est libre ce matin.

Senna s'immobilisa un instant avant de franchir le feuillage. La dernière fois qu'elle avait quitté la sécurité d'une forêt pour se lancer vers l'inconnu, c'était pour se rendre à Perchance. Même s'il s'agissait à présent d'une autre ville, située sur un autre continent, le sentiment qui l'étreignait était le même : une écrasante impression de ne pas être à sa place. Joshen se retourna. Elle comprit à son regard qu'il avait lu en elle des choses qu'elle aurait préféré garder secrètes.

— Je suis là, dit-il, la main tendue.

La jeune fille inspira, accepta sa main, puis se lança.

— Quoi qu'il arrive, je vous interdis de prononcer le moindre mot. C'est clair ? leur intima Kaen dans un souffle.

Ils acquiescèrent. Kaen, la tête baissée tel un taureau prêt à charger, s'éloigna à grandes enjambées. Senna dut trottiner pour ne pas être distancée. À l'approche de la ville, le nombre de badauds augmenta. Comme à son habitude, la jeune sorcière, les yeux toujours rivés au sol, s'efforçait de ne pas faire de vagues. Chaque fois que quelqu'un croisait son chemin, elle s'effaçait pour le laisser passer.

— C'est à eux de se pousser, lui glissa Joshen, contrarié.

Senna ne répondit pas et, à son grand soulagement, il n'insista pas.

De petites maisons en roseaux et au toit de palmes parsemaient la jungle qui entourait la ville. Les habitants, dans leurs vêtements élimés, les yeux caves, vaquaient d'un pas lourd à leurs tâches quotidiennes. Les foulées de la jeune fille perdirent considérablement en ampleur lorsqu'ils atteignirent le pied de la montagne où serpentait un chemin escarpé. Les sons qui lui parvinrent alors lui rappelèrent que Shiok était une ville côtière.

Le plâtre et la tuile remplacèrent peu à peu les roseaux et les palmes. Aux deux tiers de l'ascension, le chemin céda la place à des marches et les maisons en plâtre à de larges demeures en pierre, protégées par de hauts murs. Chacune d'elles aurait pu, sans difficulté, abriter une bonne dizaine de cabanes en roseaux. Senna les contempla d'un œil émerveillé.

Elle fut frappée de voir Kaen ouvrir le portail de l'une d'elles, puis se glisser dans la cour. Sa main, dans celle de Joshen, était moite. Kaen délaissa l'entrée principale pour se diriger vers la porte de derrière. À l'intérieur se trouvait une table basse entourée de luxueux coussins et couverte de nourriture. Inquiète, Senna redoutait que quelqu'un ne surgisse à tout moment pour les chasser de la demeure. Mais il ne semblait pas y avoir âme qui vive.

— Dépêchez-vous de manger, leur ordonna Kaen, déjà assis.

L'estomac de la jeune fille manifesta son assentiment. Veillant à ne pas salir le coussin, elle s'accroupit avec précaution et contempla la profusion de plats qui s'étalait sous ses yeux : soupe épicée aux reflets mordorés, petits pains ronds et plats, bol rempli d'un mélange improbable de fruits et de viandes… Elle cherchait une cuillère quand elle remarqua que Kaen dégustait sa soupe à même le bol. *Les Tartenniens n'utilisent pas de couverts ?* constata-t-elle, surprise.

Elle l'imita. La soupe, crémeuse, était à la fois douce et relevée. Mais froide. Malgré tout, des gouttelettes de sueur perlèrent sur la lèvre supérieure de Senna. Elle toussa et se tourna vers Joshen qui, d'abord surpris par le goût, engloutit sa soupe avec avidité.

— C'est bon, dit-il.

La jeune sorcière souleva de nouveau son bol et but à petites gorgées. Les épices, bien que supportables, laissaient tout de même un feu dévastateur dans la bouche. Le front luisant de sueur, elle reposa son bol, vide, et étudia le mélange étrange et le pain circulaire. Sans couverts, comment était-elle supposée procéder ?

Kaen sembla remarquer son hésitation. Il rompit le pain en plusieurs quartiers dont il se servit pour piocher dans la préparation.

— *Hun'eden*, expliqua-t-il. Ça veut dire « cuillère de pain ».

Senna planta un morceau de pain dans son mélange, mais lorsqu'elle le porta à sa bouche, il se délita et une grosse coulée de sauce lui macula le menton. La jeune fille vira à l'écarlate. Joshen n'eut pas plus de chance qu'elle, mais il n'en parut pas embarrassé. Il se lécha les doigts avec délectation, porta le bol à ses lèvres, puis trempa de nouveau le pain dans son mélange.

— C'est le meilleur repas que j'ai jamais fait !

— C'est parce que tu peux manger avec les doigts, bougonna Senna.

— Oui, tu as sans doute raison, admit Joshen dans un rire.

— Tiens le bol sous ton menton, lui conseilla Kaen.

Senna obéit. Elle prit une petite bouchée du pain imbibé de la préparation. Un goût piquant l'assaillit, aussitôt adouci par une forte dose de sucre, le tout noyé dans le jus d'un fruit spongieux. Elle écarquilla des yeux incrédules en faisant rouler l'étrange combinaison de saveurs sur sa langue. Joshen, sa deuxième cuillère de pain déjà en main, observa sa réaction d'un œil amusé.

— C'est bon, n'est-ce pas ?

— C'est délicieux, mais un peu étrange. (Après une deuxième bouchée, elle ajouta :) De la viande servie avec des fruits…

En Néfalie, la viande, salée, était accompagnée d'herbes et de légumes. Jamais de préparations sucrées.

Joshen, le nez plongé dans son bol, usait de son pain pour rabattre ce qui restait du mélange dans sa bouche.

— Je sais. J'ai du mal à comprendre pourquoi ma mère n'y a jamais pensé.

Il se servit une nouvelle portion, qu'il dévora avec appétit.

— Vous en voulez encore ? leur proposa Kaen.

Senna fit la moue et refusa poliment. Joshen, penché en arrière, se frotta le ventre.

— Si seulement j'avais encore un peu de place…

Kaen secoua lentement la tête. Une lueur amusée dansait dans son regard.

— Venez avec moi.

Il leur fit emprunter un somptueux escalier jusqu'à un patio couvert qui abritait un petit lac bordé de roches.

— Tu peux prendre un bain, si tu le souhaites, Senna.

— C'est une baignoire ? demanda la jeune fille, éberluée.

— Oui.

Kaen désigna une table sur laquelle reposaient une immense serviette et plusieurs variétés de savons. Émerveillée, elle se contenta d'acquiescer.

— Joshen, si tu veux bien me suivre.

Une fois seule, Senna examina la vaste pièce. Elle ôta ses vêtements, mais hésita à s'immerger. Le lac était assez grand pour accueillir six ou sept femmes en même temps. Elle se pencha en avant et fit courir ses doigts à la surface de l'eau.

— Plus limpide que l'eau d'un puits, murmura-t-elle.

Elle retint son souffle et plongea. L'eau, d'un bleu magnifique, était agréablement fraîche. Le savon ruissela sur sa peau en minces filets marron : elle se sentit coupable de salir une eau aussi pure. Après l'humidité poisseuse de la jungle, elle rêvait de se prélasser dans le bain, de profiter de sa fraîcheur apaisante, mais elle se hâta, de peur que Kaen et Joshen ne reviennent avant qu'elle ait fini.

Sa crainte était telle qu'elle sursauta lorsqu'une femme au teint mat surgit dans la pièce. Une tunique d'un violet criard, surmontée d'un fin voile doré, voletait autour d'elle, comme une nuée de papillons. Elle était, de loin, la plus belle femme que Senna ait jamais vue – et la plus exotique, aussi. Elle était jeune. Quelques années, tout au plus, les séparaient.

— Je suis désolée, je t'ai fait peur ? demanda-t-elle avec un sourire radieux.

— Non… pas du tout, balbutia Senna, à demi dissimulée contre le bord du lac.

— Je m'appelle Ciara. J'aurais aimé me joindre à toi, mais des affaires m'ont retenue. Tu comprends, j'espère ? (Senna hocha la tête.) Bien. Je vois que tu as presque fini. (Nouveau hochement de tête.) Parfait. Viens, je vais t'aider à t'habiller.

— M'aider ? bredouilla Senna, l'estomac noué.

Ciara, visiblement amusée, s'empara d'une épaisse serviette.

— Je sais que, d'habitude, ce sont les domestiques qui se chargent de ce genre de tâche. Mais je ne peux quand même pas leur avouer que j'adore m'en occuper, n'est-ce pas ?

Hilare, elle prit Senna par la main. La jeune fille, qui craignait d'offenser son hôte, se laissa faire. Ciara, au lieu de l'envelopper dans le drap de bain, comme elle s'y attendait, la frotta avec vigueur.

Bouche bée, Senna était partagée entre l'envie de s'enfuir à toutes jambes et celle de repousser la jeune femme. Après lui avoir essuyé les cheveux, Ciara jeta la serviette dans un coin.

— Viens, nous ne devons pas traîner.

Elle se dirigea aussitôt vers la porte. Senna ramassa la serviette, qu'elle serra contre sa poitrine.

— Mais je ne suis pas habillée !

Surprise, Ciara se retourna.

— Tu as froid ? Je trouvais l'eau plutôt bonne, mais peut-être… (Les yeux écarquillés, elle reprit :) Oh, tu as honte de ta nudité, c'est ça ? (Senna acquiesça piteusement.) Même devant d'autres femmes ? demanda Ciara, les sourcils froncés. (Nouvel acquiescement embarrassé.) Ma chambre est derrière cette porte, dit-elle avec un léger soupir. Tes vêtements t'y attendent.

Avec un claquement de langue, elle lui tendit une tunique simple mais bien taillée.

— En Tartennie, les femmes se baignent ensemble, tout comme les hommes, continua-t-elle. D'ailleurs c'est sûrement ce que font Joshen et Kaen en ce moment même. Et dire que je redoutais de t'avoir offensée en ne me joignant pas à toi ! rit-elle doucement.

Comme Valicia l'avait fait plus tôt, Ciara aida la jeune sorcière à enfiler sa tunique. Plutôt tape-à-l'œil, la tenue n'avait rien à envier à celle portée par l'hôte de Senna.

— C'est sans doute un peu sophistiqué pour une tenue de voyage, mais les soldats recherchent un Néfalien et une femme accoutrée en Contadine. Ces vêtements de

Noble devraient te placer au-dessus de tout soupçon. Ils justifieront en outre ton silence : les Nobles n'adressent qu'exceptionnellement la parole aux Contadins et aux Médians, soldats compris. Ils sont d'ailleurs persuadés que vous cherchez à fuir le royaume d'Espen, non à vous y rendre. Vous devriez y parvenir.

Ciara s'exprimait en néfalien, et pourtant Senna n'avait pas compris grand-chose à son explication.

À en juger par le vacarme qui leur provenait de l'extérieur, la pluie tombait de plus belle.

— Où sont mes vêtements ? demanda-t-elle, embarrassée.

— Ta tenue de sorcière ou le costume contadin que Kaen t'a prêté ? demanda Ciara, qui conduisit Senna vers un coussin ouvragé.

— Ma tenue de sorcière.

Ciara s'empara d'un flacon qui contenait une substance brune et visqueuse, dont elle enduisit la peau de la jeune fille.

— Mon frère l'a certainement gardée avec lui, quelque part. Il est préférable que tu ne l'emportes pas avec toi, au cas où les soldats fouilleraient les sacs des femmes.

— Votre frère ?

Ciara, qui soulignait les yeux et les sourcils de Senna à l'aide d'un morceau de bois noirci, sourit à pleines dents.

— Oui. Kaen est mon frère.

Senna n'en revenait pas. La modeste hutte, avec ses deux pièces exiguës au sol poussiéreux, faisait office de vulgaire poulailler comparé à cette superbe demeure. Comme si elle lisait dans les pensées de la jeune fille, Ciara grogna.

— Il était bien plus riche que moi avant que le gouvernement ne commence à nourrir des soupçons à son égard, expliqua-t-elle. Comme les autorités n'ont pas réussi à établir avec certitude son accointance avec les amis des sorcières, elles ont tout fait pour le ruiner. (Elle dissimula les cheveux de Senna dans un luxueux foulard.) Avec le Conseil qui surveille ses moindres faits et gestes, il fait courir un grand danger à sa famille…

» Cela dit, s'il devait un jour s'évanouir dans la nature, je pourrais toujours accueillir sa femme et ses enfants ici. Valicia, pour écarter les soupçons, a toujours affiché sa désapprobation. Tous sont persuadés qu'elle n'a jamais rien su des activités clandestines de son mari. (Un large sourire se dessina sur ses lèvres.) Toutes les deux, nous pouvons être quand il le faut d'excellentes actrices ! (Elle rit à sa propre plaisanterie avant d'ajouter avec gravité :) Je ne peux rien faire pour tes yeux, mais ceux des Tartenniennes ne sont pas tous marron. (Elle scruta Senna de la tête aux pieds.) Tu es très mignonne. Pas d'une beauté incomparable, mais jolie. Tu pourrais en jouer, tu sais.

La jeune fille, se sentant rougir, détourna le regard et Ciara éclata d'un petit rire gracieux, cristallin. Elle ouvrit la porte et disparut. Senna, quelques pas en retrait, la suivit dans une vaste pièce. Elle s'immobilisa à la vue de Joshen, qui lui rendit son regard. Il sourit.

— Noblesse tartennienne ?

Senna, de nouveau écarlate, fut soulagée que sa véritable couleur de peau ne soit plus visible. Ciara posa une main délicate sur l'épaule de Kaen.

— Viens, grand frère, il est temps que je te chasse de chez moi.

— Que le spectacle commence, ma chère sœur ! répondit-il, un sourire triste aux lèvres.

Toute gaieté quitta soudain Ciara, qui se mit à crier en tartennien. Kaen laissa échapper un petit grognement amusé avant de simuler à son tour colère et désespoir. Leur joute verbale se déplaça vers la cuisine où Kaen enfourna des provisions dans son sac. Après un dernier clin d'œil à Joshen et Senna, il ouvrit la porte. Au même instant, des domestiques dégoulinants de pluie apparurent.

L'un d'eux saisit le bras de Kaen, qui se dégagea sur-le-champ. Il le dévisagea d'un œil outré, lissa sa tunique élimée et s'éloigna dignement. Lorsqu'il fut hors de vue, Ciara s'effondra sur l'épaule de Senna et renouvela sa tirade inintelligible.

Son numéro semblait avoir fonctionné : les domestiques posaient sur elle un regard apitoyé. Luttant pour recouvrer son calme, elle leur adressa quelques mots apaisants. Ses yeux noirs, immenses, miroitaient comme deux bassins à la profondeur abyssale. Même si elle connaissait la vérité, Senna se laissa convaincre par la sincérité qu'elle y lut. Après quelques révérences pleines d'empathie, les domestiques retournèrent à leurs tâches.

Quand tous furent partis, Ciara fit signe à ses hôtes de la suivre. Senna, inquiète que la jeune femme prenne tant de risques pour les aider, l'observa. Un long silence s'écoula avant que la Tartennienne reprenne la parole.

— Je leur ai dit que nous avions découvert Kaen dans la maison à notre retour, leur expliqua-t-elle en néfalien. Après avoir dénoncé ses choix, je me suis lamentée sur la douleur que j'éprouvais à le renvoyer. C'est mon frère, après tout. Je leur ai ensuite demandé de me laisser seule quelque temps. Je pense qu'ils ont cru à mon numéro, et vous ?

— J'étais à deux doigts de mordre à l'hameçon, commenta Joshen, impressionné.

Senna se tourna vers lui. Il dévisageait leur hôte avec une admiration mêlée de respect.

— Tu dois être Joshen, le Protecteur de Senna, déclara Ciara avec un sourire coquet.

— Lui-même, répondit-il, le torse bombé.

Un éclair de jalousie fusa dans les veines de Senna. Ciara était son exact opposé : belle, riche, distinguée. Comment Joshen pourrait-il ne pas comparer les courbes sveltes et élancées de leur hôte avec la petite silhouette ramassée de Senna ? Ou l'aérienne chevelure de jais, la peau parfaite et le profond regard noisette de Ciara avec les yeux vert jaunâtre et les cheveux couleur de chaume sale de la jeune sorcière ?

— Suivez-moi. J'ai dit aux domestiques que nous ne resterions pas longtemps. Juste le temps de nous rafraîchir un peu avant de nous remettre en route pour votre maison de Zaen, la dernière ville avant le royaume d'Espen.

— Et après ? Vous viendrez avec nous ? demanda Senna.

Toute la jovialité de Ciara s'envola.

— Je regrette, mais je refuse de franchir la frontière de Zaen. Pas seulement parce que c'est interdit, mais surtout parce que la jungle, c'est les ténèbres.

L'homme des cauchemars

Abritée sous un parapluie pour protéger sa somptueuse chevelure, Ciara les conduisit jusqu'à une calèche couverte aux banquettes confortables, tirée par une paire d'élégants palominos. Les odeurs épicées qui lui parvinrent de l'intérieur de la voiture chatouillèrent les narines de Senna. Un infime balancement ébranla la calèche lorsque Ciara prit place à côté de Joshen. La jeune fille les observa discuter et savourer les mets délicats de leur hôte – elle avait envie de les étrangler. Elle s'assit en face d'eux et s'enfonça dans un coin. Avec une imperceptible secousse, la calèche se mit en route.

Joshen et Ciara, occupés à rire et à manger, ne prêtaient aucune attention à la jeune fille. Joshen semblait tant s'amuser à chuchoter dans l'oreille de sa voisine – pour éviter que le cocher ne les entende parler en néfalien – que Senna regretta de ne pas pouvoir se fondre dans son siège et disparaître.

Mais, plus que tout, elle désirait rentrer chez elle. Plus elle approchait du royaume d'Espen, plus elle savait que ses minutes étaient comptées.

La route serpentait sur les flancs des immenses montagnes aux sommets arrondis. Faute de mieux, Senna observa la campagne et ses habitants à travers le rideau de pluie. Visiblement, la Tartennie ne comptait que peu de Médians et quelques très rares Nobles. Les Contadins semblaient constituer la majorité de sa population.

— Ciara ? (Sa présence parut surprendre ses compagnons de voyage.) Où avez-vous appris le néfalien ?

Avec un soupir, la jeune femme détourna la tête.

— Mon père était un Protecteur. Il a épousé ma mère pendant la guerre, en Néfalie. Après l'exil des sorcières, nous sommes venus vivre en Tartennie.

— Il vous a ramenées ici ? s'étonna Senna.

— Oui. Mais comme ma mère était néfalienne, leur mariage n'a jamais été reconnu. Pour les autorités, elle n'était que sa concubine. C'est pour cette raison que je ne me suis jamais mariée. En effet, j'ai beau avoir de l'argent et du temps libre, je suis une enfant illégitime. (Sa tristesse fondit comme neige au soleil.) Et voilà, tu sais tout de mon infamie ! conclut-elle sur un ton mélodramatique.

Joshen et Ciara reprirent leur conversation où ils l'avaient laissée, Senna retourna à sa fenêtre. Plus tard, la pluie finit enfin par s'arrêter. Les maisons se firent plus nombreuses et la route plus fréquentée, ils croisèrent même des soldats. De crainte qu'on ne l'aperçoive, Senna se tassa sur sa banquette. La calèche ralentit.

— Nous approchons des portes de la ville, murmura Ciara. Surtout, restez silencieux et n'oubliez pas d'afficher un air hautain. (Elle scruta la jeune fille d'un œil désapprobateur.) Un peu de tenue, Senna. Tu es une Noble, ne l'oublie pas !

Senna se redressa, les épaules droites, mais à contrecœur. Elle refusait de se comporter comme les Nobles de Ciara, qu'elle trouvait snobs et méprisants.

La calèche s'immobilisa. Le cœur de Senna manqua un battement lorsqu'un garde, vêtu d'une tunique du même rouge que le manteau des soldats, approcha pour leur adresser la parole. Ciara leva son délicat visage et répondit. Senna s'efforçait de paraître détachée malgré les martèlements de son cœur qui se propageaient jusqu'au bout de ses doigts. Le garde se rembrunit et leur fit signe de descendre de la calèche. L'exaspération de Ciara transparaissait dans sa voix. Le soldat ouvrit la porte avec autorité, puis aboya un ordre.

Ciara se tourna vers ses deux compagnons. Les plis creusés de part et d'autre de ses yeux révélaient son inquiétude. Elle leur parla en tartennien et Senna ne reconnut qu'un seul mot : « *Cheche.* » C'était celui qu'avait employé le fermier lorsqu'il les avait invités à le suivre, celui aussi qu'avait prononcé la femme de Kaen en entraînant Senna dans la chambre familiale. Elle supposa qu'il signifiait : « Venez. »

Le garde maintint la porte ouverte pour leur permettre de descendre de la calèche. Les poings serrés et les pieds plantés fermement dans le sol, prêt à en découdre, Joshen se plaça à côté de Senna, qui garda la tête basse, de peur que la couleur de ses yeux ne les trahisse. Elle remarqua malgré tout la ville scintillante perchée au sommet de la montagne.

Pendant qu'un garde fouillait l'intérieur de la calèche, un deuxième s'attaquait aux bagages hissés sur le toit, et un troisième passait en revue le contenu des coffres. Un autre saisit Ciara par le bras et l'entraîna vers un bâtiment à l'apparence officielle. La jeune femme se libéra un bref instant pour glisser quelques mots à l'oreille de Senna.

— Surtout, ne chante pas ! Quoi qu'il arrive, tu ne dois pas chanter !

L'homme tira Ciara sans ménagement. Senna comprit soudain que les gardes allaient la séparer de Joshen. Ce constat la pétrifia. Quand une main agrippa son bras blessé, la douleur lui coupa le souffle. Elle se débattit tout de même pour se défaire de l'emprise du garde et retourner auprès du jeune homme.

Avec un rugissement sauvage, Joshen se jeta sur l'homme qui tenait Senna. Son poing s'écrasa sur la tempe de l'infortuné avec un bruit sourd : le garde s'effondra. Des cris éclatèrent et une multitude de mains saisirent la jeune fille. Joshen, sa force décuplée par la rage, débarrassa Senna de ses assaillants. Il la prit par la main et les deux jeunes gens s'enfuirent à toutes jambes. Avec un cri guerrier, deux soldats apparurent derrière eux. Impossible pour Senna de courir avec ses chaussures de luxe ! De lourdes paumes s'abattirent sur ses épaules, et elle serra les dents pour museler la douleur qui irradiait dans son bras.

Les deux soldats la renversèrent de tout leur poids, puis l'envoyèrent rouler sur le sol détrempé. L'un d'eux se jeta sur elle. Elle se tortilla, révulsée par la sensation de ce corps d'homme, si proche, et du souffle chaud dans sa nuque. Il la saisit par le cou et elle sentit ses lèvres contre son oreille quand il lui susurra quelques mots menaçants. Inutile de parler tartennien pour en comprendre le sens.

Elle croisa le regard horrifié de Joshen. Il se débattait tant bien que mal, mais quatre soldats le clouaient au sol, le visage dans la boue teintée du sang qui s'écoulait de sa bouche.

L'envie de recourir à un enchantement lui brûlait les lèvres, pourtant Ciara l'avait mise en garde. Peut-être les soldats souhaitaient-ils simplement l'interroger ? Peut-être ignoraient-ils sa véritable identité ? Elle serra les dents si fort que sa mâchoire lui fit mal. Le désespoir visible de Joshen faisait écho à sa propre détresse. Tous deux gardèrent le silence.

Les soldats la forcèrent à se relever, puis la poussèrent sans ménagement vers ce qui semblait être le corps de garde. Senna tenta de planter les talons de ses luxueuses chaussures dans le sol, mais elles n'étaient pas conçues pour endurer un tel sort – elles n'étaient là que pour faire joli. Les lanières cédèrent. Ses pieds nus cherchèrent un point d'ancrage dans l'herbe glissante, en vain.

Une fois dans la petite bâtisse, Senna fut poussée vers une pièce exiguë où un soldat la força à s'asseoir sur l'unique chaise présente. Penchée sur son bras blessé, elle le foudroya du regard. Un officier, sans cesser de faire les cent pas, s'adressa à elle dans son langage inintelligible. Elle ne comprit rien, à part son nom : Methen. Repensant aux consignes de Ciara, Senna se contenta de relever le menton et de faire comme s'il n'existait pas.

Sans interrompre sa déambulation, l'officier haussa le ton jusqu'à postillonner. Malgré sa peur, Senna garda le silence. Une porte craqua derrière la jeune fille et elle n'osa pas se retourner. Soudain, une main saisit le foulard qui lui ceignait les cheveux et l'ôta d'un geste brusque. À l'instant où sa chevelure blonde cascadait sur ses épaules, une voix, cristalline, impérieuse, l'interpella.

— Elle ne te répond pas, Methen, car elle ne comprend pas le tartennien. N'ai-je pas raison, Brusenna ?

La jeune fille, persuadée que ses oreilles lui jouaient des tours, ferma les yeux de toutes ses forces. Elle pria pour que l'auteur de ces paroles ne soit pas l'homme qui hantait ses cauchemars. Sans se presser, toujours aussi froid et condescendant, Wardof vint se placer devant elle. Ses traits, radieux, trahissaient son sentiment de triomphe.

— Si ce que tu voulais, c'était rendre visite à Espen, il suffisait de demander. Je me serais fait un plaisir de te conduire jusqu'à elle et nous aurions ainsi gagné pas mal de temps.

— Ligotée et bâillonnée, je parie, répondit-elle d'une voix qui lui parut lointaine.

— Bien entendu.

Elle tourna les yeux vers la petite fenêtre. Elle ouvrait la bouche pour chanter quand le poing de Wardof s'écrasa contre sa tempe et la projeta au sol. Le monde tournoya et son estomac se souleva. Elle cilla à plusieurs reprises pour dissiper la sensation de vertiges. Lorsqu'elle le put, elle leva les yeux vers son tortionnaire.

— Acculez une sorcière et elle se mettra à chanter. C'est aussi simple que ça ! fanfaronna-t-il.

L'instant d'après, elle sentit Methen lui glisser un objet entre les dents : elle lui mordit la main. Un second poing la frappa en plein visage et une explosion de lumière teintée de rouge l'aveugla. Son œil la picotait mais la douleur était supportable. Pour le moment.

Elle tenta de recracher la corde qu'on lui plaçait de force dans la bouche, mais sa mâchoire ne répondit pas. De solides mains lui tordirent les bras dans le dos et une douleur aiguë lui transperça l'épaule : un de ses muscles venait de se déchirer. On lui attacha ensuite les poignets. Les liens mordaient dans sa chair et, malgré ses hurlements, ses geôliers n'adoucirent pas leurs gestes. Senna sentit ses mains, en feu, commencer à gonfler.

— Que dirais-tu d'un petit séjour en prison ? On verra bien s'il te reste encore un peu de courage après.

Deux soldats la tirèrent le long du couloir vers une pièce obscure et l'y jetèrent comme un vulgaire sac de grains. Un élancement lui vrilla le dos. Avec un gémissement, elle roula sur le côté.

— Senna ?

Joshen. Elle essaya de se relever, mais le monde bascula. Elle s'affala. Concentrée sur sa respiration, elle posa le front contre le sol froid. D'un œil – l'autre avait trop enflé pour qu'elle puisse l'ouvrir –, elle décela de petites taches plus claires qui s'élargissaient à mesure qu'elle s'habituait à l'obscurité.

Quelque chose effleura sa jambe. Une odeur iodée, mêlée à celle des chevaux… Joshen.

— Senna ! Qu'est-ce qu'ils t'ont fait ?

Colère et douleur transparaissaient dans sa voix. Elle releva la tête. Lui aussi avait les bras attachés dans le dos. Il rampa jusqu'à elle et l'enveloppa tant bien que mal de son corps.

— Je suis désolé, ajouta-t-il dans un murmure. Je ne t'ai pas protégée.

— Tu as effayé, balbutia-t-elle malgré son bâillon.

Ses propres mots lui parurent étranges. Étranges car, malgré son échec et sa médiocrité, elle pouvait encore parler.

— Comment ont-ils fu ?

Une silhouette se découpa dans la pénombre : Ciara, les yeux rougis par les larmes.

— Je pensais que mon statut suffirait. J'avais tort.

Joshen se pencha sur le visage de Senna et elle sentit les lèvres du jeune homme effleurer sa bouche. Il tentait de lui ôter son bâillon. Elle frissonna. La corde finit par céder, et Joshen s'attaqua aussitôt à celles qui lui entravaient les mains.

— Tu pourrais nous libérer avec un de tes enchantements ?

La douleur qui lui enserrait le crâne empêchait la jeune sorcière de réfléchir. Elle suivit du regard un rai de lumière qui filtrait par une fenêtre située en hauteur.

— Je peux essayer, croassa-t-elle.

Elle sentit les cordes qui lui cisaillaient les poignets se relâcher. Son sang pulsait dans ses mains, qu'elle avait l'impression d'avoir plongées dans un champ d'orties. Malgré les protestations de ses épaules, elle put ramener ses bras en douceur devant elle. Elle massait ses doigts douloureux quand Ciara se rapprocha d'elle.

— J'ai un couteau. Juste au-dessus du genou, l'informa la jeune femme.

Senna s'empara de l'arme et trancha les liens de Joshen. Son mal de tête, à présent doublé d'une forte nausée, empirait. Elle ne put retenir un grognement lorsqu'elle tendit la lame au jeune homme, qui lui retourna un regard inquiet avant d'en finir avec ses entraves. Une fois libre, il lui saisit l'épaule.

— Tu peux chanter, Senna ?

Elle tenta de se redresser, mais la pièce, comme mue

par une force surnaturelle, tourbillonna. La jeune fille bascula en avant et vomit. Sa nausée s'aggravait.

— Senna ?

Elle ne connaissait que trop bien l'accent de désespoir qui teintait la voix de Joshen. Elle prit appui sur ses mains et poussa de toutes ses forces pour se mettre debout, puis elle vint se placer devant la fenêtre. D'une voix faible et chevrotante, elle entonna :

Plantes vigoureuses, venez à moi je vous prie,
Car, sur-le-champ, mes compagnons et moi devons fuir d'ici.

Elle répétait son enchantement, et commença à ressentir la réponse de la végétation avant même de voir la première liane se glisser par la fenêtre. Elle fit de son mieux pour ne pas perdre connaissance, mais l'effort consenti avait drainé ses dernières forces. Un voile noir l'emporta.

Lorsqu'elle revint à elle, la pièce tanguait dans tous les sens. Elle eut beau fermer les yeux, le vertige persista.

— Je ne peux pas te porter, Senna. Tu vas devoir grimper.

— Je n'y arriverai pas. Va-t'en, Joshen ! Fuis, rentre élever tes chevaux. Épouse Ciara. Elle est tellement belle… Tu ne mérites pas moins !

— Ils n'y sont pas allés de main morte… constata-t-il, incrédule. Passez la première, Ciara.

Il prit Senna dans ses bras. La jeune fille se sentit soulevée au-dessus du sol. Il lui indiqua ensuite où placer ses mains.

— Attrape ça, Senna. Agrippe-toi et reste droite.

Elle fut surprise que ses bras lui obéissent. Joshen, en contrebas, la poussa vers le haut. Elle se concentra sur sa prise. Lorsqu'elle atteignit la fenêtre, elle risqua un coup d'œil à l'extérieur : le sol tournoya violemment. Elle chancela et se rattrapa de justesse.

— Joshen, je ne peux pas…

Elle ferma les yeux. Le simple fait de se maintenir sur le rebord accaparait toutes ses forces.

— N'aie pas peur, Senna. Reste où tu es, je monte. (Elle sentit qu'il l'enjambait avant de redescendre de l'autre côté.) Maintenant, laisse-toi tomber. Je te rattrape.

Elle ouvrit les yeux. À ses pieds, Joshen oscillait comme un pendule fou. Laissant la gravité œuvrer à sa place, elle lâcha prise et bascula en avant. Une éternité s'écoula avant que Joshen ne la rattrape.

Le jeune homme détala ensuite à toutes jambes, Senna sur son dos.

*

Wardof grimaça quand il replongea sa main dans l'eau froide. Maudits soient les Tartenniens et leur insupportable manque de glace ! Son poing avait déjà doublé de volume.

— Cette fille a le crâne plus dur que je ne pensais.

La porte s'entrouvrit. La tête de Garg, les yeux rivés au sol, apparut dans l'embrasure.

— Ça va, la main ?

Wardof se réjouissait de la terreur qu'il inspirait à son compère.

— Va demander aux soldats d'envoyer quelqu'un pour me la bander, triple idiot !

Garg décampa aussitôt. Wardof, de nouveau seul, ferma les yeux. La douleur lancinante qui lui paralysait la main n'était rien comparée à celle qui frappa soudain ses oreilles. Un enchantement de sorcière, clair et articulé, s'élevait.

En deux enjambées, il atteignit la porte, puis s'élança dans le couloir. Methen surgit à ses côtés.

— Tu l'as enfermée avec les autres ? s'écria Wardof en tartennien.

— Ils n'ont aucun moyen de s'évader, répliqua Methen, offensé.

— C'est une sorcière, espèce d'imbécile ! Ils trouveront un moyen !

Methen s'emmêla les doigts dans son trousseau. À sa troisième tentative, la porte s'ouvrit enfin : la cellule était vide.

— Elle était à peine consciente...

— Retrouvez-la ! Déployez-vous et trouvez-la ou je vous fais fouetter, puis courir jusqu'à ce qu'au moins trois d'entre vous meurent !

— Je serais curieux de voir comment vous allez vous y prendre pour forcer ma garnison à vous obéir, rétorqua Methen, menaçant.

— Je n'ai pas l'intention de forcer qui que ce soit. C'est Espen qui s'en chargera, siffla Wardof.

Une peur viscérale se lut dans le regard de l'officier, qui, soudain blême, brailla :

— Fouillez le moindre recoin de ce fichu bâtiment ! Condamnez les portes de la ville !

Sombre

Ballottée sur le dos de Joshen, Senna jetait des coups d'œil alentour par intermittence. Les maisons perdaient en confort et les passants se raréfiaient. Ils progressaient au pied de la montagne, dans les faubourgs réservés aux Contadins. Joshen avait le visage luisant de sueur et le souffle court, saccadé. La moiteur de ses mains l'obligeait sans cesse à réajuster sa prise sur la jeune fille. Senna avait beau être légère comme une plume, elle savait qu'il ne tiendrait plus longtemps.

— Repose-moi.

— Pas question, grogna Joshen, qui la hissa un plus haut sur son dos.

Les secousses malmenaient l'estomac de la jeune sorcière. Elle gémit et Joshen la serra davantage.

— Tiens bon ! Je vais te conduire en sécurité.

Un cri de surprise tira Senna de sa torpeur. Appuyée contre un mur, Ciara leva un pied ensanglanté.

— Je n'ai pas l'habitude de marcher pieds nus, marmonna-t-elle.

Elle arracha de son talon une grosse écharde acérée.

— Où nous emmenez-vous ? demanda Joshen, essoufflé.

Senna plaqua les paumes sur ses yeux – le roulis s'accentuait. Son estomac se retourna.

Avec précaution, Ciara posa son pied meurtri au sol.

— Dans un lieu que j'aurais préféré à tout prix éviter.

Soudain, des cris s'élevèrent derrière eux. Joshen se tourna vers les éclats de voix et Senna sentit les poings du jeune homme se crisper. Ciara glissa un œil dans la rue principale avant de jaillir hors de la ruelle. Joshen lui emboîta le pas. Ils traversèrent deux autres artères au pas de course avant de s'engouffrer dans une maison de roseaux aussi voûtée qu'un vieillard fané. Toujours sur le dos de son Protecteur, Senna avait bien sûr suivi le mouvement. En temps normal, elle aurait réfléchi à deux fois avant de pénétrer dans une telle cabane, mais le moment n'était pas aux tergiversations.

À peine eurent-ils disparu qu'un bruit de bottes caractéristique se fit entendre depuis la rue. Le plus discrètement possible, Joshen et Ciara se tapirent dans l'obscurité. Tous trois retinrent leur souffle jusqu'à ce que les cris des soldats s'évanouissent au loin.

Joshen reposa la jeune fille en douceur. Il resta à ses côtés pour s'assurer qu'elle ne s'effondrait pas. Elle scruta les lieux. Des portions de ciel bleu brillaient à travers le toit de palmes délabré. Des plantes, et même un petit arbre, s'épanouissaient dans la lumière douce qui filtrait. Surprise, elle en reconnut plusieurs espèces. C'étaient des plantes de sorcière.

— Où sommes-nous ? demanda-t-elle.

— Chez Desni. (Ciara frissonna.) Apparemment, elle est absente, mais je suis certaine qu'elle accourra dès qu'elle apprendra que les soldats sont à la poursuite d'une sorcière.

À travers le voile qui lui troublait la vue, Senna remarqua quelques étagères le long d'un mur, une natte tressée et une petite cuvette remplie d'eau. Une puissante odeur d'herbes et de bois pourri régnait dans la hutte.

— Quelqu'un habite ici ? demanda-t-elle, incrédule.

La pièce se mit à tournoyer. Elle ferma les yeux, tout de même soulagée d'avoir les pieds sur la terre ferme.

— Heureusement que je me suis souvenue du chemin. Kaen m'a dit qu'en cas de problème, il fallait que je vienne ici. Je n'ai rencontré Desni qu'une fois et je dois bien admettre que j'ai du mal à comprendre pourquoi il lui fait confiance. Son esprit semble aussi embrouillé et confus que celui d'un imbécile.

— C'est bien vrai, confirma une voix à l'accent marqué.

Joshen, après avoir placé Senna derrière lui, fit volte-face. Depuis le seuil, une femme exténuée aux paupières tombantes les observait. Les muscles bandés, Joshen semblait prêt à fuir ou à combattre.

— Du calme, mon garçon. Tu n'as rien à craindre de la vieille Desni.

Ses dents étaient aussi brunes que du bois fossilisé, des morceaux de feuilles parsemaient ses cheveux et sa peau, cireuse, était plus diaphane que celle d'un oignon. Le peu que Senna voyait de ses yeux semblait rivé sur elle. Elle s'approcha de la natte avec une agilité surprenante.

— Allonge la petite.

Joshen hésita. Sans lever les yeux, la vieille femme déclara :

— Ne te fie pas à mon apparence. Je suis peut-être vieille et moche, mais ça n'a pas toujours été le cas.

Senna posa les paumes sur le torse du jeune homme.

— Ne t'inquiète pas, Joshen. Cette femme possède des plantes que seules les sorcières utilisent.

Adopter les plantes des sorcières revenait à adopter les sorcières elles-mêmes – c'est du moins ce que Senna espérait.

Toujours tendu, Joshen hésita quelques secondes, puis s'exécuta. Au bord de l'épuisement, et en dépit des tremblements qui lui parcouraient les bras, il aida la jeune fille à s'étendre sur la natte. Elle serra les dents : tout son corps la faisait souffrir. La vieille femme s'agenouilla à côté d'elle et entrouvrit ses paupières tuméfiées.

— Aïe ! cria Senna.

Avec un imperceptible grognement, Desni poursuivit ses investigations. Elle tâta d'un doigt la tempe meurtrie de Senna, qui s'efforça de rester stoïque malgré l'impression que des tessons de verre lui lacéraient la peau.

— Rien de cassé. Comment te sens-tu ?

— J'ai la tête qui tourne et mal au cœur, parvint à répondre Senna.

La vieille femme s'assit sur ses talons.

— Il n'y est pas allé de main morte pour détraquer son équilibre à ce point-là.

— Son équilibre ? s'enquit Joshen, qui ne comprenait pas.

Desni tendit un petit seau à Ciara.

— Va me chercher un peu d'eau dehors, mais prends bien garde que personne ne te voie.

La vieille femme cueillit une poignée de feuilles puis

disparut, les bras chargés de brindilles. La pièce tournoya de nouveau. Avec un gémissement, Senna ferma les paupières.

— C'est pire quand j'ouvre les yeux.

Des clapotements annoncèrent le retour de Ciara. Senna entendit les deux femmes s'affairer autour du feu, à l'extérieur de la hutte. Elle commença à transpirer. Une forte odeur d'herbes et de fumée lui parvint. Un bruit de succion s'éleva.

— Plus de népat, annonça Desni.

La gorgée suivante, toujours aussi bruyante, fut accueillie par un claquement de langue satisfait.

— Nous y sommes ! (Le liquide fut transvasé dans un second récipient.) Veille à ce qu'elle n'en laisse pas une goutte.

Joshen souleva la tête de Senna, qu'il reposa sur ses jambes.

— Ça me rappelle un peu quand tu t'es occupée de moi au Refuge.

— Hmm… répondit la jeune fille.

Le thé, chaud, dégageait une odeur puissante. Un verre lisse toucha ses lèvres et elle avala une petite gorgée. Le liquide amer lui brûla la langue.

— Népat, tabre et miel. (Elle avala de nouveau.) Plus quelques autres que je ne connais pas.

— Parce qu'elles ne poussent pas en Néfalie, répondit la vieille femme de sa voix éraillée. Trop froid. On les utilise pour à peu près la même chose. Tout comme ton œil, ton cerveau est en train d'enfler. Si nous n'arrêtons pas le gonflement rapidement, tu seras morte d'ici quelques heures.

Senna manqua de s'étrangler. Elle prit une bonne rasade de thé. Comme si de rien n'était, Desni poursuivit :

— La bessile apaise le cœur et le candre lutte contre la nausée. J'en donne à toutes les femmes enceintes qui viennent me voir.

L'estomac de Senna réagit à l'arrivée du breuvage. Elle repoussa le verre et s'étendit sur le dos. Son visage était chaud, moite. Elle sentit Joshen se pencher sur elle avec inquiétude.

— Senna…

— Juste une seconde, l'interrompit-elle, l'index levé.

Joshen obéit et s'assit sur ses talons. Le malaise de Senna s'estompa peu à peu. Elle but de nouveau et cette fois, le breuvage apaisa son estomac. Peu de temps après, le verre était vide. Par paliers imperceptibles, le voile flou devant ses yeux disparut, et la crispation de son corps reflua.

— Ça va beaucoup mieux, marmonna-t-elle, la langue lourde de fatigue.

— On en reparlera quand les effets de la sombre se seront dissipés. (Senna sentait à peine que la vieille femme disposait des feuilles bouillies sur ses yeux et sa tempe.) Voilà qui devrait aider à résorber les ecchymoses. Maintenant, allez tous vous reposer.

Une nouvelle vague de nausée tira Senna de son sommeil. Moins violente que les précédentes, elle lui arracha tout de même un gémissement.

— J'ai ce qu'il te faut, dit Desni, qui lui tendit un autre verre de thé.

Malgré la douleur, Senna se redressa. Les feuilles détrempées glissèrent sur sa joue. La pluie avait repris. Des gouttes se faufilaient entre les palmes disjointes de la hutte. Peu soucieuse de la brûlure qui lui meurtrissait la bouche, Senna engloutit sa décoction.

Aussitôt, la nausée reflua et la pièce cessa de tanguer. Une fatigue extrême s'abattit sur la jeune fille qui se rallongea, heureuse de sentir le dos de Joshen contre le sien. La dernière chose qu'elle entendit fut le ricanement amusé de Desni.

— Avec la dose de sombre que je t'ai administrée, tu vas dormir toute la journée.

À son réveil, Senna, qui redoutait que la pièce ne tourne trop, cligna des yeux à plusieurs reprises. Rien. Tout en douceur, elle se redressa. Desni lui offrit un nouveau verre de thé, que la jeune fille scruta d'un œil soupçonneux.

— Ne t'inquiète pas, sourit la vieille femme. Pas de sombre dans celui-ci.

Senna, soulagée que la hutte ne tangue plus et que son estomac ne cède plus à la moindre contrariété, sirota le breuvage. Elle reposa le verre vide et se débarrassa de son cataplasme improvisé. Elle voyait de nouveau. Un seau d'eau à la main, Joshen fit son apparition.

— Tes gonflements ont bien diminué et tes bleus s'estompent déjà.

— J'ai dormi pendant combien de temps ?

Desni se pencha sur elle. Elle lui essuya le visage avec une serviette.

— Nous sommes au soir de ta deuxième journée. (À ces mots, la bouche de Senna s'assécha. Desni récupéra le verre.) Si tu t'estimes assez remise, le mieux serait que vous partiez cette nuit.

D'un doigt prudent, la jeune fille effleura ses plaies : la douleur était supportable. Elle balaya la pièce du regard et laissa échapper un soupir soulagé une fois qu'elle eut constaté que plus rien ne tournoyait. La lumière qui filtrait entre les palmes avait viré au gris. Desni lui proposa une tranche de pain tartennien.

— Je parie que tu as faim.

La vieille femme avait vu juste. Senna mordit dans son pain. Bien qu'un peu sec et dur sous la dent, il n'était pas mauvais pour autant – plus consistant en tout cas que celui que leur avait servi Ciara. Veillant à maintenir les nouvelles feuilles bouillies en place sur son visage, elle suçota sa bouchée de pain jusqu'à ce qu'elle finisse de se dissoudre avant de déglutir avec prudence.

— Où allez-vous nous emmener, maintenant ? demanda-t-elle, la bouche pleine.

— En ce qui concerne Ciara, elle va devoir aller vivre avec son frère. Quant à vous, je vais vous conduire à la limite de mon territoire. Ensuite, vous serez livrés à vous-mêmes, j'en ai bien peur.

— Votre territoire ! s'exclama Ciara.

Senna n'avait pas remarqué la jeune femme, accroupie dans un coin de la pièce, les genoux ramenés contre la poitrine. Desni se retourna avec lenteur.

— Autrefois, toute la forêt d'Espen nous appartenait, à moi et à ma fille. Elle fut la première prisonnière d'Espen, qui m'a ensuite dépossédée de ma maison.

— Je suis désolée, compatit Ciara, les yeux rivés sur le plafond.

— La Néfalie n'était pas la seule terre à accueillir des sorcières, reprit-elle à l'adresse de Senna et Joshen. Elle ne fut pas non plus la seule à les perdre.

— Mais alors… ça veut dire que vous êtes une sorcière, vous aussi ? demanda Senna.

— Je suis une Crécelle, grommela Desni. Sauf que si on me traite ainsi, je réplique avec la méchanceté d'un serpent acculé.

— Je… je ne comprends pas, insista Senna, les sourcils froncés.

Desni se massa le front.

— Je suis incapable de lancer un enchantement, Senna. (Des larmes emplirent les yeux de la vieille femme.) Je chante faux, je n'ai pas l'oreille musicale, je suis désespérante de nullité face à une partition et j'ai une voix à faire flétrir les plantes.

— Je suis désolée. Je ne savais même pas…

— Que les Crécelles existaient ? Écoute, Senna, il y a toute une hiérarchie chez les sorcières. Si tu parviens à libérer les autres, tu comprendras très vite combien tes enchantements sont puissants.

D'une main distraite, la jeune fille arrachait de petits morceaux de pain qu'elle empilait les uns sur les autres. Une lutte qui durait depuis des années approchait de son terme. Une fin qui pourrait très bien être celle des Gardiennes… et de Senna. D'autant qu'on l'avait privée de sa ceinture et de ses graines de duel. Elle prit une profonde inspiration et s'efforça de penser à autre chose.

— Comment se fait-il que vous parliez néfalien ?

— Toutes les sorcières de Tartennie apprennent le néfalien pour pouvoir communiquer avec celles du Refuge, expliqua-t-elle après un petit rire. C'est ma fille qui me l'a enseigné. Elle était l'une des meilleures enchanteresses.

— Comment s'appelait-elle ? s'enquit Ciara à mi-voix.

— Tiena. La Sorcière Noire me l'a enlevée il y a des années.

Elle leur lança deux sacoches. Surprise, Senna les observa. La sienne ressemblait exactement à celle qu'elle avait emportée de chez elle, une éternité plus tôt. Émerveillée, elle y trouva sa robe verte, sa cape et sa ceinture dorée. Elle glissa une main dans l'une des petites poches et fit rouler entre ses doigts de minuscules graines de yidd.

— Comment… comment les avez-vous subtilisées aux soldats ?

Un sourire aux lèvres, Desni tendit une serviette humide et une bassine d'eau à la jeune fille.

— Une domestique s'en est chargée pour moi.

Senna entreprit aussitôt de se débarbouiller de la pâte brune dont elle était toujours recouverte. Lorsqu'elle eut retrouvé son teint naturel, elle posa un œil dégoûté sur la tunique criarde que lui avait donnée Ciara. À présent, elle était encore plus laide – si c'était possible – avec ses nombreux accrocs et ses taches de boue et de sang. Avec un sourire entendu, Joshen ferma les yeux et se retourna. Senna se débarrassa de son ridicule accoutrement et enfila sa robe verte. Quand elle sentit le robuste tissu familier s'ajuster aux courbes de son corps, la jeune fille se détendit, soulagée.

Desni fournit une tunique rapiécée et une paire de chaussures de marche à Ciara. Mortifiée, la jeune femme les enfila. Avec un grognement satisfait, Desni remit une petite bourse, remplie d'un mélange de feuilles, à Senna.

— Bois-en une poignée avec chaque repas, voire un peu plus souvent si tu en ressens vraiment le besoin. Petit à petit, réduis la dose : ton corps devrait se déshabituer.

Lorsqu'elle releva la tête, Senna aperçut Ciara qui, le regard rivé derrière eux, pâlit à vue d'œil. Elle se retourna. Un homme se tenait dans l'embrasure de la porte. Joshen se planta aussitôt devant lui. Une main levée en signe d'apaisement, Desni vint se placer entre le jeune homme et le nouveau venu.

— Je vous présente Tren. Il va reconduire Ciara chez elle en sécurité.

Les traits déformés par la tristesse, la sœur de Kaen approcha de Joshen et Senna.

— Je suis désolée de ne pas avoir pu vous aider.

— Vous n'êtes pas la seule à avoir failli, la réconforta Joshen. (Le regard de Senna passa du visage abattu de son Protecteur à celui de Ciara.) Mais nous nous en sommes sortis, non ?

La jeune femme s'empressa d'acquiescer. Tren la scruta de la tête aux pieds d'un œil critique, puis tourna les talons et disparut. Ciara leur adressa un dernier regard avant de s'élancer à sa suite.

— Il est grand temps que cette petite tombe amoureuse, déclara Desni, un clin d'œil à l'adresse de Senna. Tren saura lui montrer comment s'y prendre.

La jeune sorcière sentit le rouge lui monter aux joues, mais la vieille femme se dirigeait déjà vers la porte. Elle s'immobilisa sur le seuil. Un homme en haillons glissa la tête à l'intérieur et s'adressa à elle en tartennien. Avec douceur, Joshen releva la capuche sur la tête de Senna.

— Les cheveux blonds sont plutôt rares chez les Tartenniens, chuchota-t-il.

Sur ces mots, il lui prit la main. Senna étudia leurs doigts entrecroisés, leurs peaux qui se touchaient. Une chaleur agréable émanait de leur contact. Malgré tous les dangers qui rôdaient autour d'elle, elle se sentit en sécurité.

Les yeux du Tartennien croisèrent ceux de la jeune fille, qui lut dans son regard un mélange de tristesse et d'espoir. Il hocha le menton puis disparut. Desni leur fit signe de le suivre.

— Gilden va nous guider. Venez, dépêchez-vous.

Joshen précéda Senna jusqu'à la porte, d'où il examina les environs avant de sortir. D'un pas hésitant, ils suivirent Desni et Gilden – lequel, aux aguets, ouvrait la voie – entre les ombres des huttes délabrées. Une silhouette jaillit soudain de la pénombre. Dans un sursaut, Senna serra la main de Joshen. L'homme murmura quelques mots à l'oreille de Gilden avant de se volatiliser.

— Ils surveillent les allées et venues des soldats pour nous, leur expliqua Desni.

— Ils ?

Senna se demanda combien ils étaient à les aider en secret. Une femme, un panier de linge sur la tête, croisa leur route. Elle glissa un œil sous la capuche de la jeune fille et laissa échapper un cri muet de surprise avant de s'incliner. Elle s'adressa ensuite à Desni, abandonna son chargement et détala à toutes jambes.

— Qu'a-t-elle dit ? s'enquit Joshen.

— Qu'elle allait nous suivre et qu'elle nous préviendrait dès que les soldats se lanceraient à nos trousses, répondit la vieille femme sans s'arrêter.

Senna suivit l'inconnue du regard jusqu'à ce qu'elle disparaisse dans un virage.

— Je ne comprends pas. Pourquoi nous aident-ils ?

— Depuis le départ des sorcières, la plupart des Médians sont devenus des Contadins, expliqua Desni. Un peuple qui a faim est un peuple en colère.

Un autre inconnu se rua vers Gilden. Ses vêtements, trop amples, pendouillaient sur sa maigre carcasse. Ainsi… l'aide leur venait des Contadins. De ceux qui avaient le plus souffert en l'absence des sorcières. Gilden, qui les avait rejoints au pas de course, les poussa dans une ruelle étroite. Senna et Joshen patientèrent pendant que leur guide scrutait les lieux à l'affût d'éventuels soldats. Après une éternité, il se remit en marche.

— *Cheche.*

Tendue, Senna souffla et s'élança derrière Joshen. Ils n'avaient pas dépassé la troisième maison qu'un de leurs éclaireurs jaillit de l'ombre. Il s'exprima d'une voix grave, frénétique, puis s'évapora aussi vite qu'il était apparu. Gilden les fit entrer en toute hâte dans la hutte la plus proche. Il referma la porte derrière lui et s'adossa aux roseaux.

Senna examina la pièce. Un jeune homme, un pli inquiet sur le front, les dévisageait, affolé. Derrière lui, une femme était assise sur une natte tressée, la poitrine dénudée. Elle tenait un nourrisson dans ses bras.

Desni murmura quelques mots à l'inconnu, qui tourna aussitôt vers Senna des yeux emplis de peur. Il fit non de la tête et leur indiqua la porte.

La voix douce de Gilden s'éleva derrière la jeune fille.

Elle aurait voulu hurler sa frustration. Que se passait-il ? Que se disaient-ils ? L'inconnu allait-il les dénoncer ? Des cris la forcèrent à se retourner. Entre les roseaux disjoints, elle reconnut le rouge caractéristique des soldats.

Que se passerait-il s'ils la trouvaient ? Wardof la tuerait ! Et Joshen aussi ! Un élancement lui vrilla le crâne, la douleur de son bras se réveilla. Puissent les Créatrices les protéger ! Avec un petit gémissement, elle crispa les poings sur la chemise de Joshen puis serra les dents pour éviter de fondre en sanglots.

Sans leur laisser le temps de réagir, le jeune père se dirigea vers la porte. Ses traits trahissaient une détermination farouche. Elle sentit Joshen prêt à lui bondir dessus. Gilden, les bras écartés, s'apprêtait à lui bloquer le passage, mais une voix douce arrêta son geste.

La jeune mère se leva. La hutte minuscule l'obligeait à garder le dos voûté. Elle chercha le regard de Senna. Ses yeux, écarquillés par la peur, exprimaient malgré tout un profond sentiment de calme. Elle changea la position de son nourrisson puis s'exprima sans hausser la voix. Sur le même ton, son mari réfuta ses arguments, mais la détermination qui l'animait plus tôt avait disparu.

Un chuchotement leur parvint à travers les roseaux. Gilden entrouvrit la porte pour risquer un coup d'œil à l'extérieur.

— *Cheche.*

Senna lança un regard plein de gratitude à la jeune mère. Elle souhaitait lui offrir quelque chose en échange de son aide, la remercier d'avoir si volontiers bravé le danger, mais le temps pressait. Le bruit des bottes s'évanouissait derrière eux et Gilden en profita pour s'élancer hors de la cabane.

Senna lutta pour ne pas se laisser distancer. Malgré le breuvage de Desni – qui avait apaisé son vertige et sa nausée –, chaque battement de cœur résonnait douloureusement dans son crâne. Lorsqu'enfin ils atteignirent la dernière maison avant les portes de la ville, Senna ne rêvait que d'une chose : s'allonger.

La mine grave, Gilden leur adressa un signe de tête avant de les quitter pour s'avancer vers la place, au pied de la muraille. Bien vite, des hommes surgis des différentes ruelles se joignirent à lui.

Surprise, Senna remarqua que tous étaient armés de frondes. Leurs intentions étaient évidentes. Mais si l'un d'eux mourait ? Le souvenir de Bruke et de Lery lui revint en mémoire.

— Non ! dit-elle, s'élançant vers la place.

Joshen la rattrapa au vol et la serra contre lui. Fort.

— Non, chuchota-t-il. Pas cette fois.

Enveloppée par ses bras, elle enfouit le visage contre son torse. Bien qu'elle eût préféré faire la sourde oreille, elle ne put échapper au flot d'insultes qui fusèrent, au fracas des pierres déversées par les frondes, aux cris qui leur répondirent, puis au martèlement des bottes qui leur donnèrent la chasse. Que se passerait-il s'ils se faisaient prendre ? Elle s'efforça de ne pas y penser, de se convaincre que le choix d'agir était le leur.

— J'aurais pu demander aux plantes de s'en charger, murmura-t-elle.

— Et la garnison aurait fondu sur nous en un éclair, répliqua Desni.

Avec maintes précautions, dissimulée par les ombres nées du clair de lune, la vieille femme scruta les lieux à l'affût d'éventuels soldats restés à leur poste. Avec un hochement de tête satisfait, elle se dirigea avec empressement vers un petit buisson dont elle écarta le branchage. Il dissimulait un trou minuscule.

Senna et Joshen, un œil inquiet posé sur l'épaisse muraille, s'empressèrent de rejoindre Desni. La vieille femme se faufila dans l'ouverture et disparut. Senna plongea à genoux sans hésiter. Elle rampa tant bien que mal sous la muraille dont une des pierres saillait plus que les autres. Elle parvint à glisser sa tête dessous, mais le reste de son corps, comme cloué au sol, resta bloqué. Plus elle se tortillait, plus la pierre semblait résister : elle était coincée. Ses poumons se vidèrent, un flot de sueur l'inonda. Elle sentit le sol se soulever, la comprimer. Elle se pétrifia, incapable de reprendre son souffle.

— Senna ? chuchota Joshen.

— Je ne peux pas, je… répondit-elle, tentant de rebrousser chemin.

— Dépêche-toi, Senna ! la pressa-t-il. Une énorme araignée arrive derrière toi.

Où était-elle ? Allait-elle la rattraper ? Les ongles plantés dans la terre, Senna progressa de quelques centimètres. Elle aperçut Desni. La vieille femme la saisit par les mains et tira. Toujours à quatre pattes, Senna s'éloigna le plus possible du trou avant de s'effondrer sur le dos, le regard perdu dans le ciel nocturne. Qu'est-ce qu'elle ne donnerait pas pour rentrer chez elle !

Un grognement enragé attira son attention. La tête de Joshen apparaissait hors du trou.

— Mes épaules sont coincées.

— Recule, lui expliqua Desni. Et fais passer tes bras l'un après l'autre.

La tête du jeune homme disparut, rapidement remplacée par un de ses bras. Senna, un œil toujours à l'affût de l'araignée, le prit par la main, puis tira. Desni, de son côté, repoussait ses larges épaules. La roche déchira sa chemise. Le cœur de Senna manqua un battement à la vue du sang.

— Laissez-moi une minute. Le temps que je reprenne mon souffle, demanda-t-il d'une voix râpeuse.

— Pas le temps, rétorqua Desni, qui secoua la tête.

Elle lui attrapa le poignet et le souleva avec force. Joshen se libéra. Il était livide.

— C'est comme un accouchement, conclut-elle.

Elle se frotta les mains pour en ôter la poussière. Senna, sans prendre la peine de répondre, se pencha sur le jeune homme pour inspecter les entailles qui lui meurtrissaient les épaules.

— Joshen ?

— Je vais bien. Désolé pour le coup de l'araignée, dit-il avec un petit sourire penaud.

— Tu m'as menti ? demanda-t-elle, légèrement fâchée.

Il se leva avec peine et lui prit la main.

— Allez. Mettons-nous en route avant que les soldats ne reviennent.

Elle lui adressa un regard noir, mais garda sa réplique pour elle. Une fois dans la jungle, les trois fuyards coururent pendant ce qui sembla à Senna une éternité. Ses poumons sifflaient à chaque respiration. Des fourmillements lui dévoraient les lèvres. Elle sentait le martèlement de son cœur jusqu'au bout de ses doigts. Sans lui demander son accord, Joshen la prit sur son dos et rabattit ses jambes devant lui. Trop épuisée pour protester, elle posa le front contre sa nuque.

— Je n'arrive même plus à courir.

— Arrête de pleurnicher, la réprimanda-t-il. Moi qui te porte, est-ce que tu m'entends me plaindre ?

Desni, pantelante, respirait bruyamment derrière eux.

— Pas la peine, la vieille femme se plaint assez pour tous les trois, ironisa-t-elle, adossée à un arbre. Tu parles d'une bande de hors-la-loi ! Une ancêtre, une sorcière maigrichonne et blessée, et un garçonnet. (Joshen se pencha pour la soulever.) Ne sois pas ridicule, le repoussa-t-elle. Tu ne peux pas nous porter toutes les deux.

Elle s'écarta de l'arbre et se remit à courir, quoiqu'un peu moins vite. Pendant un long moment, Senna n'entendit rien d'autre que le bruit de leurs pas. Mais soudain, Joshen se raidit et se tourna vers la ville. La jeune fille tendit l'oreille et son cœur cessa de battre : des chiens remontaient leur piste. Joshen et Desni échangèrent un regard inquiet. Senna mit pied à terre. Joshen tenta de la hisser de nouveau sur son dos, mais elle s'écarta.

— Je peux courir un peu.

Après quelques secondes d'hésitation, il lui fit signe de suivre Desni.

— Je ferme la marche.

Les trois fugitifs détalèrent à toutes jambes. À peine quelques minutes plus tard, Desni trébucha. Sa respiration, saccadée, devenait de plus en plus bruyante. Lorsqu'ils eurent fini de contourner la montagne, la vieille femme s'effondra à côté d'un arbre mort.

— À partir d'ici, vous allez pouvoir vous diriger seuls. (D'un doigt tremblant, elle désigna un point à la droite de la montagne suivante.) Dépassez le bosquet enchevêtré. Si vous y arrivez, personne ne parviendra à vous suivre. Pas même les chiens.

— Mais on ne peut pas vous abandonner ici ! protesta Senna.

— Je vais créer une fausse piste, les informa Joshen, le visage grave. Restez ici.

Une fois qu'il se fut éloigné, Desni déclara avec un faible sourire :

— Il t'aime. Plus qu'un homme n'a jamais aimé aucune femme. Cette simple vision suffit à me redonner espoir. (Senna sentit le sang quitter son visage. Devant l'expression de la jeune fille, Desni éclata d'un rire léger.) Tu n'as pas assez confiance en toi pour le croire, c'est ça ? Cette façon qu'il a de te regarder, c'est comme s'il mettait quiconque au défi de te faire du mal. Pour autant, il ne dépassera jamais les limites que tu lui fixeras.

Une douleur, bien différente de celles que lui avait infligées le poing de Wardof, étreignit Senna. Celle d'un désir vif et profond. Elle se massa les tempes pour tenter de l'étouffer.

— Je suis maigrichonne et banale. Joshen est fort… et si beau.

Desni la couva d'un œil incrédule.

— Tu es une jolie fille, Senna. Tu as des traits peu communs. Ton regard d'ambre, par exemple…

— Mais comparée avec quelqu'un comme Ciara…

— Pff ! l'interrompit Desni. Tu ne peux pas comparer les diamants aux rubis. Les rubis sont certes plus tape-à-l'œil, mais les diamants sont d'un matériau plus robuste, et ils sont plus rares.

Joshen reparut soudain.

— Voilà qui devrait les retarder un peu !

Desni se releva à l'aide d'une branche tordue trouvée au sol. Elle pointa ensuite le morceau de bois vers leur destination.

— Suivez la pente naturelle du terrain.

À l'aide de sa canne de fortune, elle s'empressa de rebrousser chemin. Senna lui saisit l'épaule. Desni, souriante, secoua la tête.

— Ne vous en faites pas pour moi. Ils vont simplement me ramener et me nourrir jusqu'à ce que vous battiez Espen. Vous viendrez me libérer après.

Joshen tira sur le bras de la jeune fille.

— Elle a raison, Senna. Je ne pourrais pas la porter et elle n'est plus en état de courir. Laissons-la repartir.

Une succession de visages apparut dans l'esprit de la jeune fille. Lery, Bruke, Ciara, la jeune mère, Desni. Tant d'autres s'étaient aussi sacrifiés. Pourquoi ? Senna relâcha l'épaule de Desni. Elle adressa un regard à Joshen qui signifiait : « Si j'échoue, assure-toi qu'elle s'en sorte. » Malgré son exaspération, il acquiesça.

Desni s'éloigna en vitesse. Senna voulait la rappeler, lui dire de se cacher, ou n'importe quoi d'autre. Mais ses mots restèrent coincés dans sa gorge. Sans attendre Joshen, elle souleva le bas de sa robe et s'élança dans la pente, sous les coups de fouet cinglants du feuillage.

Ô plantes de la forêt, ouvrez-moi la voie,
Que sur ce sentier, je poursuive ma fuite.

Après mon passage, refermez-la vite,
Que mes ennemis ne puissent venir à moi.

La végétation se fit plus dense derrière eux, impénétrable pour leurs poursuivants.

Senna s'efforça de ne pas ralentir le rythme, mais elle se demandait combien de temps encore son corps continuerait de lui obéir. L'écho des aboiements se rapprochait sans cesse. Lorsqu'il commença à lui parvenir de deux directions distinctes puis s'éloigna, elle supposa qu'une partie des soldats suivait la trace de Desni pendant qu'une autre avait mordu à la fausse piste de Joshen. Pourtant, bien vite, la meute les talonna de nouveau. Elle serra les poings. Ces rustres n'oseraient tout de même pas maltraiter une vieille Tartennienne, si ?

Soudain, un aboiement retentit derrière eux. La tête tournée pour mieux voir, Senna trébucha sur une racine. Joshen l'aida aussitôt à se relever. Elle le regarda droit dans les yeux et comprit qu'ils ne pourraient jamais distancer leurs poursuivants. Mais elle lut également autre chose dans le regard du jeune homme. De la tendresse. Desni avait dit vrai, elle ne pouvait plus le nier : il l'aimait. Mais la vieille femme aurait-elle pu se tromper et prendre les signes d'un amour fraternel pour ceux de l'amour qu'un homme voue à une femme ?

Tant bien que mal, elle se remit debout. Elle avait les jambes engourdies et les poumons en feu, de la sueur ruisselait sur ses tempes, jusque dans sa nuque. Joshen, à qui l'épuisement de la jeune fille n'avait pas échappé, préleva la branche d'un arbre mort et fit volte-face.

— Continue, Senna. Je vais les retenir !

Si elle l'abandonnait, il mourrait. En cet instant, libérer le monde de l'emprise d'Espen lui parut moins important que de protéger Joshen. Encore haletante, elle vint se placer à ses côtés.

— Senna ! Fuis !

— Tu m'as fait promettre qu'on ne se séparerait plus, tu te rappelles ? répliqua-t-elle, l'œil noir.

— Ce n'est pas ce que je voulais dire ! rétorqua-t-il, agitant son bâton.

— Il fallait mieux choisir tes mots.

L'heure n'était pas aux vaines disputes. Les chiens se faufilaient entre les arbres. Leurs aboiements redoublèrent lorsqu'ils aperçurent enfin leur proie. Senna piocha une graine-barrière dans sa ceinture. Elle creusa en hâte un petit trou dans le sol et y enfonça la graine.

— Recule.

Elle saisit Joshen par le bras et le tira en arrière.

Nourris-toi de lumière, puise l'air à l'envi,
Que croissent tes racines et tes feuilles épanouies.

Elle répéta ces quelques mots en boucle. Une pousse verte jaillit de terre. En un rien de temps, sa taille dépassa celle de Joshen. *Encore quelques notes*, pensa Senna. Un premier chien surgit de derrière un tronc. Joshen lança son arme de fortune, qui percuta sa cible en pleines côtes. L'animal glapit. Il recula hors de portée et aboya de plus belle.

Pas le temps de la mener à maturité ! Les mots de Senna prirent un tour plus sombre, une tonalité plus grave. On sentait toute la magie dont ils étaient chargés, tout leur pouvoir – c'était de là que venait l'insulte « envoûteuse » qu'on lui avait tant assenée à Gonstower. Elle frémit quand elle perçut l'animosité et la menace qui teintaient sa voix.

Ne laisse passer personne !

Les chiens, avertis par leur instinct d'un danger qu'ils ne comprenaient pas, ralentirent. Ils n'eurent que le temps de reculer de quelques pas avant que des branches jaillissent sous leurs pattes et les soulèvent brutalement. Des hurlements de terreur remplacèrent les aboiements excités. Ils se tortillèrent pour se libérer mais, sans perdre une seconde, l'arbre les renvoya, par les airs, d'où ils venaient. Le reste de la meute, horrifié, détala la queue entre les jambes.

La jeune fille, à l'aide d'un enchantement plus doux, accompagna l'arbre à maturité. Le calme inquiétant qui régnait depuis quelques minutes fut soudain brisé par un bruissement de feuilles. Des taches rouges se dessinaient entre les arbres. Les soldats. Senna, la gorge sèche, s'éclaircit la voix pour son prochain enchantement.

— Si seulement j'avais mon mousquet ! regretta Joshen, les doigts crispés sur son gourdin.

À travers les arbres, un visage, le seul que Senna craignait plus qu'Espen, accrocha le clair de lune. Wardof, qui scrutait la forêt, posa sur elle son regard assassin. Il s'avança dans la lumière. Les épaules baissées, il tentait de franchir les dernières branches. La jeune fille, immobile, attendit que les hommes qui l'accompagnaient le rejoignent dans l'ombre de l'arbre-barrière.

— Senna ? l'appela Joshen.

Elle ne bougea pas : elle attendait le moment idéal pour lancer son enchantement.

Les traits de Wardof se décomposèrent tout à coup. La méchanceté laissa place à la peur : il venait de comprendre. Sans lui laisser le temps de réagir, Senna se mit à chanter.

Ne laisse passer personne !

Comme sous l'effet d'une brusque rafale de vent, l'arbre s'anima et souleva les soldats au-dessus du sol. L'espace d'un instant, d'étranges fruits rouges pendirent à ses branches. Puis il les projeta dans les airs. À peine s'était-il délesté d'un soldat qu'un autre le remplaçait. La forêt grouilla soudain d'hommes qui couraient en tous sens, évitaient les arbres et poussaient des hurlements d'effroi.

Senna perçut le sifflement de balles qui manquaient de peu leur cible. Sans s'attarder pour savourer le spectacle qui se déroulait sous ses yeux, elle prit Joshen par la main et s'éloigna à toutes jambes.

Enchevêtrés

— Ton arbre a eu Wardof ? demanda Joshen, haletant.

Trop essoufflée pour répondre, Senna se laissa tomber au sol. Une intense douleur lui vrillait le crâne – comme si on avait déversé des graviers dans ses oreilles avant de lui secouer la tête. Après un bref coup d'œil à la jeune fille, Joshen entreprit de ramasser du petit bois.

— Un peu de ce fameux thé te fera du bien.

Elle avait l'impression que la jungle penchait, qu'elle était bancale. Son estomac protesta. Wardof. Était-il toujours à leur poursuite ?

— Je n'ai pas vu, parvint-elle enfin à répondre.

Joshen plongea quelques poignées de feuilles dans un petit pot rempli d'eau, qu'il plaça ensuite au milieu des flammes naissantes. Ses yeux ne cessaient de passer du thé à la jungle environnante.

— C'était vraiment incroyable, Senna ! De quoi n'es-tu pas capable ?

La jeune sorcière, dont la gorge était trop irritée pour qu'elle puisse rire, émit un croassement. Joshen trempa un doigt dans le pot et le retira aussitôt, aspirant entre ses dents.

— Je crois bien que c'est prêt !

À l'aide d'un coin de sa couverture, il tira le pot du feu, l'enveloppa, puis le tendit à la jeune fille. Sans prendre la peine de le filtrer, elle sirota le breuvage brûlant. Elle repêcha quelques feuilles de népat qu'elle appliqua sur ses yeux. En un rien de temps, elle se sentit mieux. Comme si son corps se soignait seul pendant qu'elle buvait. Elle inclina le pot, avala les dernières gouttes de la préparation, puis s'essuya la bouche. Elle s'adossa ensuite à un tronc, le temps que la douleur finisse de s'envoler. Soulagée, elle soupira.

Mais le répit ne dura pas. Une corde lui cisailla soudain le cou et son cerveau fut privé d'air. Elle tenta de s'en débarrasser, mais la pression s'accentua. Elle toussa, s'étrangla, griffa les doigts boudinés qui tenaient la corde. Garg ! Joshen voulut plonger sur l'agresseur, mais Wardof le plaqua par derrière. Ils roulèrent tous deux au sol. Senna continuait de se débattre : Garg serra de plus belle et l'enveloppa également avec ses jambes.

De l'air ! Il lui fallait de l'air !

Elle planta un coude dans la panse rebondie du gredin. S'il eut le souffle coupé, il ne relâcha pas pour autant sa pression. Elle voulut se mettre debout, mais il avait l'avantage de la taille et de la position. Un voile rouge commença à teinter sa vision, qu'une multitude d'étoiles sombres envahissait peu à peu.

Soudain, la pression cessa. Senna tenta de respirer malgré la quinte de toux qui lui déchirait les poumons. Garg en profita pour lui glisser un objet entre les dents. D'un geste brusque, il serra le bâillon.

Après plusieurs inspirations, sa panique reflua et elle recouvra ses esprits. Garg s'était prémuni contre ses enchantements, mais il avait négligé tout le reste. Elle fouilla le sol couvert de feuilles en décomposition et sentit sous ses doigts une forme dure, rugueuse. La pierre bien en main, elle se retourna en un éclair et frappa son agresseur à la tempe de toutes ses forces. Groggy, il vacilla en arrière.

Sans lâcher son arme de fortune, elle se mit à courir. Mais elle avait à peine fait deux pas qu'il l'attrapa par derrière. Elle écrasa le pied de son assaillant de tout son poids et rejeta violemment la tête en arrière. Elle sentit le cartilage se briser. Garg la relâcha en titubant. Deux filets de sang s'écoulaient de son nez pour se rejoindre en une petite moustache écarlate.

J'aurais dû régler cette question il y a bien longtemps ! songea-t-elle avec gravité.

Garg bondit vers elle et lui saisit l'avant-bras. Mais cette fois, elle lui réservait une petite surprise. Elle ne résista pas, se colla contre lui et lui fourra dans la bouche la petite graine qu'elle tenait entre ses doigts. Les yeux écarquillés de terreur, il cracha et se gratta la langue avec frénésie. Trop tard, la graine s'enfonçait déjà. S'il voulait s'en débarrasser, le seul moyen serait de creuser dans sa chair. Et vite. Des lianes surgirent de sa bouche et Garg tenta de serrer les dents, en vain. Il vomit un flot de tiges qui enveloppèrent son corps d'un linceul végétal.

Furieuse, Senna observait la scène. Que leur avait-elle donc fait à Garg, Wardof et tous les autres ? Ils lui avaient tout pris ! Tout ! Hors de question qu'ils emportent également Joshen ! Elle tira sur le bâillon à s'en faire saigner les lèvres : Garg l'avait serré si fort qu'il resta bien en place malgré tous ses efforts.

Derrière elle, Joshen et Wardof luttaient toujours au sol. Désespérée, elle tâtonna en quête du nœud – une petite boule inextricable. Que pouvait-elle faire ? Elle voulait hurler sa frustration, mais elle était réduite à s'échiner sur le nœud pendant que l'échange de coups redoublait entre Wardof et Joshen.

Le jeune homme parvint finalement à se libérer et à repousser son adversaire. Avant qu'il ne revienne à l'attaque, Joshen, de nouveau debout, se positionna entre Senna et l'assaillant. Wardof chargea. Le Protecteur fit un pas en avant et se tourna de façon à lui présenter son dos. Le cœur de la jeune fille cessa de battre mais Joshen saisit le bras de Wardof et le tira avec force : le Chasseur bascula par-dessus le dos du garçon et retomba lourdement sur le sol, étourdi. Le poing de Joshen ne tarda pas à le cueillir à la tempe et il perdit connaissance. Le combat était terminé.

Joshen se tourna vers Senna. La fureur qui brûlait dans son regard s'éteignit aussitôt et il accourut auprès d'elle. À l'aide de son couteau, il cisailla le nœud qui retenait le bâillon. Senna fit jouer sa mâchoire, puis se massa le cou.

— Tu vas bien ?

La jeune fille essuya un petit filet de sang qui perlait au coin de sa bouche, puis acquiesça.

— Et toi ? demanda-t-elle.

— Quelques côtes cassées, je pense. Ça pourrait être pire.

Senna baissa les yeux sur Wardof. La haine bouillonna en elle. Elle glissa un doigt dans une des poches de sa ceinture d'où elle tira une graine identique à celle qu'elle avait utilisée avec Garg.

— Que les Créatrices m'en soient témoins, voilà bien longtemps que j'aurais dû lui régler son compte !

Elle s'approcha de l'homme qui lui avait tant pris. Agenouillée à côté de lui, elle glissa la graine entre ses lèvres inertes. Sous ses yeux, la graine germa avant de recouvrir tout le corps de Wardof de ses lianes. Senna soupira, puis se releva.

— C'était quoi, ça ? demanda Joshen d'une voix où perçait l'inquiétude.

Senna lui répondit sans quitter Wardof des yeux.

— Du liseron. C'est plus un parasite qu'une plante. Il se nourrit de son hôte et l'alimente en échange. Il n'y a que deux façons de s'en débarrasser.

Joshen se pencha pour toucher le robuste cocon végétal.

— Lesquelles ?

— Soit un enchantement de la sorcière à qui appartenait la graine, et autant te dire que je n'ai pas l'intention de les libérer…

Senna ramassa son paquetage et se dirigea vers le point que Desni leur avait indiqué. Une main plaquée sur ses côtes douloureuses, Joshen dut courir pour la rattraper.

— Quelle est l'autre façon ? demanda-t-il.

Elle s'immobilisa.

— La mort.

*

Le bosquet enchevêtré que leur avait indiqué Desni se dressait devant eux. Senna examina l'immense paroi végétale, plus haute que le reste de la jungle, faite de branches enlacées en d'innombrables amas noueux, impossibles à démêler. Une bonne dizaine de sorcières auraient dû œuvrer de concert pour ériger une telle barrière. Espen s'en était chargée seule.

Senna frissonna. En ces lieux plus qu'ailleurs, l'influence maléfique de la Sorcière Noire était perceptible. Les rythmes naturels semblaient détraqués, privés de leur harmonie. La jeune fille était éreintée, ses orteils la faisaient souffrir, pourtant la promesse d'être enfin en sécurité – à l'abri des soldats, du moins – les attendait derrière le bosquet enchevêtré. Elle opta pour un enchantement assez simple.

Ô plantes de la forêt, ouvrez-moi la voie,
Que sur ce sentier, je poursuive ma fuite.
Après mon passage, refermez-la vite,
Que mes ennemis ne puissent venir à moi.

Les branches aménagèrent une ouverture étroite au pied de la muraille.

— Comme par hasard ! marmonna-t-elle. Encore un tunnel obscur infesté d'insectes grouillants.

Trop fatiguée pour tergiverser, elle se glissa à l'intérieur. Les branches se refermèrent aussitôt sur son passage, juste derrière elle, et la séparèrent de Joshen. Elle distinguait à peine sa silhouette à travers la végétation. Elle chanta et tendit le bras vers le jeune homme. Dociles, les branches s'écartèrent de plus belle. Joshen lui saisit la main et se faufila à son tour dans l'ouverture.

Senna reprit sa progression, mais les branches ficelèrent sur-le-champ le jeune homme. Surprise, la sorcière cessa de chanter. L'instant d'après, la végétation se refermait également sur elle. Elle saisit de nouveau la main de Joshen et scanda son enchantement avec force : les branches s'écartèrent. *Bien vu.* Espen avait fait en sorte qu'une sorcière, même accompagnée d'une armée, ne puisse pas passer.

Sans lâcher la main de Joshen ni cesser de chanter, elle scruta les lieux pour évaluer la distance qu'il leur restait à parcourir, mais l'obscurité contre nature qui les enveloppait était impénétrable. Elle soupira puis se remit en marche. Une douleur naquit rapidement dans le bas de son dos, que le tunnel l'obligeait à garder voûté. Elle imagina le calvaire que devait endurer Joshen, avec sa grande carcasse. À bout de souffle, elle fit une pause. Les branches affluèrent aussitôt. Comprimée, privée d'air et séparée de Joshen, Senna se demanda si ce tunnel n'était pas pire que le trou dans lequel Kaen les avait dissimulés.

Malgré ses lèvres desséchées et sa langue pâteuse, elle reprit son incantation. Au prix d'un interminable effort, ils sortirent enfin du bosquet enchevêtré. Senna cilla à plusieurs reprises dans la lumière aveuglante, puis elle saisit sa gourde et but goulûment. Après avoir essuyé l'eau qui coulait sur son menton, elle se retourna vers Joshen. Immobile, le jeune homme avait le regard vitreux. L'odeur lui parvint soudain : un parfum entêtant, sucré, tropical. À travers ses paupières qui s'alourdissaient déjà, la jeune fille distingua d'extravagantes fleurs orange. De la barbelle !

Senna avala une brève bouffée d'air puis secoua Joshen.

— Respire par la bouche !

— Hmm…

Les yeux clos, il avait le souffle régulier, profond. Les lianes de barbelle, hérissées de pointes, rampaient déjà à ses pieds. Impossible de faire demi-tour, Senna refusait de replonger dans les ténèbres du bosquet. Il n'y avait qu'une solution : traverser les barbelles. Les dents serrées, elle entonna :

Barbelle ! À mon ordre obéis !
Tes funestes desseins j'exige que tu renies !

Sur ces mots, elle attrapa Joshen par la main et le tira avec force. Machinalement, il la suivit d'un pas pesant, les paupières toujours closes.

Bien qu'elle veillât à ne pas respirer par le nez, ses mouvements lui demandaient à chaque seconde plus d'efforts. La douleur qui lui vrillait le crâne s'était propagée à tout son corps, jusqu'à son âme. Elle n'avait qu'une envie : dormir. La main de Joshen lui échappa. Elle secoua la tête et s'efforça d'ouvrir grand les yeux. Le jeune homme gisait, paisible, au milieu des barbelles dont les lianes vénéneuses gagnaient du terrain.

Si elle n'agissait pas en vitesse, il mourrait. Elle se laissa tomber à côté de lui et tenta de le soulever. Sans succès.

— Joshen… Joshen, réveille-toi.

La jeune fille, dont la respiration s'était anormalement ralentie, observa le cercle de serpents végétaux qui se rapprochaient.

— Je ne dois pas m'endormir, s'encouragea-t-elle d'une voix traînante. Joshen mourra si je m'endors.

Elle fouilla l'épais brouillard dans lequel baignaient ses pensées en quête d'un enchantement susceptible de le tirer du sommeil. Elle se rappela alors une berceuse que lui chantait sa mère certains matins.

Mon amour, réveille-toi,
Ouvre les yeux et réveille-toi.
Viens, viens, viens à moi,
Sur mon amour appuie-toi.

Si les paupières du jeune homme s'entrouvrirent quelques secondes, il poussa un profond soupir et replongea quasi sur-le-champ dans le sommeil. L'enchantement n'était pas assez puissant. Comment pourrait-elle le renforcer ? Un souvenir enfoui tout au fond de sa mémoire refit soudain surface. Ses lèvres conservaient un peu de la puissance de ses enchantements, alors pourquoi ne pas essayer ?

Elle se pencha sur Joshen et posa un baiser sur ses lèvres. Il ouvrit les yeux. Senna, dont le cœur battait la chamade, se redressa. Un léger sourire illumina les traits de Joshen.

— Tu sais t'y prendre pour réveiller un homme !

Sur ces mots, il passa une main derrière la nuque de Senna et attira la bouche de la jeune fille contre la sienne. Les lèvres de Joshen lui ressemblaient : elles étaient à la fois fortes et douces, attentionnées, protectrices. Elles avaient le goût du vent mêlé à celui de la poudre noire. La jeune sorcière eut envie de lui caresser le torse et les bras mais, redoutant sa réaction, elle se retint.

Une liane rugueuse, piquante, comme celle d'une courge, s'enroula autour de son poignet. Surprise, elle tenta de se dégager. D'un geste brusque, Joshen la rompit.

— Je devais te maintenir éveillé, expliqua-t-elle, gênée.

— Je n'ai jamais été aussi éveillé de ma vie ! répliqua-t-il. (Il libéra son genou d'une nouvelle excroissance végétale.) Viens, Senna. Filons d'ici !

Main dans la main, ils s'élancèrent à toutes jambes. Poussés par la peur de succomber aux émanations mortelles des barbelles, ils les traversèrent sans ralentir.

Le champ de plantes venimeuses s'interrompait aussi brusquement que le bosquet enchevêtré avait commencé. Inquiète à l'idée de découvrir un nouveau piège, Senna scruta la jungle pendant de longues minutes. Une fois rassurée, elle massa sa cage thoracique en feu et leva la tête. Telle une magnifique améthyste aux reflets dorés, l'aurore s'élevait à l'horizon : leur fuite avait duré toute la nuit.

Le pas lourd, Senna se laissa tomber au pied d'un arbre gigantesque. Joshen s'affala à côté d'elle et entreprit aussitôt de lui préparer un thé. D'un geste distrait, elle lui tendit un fruit de son sac. Le contact de sa main réveilla en elle le souvenir vibrant de leur baiser. Elle s'effleura les lèvres du bout des doigts. La désirerait-il un jour autant qu'elle le désirait ? Des larmes lui montèrent aux yeux. Elle se rendit alors compte que Joshen l'observait. Le désespoir qu'elle lut dans son regard la désarçonna. Sauf erreur de sa part, la panique du jeune homme était manifeste.

— Qu'est-ce qui ne va pas ? demanda-t-elle.

Il tisonna le feu avec une petite branche.

— Ce baiser… C'était uniquement pour me sauver ?

Elle sentit que ses joues s'embrasaient. Il ne voulait pas d'elle ! Voilà quelle était la raison de son angoisse : il était là pour la protéger, rien de plus. Elle ferma les yeux. Elle ne pourrait plus jamais faire comme si elle ne l'aimait pas. Elle en était à présent consciente, et lui aussi. Elle secoua la tête avec force et une intense douleur éclata aussitôt dans son crâne. Elle hurla. En larmes, elle tenta de s'éloigner, mais la main de Joshen la retint.

— Senna ?

— Pourquoi ? demanda-t-elle, la voix brisée. Pourquoi suis-je ce que je suis ? Si j'avais été une autre, n'importe quelle autre, tu m'aurais peut-être aimée…

Elle s'efforça de croiser son regard. Un petit sourire bête se dessinait sur le visage incrédule du jeune homme. Prise d'une bouffée de colère, elle voulut se libérer d'un geste brusque, mais Joshen – qui ne souriait plus – l'attira à lui. Il examina ses lèvres comme si elles constituaient une énigme qu'il souhaitait à tout prix résoudre.

Sa présence submergeait tous les sens de la jeune fille. Elle percevait la chaleur qui émanait de son corps, et son souffle lui caressait la peau. Étrangement, il dégageait toujours la même odeur de cuir, de chevaux et d'iode mais, désormais, Senna décelait aussi une pointe de sueur et de jungle. Elle ne s'en lassait pas. Elle ne s'en lasserait jamais. Elle brûlait de désir pour le jeune homme.

En douceur, il approcha son visage. Lorsque leurs lèvres furent sur le point de se toucher, il inclina la tête. Elle resta parfaitement immobile lorsqu'il embrassa le bas de sa joue avant de se diriger vers son cou. Le souffle court, elle rêvait de s'abandonner au feu qui la consumait mais un doute persistait. Déterminée à s'en débarrasser, elle repoussa Joshen.

— Je dois avoir une bonne étoile, dit-il avec un petit rire. Si tu savais à quel point tu es formidable, tu ne jetterais jamais ton dévolu sur un type comme moi !

Les dernières réticences de Senna s'envolèrent à ces mots. Il l'étendit sur le sol et repoussa une mèche blonde derrière son oreille.

— J'attends ce moment depuis que je t'ai vue pour la première fois. Je t'aime, Brusenna. Et j'ai besoin de l'entendre de ta bouche car je ne supporterais pas que tout ceci ne soit qu'un rêve.

Elle voulut le lui dire à son tour, mais en fut incapable.

— Moi aussi, j'attends ça depuis qu'on s'est rencontrés.

Visiblement, Joshen s'en contenta car il la prit dans ses bras et l'embrassa. Elle sentait le poids de son corps, le battement de son cœur contre sa propre poitrine.

Était-ce le fruit de son imagination, ou leurs cœurs, enchevêtrés, battaient-ils à l'unisson ?

Adieux

Les paupières encore lourdes de sommeil, Senna observait la lumière qui jouait à cache-cache derrière le feuillage. Elle aurait aimé aller plus loin, mais Joshen préférait qu'ils prennent leur temps. Elle avait les lèvres endolories et les joues irritées par la barbe naissante du jeune homme, pourtant elle n'aurait renoncé à ces petites contrariétés pour rien au monde. Même si elle se trouvait à présent dans le royaume d'Espen, Senna ne pensait pas à la Sorcière Noire, pas plus qu'elle n'éprouvait la moindre peur. En fait, elle était au comble du bonheur.

— Comment une fille comme toi peut-elle tomber amoureuse d'un garçon comme moi ?

Senna se retourna et comprit que Joshen l'avait observée pendant qu'elle s'absorbait dans la contemplation des ombres.

— Je me posais justement la question inverse.

— Tu n'es pas sérieuse ! répliqua-t-il, se redressant sur un coude.

Occupée à suivre le contour de la mâchoire de Joshen du bout d'un doigt, elle répondit par un haussement d'épaules. Elle aimait la force qu'il dégageait, sa musculature.

— Ce que tu as dit à propos de Ciara, tu le pensais vraiment ? demanda-t-il sans la quitter des yeux. Sur le moment, je croyais que tu délirais.

— Elle est tellement belle… soupira Senna.

— Tu es la plus jolie fille que j'aie jamais vue, Senna. (Il l'étreignit avec force.) À partir de maintenant, je ne veux plus t'entendre te rabaisser. Tu l'as déjà bien assez fait.

— Tu me trouves vraiment jolie ?

— Oui, reconnut-il avec tendresse.

Elle s'attendait à voir le mensonge dans son regard, mais n'y lut qu'une sincérité profonde. Desni avait vu juste. Si ce jour devait être son dernier, au moins le passerait-elle dans les bras de Joshen. Car, à la nuit tombée, elle partirait affronter Espen. Elle soupira et se laissa bercer par les battements de cœur du jeune homme.

À son réveil, peu après le coucher du soleil, elle leva la tête et contempla le visage paisible de Joshen jusqu'à ce qu'il ouvre les yeux à son tour.

— Bonjour, beauté, dit-il dans un sourire.

— En fait, nous sommes déjà le soir, répondit-elle, le menton posé sur son torse.

— Et quel est le programme de la nuit ? demanda-t-il, une main glissée dans la chevelure de la jeune fille.

Senna soupira et détourna le regard. La parenthèse enchantée se refermait. Elle se leva et épousseta ses vêtements.

— Il faut que tu me fasses confiance.

— Je crains le pire… répondit-il, inquiet.

— Voilà plus d'un an que, chaque nuit, je fais des cauchemars. Pour la première fois depuis bien longtemps, mes rêves n'ont pas été agités et… je voulais t'en remercier.

Il se leva pour lui faire face.

— Senna, dit-il sur le ton de la mise en garde, j'ai l'impression que tu cherches à me faire tes adieux.

— C'est le cas, répondit-elle d'une voix qu'elle s'efforça de garder calme.

— Tu m'as promis… commença-t-il, les sourcils froncés.

— Je ne t'en empêcherai pas, l'interrompit-elle. Mais je te demande de ne pas me suivre. (Voyant qu'il se radoucissait, elle s'empressa d'ajouter :) Si tu viens avec moi, je devrai nous protéger tous les deux. (Elle prit une profonde inspiration.) Et si elle te capture, je me soumettrai. C'est aussi simple que ça.

— Tu ne peux pas faire une chose pareille. Le monde a besoin de…

— Ce dont le monde a besoin n'aura plus aucune importance. Je serais tout aussi incapable de la laisser te torturer et te tuer que tu le serais de la voir me faire du mal.

— Tu m'aimes tant que ça ? demanda-t-il, incrédule.

— Oui. Et savoir que tu es en vie quelque part… m'aidera à supporter ma captivité.

— Tu parles comme si elle t'avait déjà capturée ! dit-il, contrarié.

Comment pourrait-elle lui faire comprendre ?

— De façon inexplicable, Espen semble se nourrir de la puissance des autres sorcières. Elle est beaucoup plus forte que moi et elle a l'expérience des duels. Jusqu'à maintenant, elle a vaincu toutes les sorcières, seules ou en groupes, qui ont croisé sa route. Il n'a jamais été question de l'emporter, mais simplement de mettre un terme à tout ça.

Voilà, elle disait enfin à voix haute cette vérité qu'elle fuyait depuis trop longtemps.

— Reste avec moi si tu n'es pas en mesure de la vaincre, proposa Joshen, un bras tendu vers l'endroit d'où ils venaient. On se cachera et…

— Non, l'interrompit-elle d'une voix douce mais ferme. Je ne céderai pas à la lâcheté. Je ne pense pas qu'elle soit invincible, simplement très difficile à battre. Je dois essayer. (Elle sentit les larmes qui ruisselaient sur ses joues et regretta de ne pouvoir les ravaler.) Pour ma mère. Et pour tous les autres.

Joshen la serra dans ses bras. Le baiser qui suivit lui donna presque envie de s'enfuir avec lui, de passer le temps qui lui resterait à l'aimer. Mais la journée onirique touchait à sa fin et la réalité l'attendait. Lorsque leurs lèvres se séparèrent, Senna posa la tête contre le torse de Joshen.

— Je t'en supplie, Joshen. Ne me suis pas, s'il te plaît. Attends-moi trois jours si tu veux, mais si je ne reviens pas, trouve un moyen de rebrousser chemin et rentre vivre ta vie.

— Je vais rester ici, parvint-il à articuler d'une voix brisée. Mais je ne repartirai pas. Si tu ne reviens pas, j'irai te chercher, ne serait-ce que pour me retrouver avec toi.

Devant son refus de comprendre, Senna détourna les yeux.

— Tu ne peux pas aller là où elle va m'emmener… Il faut que tu comprennes que si elle gagne… je ne te reverrai qu'en acceptant de rejoindre ses rangs. Ce que je ne ferai jamais.

— Je refuse de t'abandonner, Senna.

Elle lui étreignit les bras.

— Il le faut pourtant. Tu seras tout ce qui me restera.

Il baissa la tête et la jeune fille sut qu'il s'efforçait de ne pas pleurer. Son destin avait beau lui fendre le cœur, elle le savait inéluctable. L'heure n'était pas aux lamentations. En un sens, c'était presque un soulagement : la fin était proche. Seule lui importait la sécurité de Joshen.

— D'accord, accepta-t-il enfin.

Soulagée, Senna le serra avec force.

— J'ai besoin de t'entendre le dire, Joshen. S'il te plaît.

— Je te le promets, articula-t-il avec peine.

Elle se hissa sur la pointe des pieds et l'embrassa. Puis elle recula de quelques pas et s'efforça de graver l'image du jeune homme dans son esprit. Ce serait à la fois un réconfort et une torture de penser à lui, mais oublier son visage serait pire encore.

— Adieu, Joshen.

— Adieu, Senna.

Ramasser son paquetage pour s'éloigner de Joshen lui demanda un effort surhumain, mais chaque pas était plus aisé que le précédent. Elle s'arrêta pour le regarder une dernière fois avant qu'il ne soit masqué par les arbres. Aussi immobile qu'une statue de granit, il avait les poings et la mâchoire crispés. Un torrent de larmes ruisselait sur ses joues.

Un sanglot noua la gorge de Senna. Malgré tout ce qu'ils avaient traversé ensemble, elle ne l'avait jamais vu pleurer. Mais à présent qu'il craignait de la perdre, il avait laissé transparaître ses émotions. Il l'aimait. Et cet amour lui rendait la tâche à venir à la fois infiniment plus simple et infiniment plus compliquée. Simple, car elle n'était plus seule. Et compliquée car, désormais, elle avait quelque chose à perdre.

Duel de sorcières

Le coucher du soleil laissa la place au crépuscule qui, à son tour, la céda à la nuit tombante. Une lune pleine parait le monde de reflets argentés. Tout, des fougères aux fleurs, prenait des proportions gigantesques dans sa lumière. L'alliance végétale, mélange de forêt néfalienne et de jungle tartennienne, dégageait une beauté fascinante, aux antipodes des dangers qui attendaient Senna. Elle avait beau fouler le domaine d'une sorcière, elle n'en tirait aucun réconfort. Les courants naturels s'écoulaient de façon désordonnée, elle percevait leur grincement aigu, perçant.

Plus elle s'enfonçait sur les terres d'Espen, plus les arbres étaient agités. Tous grognaient comme s'ils susurraient des bribes de secrets. Mais elle avait beau tendre une oreille attentive, le sens de leurs mots lui échappait. Elle s'arrêta à plusieurs reprises pour les observer : ils ne ressemblaient à aucun arbre de sa connaissance. Comparables à des saules pleureurs, ils s'ornaient de feuilles parfaitement circulaires et chacun d'eux portait un fruit unique, blanc. Émerveillée, elle se hissa sur la pointe des pieds pour en cueillir un. Dans sa main, le fruit vibra comme une ruche. Un immense tremblement parcourut tout l'arbre, qui s'éloigna. Senna recula d'un bond. Ce qu'elle tenait n'était pas un fruit, et les arbres n'en étaient pas non plus. Pas vraiment.

Mais qu'étaient-ils alors ?

Perdue dans ses réflexions, elle détourna les yeux. Elle aperçut alors un arbre qui, à la différence des autres, lui sembla familier. Comme en transe, la jeune fille s'en approcha. Elle était incapable d'en détacher son regard. Elle tendit une main pour le toucher. L'arbre, à son tour, se pencha en avant. Des branches enveloppèrent ses frêles épaules et la serrèrent contre une écorce aussi douce qu'une peau. Son parfum envoûtant la réchauffa. Et soudain, elle comprit.

— Mère, dit-elle dans un souffle. C'est impossible !

Mais au fond d'elle, Senna savait que c'était la vérité. Elle posa le front contre le tronc à la douceur anormale.

— Que t'a-t-elle fait ?

Les branches caressaient son dos, sa tête. Elle recula d'un pas pour observer les autres arbres qui, eux aussi, devaient être des sorcières. Certains, à l'image de sa mère, étaient parcourus de tremblements d'excitation. Ils se penchaient vers elle dans un chuchotement. D'autres, en revanche, restaient parfaitement raides. Avec prudence, elle s'approcha de l'un d'entre eux. Il ne sembla pas la reconnaître.

— Vous êtes ici depuis très, très longtemps, n'est-ce pas ?

C'était pour cette raison qu'Espen n'avait pas pu se charger elle-même de capturer Senna. Il fallait qu'elle surveille ses dernières prises.

Secouée de frissons, la jeune fille recula. Comment Espen avait-elle accompli une telle chose ? Jamais Senna n'avait entendu parler d'une graine capable de transformer la chair en bois. Peut-être avait-elle utilisé une potion, une décoction proche de l'Ioa ? Elle devait immobiliser ses proies, puis les forcer à avaler le mélange. Senna devrait donc recourir à des graines défensives, capables de maintenir Espen à distance… du moins, dans un premier temps. Après, il lui faudrait trouver un moyen de l'attaquer.

Une lueur d'espoir naquit en elle. Peut-être cette stratégie l'aiderait-elle là où les autres sorcières avaient failli ? Elle sentit qu'une branche, dans son dos, la repoussait en douceur d'où elle venait. Elle se retourna vers sa mère.

— Non. Tu n'es pas restée les bras croisés pendant qu'elle capturait tes amies. Je ne peux pas vous abandonner à ce sort. Pas tant que j'ai la force de combattre. Et peut-être, qui sait, que j'ai une chance de la vaincre.

Sacra s'affaissa et ses jolies branches aux doux reflets balayèrent le sol. Le cœur de Senna menaça de flancher. Sa mère avait œuvré depuis sa naissance pour lui éviter ce combat. La jeune sorcière avait toujours cru que Sacra cherchait à la protéger mais peut-être, en réalité, avait-elle simplement craint que sa fille ne soit pas assez forte… qu'elle ne le serait jamais. Senna se détourna de sa mère et des autres sorcières. Elle ressentait l'appel du Cercle de Pouvoir. Des larmes plein les yeux, elle se laissa guider. Les rais de lumière se faisaient plus nombreux et plus vifs à mesure qu'elle approchait de la clairière. Parvenue à sa lisière, toujours dissimulée dans les ombres, Senna pensa avec tristesse à la similitude troublante entre son rêve et la réalité. Son rêve. La terreur lui comprima la poitrine. Dans ce rêve, Espen la terrassait toujours.

Les épaules droites et la tête haute, Senna s'avança dans le clair de lune. Priant pour que ses jambes ne la trahissent pas, elle escalada la pente douce qui menait au centre du cercle. Comme dans son rêve, la Sorcière Noire apparut à l'opposé et s'avança à sa rencontre.

Séparées d'à peine quelques mètres, les deux sorcières s'immobilisèrent et se défièrent du regard. Senna fut frappée par la beauté d'Espen. Elle trouva étrange qu'un être aussi maléfique puisse jouir d'une telle beauté. Ses longs cheveux de jais, qui tombaient jusqu'à sa taille, dansaient dans le vent. Sa peau était d'une blancheur incroyable et ses pommettes saupoudrées d'innocentes taches de rousseur. Alors que Senna portait la tenue traditionnelle des sorcières, tout en vert et or – couleurs de la vie et de la croissance –, Espen arborait une robe rouge sous une cape noire – couleurs du sang et de la mort.

Senna, qui redoutait de se faire surprendre, agit la première. Elle lança une graine-barrière qu'elle mena aussitôt à maturité. Rien de très original, mais au moins serait-elle protégée des éventuelles attaques physiques d'Espen. Un sourire carnassier – celui d'une femme affamée devant un buffet de mets raffinés – déforma les traits d'Espen. À son tour, elle lança une graine-barrière.

Senna aurait aimé pouvoir laisser son arbre-barrière croître davantage, mais elle refusait de perdre sa courte avance. De ses doigts agiles, elle extirpa une poignée de graines aussi fines que des grains de sable et changea d'enchantement.

Vent, transporte mes graines en ton sein,
Jusqu'à la sorcière aux noirs desseins.

Une rafale lui ébouriffa les cheveux et emporta ses graines dans les airs. La plupart franchirent les deux barrières et retombèrent sur Espen comme autant de minuscules grêlons. Aussitôt, Senna opta pour une nouvelle incantation.

Charde, de tes lianes épineuses par kyrielles,
Ligote Espen, et ses envoûtements muselle.

Obéissantes, des ramifications se lovèrent autour des chevilles de la Sorcière Noire. Sans leur prêter la moindre attention, Espen, les yeux rivés sur Senna, psalmodiait d'une voix imperceptible. Elle lança en l'air une poignée de ce qui aurait pu être de la farine. Senna n'eut que le temps de prendre une inspiration avant que la poudre ne l'engloutisse.

Les graines, collées par la sueur sur la peau de la jeune sorcière, semblèrent planter dans sa chair une multitude d'aiguilles invisibles. La douleur qui lui brûlait les yeux était insoutenable. Senna s'appliquait à ne pas respirer, à ne pas ingérer le nuage toxique. Elle ne connaissait pas les graines utilisées par Espen, mais une chose était sûre, elle devait s'en éloigner au plus vite. Privée d'air, elle serait incapable de chanter et donc de répliquer.

Les orbites en feu, elle vacilla. *Je n'ai pas le choix !* Elle ferma les yeux et déserta à toute allure la protection de son arbre-barrière. Une fois débarrassée de la brume mortelle, elle chercha Espen d'un regard paniqué. Malgré les larmes qui lui brouillaient la vue, elle distingua la Sorcière Noire ficelée dans un cocon de charde. Seul son visage dépassait des lianes hérissées. Elle articulait à toute vitesse.

Le souffle court et malgré ses vertiges, Senna plongea les mains dans les poches de sa ceinture. Mais, avant même que son enchantement ne franchisse ses lèvres, elle perçut une présence derrière elle. Les yeux à présent grands ouverts, elle se retourna vers la nouvelle menace.

En un éclair, la stratégie d'Espen lui apparut : le nuage toxique l'avait éloignée de son arbre-barrière – sa protection contre les attaques physiques – et rapprochée d'un autre arbre-barrière qu'Espen avait invoqué pendant que la charde de Senna grimpait le long de son corps.

L'immense arbre se pencha vers elle. Elle plongea sur le côté et sentit le souffle d'une branche qui la manquait de peu. Elle se releva tant bien que mal et tenta de s'éloigner de l'arbre, mais une seconde branche fondait déjà sur elle. Elle eut beau s'aplatir de nouveau sur le sol, il modifia sa course et percuta la jeune fille en pleines côtes.

Senna eut l'impression qu'on la marquait au fer rouge. Essoufflée, elle roula sur elle-même pour s'éloigner du grouillement de branches avides. Parvenue hors de sa portée, elle se remettait debout pour la deuxième fois lorsque l'arbre s'étira de tout son long et étendit sa ramification la plus grande vers la cheville de Senna. Il la souleva dans les airs avec une telle force qu'elle crut avoir laissé son estomac au sol, lequel disparaissait sous elle à une vitesse folle.

D'un brusque mouvement de fouet, l'arbre la projeta dans les airs. Elle tournait si vite sur elle-même que la terre et le ciel se mélangèrent en une unique masse floue.

Et soudain, son corps s'écrasa au sol. Elle fut comme aplatie à terre. Elle sentit ses os vibrer et se tordre pour absorber le choc. Le sang comprimé dans ses veines menaça de les faire éclater. Tout l'air de ses poumons fut chassé en un hurlement inhumain. Puis ce fut l'obscurité.

Elle n'avait pas pour autant perdu connaissance. Elle savait – comme elle savait que le soleil brillait – que chacun de ses organes irradiait de douleur. Sa souffrance était distante, seules quelques bribes lui en parvenaient. La perception d'un mouvement sur sa peau, comme une ondulation glaciale, se précisa peu à peu. Elle tenta d'en identifier la cause, mais chacune de ses réflexions ramenait la douleur en surface.

Malgré tout, elle avait conscience que si elle ne réagissait pas très vite, elle mourrait. Au prix d'insoutenables efforts, elle comprit que le frottement sur sa peau était celui de lianes qui l'enserraient.

Un mot résonna dans son esprit – *Espen* – et la tira de sa torpeur. Elle ouvrit les yeux et estima mentalement l'ampleur des dégâts. Son corps, couvert de bleus et de plaies, avait souffert, mais n'était pas brisé.

Lorsqu'elle tenta de se lever, elle constata que les lianes n'avaient pas perdu une seconde. D'un simple coup d'œil, elle sut qu'elles n'étaient pas issues de graines de charde car dépourvues des épines acérées et recourbées qui dissuadaient leurs prisonniers de se débattre. Il ne s'agissait que de simples liserons, qui la ficelaient tout de même étroitement.

Elle rassembla le peu de force qui lui restait et tenta de se dégager. Certaines racines cédèrent, assez pour lui permettre de se redresser et de chercher Espen du regard. La Sorcière Noire était couverte de sang et sa peau lacérée par les épines vicieuses. Senna supposa qu'Espen était parvenue à libérer ses doigts car elle distingua une plante grise qui croissait entre son adversaire et la charde. La fonction de cet épais buisson au feuillage lisse était double : non seulement il constituait une barrière entre Espen et les pointes acérées, mais il semblait également repousser les lianes de la charde. D'un instant à l'autre, la Sorcière Noire serait libre.

Avec une détermination redoublée, Senna tira sur les liserons. Une nouvelle série de racines, celles qui retenaient sa main droite, cédèrent. Elle arracha les herbes qui lui ceignaient la taille et l'empêchaient d'accéder à sa ceinture, mais ses doigts ne rencontrèrent que le tissu de sa robe verte. Une vague de panique submergea la jeune fille. Désespérée, elle scruta les lieux et repéra finalement sa ceinture : elle gisait au centre de la clairière. Senna fit appel à tous ses muscles et parvint à dégager sa main gauche. Elle se tortilla et donna des coups de pied pour se défaire des herbes qui lui enserraient les jambes. Enfin libre, elle se dirigea d'un pas chancelant vers sa ceinture.

La voix d'Espen changea et Senna comprit que la Sorcière Noire préparait une nouvelle offensive. Elle s'élança aussi vite que possible vers le centre du cercle, mais une bourrasque mugissante la bombarda d'une averse de graines. Seuls quelques pas la séparaient encore de son objectif quand une plante jaillit du sol tout autour d'elle. Bien que d'une espèce plus nocive que celle qu'elle conservait elle-même dans sa ceinture, elle reconnut aussitôt une variété d'hystricade, un petit cactus dont les feuilles avaient été remplacées par une myriade de lames tranchantes longues comme un pouce. Il l'empêchait d'accéder à sa ceinture.

Senna fit un dernier pas en avant. Les lames transpercèrent la semelle de ses chaussures et lui poignardèrent la plante des pieds. Elle hurla, mais plongea malgré tout la main vers ses graines. L'hystricade lui lacéra la peau. Un poison s'immisçait par les plaies béantes de la jeune fille. Pourtant elle devait à tout prix récupérer sa ceinture ! Malgré la douleur, elle s'étira et enfonça sa main de plus belle. Enfin, elle touchait la surface lisse du bout des doigts, quand une voix la fit sursauter.

— Ça ne te servira à rien !

Grimaçante, Senna se retourna. Elle découvrit Espen, libérée de la charde, qui tenait dans la main une pleine poignée de graines. Elle avait perdu.

Elle retira sa main meurtrie, la serra contre sa poitrine et sentit le sang imbiber sa robe et couler jusqu'à son ventre. Une brûlure atroce dévorait sa main et son pied. Mais quelle importance ? Les arbres n'étaient pas aussi sensibles que les humains à la douleur. Elle attendait qu'Espen la métamorphose. Elle nourrissait même une part de curiosité détachée quant à la manière dont la Sorcière Noire s'y prendrait. Elle fut surprise qu'Espen s'adresse de nouveau à elle.

— Aucune autre sorcière n'a jamais eu le courage de venir m'affronter sur mon territoire. (Elle inclina la tête.) Je dois bien admettre que je ne m'attendais pas à une telle puissance de ta part. Tes incantations sont plus fortes que ne l'étaient les miennes avec lesquelles, pourtant, nul ne pouvait rivaliser. C'est pour cette raison que j'ai voulu t'affronter en duel plutôt que d'en finir rapidement. Je tenais à te remettre à ta place.

Sur ces mots, Espen éclata de rire. Le fait que la Sorcière Noire s'abaisse à lui faire la conversation désarçonna Senna. Elle ne l'aurait pas crue capable d'afficher une telle joie, et encore moins de rire.

— Une Sorcerelle. Sans la moindre formation. Et pourtant, tu as bien failli m'avoir !

Grâce à quelques notes, Espen força l'hystricade qui entourait Senna à refluer. La jeune fille sentit les lames s'extraire de ses pieds et retint un soupir de soulagement. Le poison continuait néanmoins d'instiller une étrange léthargie dans tous ses membres. Une lueur d'excitation brillait dans le regard clair d'Espen.

— À nous deux, nous formerions un duo si puissant que les autres sorcières seraient contraintes de se rallier à notre cause. Toute la question est de savoir si ton intelligence est à la hauteur de ta puissance. Ou si tu préfères rejoindre tes amies les Gardiennes…

Une violente panique noua la gorge de Senna. Elle envisagea de soulever le bas de sa robe pour détaler à toutes jambes, mais Espen l'en empêcherait. Sa vie lui parut soudain précieuse. Elle savait en outre que, si elle acceptait, elle pourrait retrouver Joshen. Mais la question ne se posait même pas. La mâchoire crispée, elle réfléchit à toute vitesse à une éventuelle solution simple qu'elle aurait négligée. Si seulement elle disposait d'un peu plus de temps ! Il fallait qu'elle en gagne.

— Qu'avez-vous à m'offrir ?

Une flamme de triomphe vient allumer le regard d'Espen, malgré l'impassibilité qu'affichait toujours son visage.

— Je serai la seule à qui tu devras rendre des comptes. Un huitième de toutes les richesses te reviendra. Pour les terres, tout est négociable. Je préfère…

Espen continua à détailler son offre, pourtant Senna ne l'écoutait plus. Elle cherchait désespérément un moyen d'échapper au sort qu'avait subi sa mère. Des mots que Joshen avait prononcés une éternité plus tôt résonnèrent dans son esprit. *« Tu n'es pas obligée de tout affronter seule. »*

Elle secoua la tête pour chasser ce souvenir. Elle était seule ! La dernière des sorcières ! Sa ceinture était prisonnière d'une gangue impénétrable d'hystricade, son corps lacéré et abîmé et il ne lui restait plus rien ni personne pour lui prêter main-forte ! Comment avait-elle pu croire une seule seconde qu'elle pourrait vaincre là où toutes les autres avaient échoué ?

Peut-être les Créatrices sont-elles les seules à pouvoir arrêter Espen ? pensa-t-elle avec amertume. Cette réflexion tarit brutalement le flot frénétique de ses pensées. Songeuse, elle regarda le Cercle de Pouvoir comme jamais elle ne l'avait vu. Ça pourrait fonctionner… Ça pouvait fonctionner ! Et, de toute façon, elle n'avait plus rien à perdre.

Dans l'attente de sa réponse, Espen la dévisageait. Senna saisit sa chance et claudiqua en avant. La Sorcière Noire adopta une posture défensive, mais laissa la jeune fille atteindre le centre du cercle. Senna remplit ses poumons d'air. Elle n'aurait le temps de lancer qu'un seul enchantement avant qu'Espen ne réplique. La tête levée, elle entonna :

Emporte-moi, ô vent, car sur toi je m'appuie,
Afin que mes paroles s'élèvent dans la nuit.

Surprise, Espen dressa un sourcil, mais ne fit rien pour interrompre le lent tourbillon du vent.

— Qui espères-tu appeler, petite ? Il n'y a plus personne. Et, même dans le cas contraire, il est trop tard pour que quiconque puisse te sauver.

Faux. Elle n'était pas seule. Si seulement elles voulaient bien entendre son appel, et venir ! pensa-t-elle. Les arbres ployèrent, vacillèrent dans la bourrasque qui l'entraînait plus haut que les fois précédentes.

Encore plus haut.

Le manque d'air commençait à lui faire tourner la tête et le froid pénétrait ses os. Elle changea de tonalité.

Ô Créatrices, sources de toute vie !
Les Gardiennes ont failli, leur emprise s'est évanouie.
Entendez ma prière,
Pour la survie de la Terre.
Aidez-nous !
Aidez-nous !

Une rafale emporta ses paroles. Atteindraient-elles leur destination ? Y trouveraient-elles une oreille attentive ? La jeune fille n'en savait rien. Elle baissa les yeux. Loin, très loin sous ses pieds, le Cercle de Pouvoir n'était plus qu'un minuscule point clair au milieu d'une immensité vert sombre.

Minuscule, mais pas sans importance. En son cœur, Espen l'attendait. Le vent faiblissait : Senna en était réduite à observer la clairière grossir sous ses pieds et les traits d'Espen s'affiner. Elle était épuisée.

— Un choix stupide ! déplora Espen dès que Senna fut à portée de voix.

Tout le respect qui habitait jusqu'alors le regard de la Sorcière Noire avait disparu.

— C'est pourtant celui que toutes, à part vous, ont fait, répliqua Senna, que la brise reposait au sol.

— Précisément, expliqua Espen, un bras tendu vers les arbres au fruit blanc. C'est bien ce que je dis : un choix stupide.

Pourquoi Senna avait-elle le sentiment que tout était déjà joué ? Comme si sa destinée avait été scellée avant même sa naissance, son issue inévitable. Elle ferma les yeux et pensa à Joshen. Elle avait essayé. Pour lui. Pour sa mère. C'était le plus important.

— Là où vous me trouvez stupide, les autres me trouvent courageuse.

Pour toute réponse, la Sorcière Noire se contenta de lancer une graine noire en l'air.

Consume son corps, je te l'ordonne !

Senna, qui s'attendait à ce que l'envoûtement se poursuive, fut surprise qu'Espen se taise. Elle suivit le regard de son aînée et son sang se glaça : la graine n'était pas retombée.

Malgré l'absence de vent et son poids – même trop élevé pour une forte bourrasque –, elle flottait dans les airs, comme retenue par une main invisible. Elle s'orienta en douceur vers la jeune fille, puis accéléra progressivement sa course. Dépassée par le spectacle inconcevable qui se déroulait sous ses yeux, Senna fut rattrapée – comme certainement toutes les autres sorcières avant elle – par la vision de la fin tragique qui l'attendait. Il existait des plantes pour contrer les effets d'autres plantes, des potions pour changer de forme, des végétaux capables de protéger celles qui les enchantaient, mais aucune arme capable de lutter contre une simple graine.

La petite masse noire gagnait en vitesse. Senna observait sa course, impuissante. Poussée par le désespoir, elle se retourna et tenta de fuir aussi vite que son corps meurtri et sanguinolent le lui permettait. Combien avant elle avaient eu la même réaction ? Elle approchait de l'orée de la clairière quand Joshen surgit soudain dans la lueur de la lune.

— Senna !

La jeune fille sentit son âme voler en un million d'éclats.

— Tu m'avais promis, Joshen !

— Je ne pouvais pas te laisser ! C'était au-dessus de mes forces !

Elle était sur le point de l'atteindre lorsqu'une douleur aiguë lui transperça le dos. Le choc la projeta en avant, dans les bras de son Protecteur. La douleur étendit ses ramifications dans tout son corps, soudain rigide.

— Senna ?

Joshen la tira par le bras. Il tenta de l'entraîner avec lui, mais les pieds de la jeune fille s'enracinaient déjà dans le sol. Elle utilisa ses dernières forces pour se rapprocher de son visage.

— Je t'aime.

Elle avait enfin réussi à le lui dire. Mais, à peine les mots avaient-ils franchi ses lèvres, que celles-ci se soudèrent et retinrent tous ceux qui auraient pu suivre. Les traits déformés par la terreur, Joshen finit par comprendre.

— Oh, Senna, non !

La jeune fille sentit la présence d'Espen derrière elle. Elle voulut hurler, dire à Joshen de fuir mais son corps, à chaque seconde plus rigide, refusa d'obéir. Espen apparut dans son champ de vision. Elle jeta un bref coup d'œil à Joshen avant de se tourner, soulagée, vers Senna.

— Tu as entrevu plus vite que les autres le sort qui t'attendait, mais tu n'as rien pu faire pour l'empêcher. Aucune n'a pu y échapper. Tu aurais mieux fait d'accepter mon offre.

Senna, dont le corps était à présent constitué de bois, ne put répondre. Joshen s'agrippait à elle, pourtant elle ne sentait plus la peau du jeune homme. Elle se raccrochait à sa vue, qui elle aussi déclinait. Avec un grincement, son corps s'étira vers le ciel nocturne. Ses bras se transformèrent en branches, et dans un frissonnement ses doigts se changèrent en rameaux plus fins. Elle poursuivit sa croissance et sentit en même temps ses orteils plonger dans la terre fraîche. Des feuilles jaillirent du bout de ses doigts. Elle grogna et se débattit, en vain. Elle n'appartenait plus au règne des humains. Si la jeune fille avait encore eu ses épaules, elles se seraient affaissées. Dans son nouvel état, immobile, raide, elle ne pouvait bouger que ses branches les plus fines. Devant ce qui avait été son visage, une jolie fleur blanche s'ouvrit. Espen se mit à chanter :

Ô petite fleur, fruit mûr deviens, je te l'ordonne,
Et de ton cœur, la graine j'exige que tu me donnes.

Senna n'eut d'autre choix que de fournir à sa fleur tous les nutriments qu'elle réclamait. Tous ses enchantements se rassemblèrent également dans le fruit qu'elle produisit. C'était la fin. Tout ce qui faisait d'elle une sorcière pendait à présent devant elle. Un grincement désespéré lui échappa.

Elle s'apprêtait à abandonner tout espoir quand Joshen s'empara du fruit, tourna les talons et détala vers la jungle.

Cours, Joshen ! Pour l'amour de la vie, cours ! cria-t-elle en silence.

Espen attendit qu'il ait atteint la première rangée d'arbres pour formuler son envoûtement. Un arbre l'étreignit alors avec force. Il jura. Une branche s'enroula autour de son visage. Senna hurla : seul un faible grincement s'éleva de son corps. Elle voulut assener une pluie de coups à Espen, mais ses branches refusèrent d'obéir, elles se contentèrent d'osciller mollement dans la brise.

Espen se dirigea sans se presser vers le jeune homme. Elle lui ôta le fruit des mains et huma ses arômes, puis, le visage illuminé par une profonde satisfaction, elle mordit dedans à pleines dents. Le sourire aux lèvres, elle continua de mâcher et revint d'un pas léger vers Senna.

La jeune fille rêvait de la réduire en bouillie, pourtant c'était impossible : le Serviteur qu'elle était devenue, à l'instar de toutes les autres sorcières, ne pouvait faire de mal à Espen. Ainsi tout était déjà fini ? Le regard posé sur la Sorcière Noire, qui se repaissait de ses enchantements, elle eut envie de pleurer. Espen se pourlécha les doigts puis exhiba une nouvelle graine noire, identique à celle qui s'était enfoncée dans le dos de Senna.

— La confection de futeste, dont la graine est capable de retenir une sorcière captive et de m'offrir son pouvoir, a nécessité plus d'une dizaine de vies de mes Serviteurs. Après avoir absorbé une douzaine d'enchantements, je fus en mesure d'invoquer un vent qui m'obéissait au doigt et à l'œil. À partir de cet instant, les Gardiennes n'avaient plus aucune chance. Mais le mérite ne m'en revient pas, je n'ai fait qu'élaborer une plante invincible.

Elle glissa la graine dans une poche de sa ceinture. Une nouvelle fleur apparut sur une des branches de Senna et Espen se mit à en caresser les pétales.

— C'est la raison pour laquelle j'étais coincée ici, poursuivit-elle. Jour après jour, je devais me nourrir de vos enchantements pour glaner chaque fois un peu plus de pouvoir. Tu ne peux pas savoir à quel point je suis soulagée d'avoir enfin capturé la dernière d'entre vous ! Maintenant, je vais pouvoir quitter cet endroit.

Elle entonna un nouvel envoûtement et l'arbre qui retenait Joshen orienta le jeune homme vers elle. La tête inclinée sur le côté, elle le dévisagea.

— Quel dévouement ! Et quelle force ! Franchement, Brusenna, je suis impressionnée. (Elle fit courir le bout de ses doigts sur les muscles bandés de Joshen.) Après tout, il est normal que tu me dédommages de la perte de Wardof et Garg. Deux empotés valent bien un serviteur compétent. Un marché honnête, somme toute.

Sur ces mots, elle tira une substance cireuse de sa ceinture. Senna s'étira, grogna et pleura de plus belle. Malgré le voile flou qui recouvrait ses yeux, elle reconnut la potion : de l'arvise. Même si tous les ouvrages qui évoquaient sa création avaient été détruits depuis des années, sa couleur bleu vif ne laissait aucun doute. Peut-être Espen avait-elle mis la main sur un registre oublié, ou découvert elle-même la recette ?

Elle en enduisit ses lèvres puis les fit jouer l'une contre l'autre. Elle scruta ensuite Joshen sous toutes les coutures comme le ferait un homme sur le point d'acheter un cheval.

De servir Espen l'irrésistible envie,
Exige que tout entier à elle tu te plies.

Pendant qu'elle répétait l'incantation maudite, Joshen se débattait comme un beau diable, mais l'arbre qui le retenait prisonnier ne céda pas. Espen ordonna au bâillon végétal de libérer les lèvres du jeune homme.

— Non ! hurla-t-il à l'instant où elle se penchait pour l'embrasser.

Senna détourna les yeux devant l'insoutenable spectacle. Lorsqu'elle revint à la scène, elle le regretta aussitôt. Le jeune homme, hagard, le regard vitreux, était aussi différent du Joshen qu'elle connaissait qu'elle l'était de la Senna humaine. Espen congédia l'arbre, qui relâcha le jeune homme. Joshen resta planté devant elle, hébété.

— Qui est ta maîtresse ? demanda-t-elle.

— Espen, répondit-il sans réfléchir.

La Terre, l'Eau, la Végétation et la Lumière

La brise qui jouait dans les feuilles de Senna lui rappelait la caresse du vent dans ses cheveux. Elle aurait voulu fermer les yeux pour ne plus penser à la réalité. Sa vision floue et faible l'aidaient néanmoins à se persuader que rien de tout cela n'était vrai. Elle parvint à agiter ses rameaux les plus fins au prix d'un terrible effort. Combien de temps lui restait-il avant de suivre le même chemin que les autres sorcières, avant de tout oublier ? Combien de temps avant que le dernier de ses souvenirs de Joshen ne s'efface ? Combien de temps avant de devenir un arbre à part entière ?

Espen, qu'elle n'avait plus vue depuis un long moment, reparut devant elle, armée d'une hache. Senna se douta qu'elle en découvrirait la fonction sous peu. Espen tendit l'outil à Joshen.

— Viens. (Elle se planta devant Senna, les bras croisés sur sa poitrine.) Tu ne m'es plus d'aucune utilité. C'en est fini de ton ingérence permanente qui n'a fait que compliquer les choses. En outre, j'ai besoin de tester la loyauté de mon nouveau serviteur. Tu comprends, j'espère ? Et, même si ce n'est pas le cas, je t'interdis de l'en empêcher. (Elle se tourna vers Joshen.) Abats cet arbre. Et brûle-le !

Senna rêvait de la frapper de ses branches, de la tordre comme un linge à essorer. Elle puisa au plus profond de ses ressources pour adresser un chant à Joshen, mais ses efforts se soldèrent par un simple bruissement de feuilles. Après un pas en avant, Joshen se figea. Des gouttes de sueur se mirent à perler sur son front. Le regard toujours acéré, Espen le contourna.

— On dirait que je vais devoir être plus précise avec toi. Avec la hache, abats cet arbre. Maintenant.

Les bras tremblants, le jeune homme leva la hache au-dessus de sa tête. Senna aurait voulu se recroqueviller, fermer les yeux, hurler. Mais impossible. Parcouru de frissons incontrôlables, comme en proie à une violente fièvre, Joshen reposa son arme. Espen le foudroya d'un regard assassin.

— Abats cet arbre, je te l'ordonne !

Un frémissement traversa tout le corps du jeune homme. Le visage d'un rouge éclatant, les yeux exorbités et la mâchoire crispée, il rétorqua :

— Non.

Espen chancela. Son regard passa de Senna à Joshen.

— Soit. Dans ce cas, tu ne me sers plus à rien.

Elle saisit une petite fiole qui pendait à sa ceinture. Senna reconnut tout de suite le poison qu'elle contenait. *Nous allons tous les deux mourir cette nuit*, pensa-t-elle. *Mais au moins, nous mourrons ensemble.*

Par pur égoïsme, elle souhaitait partir la première pour ne pas le voir mourir. Quoi qu'il en soit, son chagrin ne durerait pas. Elle ne redoutait pas la mort, elle l'accueillerait même avec soulagement. Elle refusait de rester dans un monde où Joshen ne serait pas… un monde dirigé par Espen.

La Sorcière Noire ôta le bouchon de la fiole et releva le menton du jeune homme. Le goulot toucha ses lèvres. Senna s'étira, grinça, elle voulait se débattre aussi fort qu'il l'avait fait pour elle. Le liquide progressait vers la bouche du jeune homme, mais Espen interrompit soudain son geste. Senna aurait pu pousser un hurlement de joie à la vue du flacon qui s'éloignait des lèvres de Joshen, mais elle découvrit à son tour ce qui avait arrêté Espen. Bien que la nuit fût encore totale, le ciel s'était éclairci. Illuminé même.

La Sorcière Noire reboucha la fiole, piocha une graine dans sa ceinture et adopta une posture défensive. Un éclair chatoyant zébra le ciel. Espen et Joshen durent protéger leurs yeux de sa lumière aveuglante mais Senna, dont la vue avait encore faibli, put en supporter l'éclat. Au début, elle ne vit rien que la lueur puis, peu à peu, des couleurs apparurent. Elles dessinèrent de longues formes verte, bleue, brune et enfin dorée. Les silhouettes élancées se précisèrent, elles tracèrent les contours de femmes. Les Créatrices. Elles étaient venues ! La lumière s'amenuisa, ou peut-être Senna s'était-elle habituée à sa puissance. Elles étaient quatre. À l'exception de leur peau, tout chez elles était d'une couleur unie dont la profondeur variait d'un instant à l'autre. La marron avait une chevelure dont la teinte oscillait entre le noir organique d'un sol riche et l'ocre claire de la terre battue. La robe et les cheveux de la bleue passaient du turquoise à un vert foncé, proche du noir. Quant à la verte, elle adoptait tantôt la couleur de l'herbe tendre, tantôt celle du conifère le plus sombre. La dorée, enfin, dont la tenue changeait d'un jaune solaire à celui, translucide, du grain de maïs, en passant par la couleur des blés mûrs, observait Senna.

La Créatrice couleur ébène scrutait la silhouette recroquevillée d'Espen, les yeux de la bleue étaient fermés et ceux de la verte perdus dans la forêt, au-delà de la clairière. Après un long moment, de la bouche de la Créatrice bleue s'éleva un chant proche de celui du vent sur les brisants.

Le chaos règne sur les mers, ses créatures sont torturées.

La verte répondit :

Les plantes sont faibles, malades, mourantes.

L'ébène entonna à son tour :

La Terre dans son ensemble est tourmentée.

Toutes trois se tournèrent vers la Créatrice aux reflets dorés, qui ne quittait pas Senna des yeux. La jeune fille aurait voulu danser d'un pied sur l'autre ou détourner le regard, mais ses racines la clouaient sur place.

Elle est la dernière.
Longtemps elle s'est préparée à combattre une arme inconnue.
Une graine que manie celle en noir et rouge.
Une plante interdite en raison de sa nature même,
Car contraire à l'essence des Gardiennes.

Sans cesser de chanter, la Créatrice verte s'approcha de Senna et posa les lèvres contre son écorce. Au même instant, la jeune fille sentit ses branches rétrécir. La rigidité de son corps laissa de nouveau place à la souplesse de la chair. En un éclair, elle était redevenue humaine, débarrassée de toutes ses plaies et vêtue d'une robe dont la blancheur et la douceur rappelaient celles des pétales d'arum. Dans sa main immaculée, elle tenait un fruit blanc.

Les traits des Créatrices se durcirent lorsqu'elles se tournèrent vers Espen. Senna n'avait pas remarqué que la Sorcière Noire était roulée en boule, le front plaqué au sol. Les Créatrices l'encerclèrent et la dorée reprit la parole.

De tous nos mondes, de toutes nos créations,
Nulle part ailleurs une Gardienne
n'a aussi grièvement trahi ses consœurs.

Espen releva la tête. Elle ne dit rien mais le désespoir se lisait dans son regard. Elle plongea une main fiévreuse dans sa ceinture de graines. Avant même qu'un son n'ait franchi ses lèvres, la Créatrice dorée tendit une main vers elle.

Ce qui te fut donné librement, nous reprenons.
Gardienne tu n'es plus, femme tu redeviens.

Espen, comme frappée par une violente douleur, se cambra et laissa échapper la graine qu'elle tenait entre ses doigts. Sa bouche s'ouvrit sur un hurlement silencieux. Des rayons de lumière ondoyèrent hors de son corps pour venir former une sphère dans la paume de la Créatrice dorée. Lorsque le dernier serpentin lumineux l'abandonna, Espen s'effondra telle une poupée de chiffon.

Joshen, comme libéré d'un étau, reprenait son souffle en haletant. Il tituba jusqu'à Senna, qu'il serra fort dans ses bras – presque à l'étouffer tant sa joie était grande. Elle se cramponna à lui.

— Joshen, murmura-t-elle, les yeux pleins de larmes.

En cet instant, plus rien d'autre que lui n'existait. Joshen. Lorsque leur étreinte cessa, Senna remarqua que la Créatrice dorée, dont le regard étincelait des reflets de la sphère lumineuse, l'observait, amusée. La jeune fille s'efforça de ne pas détourner le regard.

— Comment vous appelez-vous ?

Nous avons de nombreux noms.

La Créatrice sourit et ses cheveux adoptèrent une teinte orange vif. Elle brandit la sphère.

Bois. Que le pouvoir de libérer les Gardiennes te revienne.

Les yeux de Senna passèrent de l'orbe à la Créatrice.

— Je… je ne veux rien de ce qui a appartenu à Espen.

La Créatrice contempla la sphère.

Le mal qui l'animait est né en elle, il ne venait pas de nous.
Seul le pouvoir donné a été repris. Rien d'autre.

Après une hésitation, Senna se pencha pour poser les lèvres sur la boule de lumière. Le goût qui lui emplit la bouche, chaud, pur, lui donna l'impression de boire le soleil lui-même. Lorsque le dernier rayon se glissa en elle, elle se redressa, émerveillée par la chaleur du pouvoir qui irradiait dans son corps.

Jamais nous n'avons octroyé tant de puissance.
Fais-en bon usage,
Car nous te demanderons des comptes
Lorsque tu nous rejoindras.

— Lorsque je vous rejoindrai ? répéta Senna, incrédule.

La chevelure de son interlocutrice sembla s'embraser. Son visage et son corps, en revanche, dégageaient toujours la même sérénité.

Toutes, à leur trépas, rejoignent les Créatrices.

Elle s'inclina pour déposer un baiser sur le front de Senna.

Que la Lumière te guide.

Une par une, les autres Créatrices prirent sa suite. Elles embrassèrent à leur tour la jeune fille, lui donnant leur bénédiction.

Que la Terre t'obéisse.
Que la Végétation t'honore.
Que les Eaux entendent tes prières.

Puis elles disparurent. Debout au milieu des ombres, Senna attendit que ses yeux s'accommodent au soudain manque de clarté. À l'horizon, l'aube teintait déjà le ciel de gris. Ainsi, l'impression d'obscurité ne venait que de l'absence des Créatrices et de leur rayonnement.

Ce qui avait commencé à minuit prenait fin avant le lever du soleil. La pluie était de retour. Main dans la main, Senna et Joshen se tenaient côte à côte, trop bouleversés pour parler. Espen fut la première à bouger. Elle s'élança vers la main de la jeune fille.

Se rendant soudain compte qu'elle tenait ses envoûtements sous la forme d'un fruit de futeste, Senna s'éloigna d'un bond. Sans laisser à la Sorcière Noire le temps de réagir, Joshen lui passa un bras autour du cou et la força à s'agenouiller.

— Tu étais sur le point de m'assassiner ! Et tu essaies encore de la tuer ! s'indigna-t-il.

Il la poussa dans la boue. Espen tremblait de la tête aux pieds. Elle semblait subitement bien plus âgée que Senna.

— Ayez pitié, murmura-t-elle.

— Pitié ? Tu n'en mérites aucune ! gronda Joshen.

— Tu t'en es prise à ceux qui avaient le plus besoin de ta protection. Tu ne vas pas mourir, poursuivit Senna, le visage dégoulinant de pluie. Ton sort sera bien pire.

Incapable de soutenir le regard suppliant d'Espen, Senna tourna la tête. Le poids du fruit qu'elle tenait lui rappela son existence. Elle l'examina de longues secondes avant de le mordre timidement. Le goût était le même que celui de la sphère dorée.

La sensation fit naître en elle un appétit vorace. À chaque nouvelle bouchée, elle sentait ses enchantements s'épanouir davantage. Des fourmillements remontèrent jusqu'à ses lèvres. Elle prit soudain conscience de ce que les Créatrices lui avaient confié. Ses propres pouvoirs plus ceux d'Espen : la puissance combinée de deux sorcières. Enivrée, la jeune fille fit rouler la graine qui restait entre ses doigts.

— Tu vas ouvrir la bouche, ou tu préfères que je t'y force ?

— Je pourrais t'enseigner des choses dont les autres sorcières osent à peine rêver ! De nouveaux envoûtements, des potions, l'art des plantes. Je ne suis peut-être plus capable de chanter, mais…

Refusant de l'écouter une seule seconde de plus, Senna brandit la graine. Les mains en l'air, Espen recula.

— Attends ! Tu ne comprends pas. Je ne travaillais pas seule. Sans mon aide, tu ne pourras jamais quitter la Tartennie.

En proie au doute, la jeune fille interrompit son geste.

— Je te dirai tout en échange de ma liberté.

— Ta liberté ? s'indigna Senna, les sourcils arqués et le corps agité de tremblements de colère. Après tout ce que tu as fait ? Tu n'es qu'une odieuse menteuse !

Elle glissa la graine dans la bouche d'Espen.

Consume son corps, je te l'ordonne !

La graine, fichée dans la gorge d'Espen, bloquait ses propos vénéneux et menaçait de la suffoquer.

— Tu… ne… comprends… articula-t-elle avant que sa voix se brise.

Elle convulsa, puis son corps s'étira. Sa peau perdit sa souplesse et sa blancheur au profit de la rigidité rugueuse de l'écorce. Ses bras pointèrent vers le ciel et se changèrent en branches, ses pieds se transformèrent en racines. Des feuilles – magnifiques petites sphères – surgirent puis dansèrent dans le vent avec grâce. Mais aucune fleur blanche n'apparut : Espen n'était plus une sorcière. Sa ceinture brisée gisait au milieu de ses graines éparpillées au sol.

— Mais les autres, cria Joshen, les Créatrices ne les ont pas libérées !

Tournée vers les arbres, Senna se maudit de ne pas leur avoir demandé. À présent, il était trop tard.

— Je suis la dernière. La dernière sorcière, constata-t-elle, désespérée.

C'est alors que son regard tomba sur les graines noires de futeste qui s'étaient déversées de la ceinture d'Espen. L'écho d'un enchantement à la beauté envoûtante lui revint en mémoire : *« Que le pouvoir de libérer les Gardiennes te revienne. »*

Était-ce possible ? Elle ramassa une des graines noires.

— Que sont les graines, sinon des réceptacles de vie ?

Elle creusa un petit trou, enfonça la graine dans la terre et entonna son incantation d'une voix chevrotante, chargée d'espoir et de peur.

Nourris-toi de lumière, puise l'air à l'envi,
Que croissent tes racines et tes feuilles épanouies.

Une excroissance pâle surgit des herbes. Loin de se transformer en petit arbre, elle adopta les contours d'une robe verte surmontée d'une cape plus sombre. Quelques notes de plus et les boutons de fleurs révélèrent un visage et des mains.

Les yeux fermés, Coyel apparut, un fruit blanc dans sa paume. Elle inspira, ses paupières s'ouvrirent. Visiblement apeurée, elle scruta les lieux d'un œil inquiet. Lorsqu'elle aperçut Senna, un sourire se dessina lentement sur ses lèvres.

— Tu l'as vaincue ? (Elle éclata d'un rire soulagé.) La fille de Sacra ! Brusenna !

Sans la moindre hésitation, elle dévora le fruit qui renfermait sa puissance comme si elle mourait de faim. Elle emplit ses poumons d'air et leva les bras au ciel. La pluie ruisselait sur son visage.

— Mes enchantements ! (Elle rejeta la tête en arrière et s'écria :) Je suis libre ! Après presque deux ans, enfin libre !

Mais la mère de Senna, comme les autres sorcières, était toujours prisonnière. La jeune fille se tourna vers Joshen.

— Essaie de trouver l'arbre qui renferme ma mère.

Il disparut sur-le-champ au petit trot. Senna fouilla les restes éparpillés de la ceinture d'Espen et trouva une seconde graine de futeste. Aussitôt, elle l'enfouit dans la terre et entonna un nouveau chant. Une sorcière poussa. Elle semblait plutôt âgée et son visage était entouré d'une multitude de verres chatoyants qui donnaient l'impression qu'un paon miniature paradait sur son nez. La respiration laborieuse, la vieille femme revint à la vie. Elle abaissa une paire de verres roses sur sa monture et dévisagea Senna d'un œil incrédule.

— Dois-je en déduire que je ne suis plus une graine ?

Coyel se pencha pour regarder la nouvelle venue droit dans les yeux.

— Prenny ? Tu vas bien ?

La vieille sorcière releva la tête – laquelle était couverte d'une masse abondante de cheveux gris et secs – et dévisagea Coyel.

— Évidemment, rétorqua-t-elle. Espen a préféré garder les graines des plus insoumises avec elle.

Coyel, qui s'efforçait de garder son calme, répondit avec un sourire.

— Je voulais juste dire…

— Je sais ce que tu voulais dire ! L'horrible femme a aussi abattu les arbres des autres Maîtresses. Elle les a ensuite réduits en cendres puis elle nous a gardées dans sa ceinture de graines. (Prenny renifla bruyamment. Elle se frotta les yeux derrière ses verres épais.) J'ai bien cru que j'étais morte.

— Les Maîtresses ?

Le regard perplexe de Senna passait d'une sorcière à l'autre. Prenny abaissa une nouvelle lentille qui décupla la taille apparente de son œil. Elle s'agenouilla et entreprit de fouiller le tas de graines.

— De toutes les sorcières, c'est une jeune pousse qui nous libère…

Coyel foudroya Prenny d'un regard exaspéré avant de se tourner vers Senna.

— Les Maîtresses des quatre disciplines. Je suis la Maîtresse de la Lumière, Prenny est celle de la Végétation…

— Coyel, l'interrompit la vieille femme. Plus tard les leçons d'histoire. D'accord ?

— Être une graine n'a pas que des inconvénients, bougonna Coyel à voix basse.

Senna ne put retenir un petit sourire. Elle se détourna pour éviter que Prenny ne le remarque.

— En tant qu'ancienne Maîtresse, il est possible que Sacra soit ici, reprit Coyel, qui étreint la main de la jeune fille.

Prenny se chargea de mener à maturité une nouvelle graine de futeste. Sous les yeux de Senna, une sorcière menue, coiffée de boucles parfaites, apparut dans une robe rehaussée de dentelle. Chacun de ses doigts arborait une gemme d'une couleur différente et de lourdes chaînes en or pendaient à son cou.

— C'est Drenelle, chuchota Coyel à l'oreille de Senna. La Maîtresse de la Terre.

La chemise débordante de fruits, Joshen reparut au pas de course.

— J'en ai pris autant que j'ai pu.

Senna s'empara d'un fruit. Elle l'ouvrit en deux avec les pouces, puis planta la graine dans la terre. Une jeune sorcière d'une beauté exceptionnelle en sortit. Elle avait de longs cheveux bruns qui tombaient en cascade jusqu'à sa taille et de grands yeux noisette. Mais elle resta muette et son regard, vitreux, semblait ne rien percevoir.

— Coyel, appela Senna. Quelque chose ne va pas.

Prenny bouscula le jeune homme pour approcher.

— C'est une guérisseuse qu'il te faut, pas une diplomate.

Senna recula.

— Je suis désolée, je ne…

— Savais pas ? Oui, je suis au courant. (Prenny écarta les paupières de la sorcière et examina sa pupille.) Arianis ? Tu m'entends, petite ? (Arianis cilla lentement. Prenny guida la jeune sorcière à l'écart.) Arianis a été transformée il y a des années. Il lui faudra sans doute un peu de temps pour revenir à elle.

Coyel ramena à la vie une autre sorcière qui, elle aussi, arborait une expression absente.

— Vont-elles s'en remettre ? s'enquit Senna.

— Je suis guérisseuse, pas devineresse ! répliqua Prenny, les mains plantées sur les hanches.

— Prenny Bonswiky ! l'interpella Coyel, qui s'était redressée. Si tu n'es pas capable de garder pour toi ta mauvaise humeur…

— Oui, c'est ça, c'est ça. Et toi, tu n'arranges rien, répliqua la vieille sorcière, écartant la menace d'un revers de la main avant de pointer Senna du doigt. Rends-toi utile au lieu de nous harceler avec tes questions.

Des larmes montèrent aux yeux de la jeune fille. La nuit avait été longue. Sans parler des derniers mois. Elle était éreintée, bouleversée et puis… elle venait de les sauver, tout de même ! Et pour quoi ? Pour se faire insulter en retour ? Elle souleva le bas de sa robe et se dirigea vers l'endroit où elle pensait trouver sa mère. Elle approchait du bord de la clairière quand Joshen reparut, les bras de nouveau chargés de fruits.

Un simple regard à la jeune fille suffit à lui faire abandonner sa cargaison en un tas grossier avant de s'élancer après elle.

— Ils se ressemblent tous pour moi, haleta-t-il une fois arrivé à sa hauteur. Je suis désolé.

— C'était à moi de m'en occuper, l'excusa-t-elle.

Mais pourquoi ne l'avait-elle pas fait ? La réponse, embarrassante, était toute simple. Elle en voulait encore à sa mère de l'avoir tenue à l'écart… et dans l'ignorance. Pendant si longtemps.

Elle passa en revue les différents arbres en quête de celui que, la veille, elle avait reconnu au premier coup d'œil. Elle l'aperçut au bout de quelques minutes, et sa colère commença à retomber. Les rayons du soleil transperçaient les nuages et filtraient à travers l'épaisse canopée pour accrocher les grains de pollen et de poussière qui flottaient dans l'air. Elle s'approcha du fruit que l'arbre tendait vers elle. Son pédoncule céda avec un petit bruit sec et Senna enfonça les pouces dans sa chair gorgée de jus. La graine noire se détachait nettement sur le blanc du fruit. D'une main tremblante, elle la planta dans la terre. Malgré sa gorge sèche, elle parvint à réciter son enchantement. Une robe et une cape apparurent, un visage prit forme. Sa mère inspira une brève bouffée d'air puis ouvrit les yeux.

— Brusenna, souffla-t-elle.

La jeune fille ferma les yeux et laissa la voix chaleureuse de sa mère étouffer le reste de sa colère. Des bras la serrèrent. De chaudes larmes ruisselèrent sur son visage.

— Mère…

— Tu as réussi ! s'exclama Sacra dans un éclat de rire.

Toute la tension de Senna s'évanouit. Elle rêvait que cet instant ne finisse jamais. Elle voulait pouvoir contempler sa mère, se nourrir de chacun de ses traits. Elle avait oublié le petit grain de beauté qui ornait son nez, les mèches qui grisonnaient sur ses tempes, la petite tache sombre qui rehaussait le vert de ses yeux et la cicatrice en forme de fossette sur sa joue droite.

Le regard de Sacra s'illumina quand il se posa sur Joshen.

— Qui est-ce ?

Le jeune homme, qui était resté en retrait, approcha pour serrer la main de Sacra.

— Je m'appelle Joshen, Protecteur de Senna, et fils de Wittin.

Surprise, Sacra recula d'un pas.

— Un Protecteur ? Mais, Senna, tu n'es même pas encore une Sorcerelle, comment peux-tu déjà avoir un Protecteur ?

— C'est toi qui as dit à Wittin que Joshen devait m'accompagner, répondit Senna, les joues en feu.

Sacra porta une main à sa bouche.

— C'est vrai, mais pas pour que tu en fasses un Protecteur ! Seules les Maîtresses assermentent les Protecteurs !

La jeune fille eut l'impression qu'on lui avait cousu les lèvres. Sacra ne semblait pas remarquer la colère de sa fille. Son regard passait des mains enlacées des deux jeunes gens à leurs visages.

— Même si elles te laissent le garder, tu n'es pas censée le côtoyer.

Senna eut envie de crier, de pleurer, de frapper n'importe quoi – fort.

— Et comment aurais-je pu le savoir ? Encore une chose qu'on m'a cachée, on dirait !

Elle fut elle-même surprise par la fureur qui animait sa voix. Quand était-elle devenue aussi amère ?

— Tout va bien se passer. J'en suis certain, la rassura Joshen.

Il serra un peu plus fort la main de la jeune fille pour appuyer ses paroles.

— Je vois que tu n'es plus une enfant, Senna, murmura Sacra, à la fois surprise et gênée par l'attitude des deux jeunes gens. (La pluie redoubla. Sacra détourna les yeux.) J'ai raté tant de choses…

Elle secoua la tête. Ses larmes se mêlèrent aux filets de pluie qui ruisselaient sur ses joues. Elle les essuya et s'efforça de retrouver le sourire.

— Il est amoureux de toi, c'est évident. Mais toi, est-ce que tu l'aimes ?

La colère de Senna reflua devant les larmes de sa mère.

— Oui.

Le regard de Sacra tomba sur le fruit que Senna tenait dans sa main. Elle le lui prit en douceur et mordit dedans. Lorsqu'elle l'eut fini, elle poussa un soupir de soulagement puis scruta les alentours une fois de plus, comme en quête d'une réponse.

— Comment l'as-tu vaincue ?

— J'ai fait appel aux Créatrices.

— Et elles sont venues ? demanda Sacra, les sourcils froncés.

Était-il si incroyable que la fille qu'elle avait laissée derrière elle soit en mesure de réussir quelque chose ?

— Oui. Toutes les quatre.

— Tu les as vues ? demanda-t-elle avant de secouer la tête comme pour contenir sa curiosité. Gardons les questions pour plus tard. Pour l'instant, nous devons restaurer tout ce qu'Espen a détraqué.

Sans un regard en arrière, elle s'élança à grandes enjambées vers le Cercle de Pouvoir.

Apprentie

Le dos droit, les poignets posés sur les genoux, Senna était assise près du centre du Cercle de Pouvoir. À côté d'elle, à intervalles réguliers, les sorcières remises de leur captivité formaient une ronde, tandis que les autres, le regard toujours vitreux, attendaient sagement à l'écart, où on les avait laissées.

Arianis était l'une d'elles. Une sorcière avait appris à Senna qu'Arianis, pourtant à peine plus âgée qu'elle, était la deuxième sorcière la plus puissante née au cours du dernier siècle.

Au centre de la clairière, Coyel dirigeait les opérations. Malgré ses cheveux détrempés et sa robe gorgée de pluie, elle n'avait rien perdu de sa prestance. Elle riva les yeux sur Senna.

— Permettez-moi de vous rappeler à toutes que nos cérémonies sont sacrées. Nous ne les évoquons jamais en présence d'intrus ni même de nos propres Sorcerelles. Tout manquement à cette règle aura de sérieuses conséquences.

La honte embrasa les joues de la jeune fille. Elle savait, au même titre que les autres sorcières, que ces mots lui étaient destinés. Son ignorance de leurs arcanes semblait être gravée sur son front.

— Gardiennes, reprit Coyel, les bras levés au ciel. Une lourde tâche nous attend aujourd'hui. Notre monde est parti à la dérive depuis que nous avons cessé de nous battre pour sa préservation. Sa restauration prendra des années, mais nous devons sans tarder rétablir les rythmes qui régissent ses terres. (Son regard se posa de nouveau sur Senna.) Avant tout, nous devons choisir notre canalisatrice.

Des visages surpris se tournèrent vers la jeune fille. Elle rêvait de disparaître sous terre pour fuir la brûlure de leurs regards perçants.

— Elle n'est pas prête, Coyel, protesta Sacra, la main levée.

— Seule une sorcière accomplie peut faire office de canalisatrice, ajouta Drenelle. Elle n'a même pas encore été initiée en tant que Sorcerelle.

— A-t-elle seulement la force d'assumer le rôle de canalisatrice ? Elle pourrait en mourir, déclara la Maîtresse de l'Eau, une certaine Chavis.

— Qu'en penses-tu ? demanda Coyel à Prenny.

La vieille sorcière, comme si elle redoutait ce que sa vue allait lui révéler, abaissa un verre rose sur sa monture.

— Elle l'a, admit-elle à contrecœur. C'est une Niveau 7.

Des murmures étonnés s'élevèrent du cercle.

— Une Niveau 7 ?

— Mais nous n'avons pas eu mieux qu'une Niveau 6 au cours des dix dernières années !

— Elle ne peut pas être plus puissante qu'Arianis ! C'est impossible !

Senna sentit le regard abasourdi que sa mère posait sur elle. Coyel s'accroupit devant Sacra.

— Pourquoi ne m'en as-tu rien dit ? chuchota-t-elle.

— Elle n'a jamais montré aucun signe digne d'une Niveau 7.

— Vers quelle discipline vont ses affinités ?

— La Végétation, répondit Sacra avec un haussement d'épaules.

Senna se pencha vers elles.

— Je ne comprends pas.

Coyel adressa à Sacra un dernier regard exaspéré avant de se tourner vers la jeune fille.

— Nous n'avons eu qu'une seule autre Niveau 7 au cours du dernier siècle, murmura-t-elle avec gravité.

— Vous voulez parler… d'Espen ? demanda Senna, les yeux écarquillés.

Coyel acquiesça et Sacra se détourna.

— Ton pouvoir dépasse celui de toutes les autres sorcières ici présentes. Voilà ce qui les met mal à l'aise.

Pour la première fois, Senna se demanda si le don des Créatrices n'était pas, en réalité, un cadeau empoisonné.

— Dans ce cas, déclara Chavis, laissons-la faire. Après tout, elle l'a mérité.

— Je suis de l'avis de sa mère, intervint Prenny. Elle n'est pas prête.

Coyel se tourna vers Senna.

— Les voix sont partagées. Je vais donc devoir trancher. (Elle fit taire les murmures de protestation de Prenny et Drenelle d'un geste de la main.) Elle a commencé son apprentissage lors de sa victoire contre Espen.

Les deux Maîtresses firent la moue, mais n'ajoutèrent pas un mot. Les autres sorcières de la ronde échangèrent des regards gênés. Privée du soutien de ses consœurs, Sacra abaissa la main.

— Mais je n'y connais rien, chuchota Senna.

— Toutes sont naïves avant de trouver le savoir, répliqua Coyel.

Elle lui prit la main, l'invita à se lever, puis la remplaça dans la ronde. Elle lissa sa robe et leva les yeux vers la jeune fille. Senna s'approcha du centre du cercle. Elle redoutait de lire des signes de désapprobation sur les traits des sorcières, mais la plupart affichaient seulement un air de profonde concentration. Lorsque Senna atteignit le centre, elles saisirent chacune l'avant-bras de leur voisine. Aussitôt, un immense fracas retentit et le sol se souleva sous ses pieds. L'onde de choc se propagea jusqu'aux arbres, qui ployèrent dangereusement, et une gigantesque barrière cylindrique s'éleva dans le ciel nocturne. Chatoyante comme l'aurore, elle s'étirait toujours plus haut. Senna sentait sa puissance : elle vibrait d'une force colossale et semblait aussi imprenable que la plus résistante des forteresses.

Une pensée effleura son esprit. Surprise, elle se concentra sur l'étrange présence. La voix de Coyel résonna dans sa tête.

— *Lorsque le moment sera venu, je vous indiquerai quels enchantements utiliser. Pour l'instant, gardez le silence.*

Senna comprit alors qu'en se tenant par le bras, les sorcières unissaient plus que leurs corps. Leurs esprits étaient également reliés. Coyel leur indiqua les paroles que toutes, d'une seule voix, entonnèrent en douceur.

Espen nous a trahies, notre chute elle a ourdie,
De son flot de mensonges, la Terre elle a remplie,
Ainsi la libérons de son serment prêté,
Qu'à Espen la sorcière, tout pouvoir soit ôté.

L'impression qu'on arrachait un fil à une tapisserie vibra en Senna. Tous les liens avec Espen avaient été rompus. Mais, plus qu'une simple exclusion, c'était comme si la Sorcière Noire n'avait jamais existé. L'écho de leurs paroles s'estompait quand un nouvel enchantement s'éleva.

Brusenna a tout risqué
Pour les sorcières préserver.
Son courage, cette nuit, nous récompensons,
Gardienne de sa discipline, qu'elle soit nous acceptons,
Et son droit de naissance nous scellons.

Les vibrations de leurs voix déferlèrent sur la jeune fille. Les vagues se rejoignirent en elle, la remplirent de puissance jusqu'à ce qu'elle rayonne d'une aura lumineuse et que des picotements parcourent tout son corps.

Elle avait du mal à retenir l'avalanche d'enchantements qui la brûlait et se déversait en elle. L'attitude à adopter lui vint aussi naturellement que la première respiration d'un nouveau-né : elle devait les contenir, et fermement. Comme elle savait qu'elle n'en avait pas encore assez, elle patienta. Les sorcières augmentèrent tant la cadence et le volume de leur chant que Senna ne put résister plus longtemps. Son corps devint rigide et elle rejeta la tête en arrière. Les sorcières se turent brusquement pour la laisser s'exprimer. Les sons qui sortirent de sa bouche étaient les plus doux qu'elle eût jamais entendus.

Je suis une sorcière. Offrez-moi votre marque.

Avec une puissance suffisante pour rompre un barrage, la conscience de Senna se répandit à travers ses consœurs pour englober les Quatre Sœurs : la Terre, l'Eau, la Lumière et la Végétation. Une connexion toute naturelle s'établit, elle les sentit réagir comme s'il s'agissait de ses propres membres, faits de chair et d'os. De leur côté, les Quatre Sœurs l'acceptèrent avec bienveillance – la Terre comme une pelle qui s'enfoncerait en elle, l'Eau comme un filet jeté dans ses profondeurs, la Végétation comme un fruit prélevé sur ses rameaux et la Lumière comme une nouvelle créature sur laquelle briller.

Un fourmillement chatouilla Senna tout près de son nombril. Sans même avoir à baisser les yeux, elle sut que la partie droite de son ventre s'ornait d'un joli croissant de lune dont la signification s'épanouit en elle. Le croissant de lune, la partie d'un tout. Senna appartenait à présent à la communauté des sorcières.

C'était la marque d'une Apprentie Gardienne. Elle avait enfin trouvé sa place.

La puissance du premier enchantement s'évanouit comme un doux soleil qui déclinerait dans un crépuscule glacial. Mais ses consœurs n'en avaient pas fini. De nouvelles notes, bien différentes, prirent le relais. Cette fois, leur but était tout autre. Elles accumulaient la puissance née de leur chant puis en orientaient le flux de façon à corriger les méfaits d'Espen. Il était similaire à ceux que Senna avait elle-même récités à de nombreuses reprises mais, à présent, elle avait le pouvoir d'en observer les effets.

Quatre Sœurs – Terre, Eau, Végétation et Lumière,
Rares sont devenues nos demandes, nos prières.
Mais, fortes d'une puissance, d'une autorité renouvelées,
L'ordre nous exigeons que vous retrouviez.

Que chaque saison vienne en son temps,
Que sans violence soufflent les vents,
Que les climats fassent preuve de clémence,
Qu'apaisée soit des plantes la croissance.
Chaos et désordre, votre temps est révolu,
Celui de l'apaisement enfin est revenu.

Les sorcières répétèrent leur incantation avec une ferveur redoublée avant que Senna n'en libère toute la puissance. À peine sa dernière note prononcée, elle sentit l'enchantement se propager sur toute la Terre grâce à ses nouveaux liens. Des liens qui lui apprirent également que les sorcières ne pourraient jamais effacer le mal infligé par Espen. Un grand nombre de plantes grimpantes et d'animaux rampants avaient péri. D'autres ne survivraient pas aux prochains mois. D'autres encore allaient s'affaiblir avant que les effets de l'enchantement n'atteignent leur pleine mesure. Jamais plus ces êtres n'évolueront sur la Terre.

Senna avait à peine canalisé deux enchantements, que déjà elle se sentait à bout de forces. Mais d'autres tâches l'attendaient. Une foule de petits détails devait être réglée. Le rituel se prolongea une bonne partie de la journée. Senna commença à percevoir le sentiment de plénitude que dégageait la Terre. Les sorcières avaient accompli leur œuvre – du moins pour le moment. Au printemps, lorsque leur puissance atteindrait son apogée, elles pourraient poursuivre ce qu'elles avaient débuté en Tartennie.

La jeune fille attendit que ses consœurs rompent leur ronde. Ses Gardiennes étaient éreintées, elle partageait leur fatigue *via* la connexion qu'elles entretenaient. Toutes avaient beau être affamées et trempées jusqu'aux os, aucune ne relâchait sa voisine. Perplexe, Senna chercha le regard de sa mère. Ce fut finalement Tiena, la fille de Desni, à présent âgée d'une cinquantaine d'années, qui brisa le silence.

— Parle-nous des Créatrices, demanda-t-elle avec un accent prononcé.

C'était donc ça… Senna inclina la tête sur le côté pour profiter de la chaleur du soleil dans son cou.

— Elles étaient quatre : la Terre, l'Eau, la Végétation et la Lumière. Chacune était l'incarnation parfaite de son domaine respectif. La Terre était couleur d'ébène, l'Eau avait les yeux en amande et le teint pâle des habitants du Nord, la Lumière était aussi blonde et belle que les rayons du soleil, et le visage de la Végétation constellé de taches de rousseur. Tout, de leurs longues robes ondoyantes à leur chevelure, en passant par la teinte de leurs iris, changeait de couleur à chaque instant.

Ses consœurs restèrent muettes, mais le souvenir de la rencontre lui saturait tant l'esprit qu'elle fut incapable de poursuivre.

— Combien de douleurs auraient-elles pu soulager ? demanda Sacra avec une pointe d'amertume.

— Arrête, Sacra, intervint Coyel. Cette vie n'est pas faite pour être vécue sans chagrin.

— Non, confirma Prenny. Ce sera pour la prochaine.

Coyel se tourna dans la direction de la ville de Zaen. Des rides inquiètes se creusèrent sur son visage.

— Pour le moment, nous avons rempli notre office, mais il nous reste encore à traverser la Tartennie. Si seulement ils pouvaient nous laisser passer sans encombre !

Pour toute réponse, Prenny renifla bruyamment.

Sorcières en guerre

En compagnie des Maîtresses et de sa mère, Senna formait la première ligne de sorcières qui se déversa de la jungle d'Espen dans la ville de Zaen. Elle tressaillit lorsqu'un garde perché sur la muraille hurla une mise en garde. Coyel et Sacra, qui la flanquaient de part et d'autre, resserrèrent les rangs. Senna glissa un coup d'œil par-dessus son épaule pour constater que les autres sorcières avaient fait de même. Toutes, le visage grave, gardaient les yeux rivés droit devant elles. Elles progressaient pieds nus pour renforcer leur contact avec la Terre, la première des Quatre Sœurs. Les sorcières étaient en guerre.

Senna sentait la vibration des plantes, impatientes d'obéir au moindre de leurs enchantements. À mesure qu'elles approchaient de l'artère principale, les Tartenniens s'éloignaient, appelaient les soldats et se réfugiaient à l'abri des remparts. La jeune fille regretta de ne pas pouvoir se rapprocher de Joshen sous peine de rompre le lien qu'elle entretenait avec ses consœurs. Lui marchait seul, sans arme, en marge du cortège.

En tant que Maîtresse de l'Eau, Chanis héritait du rôle de chef de guerre, ainsi que de celui de canalisatrice pour l'occasion. Lorsqu'elle entonna les premières notes d'un enchantement, Senna et les autres se joignirent aussitôt à elle.

Nourrissez-vous de lumière, puisez l'air à l'envi,
Que croissent vos racines et vos feuilles épanouies.

Toutes les plantes que leurs voix atteignaient poussèrent subitement et exhibèrent leur feuillage abondant. Dans le sillage du cortège, tout le paysage devint plus luxuriant.

Sans ralentir, elles se dirigèrent vers le corps de garde où Wardof avait roué de coups Senna. Là, elles s'arrêtèrent et se turent. Le poids du regard des gardes rappelait à la jeune fille ses expéditions au marché de Gonstower. Elle aurait voulu se fondre dans la protection des corps rangés derrière elle, mais elle avait accepté l'offre de Coyel de prendre place en première ligne et refusait de se dédire. *J'ai connu pire*, se dit-elle, adoptant une posture résolue. *Et j'étais seule.*

Chavis prit la parole. Tiena traduisait ses propos pour les sorcières qui ne comprenaient pas le tartennien.

— Je m'appelle Chavis, Maîtresse de l'Eau et général de guerre. Je viens chercher Desni. Relâchez-la et vous n'aurez rien à craindre.

La porte principale s'entrouvrit pour laisser sortir un officier – celui qui avait maltraité Senna.

— Je m'appelle Methen, commandant en chef de Zaen.

Ses yeux passèrent en revue les sorcières qui accompagnaient Chavis et s'illuminèrent lorsqu'ils tombèrent sur Senna. Inconsciemment, la jeune fille porta une main à sa tempe. La colère enflait en elle comme un hématome douloureux. Elle brûlait d'entonner un enchantement qui ferait connaître au commandant la même souffrance que celle qu'elle avait endurée sous ses coups. Visiblement effrayé, Methen jaugeait ses vis-à-vis. Senna rêvait de concrétiser ses peurs. Il adressa un signe à l'attention du corps de garde et un flot de soldats se rangea aussitôt derrière lui.

— Nous avons ordre d'arrêter toutes les sorcières. Donc, oui, vous allez la voir.

Il avança d'un pas décidé, imité par ses soldats. Chavis lança une graine-barrière. Les sorcières, liées par les bras, resserrèrent leurs rangs. D'une seule voix, elles entonnèrent :

Arbre-barrière, courage et force réunis,
Tu es notre guerrier, fais de notre ennemi ton ennemi.

Nourri par l'ensemble de leurs pouvoirs, l'arbre grandit à la vitesse de l'éclair. Large de plusieurs mètres, il était en communion avec Chavis. Il s'étira en avant et enveloppa le corps de garde. Avec un craquement sinistre, les murs de terre cédèrent. Horrifiés, les soldats prirent leurs jambes à leur cou pour fuir la menace des pans entiers qui s'écrasaient déjà sur eux. Une avalanche de poussière et de débris fondit sur Senna.

— *Tenez bon !* résonna la voix de Chavis dans son esprit.

Elle ferma les yeux et tourna la tête à l'instant où le nuage les englobait. Elle sentit sa mère et Coyel raffermir leur prise et les imita. Une piqûre aiguë lui perça la joue, puis un filet de sang chaud ruissela sur son visage. Lorsque la poussière retomba, elle fut soulagée de découvrir Joshen, certes sali de la tête aux pieds, mais indemne. Les soldats gisaient à la base de l'arbre. Methen prit appui sur un genou, aboya un ordre et saisit son mousquet.

— Il leur a demandé d'ouvrir le feu ! les avertit Tiena.

À peine la fille de Desni avait-elle refermé la bouche que Chavis canalisait déjà leur énergie vers l'arbre, qui arracha les mousquets sans laisser à leurs possesseurs le temps de les épauler. Il brisa les armes comme de vulgaires brindilles et enroula ses puissantes branches autour de la taille des soldats. Les hommes décollèrent du sol jusqu'à pendre dans le vide. Mais l'arbre ne les projeta pas dans les airs – il attendait l'ordre des sorcières.

Senna pinça les lèvres en une moue de frustration quand elle découvrit chez Methen le même regard haineux qu'avait arboré Wardof pendant si longtemps. Elle secoua la tête : un nuage de poussière dégringola de sa chevelure comme un voile de mariée. Les cheveux bruns de Chavis semblaient avoir été coiffés avec une brosse faite de cendres.

— Dis-lui que s'il nous prend pour cibles, lui ou n'importe lequel de ses hommes, nous les tuerons. En revanche, en échange d'une reddition totale et de l'engagement de nous laisser passer en paix, nous renoncerons à toutes représailles.

En guise de réponse, Methen dégaina son couteau et le planta dans la branche qui le retenait. Plusieurs soldats suivirent son exemple, tandis que d'autres se contorsionnaient pour se libérer. D'une simple pensée, Chavis demanda à l'arbre de resserrer son étreinte.

Des cris de surprise mêlés aux hurlements de douleur s'élevèrent.

— Lâchez vos armes ! ordonna-t-elle.

Après une hésitation et une seconde pression, les lames cliquetèrent au sol. Methen inspira à pleins poumons. Ses épaules s'affaissèrent. Il dit quelques mots en tartennien et Tiena traduisit :

— Je ne suis pas votre ennemi.

La voix des sorcières s'éleva de nouveau et l'arbre relâcha ses prises. Avec des coups d'œil craintifs aux branches, les soldats se remirent sur leurs pieds. Comme s'ils redoutaient que la proximité des sorcières ne les consume, ils se rapprochèrent de la bâtisse en ruine. Methen recula avec ses hommes.

— Nous nous rendons.

Chavis hocha la tête. Les sorcières étaient parvenues à prendre la ville sans verser la moindre goutte de sang. Senna fit un signe à Joshen, qui s'élança aussitôt vers les restes du corps de garde. Lorsqu'il reparut, il tenait la main veineuse de Desni d'un côté et un mousquet de l'autre. Un petit sourire ravi étirait ses lèvres.

Un cri s'éleva du cortège. Tiena accourut pour embrasser la silhouette fatiguée de sa mère. Toutes deux avaient les cheveux gris et le dos voûtés par l'âge, bien qu'à des degrés différents. Les deux femmes pleurèrent dans les bras l'une de l'autre. Desni mit fin à leur étreinte et se tourna vers Senna.

— Merci… Maintenant, je peux mourir en paix.

La jeune fille inclina la tête.

— Je vais rester ici avec ma mère et soigner nos terres, déclara Tiena.

Coyel adressa un regard inquiet à Chavis, qui posa une main sur l'épaule de Tiena.

— Methen a juré fidélité au gouvernement. Tu en es consciente ?

Tiena planta sur l'officier un œil noir.

— C'est à votre peuple que vous devez fidélité. Je suis prête à vous aider.

Methen, qui cherchait visiblement à rassembler tout son courage, redressa les épaules.

— Si mes supérieurs me demandent d'appréhender les sorcières, j'obéirai.

— Les lâches se retranchent toujours derrière des ordres, commenta Coyel à mi-voix. (Tournée vers Tiena, elle ajouta :) Vous ne serez pas en sécurité ici. La meilleure arme que nous puissions dresser contre les Tartenniens est peut-être encore notre absence. Espen a veillé à maintenir un semblant d'ordre sur ces terres, voyons comment les Tartenniens réagiront lorsque le chaos se manifestera.

Chavis se tourna vers Methen.

— Dites à votre gouvernement, lorsqu'il sera prêt à nous accepter, qu'il nous trouvera en Néfalie.

Immobile, Desni observait la ville. Après un long moment, elle cria quelque chose en tartennien.

— Ces terres sont les nôtres, traduisit sa fille avec calme. Nous devons nous battre pour elles. Ce n'est pas aux sorcières de le faire à notre place.

Sans même un regard en arrière, la vieille femme s'éloigna de sa ville natale.

Senna s'apprêtait à suivre ses consœurs quand elle remarqua la présence de Contadins abattus, les épaules voûtées, alignés au pied des remparts. Elle les scruta un à un dans l'espoir de reconnaître un allié, mais ils étaient trop nombreux et elle refusait de se laisser distancer.

*

Senna releva la tête lorsqu'elle vit Joshen surgir de la forêt au pas de course.

— Les Tartenniens ont envoyé leur armée !

Le visage baigné par la lumière des flammes, Chavis se leva.

— Combien sont-ils ?

— Difficile à dire avec cette obscurité, mais au moins mille, répondit Joshen, livide.

Senna regarda sa mère. Les sorcières étaient à peine deux cent cinquante. Elles constituaient certes de redoutables adversaires, mais que pourraient leurs plantes face à un millier d'hommes armés de mousquets ? Prenny balaya l'assemblée du regard.

— Si nous combattons, nous subirons des pertes.

— Si tôt après avoir retrouvé la liberté… déplora Coyel.

Senna baissa la tête. La côte était encore à des kilomètres de leur campement. Le capitaine Parknel y serait-il toujours, ou avait-il depuis longtemps réparé son navire et mis les voiles ?

— Que pouvons-nous faire ?

— Il faut parfois savoir agir et parfois simplement réagir, répondit Chavis, les doigts glissés dans sa ceinture de graines. J'ai bien peur que nous ne soyons dans le deuxième cas. Si les Tartenniens décident de nous attaquer, quel autre choix avons-nous que de répliquer ?

Bien sûr, s'ils nous proposent de traverser leur territoire sans encombre, nous accepterons avec joie.

— Quelles sont vos chances face à autant d'ennemis ? s'enquit Joshen.

Chavis le dévisagea de son regard incandescent.

— Un conflit qui implique des sorcières n'est pas une jolie chose à voir, Joshen. Mais rassure-toi, nous saurons tenir notre rang.

— Ne t'inquiète pas, intervint Coyel devant l'incertitude qui voilait les yeux de Senna. Comme dans le Cercle de Pouvoir, les enchantements te viendront naturellement.

*

Debout dans la pente dégagée de la montagne au sommet arrondi, Senna scrutait les vastes champs de manteaux rouges qui s'étalaient devant elle. Le rapport de Joshen ne faisait état que d'un bataillon. Les soldats, tous armés, étaient en réalité près de dix mille. Leurs mousquets scintillaient dans la lumière du soleil. L'unique arme à feu des sorcières reposait sur l'avant-bras de Joshen, qui se tenait auprès de Senna. De chaque côté, des femmes de tous âges et de toutes ethnies, vêtues de leur traditionnelle tenue verte, patientaient. *Et dire que je viens à peine de les retrouver !* pensa Senna, au bord des larmes.

— Tu crois pouvoir faire de nouveau appel aux Créatrices ? demanda Coyel.

La jeune fille sentit la réponse résonner dans sa poitrine : les Créatrices refuseraient de s'en mêler. Si les humains choisissaient de se condamner eux-mêmes, qu'il en soit ainsi. Elles accueilleraient en revanche leurs Gardiennes les bras ouverts pendant que le monde courrait à sa perte.

— Non.

Un petit groupe de cavaliers se sépara du reste des troupes. L'un d'eux portait un drapeau blanc au bout d'une longue hampe. La sensation de nausée qui nouait l'estomac de Senna s'aggrava à mesure que le détachement approchait. Quatre hommes, dont un commandant reconnaissable aux nombreuses médailles qu'il arborait. Coyel, Chavis, Drenelle et Prenny, accompagnées de Tiena, s'avancèrent à leur rencontre. Incapable de rester en retrait, Senna s'élança à leur suite, mais sa mère la rattrapa et lui saisit la main.

— Non, Brusenna. Ta place est ici.

Senna se libéra et courut de plus belle. Quand elle l'aperçut, Prenny leva les yeux au ciel.

— Tu n'as rien à faire ici, jeune pousse.

Chavis dévisagea Senna de longues secondes.

— Laissons-la nous accompagner, trancha-t-elle. Elle est parvenue à traverser la Tartennie sans se faire repérer. Sa connaissance du terrain pourrait nous être utile.

Coyel acquiesça. Deux voix pour elle. Soulagée, Senna soupira : deux suffisaient.

— Arrêtez-vous ! lança Chavis à l'adresse des soldats.

Tiena traduisit. Le commandant les scruta une à une : il cherchait à savoir qui était leur meneuse. À peine Chavis avait-elle prononcé quelques mots en tartennien qu'il leva la main pour l'interrompre.

— Je comprends parfaitement le néfalien, même si cette sous-langue m'écorche les oreilles.

Il attendit une réponse, mais les Maîtresses refusèrent de mordre à l'hameçon. Il changea de position sur sa selle. Il n'avait toujours pas identifié laquelle menait le groupe.

— Je m'appelle Reden, général du royaume de Tartennie. Vous êtes, entre autres, accusées de sorcellerie. J'ai ordre de vous conduire à votre procès.

— Et quelles sont les autres charges que nous aurions récoltées à notre insu ? demanda Coyel, le sourcil arqué.

— Nos frontières sont depuis longtemps fermées à tous les Néfaliens. Votre simple présence constitue déjà une infraction. À laquelle s'ajoutent le non-respect de nos lois, la mise en danger d'autrui, plusieurs refus d'obtempérer et violations de propriété.

— Pourquoi n'ajoutez-vous pas l'utilisation illégale d'air tartennien, tant que vous y êtes ! ironisa Prenny, la mâchoire crispée.

— Nous ne sommes pas venues ici de notre propre volonté, enchaîna Drenelle de sa voix stridente.

— Nous souhaitons simplement quitter votre territoire sans encombre. Laissez-nous passer, reprit Coyel, une main posée sur le bras de Prenny en guise de mise en garde.

— Ce n'est pas à moi que revient ce genre de décisions. Les ordres des Chanceliers sont clairs.

— Et si nous menaçons de maudire vos terres ? glissa Chavis, qui affectait d'être absorbée dans la contemplation de ses ongles.

Une moue désapprobatrice sur les lèvres, Reden baissa la tête.

— Je suis un soldat, sorcières. J'obéis aux ordres. Je vous ramènerai, d'une manière ou d'une autre.

— Quelles sont nos chances de bénéficier d'un procès équitable ? demanda Coyel.

— Je vous le répète, ce genre de décisions ne me revient pas, répondit-il d'un ton ferme. En revanche, je vous garantis que vous serez traitées convenablement tant que vous serez sous ma responsabilité. Même si votre nature nous oblige à vous bâillonner et à vous ligoter.

— Nous allons discuter de votre proposition et vous faire part de notre réponse.

Senna resta plantée là à scruter le général alors que ses consœurs s'éloignèrent de quelques pas. Il la dévisagea à son tour. Lui aussi la jaugeait, impassible.

— Senna, l'appela Coyel.

À contrecœur, la jeune fille se détourna. Les Maîtresses et Tiena, loin des oreilles indiscrètes, formaient un cercle étroit. Senna se joignit à elles.

— Que fait-on ? demanda Drenelle à voix basse.

— Je suis une guérisseuse, pas une guerrière, grogna Prenny. Nous n'avons aucune chance. Ils sont trop nombreux.

— Je refuse de moisir de nouveau en captivité. D'autant que croupir au fond d'une cellule sera sans doute pire que d'être métamorphosé en arbre ! contra Drenelle, les dents serrées.

— Nous devons fuir ! hurla une sorcière dans l'assemblée.

Les Maîtresses ne l'écoutèrent pas. Le regard de Chavis passa de l'une à l'autre.

— Vous savez aussi bien que moi que nous ne pourrons jamais distancer leurs chevaux. Et puis, nous nous trouvons au beau milieu de la Tartennie, où pourrions-nous nous cacher ? Ils sont des milliers ! Ils nous captureraient sans difficulté. Et beaucoup d'entre nous périraient.

Senna jeta un coup d'œil à Joshen, qui se trouvait près des autres sorcières, puis intervint :

— Il existe un réseau clandestin. Ils m'ont aidée à parvenir jusqu'à vous.

— Ça pourrait marcher, reconnut Chavis avec un lent hochement de tête. Quelques-unes pourraient réussir à s'enfuir sans être repérées. Les plus jeunes. Les plus rapides.

— Tu saurais comment contacter ce réseau ? demanda Coyel, les sourcils froncés.

Senna repensa à Kaen, et acquiesça.

— Avec Joshen, oui, répondit-elle.

— Notre seule chance serait de nous enfuir toutes, intervint Drenelle, une lueur paniquée dans le regard.

Sans doute avait-elle compris qu'elle ne ferait pas partie du petit groupe de fuyardes.

— Ne sois pas stupide ! lâcha Prenny avec mépris. Si nous fuyons toutes, l'armée nous pourchassera. Et si nous répliquons, ils nous tueront par dizaines. Les survivantes seront mises derrière les barreaux ou abattues.

— Alors il nous est impossible d'éviter la prison et la mort, geignit Drenelle.

— Peut-être pas.

Sous le feu du regard assassin de la Maîtresse de la Terre, Senna hésita à poursuivre. Elle avait beau être parée de dentelle, Drenelle semblait par moments aussi redoutable qu'un ours blessé. Elle avait visiblement opté pour la fuite et voyait d'un mauvais œil que la jeune fille interfère avec ses plans.

— Nous t'écoutons, l'incita Coyel.

Senna s'humecta les lèvres et veilla à ne pas croiser le regard de Drenelle.

— Nous sommes à des dizaines de kilomètres de la côte avec près de dix mille soldats qui nous bloquent la route. La capitale, Carpel, est toute proche de l'océan. Nous aurons plus de chances de nous en tirer une fois là-bas.

— Elle a raison pour la capitale, reconnut Tiena. C'est le plus grand port de Tartennie. Il accueille des centaines de navires.

— C'est la seule option qui me paraisse viable, confirma Chavis, les yeux rivés sur Coyel.

— Je suis d'accord, dit la Maîtresse de la Lumière.

— Eh bien pas moi ! siffla Drenelle. Et inutile d'avancer une ânerie du genre : « En tant que sorcière en chef, je vais devoir trancher. » Nos voix, à Prenny et à moi, ont le même poids que les vôtres. J'exige qu'un conseil soit organisé.

— Inutile, l'interrompit Prenny. Je suis du même avis qu'elles. (Drenelle serra sa robe ourlée de dentelle dans ses poings, mais Prenny répondit d'un léger haussement d'épaules.) Je ne compte pas ordonner à mes Gardiennes de courir au suicide. Même si ça me coûte, je dois bien admettre que la jeune pousse a raison. Les soldats vont nous conduire à destination. Là-bas, nos chances d'évasion seront plus élevées qu'ici.

— Dans ce cas, c'est réglé, conclut Chavis, qui se redressa. Deux groupes valent mieux qu'un. Joshen mènera une petite troupe de cinq sorcières à ce réseau clandestin. Les autres tenteront de fuir une fois à Carpel. Je me charge de réunir les cinq candidates.

Elle souleva sa robe et se dirigea vers le cortège qu'elle scruta d'un œil critique. Hagarde, Senna l'observa s'éloigner. Joshen. Séparé d'elle. Elle s'élança derrière Chavis.

— Je suis jeune, je peux courir. Je vais les accompagner.

— Non. Nous pourrions avoir besoin de toi pour retrouver ce capitaine Parknel dont tu as parlé. Bon, où est Joshen ?

Le cœur de Senna manqua un battement.

— Je peux au moins le lui annoncer moi-même ?

— Oui, ce sera plus rapide, accepta Chavis avant de tourner les talons.

La jeune fille s'immobilisa à la vue de son Protecteur, qui accourait vers elle. Elle chassa d'un geste irrité les larmes qui avaient commencé à embuer ses yeux. Joshen ralentit le pas et s'approcha d'elle en douceur.

— Je connais ce regard, gronda-t-il.

— Tu vas devoir mener un groupe de sorcières jusqu'à Kaen pour lui demander de vous conduire auprès de Parknel, lui expliqua-t-elle, incapable de le regarder droit dans les yeux.

Il acquiesça et se tourna vers les montagnes. Il planifiait déjà sa route.

— C'est plutôt malin, dit-il.

Elle grimaça et osa enfin croiser son regard. Il recula d'un pas quand il comprit ce que trahissait son expression contrariée.

— Tu ne viens pas avec nous, c'est ça ? (Elle secoua la tête.) Mais, je suis ton Protecteur ! Elles ne peuvent pas nous séparer.

— En tant que Maîtresses des quatre disciplines, elles ont tous les droits. En plus, on ne sait toujours pas si je peux avoir un Protecteur. La question n'a pas encore été tranchée.

— Nom d'une bouse !

Le juron du jeune homme lui arracha un faible sourire.

— C'est peut-être injuste, mais c'est la meilleure solution. Et tu le sais.

— Je ne t'ai encore jamais abandonnée, dit-il, lui saisissant les bras. Ce n'est pas maintenant que je vais commencer !

— S'ils nous jettent en prison, tu devras retourner en Néfalie et solliciter les cités-États, chuchota-t-elle avec passion. Autrement, personne ne viendra jamais nous secourir !

— Comme si la Néfalie allait intervenir ! rétorqua-t-il.

Elle tressaillit : il avait raison. La colère quitta le regard de Joshen.

— Viens avec moi ! la supplia-t-il. Fuyons par le chemin qui nous a menés ici.

Senna se détourna pour dissimuler son désir de céder. Non. Pourquoi cacher qu'elle voulait fuir ? Qu'elle en avait terriblement envie ? Submergée par la peur, elle ferma les yeux.

— Comprends-moi, Joshen, dit-elle dans un souffle. J'ai fait tout ça pour les libérer. Et j'y suis parvenue. Mais si cela devait les conduire à la mort, je ne m'en remettrai jamais. (Elle voulut ajouter que sa mère avait besoin d'elle, mais les mots refusèrent de franchir ses lèvres.) Je t'en prie, Joshen. Si tu ne t'en charges pas, qui le fera ?

Les traits déformés par la douleur, le jeune homme tourna la tête.

— Très bien, finit-il par capituler. Je vais les mener jusqu'à Parknel. Mais après, je reviens te chercher. (Il l'embrassa avec force.) Reste en vie. Peu importe ce qui t'attend, je veux que tu restes en vie !

Après un second baiser, il accourut auprès de Chavis et du petit groupe de sorcières qui l'entourait. Il y avait également une petite vieillarde flétrie avec elles : Desni. Sans un regard en arrière, ils se fondirent dans la foule. Senna savait qu'ils ne tarderaient pas à s'évanouir dans la jungle.

Arianis faisait partie des fugitives. Senna ne put étouffer la pointe de jalousie qui commençait à lui ronger le cœur. Immobile, le regard perdu vers l'endroit où Joshen avait disparu, elle fut tirée de sa torpeur par un martèlement assourdissant de sabots.

Le général Reden n'avait pas attendu leur réponse. Il venait la chercher.

Ennemi

En compagnie des Maîtresses des quatre disciplines, Senna attendait. Elles savaient que combattre serait inutile. Si contre mille elles auraient eu une petite chance, contre dix mille elles n'auraient pas tenu plus longtemps qu'une mante religieuse livrée à une horde de fourmis.

Monté sur un cheval gris, racé, le général Reden approcha avec prudence. Senna fut forcée de reconnaître qu'il dégageait une beauté un peu brute avec ses larges épaules de lutteur et sa longue balafre qui lui soulignait la mâchoire. Ses yeux, sombres et étincelants, viraient au même noir que ses cheveux. Impossible en revanche d'estimer son âge. Il pouvait tout aussi bien avoir tout juste vingt ans, ou plus de quarante. À quelques mètres des sorcières, le canon de son arme pointé vers le sol, il immobilisa sa monture.

— Quelle est votre décision ?

— Vous ne nous laissez pas vraiment le choix, répondit Coyel, les paumes ouvertes en signe de reddition.

Reden adressa un signe à ses hommes les plus proches, qui s'approchèrent aussitôt du groupe de sorcières.

— C'était bien mon intention. Comment vous appelez-vous ?

— Coyel.

— Très bien, Coyel. Laissez mes hommes vous lier les poignets et vous bâillonner en échange de ma promesse de vous traiter avec égard. D'accord ?

Cordes à la main, les soldats s'avancèrent. Senna les observa d'un œil inquiet.

— Quelle garantie ai-je que vous honorerez votre parole ? s'enquit Coyel.

— Je ne vous ai offert de vous rendre que par courtoisie, ricana Reden. Si j'avais voulu vous capturer par la force, ce serait déjà fait.

— Et, à l'heure qu'il est, beaucoup d'entre vous seraient morts, répliqua Chavis.

Cette femme ne connaissait-elle donc pas la peur ? se demanda Senna.

— D'accord, Reden, accepta Coyel après avoir lancé un regard sombre à Chavis. Mais je saurai vous rappeler à votre promesse.

Le général adressa un nouveau signe à ses hommes. Par paires, ils s'approchèrent des sorcières. Les soldats dépossédèrent Senna de sa ceinture de graines avant de lui glisser un morceau de tissu entre les dents. Celui qui se chargea d'entraver ses poignets fit certes en sorte qu'elle ne puisse pas se libérer de ses liens mais veilla également à ne pas lui couper la circulation. Elle se prit à espérer que Reden tiendrait ses engagements.

Chaque paire de soldats encadra ensuite la sorcière qu'elle avait en charge. Reden les redoutait-il tant malgré leurs bâillons ? Senna trouva ses précautions bien excessives, jusqu'à ce qu'elle traverse la cohue d'hommes massée en contrebas. Sous les regards assassins, elle comprit que Reden leur avait avant tout fourni une escorte.

— J'ai chargé mes meilleurs éléments de vous surveiller, dit-il quand l'ensemble du cortège se mit en marche. Vous aurez le droit d'ôter vos bâillons pour manger, mais sous l'œil d'hommes armés. Ils ont ordre d'ouvrir le feu à la moindre syllabe qui franchirait vos lèvres. Soyez assurée que nous ne ferons preuve d'aucune indulgence en cas de non-respect de cette règle, insista-t-il, le regard posé sur Chavis.

Une fois entourées de dix mille Tartenniens, elles furent attachées les unes aux autres comme de vulgaires bêtes de somme. Senna était séparée de sa mère, placée à l'arrière du cortège. Toutes ses pensées tournées vers Joshen – sans elle, quelque part dans la jungle –, la jeune fille ne se rendit compte qu'elle était en première ligne que lorsque Reden mit pied à terre pour indiquer aux hommes qui surveillaient Senna de lui ôter son bâillon.

Elle répondit aux coups d'œil suspicieux des Maîtresses par un haussement d'épaules. Les mains liées devant elle, elle patientait sous le regard inquisiteur du général.

— Pourquoi une simple gamine est-elle venue libérer les sorcières ?

Comment a-t-il su que c'était moi ? se demanda-t-elle. Elle voulait chercher de l'aide dans le regard de Coyel, mais redoutait de trahir quoi que ce soit. Comme elle gardait le silence, Reden reprit :

— Accompagnée d'un jeune homme seul, qui plus est. Ça n'a aucun sens. À quoi un homme pourrait-il bien servir aux sorcières ?

— Qu'est-ce que ça peut vous faire ? répliqua Senna avec véhémence.

— Rien. Je cherche juste à satisfaire ma curiosité. Il n'y a pas grand-chose de mieux à faire en attendant.

Senna s'efforça de rester stoïque malgré la brûlure des regards braqués sur elle. Qu'allait-il faire ?

— En attendant quoi ?

Les mains dans le dos, il recula d'un pas.

— Que mes hommes retrouvent les cinq sorcières et le jeune homme qui ont fui. (Il se pencha vers elle.) Toute ma vie, j'ai servi dans l'armée. Ne crois pas pouvoir me doubler ni jouer au plus malin avec moi. Je n'ai aucune envie de vous tuer, mais je le ferai s'il le faut. Que ce soit bien clair.

Senna s'écarta de lui. Elle scruta la jungle.

— Je n'ai aucune autorité, pourquoi me dites-vous ça, à moi ?

— Parce que c'était ton idée. (Il suivit son regard.) Ne t'inquiète pas, mes hommes ne les tueront pas. À moins que tes amis n'aient recours à la force, bien sûr.

Ce que Joshen ne manquerait pas de faire, elle en était certaine.

— Combien de soldats avez-vous envoyés à leur poursuite ? demanda-t-elle malgré la boule qui lui nouait la gorge.

— Envoyés ? répéta Reden, qui faisait courir sa paume le long de son mousquet. Je n'ai envoyé personne. Vous étiez déjà encerclés bien avant de nous voir arriver.

La montagne renvoya alors l'écho d'une fusillade et Senna se tourna d'un bond vers la jungle. Reden aboya une série d'ordres en tartennien. Aussitôt, un petit détachement d'hommes armés se dirigea vers la source du bruit. Senna se plaqua les mains sur la bouche. *Il a raison.*

C'était mon idée, pensa-t-elle. En ce moment même, des balles transperçaient peut-être la peau de celles qu'elle avait aidées à fuir.

— Oh, Joshen… murmura-t-elle en silence entre ses doigts.

*

Joshen était tiraillé de tous côtés. S'ils se séparaient, ils multiplieraient leurs chances de réussite. Mais comment pourraient-ils les abandonner ? En tant que Protecteur, il n'hésiterait pas une seconde à se sacrifier si cela leur permettait de s'en sortir, même s'il espérait de tout son cœur ne jamais devoir en arriver à une telle extrémité.

Des éclats de voix leur parvinrent. Joshen se plaqua contre le sol, et le reste du groupe l'imita sur-le-champ. Il examina l'enchevêtrement végétal qui s'étalait sous ses yeux, à l'affût du moindre mouvement : il reconnut la livrée rouge des soldats par les rares trouées du feuillage. Un bataillon les attendait. Pour les devancer ainsi, sans doute occupait-il déjà les lieux avant même leur arrivée. *Nom d'une bouse !* Le plan de Joshen venait de voler en éclats. En groupe, ils n'avaient aucune chance.

— Séparez-vous ! Et s'ils vous capturent, évitez de leur donner une raison de vous abattre !

Il s'élança à toutes jambes sur sa droite : il comptait contourner les soldats pour leur échapper. *Pourvu qu'ils soient trop absorbés par la surveillance du sentier principal !* Joshen était rapide, il progressait à longues enjambées régulières, le dos courbé. Il savait se déplacer en silence. Il tendait une oreille attentive et scrutait chaque recoin d'un regard perçant.

Les notes d'un enchantement s'élevèrent à proximité. Il se pétrifia. L'une des cinq sorcières, au moins, se trouvait en danger et répliquait. Il réprima une terrible envie d'aller lui prêter main-forte et se concentra sur son objectif : aller chercher du secours !

Au détour d'un tronc imposant, il entraperçut une grappe d'uniformes rouges. Il plongea aussitôt à l'abri d'une fougère, s'aplatit au sol et attendit. Il compta jusqu'à quinze avant de risquer un coup d'œil. Les soldats ne l'avaient pas vu. Mais s'ils ne le trouvaient pas rapidement ils resserreraient leur étau et seraient rejoints par d'autres hommes en armes. Si Joshen voulait tenter sa chance, il ne devait pas tarder.

Il fut soulagé que sa chemise soit sale et la livrée des soldats aussi facilement repérable. Dès qu'il eut retrouvé son souffle, il se mit à quatre pattes. Choisissant avec le plus grand soin les endroits où poser les pieds et les mains, il s'éloigna du détachement de soldats sans faire le moindre bruit.

Il déboucha sur une profonde rigole creusée par la pluie. À présent asséchée, elle constituait une couverture idéale. Il jeta un dernier coup d'œil aux soldats. S'ils avaient repéré la tranchée naturelle, ils ne manqueraient pas de la surveiller. Dans le cas contraire, il pourrait la dévaler à toutes jambes. *C'est trop tentant*, songea-t-il. *Senna ferait plus attention.* Il s'efforça de ne pas trop penser à elle de peur que l'envie de la retrouver ne prenne le dessus. *Les autres ont intérêt à veiller sur elle, où les soldats tartenniens ne constitueront plus leur seul problème !*

Il examina le conduit sur toute sa longueur. *Plus vite je trouverai Parknel, plus vite Senna sera tirée d'affaire.*

Il bondit dans la rigole et se mit à trottiner. Les bords élevés lui bloquaient la vue. Il entendit des voix. Proches. De plus en plus proches. Il s'adossa contre une paroi et empoigna son mousquet. Il décompta les pulsations qui lui martelaient les tempes.

Les voix continuaient d'approcher. Un bruit avait-il alerté les soldats, qui tentaient d'en identifier la source ? Comme il regrettait de ne pas comprendre le tartennien !

Une pluie de terre et de cailloux crépita sur ses épaules. Les soldats en appelèrent d'autres. Il lui fallait fuir ! Sans se préoccuper du vacarme de ses pas, Joshen s'élança à corps perdu dans une course effrénée. Une série de détonations éclata dans son dos. Les impacts sourds des balles grêlèrent le sol tout autour de lui. Il accéléra encore pour éviter de leur offrir une cible trop facile. *Si je m'en sors, je jure de ne plus jamais chasser aucun cerf. Jamais !* se dit-il.

Lorsque les coups de feu cessèrent, Joshen risqua un coup d'œil par-dessus son épaule. Une marée rouge se déversait dans le canal naturel. Il jura en silence. L'espace d'une seconde, il envisagea de se rendre, pour repousser l'idée l'instant d'après. Peu de chances qu'ils fassent preuve de clémence à l'égard d'un Protecteur armé d'un mousquet. D'autant qu'il avait prévu d'emporter le maximum de soldats dans sa chute. Non, il devait continuer, essayer de maintenir son avance.

Il redoubla d'efforts. Bien vite, les cris et les reflets rouges s'estompèrent, puis disparurent complètement. Joshen changea alors de direction et quitta la jungle pour s'élancer à travers les prairies parsemées de huttes de fermiers.

Les jours suivants, il n'eut pas grand-chose à offrir à son estomac à part un peu d'eau. De temps à autre, il cueillait les fruits qu'un arbre bienveillant mettait sur son chemin. Il trouva de rares noix, se servit dans les champs cultivés ou directement sur les feux lorsque les habitants ne les surveillaient pas. Il était incapable d'estimer avec précision la distance qu'il avait couverte pendant ces quelques jours, mais sans doute excédait-elle plusieurs centaines de kilomètres. Toujours sous la pluie.

Il déboucha enfin, affamé, sale, en haillons, devant une petite maison familière. L'odeur alléchante de la nourriture lui chatouillait les narines depuis plusieurs mètres déjà. Sans prendre la peine de s'annoncer, Joshen poussa la porte. À l'intérieur, il découvrit Kaen et sa famille en compagnie de Ciara et Tren. Il se rua vers la viande qui cuisait et en préleva un morceau dans lequel il mordit à pleines dents.

Kaen lui adressa un regard anxieux.

— Les sorcières ? Senna ne les a pas libérées ?

Joshen, qui s'attaquait déjà à une seconde tranche, sans doute du serpent – *pas mauvais* –, secoua la tête.

— Si, si. Elle les a libérées. Mais les soldats ne les ont pas laissées aller bien loin.

Kaen se passa une main dans les cheveux et traduisit la réponse que Joshen, la bouche pleine, avait baragouinée.

— Ça va déclencher une guerre, dit-il, les poings levés vers le ciel. Vous pouvez me croire. Les Contadins ont trop souffert. Si les Nobles emprisonnent les sorcières alors qu'elles sont les seules capables de guérir nos terres, ils auront des comptes à rendre. Nous informerons la Néfalie de leurs agissements !

Joshen finit sa bouchée. Il se demandait comment un Contadin, à peine en mesure de nourrir sa famille, pourrait s'offrir un mousquet pour partir en guerre. Il ne voyait pas non plus le rapport avec la Néfalie. Mais là n'était pas son problème. Seul le sort de Senna lui importait.

— J'ai besoin de récupérer mon cheval.

Kaen s'adressa à son fils, qui disparut aussitôt, accompagné par Tren.

— Quoi d'autre ?

Joshen préleva un gros morceau de pain-cuillère sur lequel il disposa du fruit écrasé et une nouvelle portion de viande.

— De la nourriture pour le trajet, de la poudre et des balles, si vous en avez, ajouta-t-il.

Il s'était dirigé vers la porte. Kaen acquiesça puis adressa quelques mots à sa femme. Elle se précipita vers la réserve en criant des indications à ses enfants, qui s'agitèrent en tous sens.

— Qu'allez-vous faire, tous les deux ? s'enquit Joshen avant d'enfourner la moitié du pain dans sa bouche.

— Nous allons mener la résistance, répondit Kaen avec une détermination que le jeune homme ne put que saluer.

Parfaitement harnaché, Stretch surgit de l'étable. Joshen scruta son cheval, qui lui sembla être en parfaite santé. Ni trop gros, ni trop faible, et resplendissant. À l'évidence, Kaen avait pris soin de lui et veillé à le nourrir convenablement.

Tant mieux, pensa Joshen. *Car tu vas avoir besoin de toute ton énergie.*

Il bondit sur sa monture, brandit les restes de son repas en guise d'adieu et piqua des deux. À cheval, il cheminerait bien plus vite qu'à pied. Il espérait seulement ne pas avoir oublié la route, et que Parknel serait encore à quai ou, au pire, parti depuis peu. Sorcières ou pas, Tartenniens ou pas, il tirerait Senna d'affaire.

Gardiennes

Senna posait un pied devant l'autre avec de plus en plus de difficulté. Elle avait le sentiment que Reden l'avait placée en tête du cortège afin de pouvoir garder un œil sur elle. Mais pourquoi ? Elle était sale, affamée, et sa vessie menaçait de flancher depuis plusieurs heures déjà. Pourtant, après deux jours de marche en compagnie de l'armée tartennienne, la jeune fille savait bien qu'aucune pause ne serait observée avant le repas du soir. Malgré la pluie, qui rendait difficile toute estimation du temps qui passait, elle était persuadée qu'ils avaient dépassé l'heure du dîner. Pour autant, Reden ne semblait pas disposé à monter le camp.

Une heure à peine avait suffi à ses hommes pour retrouver les cinq fuyardes qui, à l'exception de quelques bleus et d'une cheville foulée, étaient toutes revenues indemnes – y compris Arianis. Seuls Joshen et Desni manquaient à l'appel. Un nouveau détachement, plus important, s'était lancé à leur recherche. Joshen manquait furieusement à la jeune fille. *Pourvu qu'ils ne l'attrapent pas !*

Elle se retourna et vit Tiena trébucher et manquer de s'effondrer de tout son long. Livide, elle était visiblement à bout de forces. L'état physique de nombreuses autres sorcières n'était pas plus encourageant. Les séquelles de leur captivité sous forme d'arbre ne s'estomperaient qu'avec le temps.

— Reden ! cria-t-elle malgré son bâillon détrempé.

Le général, qu'il l'ait entendue ou pas, fit la sourde oreille. Une violente colère s'empara de la jeune fille, qui refusa de faire un pas de plus. Chavis la percuta et grommela lorsque Coyel, à son tour, les heurta par derrière. À grand renfort de grognements et de bousculades, la colonne de sorcières s'immobilisa. L'instant d'après, les deux soldats qui escortaient Senna la tenaient déjà en joue. Elle les foudroya du regard et marmonna :

— Je ne ferai pas un pas de plus avant d'avoir parlé à Reden.

— Général ! appela l'un des hommes.

Reden étudia la scène avant de faire faire demi-tour à son cheval.

— Qu'y a-t-il, Paner ?

— La prisonnière refuse d'avancer, expliqua le soldat avec un lourd accent.

— Vraiment ? demanda Reden, le sourcil arqué.

— Enlevez-moi ce tissu, articula Senna.

Amusé, le général fit signe à son homme d'obéir. Senna, libérée de son bâillon, fit jouer sa mâchoire. Quel plaisir de pouvoir fermer la bouche, de ne plus sentir le contact permanent du tissu détrempé contre sa peau !

— Je t'écoute.

— Nous sommes épuisées, affamées et nous avons besoin de nous soulager.

Irrité, Reden maltraitait ses rênes.

— Nous sommes une armée, pas une caravane. Je veux atteindre Carpel en deux jours. Nous ne pouvons pas traîner. Vous allez donc devoir survivre jusqu'à ce que je décide que l'on s'arrête.

Il commença à s'éloigner.

— Reden ! s'écria Senna. Vous nous aviez promis de nous traiter avec égard. Nous sommes des femmes ! Certaines sont âgées ! Vous n'avez donc aucun honneur ?

Il fit volte-face et braqua sur elle un regard furieux. Elle était allée trop loin, elle le savait. Malgré tout, elle refusait de faire machine arrière ou de céder à la peur. Assez de battre en retraite, par les Créatrices ! Droite comme un I, elle leva le menton. Face à sa détermination, les traits de Reden changèrent. Les rides sévères qui encadraient sa bouche et ses yeux laissèrent la place à un début de sourire.

— Très bien, sorcière. Allez vous soulager. Même si cela implique que nous passions une nuit de plus à même le sol, nous allons établir le campement. (Un doigt menaçant pointé sur elle, il ajouta :) Mais j'exige quelque chose en échange.

En proie à une terreur soudaine, Senna se raidit.

— Et quoi donc ?

— Des réponses, dit-il, la tête inclinée sur le côté.

Elle se remémora les mises en garde de Coyel, dans le Cercle.

— Il y a une foule de choses que je ne vous dirai pas.

— Vos secrets de cuisine ne craignent rien, rassure-toi.

La jeune fille consulta ses pairs du regard. Trois des Maîtresses acquiescèrent. En dépit de ses épaules voûtées, Prenny paraissait toujours aussi redoutable.

— Je peux marcher toute la nuit, déclara-elle à travers son bâillon.

Senna, que l'attitude de Prenny avait cessé d'irriter, secoua la tête. La vieille sorcière était aussi obstinée qu'un essaim d'abeilles enragées.

— C'est d'accord, accepta Senna. Mais nous voulons un endroit pour nous baigner. Et la possibilité de laver nos vêtements, ajouta-t-elle.

— Il pleut, répondit Reden, les bras levés au ciel.

— Je vous parle d'un vrai bain.

Il éclata d'un rire sonore.

— Tout dépendra de tes réponses !

Le repas que leur fournit Reden suffit à peine à leur faire oublier la faim, pourtant Senna ne se plaignit pas tant l'amélioration de leur situation était appréciable. Elle brûlait de discuter avec les Maîtresses avant de devoir répondre aux questions du général, mais l'interdiction de parler était toujours valable. Lorsque Paner vint la chercher, elle ne put qu'adresser un regard inquiet à sa mère et aux autres sorcières avant de lui emboîter le pas.

Il conduisit la jeune fille jusqu'à la tente la plus imposante, non loin de là. Il écarta la porte de toile et lui fit signe d'entrer. Le confort y était spartiate. Reden privilégiait visiblement l'utile au raffiné et la légèreté à la robustesse.

Une dague à la main, il se leva dès qu'elle entra. Effrayée, Senna recula d'un pas.

— Si j'avais voulu te tuer, tu serais morte depuis longtemps, expliqua-t-il dans un rire.

Il passa derrière elle et glissa la lame entre les cordes qui lui liaient les mains. Il l'invita ensuite à s'asseoir sur la chaise qui faisait face à son bureau usé par le temps. Dans d'autres circonstances, plus amicales, elle aurait sans doute pu apprécier le personnage, pensa-t-elle en se massant les poignets.

— Bon, dit-il, une fois assis lui aussi. Je sais que tu ne vas rien tenter d'insensé, puisque d'une part, ce serait peine perdue et d'autre part, parce que ça coûterait la vie à tes consœurs… mais j'aimerais que tu me donnes ta parole.

Senna, qui n'avait pas d'autre choix, acquiesça.

— Vous l'avez.

— Très bien. À propos de cette histoire de bain : pour bien faire, il faudrait que vous ayez les mains libres. Ce qui rendrait vos bâillons inutiles. Je pourrais peut-être y consentir, à condition que, comme pendant les repas, le tout se passe sous la surveillance de gardes armés de mousquets. Mais ni toi ni les autres femmes ne trouverez cette proposition acceptable, je suppose. Et, même dans le cas contraire, mes soldats ne sont que des hommes et certaines de tes sorcières sont plutôt agréables à regarder. Au fond, ce ne serait pas une très bonne idée.

Senna haussa les épaules.

— Pourquoi ne pas nous laisser utiliser une tente ? Chacune notre tour ? Vous pourriez même aligner tout un bataillon de soldats armés à l'extérieur.

Reden se caressa le menton.

— Pas bête. Mais j'aurais besoin de ton assurance qu'aucune ne tentera rien.

— J'ai l'impression que vous vous trompez sur mon compte, répondit-elle avec un grognement. Je ne suis pas l'une des Maîtresses. Par les Créatrices, je ne suis même pas Gardienne à part entière, tout juste une Apprentie ! Je n'ai absolument aucune autorité.

— Dans ce cas, pourquoi t'écoutent-elles ? demanda-t-il, les sourcils dressés.

— Elles ne m'écoutent pas, répondit Senna sans réfléchir.

— Hmm…

Il posa le menton sur ses mains. À l'évidence, il ne la croyait pas.

— Si vous voulez la parole des sorcières, il va falloir la leur demander.

Il croisa les bras et recula contre le dossier de sa chaise.

— Du temps perdu, si tu veux mon avis. Toutes devraient obéir aux choix de leurs meneuses.

Des fourmillements de colère parcoururent les mains de Senna.

— Tout comme les Contadins devraient obéir aux choix des Nobles ?

— Ravale ton arrogance. Toutes les nations ont leurs Contadins. Même la Néfalie ! répliqua-t-il.

Le plaisir manifeste que lui inspirait la tournure de leur échange ne fit rien pour arranger la frustration de la jeune fille.

— C'est différent. La Néfalie connaît d'autres problèmes, comme des querelles entre cités-États ou des guerres civiles.

— Et quel rôle jouent les sorcières dans tout ça ?

— Demandez à Coyel. C'est elle notre diplomate, répliqua Senna avec un haussement d'épaules.

— Si j'ai bien compris, tu nous condamnes pour notre traitement des Contadins. Pourtant, il n'y a pas si longtemps, tes sorcières vendaient leurs services contre de l'argent, il me semble.

Senna soupira. Elle se laissa à son tour aller contre le dossier de sa chaise. Elle connaissait bien l'histoire. Lorsqu'elle avait cherché dans les livres comment combattre Espen, elle avait passé au crible toute la bibliothèque du Refuge.

— Une situation qui remonte à bien avant ma naissance et l'idée venait d'Espen. Elle a non seulement entraîné une scission chez les sorcières, mais nous a de plus attiré la haine et la méfiance de tous les peuples.

— Et ce jeune homme ? Celui qui était avec vous ?

Par peur de dévoiler ses sentiments, Senna se détourna.

— Vous l'avez retrouvé ?

— Non.

Redoutant un mensonge, elle scruta le visage de son hôte, qui resta impassible.

— Et lorsque ce sera le cas ?

— Tout dépendra de sa réaction. (Il marqua une pause avant de reprendre.) Mais tu n'as pas répondu à ma question.

— Pourquoi ne m'interrogez-vous pas sur les sujets que vous avez évoqués plus tôt ?

— J'y viens, répliqua-t-il, manifestement amusé.

— Vous êtes plutôt étrange comme homme.

— Et toi, une fille qui ne manque pas de franchise, retourna-t-il. Alors, qui est ce jeune homme ?

Carrée sur sa chaise, Senna croisa les bras.

— Est-ce qu'on en a fini ?

— Pas encore. (Il se pencha en avant.) Comment l'as-tu vaincue ? La Tartennie tout entière tremblait devant Espen, et voilà qu'une jeune sorcière sans la moindre formation triomphe là où toutes les autres ont échoué. Comment t'y es-tu prise ?

Il dévoilait enfin la question qui le taraudait. Senna tourna la tête. Elle ne pouvait pas en parler. Encore moins avec Reden.

— Même si je vous refuse les bains ? menaça-t-il.

La mâchoire crispée, elle serra sa robe dans ses poings et refusa de céder. Le général la dévisagea un long moment avant de se résoudre à appeler Paner.

— Demande aux cuisiniers de faire chauffer de l'eau et envoie un groupe d'hommes, mousquets chargés, se poster devant ma tente. J'ai promis un bain aux sorcières.

Malgré le confort tout relatif de la situation – se laver à l'intérieur d'une tente encerclée par des hommes armés – Senna apprécia son bain. Elle se savonna de la tête aux pieds avant de s'attaquer à ses vêtements. Elle les essora du mieux qu'elle put, les enfila, puis sortit de la tente afin qu'ils sèchent dans la fraîcheur du soir.

Avec un profond malaise, elle remarqua le regard de curiosité mêlée de respect que Reden posait sur elle. Il n'échappa pas non plus aux autres sorcières. Elle lut même quelques traces de méfiance dans les yeux de certaines. Elle se mordit la lèvre et tenta de faire comme si elle se trouvait à des kilomètres de là.

*

Comme l'avait prédit Reden, ils n'atteignirent Carpel qu'au petit matin du troisième jour. L'ombre de la montagne, dont le soleil franchissait tout juste le dôme, couvrait ses pentes, comme si quelqu'un avait déversé un seau de poix sur la ville. Depuis leur pied, baignée dans les odeurs de feu, de poisson et de crasse caractéristiques des faubourgs habités par les Contadins, Senna distinguait les quartiers élégants et luxueux des Nobles, nichés au sommet de la montagne. Les dernières traces de la jungle luxuriante laissaient la place à la pierre, dure et froide. Des rues pavées dévalaient ses flancs comme autant de rivières blanches. Encastrées dans leurs murailles de pierre, les demeures en marbre semblaient dire : « Ici, là où aucun regard ne peut nous manquer, admirez notre splendeur, vénérez notre réussite, mais n'imaginez pas pouvoir nous toucher. Nos murs et nos richesses vous en empêcheraient. »

Le bâillon frottait sur ses joues irritées et contre ses lèvres desséchées. Malgré les précautions que Reden avaient prises avec ses liens, la peau de ses poignets était à vif. Elle commençait à entrevoir le supplice que représenterait une vie de captivité. Silence, douleur, ennui et solitude occuperaient chacun de ses jours jusqu'à ce que, enfin, elle s'évade.

Avec un soupir, elle observa la ville qui s'étendait à perte de vue. L'odeur d'iode et de poisson s'accentuait. Bien avant d'atteindre la montagne, ils avaient croisé des Nobles qui étaient sortis se mêler aux Contadins pour pouvoir insulter les sorcières à leur passage. Pour une fois, Senna s'était félicitée de ne pas comprendre ce qu'ils disaient.

La mi-journée approchait lorsqu'ils s'engagèrent sur les premières pentes de la montagne, laquelle était coiffée d'un bâtiment carré qui faisait penser à un aristocrate prétentieux, assis sur son trône. Une fois devant l'édifice imposant, Senna gravit les marches de pierre brute qui menaient vers une entrée à colonnades. Elles pénétrèrent dans un immense hall, où résonnait le frottement de leurs pas. Senna observa la pièce. D'énormes fenêtres haut perchées faisaient office de puits de lumière. Les murs, blancs et lisses, renforçaient l'impression de vide. Les angles étaient saillants, abrupts. La géométrie du bâtiment jurait avec les courbes graciles et harmonieuses de la nature.

Elle comprit soudain. C'était là un moyen pour les Nobles de faire étalage de leur perfection, de leur maîtrise des éléments. À l'exception de quatre fauteuils de pierre garnis de coussins, la décoration était sommaire. Trois hommes et une femme, le visage austère – proche de celui qu'affichait sa mère lorsque Senna, enfant, désobéissait –, y étaient assis.

Les sorcières finirent d'entrer une à une dans le bâtiment pour venir former un rang parfait. Personne dans la pièce n'en avait conscience mais, grâce à leur connexion, elles agissaient d'une même volonté. Elles firent quelques pas en parfait accord, comme pour une danse, avant de s'immobiliser toutes en même temps.

La femme, aussi figée qu'une sculpture, prit la parole dans un néfalien parfait.

— Qu'on leur ôte leur bâillon.

— Je vous le déconseille vivement, Chancelier Grendi. Leur bouche constitue leur arme principale, intervint Reden.

Elle riva sur lui un regard glacial.

— Vous ai-je demandé votre avis, général ?

— Il est de mon devoir de garantir la sécurité de la Tartennie, Chancelier Grendi, répondit-il d'un ton égal. Mes responsabilités exigent que je vous prévienne.

— Il n'y a ni terre ni graines, ici, répliqua-t-elle, écartant ses objections d'un geste méprisant. Merci pour vos conseils.

Un soldat se présenta devant le rang de sorcières, un couteau à la main. Il trancha un à un les tissus qui les forçaient au silence depuis si longtemps. Senna fit jouer sa mâchoire. Elle regrettait de ne pouvoir masser ses lèvres crevassées. Elle dévisagea les quatre Chanceliers qui, en retour, scrutaient ses consœurs. Elle comprit bien vite que la plus à craindre était Grendi.

— Nous vous libérons de vos bâillons car nous savons que vous ne tenterez rien, sous peine d'une condamnation à mort.

Elle proféra sa mise en garde avec douceur, mais une cruauté évidente animait son regard, comme si elle n'attendait qu'une seule chose : que les sorcières l'enfreignent.

— Je suis le Chancelier Grendi, reprit-elle avant de désigner ses homologues. Et voici les Chanceliers Argun, Netis et Serben. Vous êtes accusées de sorcellerie, de non-respect de nos lois, de refus d'obtempérer, de violation de propriété, de vol, de trahison, d'insubordination… (Elle poursuivit son énumération, mais Senna, trop fatiguée, cessa de l'écouter.) Qu'avez-vous à dire pour votre défense ? demandait-elle lorsque la jeune fille revint à elle.

— Sorcières, nous le sommes, répondirent-elles toutes d'une seule voix.

Les autres Chanceliers s'enfoncèrent dans leurs fauteuils et échangèrent des regards anxieux.

— Et pour le reste ? insista Grendi.

— Pour le reste, nous sommes innocentes, répondit Coyel.

Un large sourire s'étira lentement sur le visage de Grendi, suivi par un petit rire sinistre.

— Très bien. De toute façon, les autres charges sont sans importance. Je vous condamne toutes à la réclusion à perpétuité pour pratique de la sorcellerie.

— Pourtant, il n'y a pas si longtemps, Espen errait librement sur votre territoire. Pourquoi ne pas avoir cherché à l'arrêter ? s'enquit Coyel, comme si elle s'adressait à une jeune enfant.

— Parce que nous la payions pour qu'elle vous attrape, répliqua Grendi, carrée dans son fauteuil. Je suis d'ailleurs très déçue qu'elle ait échoué. J'avais espéré débarrasser le monde de votre engeance une bonne fois pour toutes.

Elle claqua des doigts et, aussitôt, un domestique lui apporta une coupe. Elle sirota une petite gorgée.

— Malgré tout, je n'ai pas à me plaindre du résultat.

Senna était hagarde, comme assommée par cette révélation. Ainsi, Espen ne travaillait pas seule. Soudain, les pièces du puzzle s'assemblèrent. Espen avait dit la vérité, mais Senna, en proie à une trop grande colère, ne l'avait pas écoutée. *Oh, Joshen*, pensa-t-elle. *Tout est ma faute !*

La jeune fille sentit un frisson parcourir ses pairs, puis elle perçut la question de Chavis.

— *Pourquoi ne pas attaquer maintenant ?*

Senna tenta d'évaluer leurs chances : l'armée les encerclait, fuir leur serait impossible. Timidement, elle ouvrit sa conscience aux autres.

— *Nous pourrions peut-être attendre une meilleure opportunité ?* demanda-t-elle.

Un flot de pensées inonda son esprit.

— *Grendi a raison. Il n'y a ni terre ni graines ici.*

— *Si nous échouons, elle nous tuera.*

— *Elle n'attend que ça. Regardez-la ! Elle rêve de nous voir mortes !*

— *Il n'y a rien que nous puissions faire.*

— Tu te trompes. Il y a bien une possibilité.

Les mots que lui susurra Chavis à l'oreille tarirent le flot de ses pensées. Aussitôt, les paroles d'un enchantement les remplacèrent dans l'esprit de Senna. Il était si effroyable qu'aucune sorcière, pas même Espen, ne nourrirait assez d'animosité pour l'entonner.

Coyel inclina la tête pour s'adresser à l'ensemble de ses consœurs.

— *Pensez-vous que nous en soyons vraiment capables ? La pièce n'est pas circulaire et nos mains sont entravées.*

Toujours en silence, Drenelle lui répondit :

— *Chavis et moi sommes convaincues de pouvoir y parvenir. Il est répertorié dans* Histoires des guerres, *et toutes les deux, nous y avons accès.*

Chavis acquiesça.

— *Nous sommes assez nombreuses pour compenser la perte de puissance due à la configuration des lieux.*

Un regard perçant rivé sur Grendi, Senna se redressa. Elles devaient agir.

— *Oui.*

La même réponse résonna un peu partout dans le rang des sorcières.

— *Non.* (Prenny était aussi exigeante en pensées qu'en paroles.) *Par nature, nous sommes des guérisseuses, des herboristes, des protectrices. Gardiennes ! Si nous renonçons à nos obligations en Tartennie, combien mourront ? Combien nous détesterons encore plus ?*

Coyel redressa les épaules.

— *Je vais leur donner un avertissement, une seule et unique chance*, concéda-t-elle.

— Seriez-vous prêts à mener une guerre contre les sorcières, à éradiquer jusqu'à la dernière ? demanda-t-elle à voix haute aux Chanceliers.

Un éclat de haine scintilla dans l'œil de Grendi.

— Les sorcières sont une abomination. Personne ne devrait avoir plus de pouvoir que son voisin.

— Et pourtant, vous êtes assis bien confortablement sur un trône pendant que des milliers de Contadins souffrent, intervint Senna, le sourcil dressé.

Plusieurs sorcières la couvèrent d'un regard noir. Elle avait outrepassé ses attributions, mais ne s'en souciait guère. Le visage austère de Grendi se tourna vers la jeune fille. Visiblement, elle n'était pas habituée à ce que l'on remette en question son autorité.

— Je suis une dirigeante, une protectrice. Toi, tu n'es qu'une sale fouineuse !

— Vos paroles sont l'illustration même de votre cruauté, déclara Coyel.

Senna s'en rendit soudain compte, Grendi était folle. Ses pensées vénéneuses vampirisaient son esprit comme une teinture sombre macule un linge blanc. Une évidence afflua dans l'esprit des sorcières : Espen n'était pas leur pire ennemie. Elle n'avait été qu'un pion. La voix de Coyel, à la fois solennelle, forte et empreinte de chagrin, retentit :

— Dans ce cas, nous les sorcières, nous déclarons la guerre à la Tartennie ! Que tous ceux qui se dressent sur notre route tremblent de peur et implorent notre pardon.

Sur ces mots, elle laissa Chavis prendre le contrôle de l'assemblée. Poussées par l'urgence de la situation, les sorcières s'empressèrent de former un cercle. Grendi et les autres Chanceliers ordonnèrent à une bonne vingtaine de soldats de les séparer.

Malgré ses liens qui l'empêchaient de saisir les avant-bras de ses voisines, Senna parvint à se rapprocher, épaule contre épaule, de Tiena et de Coyel. Mais à l'instant où elle ouvrait la bouche, une paire de bras puissants la ceintura pour la tirer en arrière. En proie au désespoir, elle chanta avec une ferveur redoublée. Aussitôt, le bouclier prit vie et rejeta brutalement les soldats.

Chavis avait raison. La pièce, carrée et toute en pierre, n'était pas adaptée. Sa forme et l'absence de végétation diminuaient la force des incantations. Mais les sorcières compensaient ces inconvénients par leur nombre et par une ferveur née de leur affliction et de leur désespoir.

Les premières notes de l'enchantement s'élevèrent. Senna fut surprise qu'un tel chant puisse un jour avoir été conçu. La mélodie magnifique, envoûtante, ressemblait à une fleur vénéneuse. Mais les mots, plus psalmodiés que chantés, lui donnèrent la chair de poule et son corps fut parcouru de frissons.

Nous, Gardiennes de ce monde, nous nous retirons.
À la première Sœur nous nous adressons :
Terre, dure comme la roche deviens,
Que plus aucun outil, que plus aucun semis, ne pénètre ton sein.

À la seconde Sœur nous nous adressons :
Eau, ta pluie retiens, au loin tes nuages entraîne,
Que plus une goutte n'arrose ces plaines.
À la troisième Sœur nous nous adressons :
Végétation, de tes baies, de tes fruits, taris l'abondance,
Que les graines pourrissent, que toutes meurent sans croissance.
À la quatrième Sœur nous nous adressons :
Lumière du soleil, de ton feu, les terrains dévore,
Que de toutes parts surgisse la mort.
C'est notre seule prière, une malédiction que nous vous soumettons,
Non pour l'éternité, mais jusqu'au jour, enfin, où nous la révoquerons.

Lorsque la dernière note résonna, quatre rubans lumineux – bleu, vert, brun et or – dessinèrent au-dessus de leurs têtes une sorte d'arc-en-ciel aux couleurs étranges. Grandioses, ils paraissaient à la fois irréels et plus mortels que la foudre. Les bandes colorées se séparèrent et se dirigèrent chacune vers une fenêtre haute.

Peu à peu, la puissance de l'enchantement s'estompa et la barrière scintilla. Aussitôt, les sorcières la renforcèrent. Un murmure suffisait à l'entretenir. Soudain honteuse de ce qu'elle venait de faire, Senna se prit la tête entre les mains. Elle ne fut pas la seule. Combien d'êtres humains – dont une majorité de Contadins, à l'évidence – avaient-elles condamnés à mort ? Elle parcourut le cercle du regard et repéra sa mère, à une vingtaine de places sur sa gauche. Elle lut sur ses traits comme dans un livre ouvert. Leur geste allait-il sceller leur destinée et celle de la nation tout entière ?

Chavis, bien vite rejointe par ses consœurs, entonna une nouvelle prière.

Ô vent, jusqu'en Néfalie porte notre chant,
Car depuis longtemps l'attendent ses habitants.

Les vibrations qui émanaient de la bouche des sorcières s'enroulèrent en un tourbillon dont la puissance enfla peu à peu. En l'absence d'une canalisatrice, le vent – qui l'aurait soulevée dans les airs en temps normal – ne faisait que les titiller comme s'il incitait un oiseau à quitter son perchoir.

— Nous devons être en parfaite harmonie, avertit Drenelle. Sinon, notre message ne sera pas intelligible.

Lorsque le tourbillon atteignit une vitesse suffisante, les sorcières livrèrent leur message.

La Tartennie retient les sorcières captives,
Du droit d'enchanter, de partir, de vivre, elle les prive !
Néfalie, prends les armes et combats à leurs côtés,
Ou les bienfaits de la Terre appartiendront au passé.

Senna sut qu'elles avaient bien œuvré. Même pour ses propres oreilles, pourtant expertes, l'harmonie était parfaite. Elle l'aurait jurée née d'une seule voix.

Le vent enroba leurs derniers mots et disparut d'un coup. Les sorcières émirent un second message, cette fois à l'intention des Tartenniens. Seule une moitié d'entre elles – celles qui parlaient la langue – se joignirent à l'ensemble.

De nouveau, la barrière scintilla. Pour la première fois depuis qu'elles l'avaient érigée, Senna regarda à l'extérieur.

Un soldat désarticulé gisait sur un fauteuil. Sous son corps, Netis, la tête difforme, était mort. Le soldat avait sans doute été projeté avec une violence suffisante pour défoncer le crâne du Chancelier.

— Tant que nous formons un cercle, personne ne pourra nous toucher, déclara Drenelle.

Oui, mais combien de temps tiendrons-nous ? se demanda Senna. Il suffisait qu'une des sorcières rompe le contact pour que leur bouclier se dissipe. Grâce à leur décision, elles s'étaient accordé un sursis. Le tout était de savoir combien de temps il durerait.

Le visage de Grendi était livide. Mais lorsqu'elle croisa le regard de Senna, il s'empourpra de colère. Sa voix craqua comme un fagot de brindilles.

— Tuez-les !

Reden se plaça devant les Chanceliers.

— Vous ignorez comment réagira ce système de protection si mes hommes tirent dessus, Chanceliers.

Elle leva la main pour le réduire au silence, mais il n'en tint pas compte.

— Qu'un premier soldat fasse l'essai, insista le général. Il serait inutile de prendre des risques inconsidérés. Elles n'ont nulle part où aller.

Elle le bouscula sans ménagement et s'approcha du cercle.

— Un mot de plus et je vous fais trancher la langue, général.

Reden secoua la tête avant de se placer derrière le fauteuil du Chancelier décédé. Une ligne menaçante de soldats se forma devant Grendi. Senna en observait un qui, face à elle, chargeait son mousquet. De la sueur ruisselait sur le visage de la jeune fille. Elle étouffait. Comme si la chaleur rendait l'air trop épais. Les mouvements de l'homme – qui enfonçait une balle dans son canon – semblaient se dérouler au ralenti. Il remplit le bassinet de poudre d'amorçage, le referma, puis pointa son arme sur Senna.

— *Surtout ne rompez pas le contact !* les avertit Chavis. *Si une seule d'entre nous bouge, les balles traverseront la barrière et nous mourrons toutes !*

Avait-on seulement déjà soumis le bouclier à une bordée de mousquets ?

Oh, Joshen ! hurla son esprit. *Je ne veux pas mourir !* Incapable de regarder la mort en face, Senna ferma les yeux.

— Feu ! éructa Grendi.

La jeune fille ne put s'empêcher de sursauter lorsque la détonation éclata. Des cris de douleur s'élevèrent, mais Senna n'en ressentait aucune. Le soldat devait avoir manqué sa cible. Elle lutta contre son envie de s'enfuir et s'efforça de rouvrir les yeux. La scène qu'elle découvrit lui coupa le souffle. Les soldats, sanguinolents, gisaient à terre. Non seulement la barrière avait résisté, mais elle avait également renvoyé les projectiles.

Le besoin de secourir les hommes blessés menaça de la submerger en dépit de toutes les mises en garde. Un tel geste signerait son arrêt de mort. Un sentiment de vertige lui fit tourner la tête. Elle se rendit alors compte qu'elle avait cessé de respirer. Elle se concentra sur le contrôle de son souffle et inspira à grandes goulées. Elle essuya la sueur qui coulait sur son front d'un mouvement d'épaule, veillant bien à ne pas rompre le contact avec Tiena et Coyel.

Reden saisit Grendi par le bras.

— Pourquoi ne m'avez-vous pas écouté ?

Elle se libéra d'un geste brusque.

— Je vous ai confié des tas de soldats. Alors ne venez pas pleurnicher pour une petite dizaine. (Elle balaya les lieux du regard avec une moue dégoûtée et interpella un des domestiques postés à proximité.) Je veux que tout soit propre à mon retour.

Les poings Serrés, Reden la regarda quitter la pièce telle une furie, aussitôt imitée par les deux autres Chanceliers.

— Peut-être est-ce la vue d'une telle effusion de sang qui la dérange ? ironisa Prenny. D'autant plus que c'est elle qui l'a provoquée.

Reden aboya une série d'ordres. Senna, poussée par une pointe de pitié, l'appela.

— Si vous nous apportez nos graines et un peu de terre, Reden, nous pourrons faire pousser des herbes médicinales pour vos hommes.

Il s'immobilisa et la dévisagea avec perplexité.

— Nous ferions ça ? intervint Chavis.

— Bien sûr ! répliqua Prenny, qui lui assena un coup de pied.

Coyel chercha du regard une Drenelle devenue pâle comme la mort.

— Faites comme vous voulez, répondit la Maîtresse de la Terre.

— Oui. Nous vous aiderons, trancha Coyel, catégorique.

— Ils viennent juste de tenter de vous abattre, objecta Reden d'un ton prudent. Qu'est-ce qui me dit que vous n'allez pas les empoisonner ?

Senna leva les yeux au ciel en signe d'exaspération. Reden avait vraiment le don de l'insupporter.

— Parce que nous ne sommes pas des meurtrières ! rétorqua-t-elle sans prendre la peine de masquer l'accusation sous-jacente.

Après une brève hésitation, le général saisit un de ses hommes par le col pour lui glisser quelques mots à l'oreille. Le soldat obéit, non sans lancer un regard suspicieux aux sorcières. À peine les plaies de leurs compagnons bandées par des infirmières, les soldats emportèrent les blessés sur de longues civières. Reden, de son côté, se tenait à l'écart du cercle. Une nuée de domestiques afflua après le passage des brancardiers pour nettoyer sang, vomi et excréments.

Senna préféra ne pas regarder. Le vertige la menaçait et son estomac donnait des signes de rébellion. N'importe qui aurait pu être à la place de ces hommes : elle, sa mère ou une autre sorcière, se disait-elle – des pensées qui n'aidaient en rien à atténuer ses haut-le-cœur.

Lorsque le dernier des blessés eut disparu, Reden ordonna aux domestiques de quitter la pièce. Si certains objectèrent que leur travail n'était pas terminé, tous finirent par obéir. Une fois qu'ils furent partis, Reden posa un énorme pot rempli de terre à côté de la ronde des sorcières.

— Si vous tentez quoi que ce soit, je veillerai à vous le faire regretter, les avertit-il, quelques ceintures de graines à la main.

Senna fut soulagée qu'il les ait écoutées. Prenny lui indiqua quelles graines il devait utiliser. Senna commença à entonner un enchantement doux comme une berceuse, la mélodie elle-même faisait l'effet d'un baume apaisant.

Une abondance de vert s'épanouit à la surface du pot. La jeune fille se tut puis se tourna vers le général. Un changement radical s'était opéré en lui : il la dévisageait comme s'il venait d'avoir une révélation.

— Nos adversaires se soucient plus du sort de mes hommes que nos propres Chanceliers. Vous n'êtes pas notre véritable ennemi. C'est Grendi. Depuis toujours.

— Allez-vous nous aider ? lui demanda-t-elle.

Il fit courir un pouce sur son mousquet.

— Que faudrait-il que je fasse ?

— Quelle est votre marge de manœuvre ?

— Mes hommes ne me suivront pas si j'essaie de détrôner Grendi, avoua-t-il en se détournant. Ils la craignent beaucoup trop.

La jeune fille consulta Coyel du regard.

— *Continue, il semble t'apprécier.*

Senna grimaça en son for intérieur. Toutes la regardaient, l'écoutaient.

— *Ne vaudrait-il pas mieux qu'une autre s'en charge ?*

— *Il te fait confiance.*

Elle dut contenir un soupir. Les Gardiennes avaient encore besoin d'elle. Et, tant que ce serait le cas, elle les aiderait.

— Pourriez-vous nous faire sortir de là ?

— Deux d'entre vous, peut-être trois, répondit-il après réflexion. Mais certainement pas toutes.

— C'est toutes ou aucune, répliqua Senna.

— Je suis désolé, mais l'armée entière surveille le bâtiment.

— Dans ce cas, nous allons devoir détruire la ville, intervint Chavis avec un haussement d'épaules impuissant.

Les sorcières affichèrent toutes une moue frustrée.

— Nous ne sommes pas des tueuses ! s'écria Prenny.

Malgré la fatigue, Senna sollicita ses méninges. Comment pourraient-elles détruire la ville sans tuer ses habitants. Une idée lui vint soudain à l'esprit.

— Pourriez-vous faire évacuer tout le monde ?

Reden réfléchit.

— Les civils, oui. Mais pas les soldats.

— Faites donc ça, acquiesça Chavis. Au petit matin, la cité ne sera plus qu'un champ de ruines.

— Je ne vous laisserai pas tuer mes hommes, refusa le général.

— Vous semblez ne pas comprendre, Reden, intervint Senna. Si nous mourons, personne ne pourra briser la malédiction. Les saisons n'alterneront plus, plus aucun orage n'éclatera jamais… La mort ne frappera pas seulement vos hommes, mais le pays dans son ensemble, le monde tout entier.

Reden ne trahit aucun signe d'abattement – ce qui ne surprit pas la jeune fille –, mais il adopta une posture défensive. Peu à peu, ses épaules s'affaissèrent.

— Notre capitale, notre magnifique cité… déplora-t-il avant de disparaître à grandes enjambées.

Lorsqu'il eut quitté les lieux, un nouveau Chant de l'appel s'éleva du cercle des sorcières. Elles devaient à tout prix adresser un message à deux autres personnes : Joshen et le capitaine Parknel.

Message

À peine retombé de son saut par-dessus un tronc abattu, Stretch reprit sa course effrénée. De l'écume ruisselait sur ses épaules, dégouttait de son ventre. Sa respiration saccadée témoignait du feu qui lui brûlait les poumons. Lorsqu'enfin ils quittèrent la piste pour s'engager sur le sable, les jambes de l'animal flageolaient tant que Joshen redouta qu'elles cèdent et ne puissent plus jamais le porter.

Chaque foulée qu'il exigeait de sa monture lui serrait le cœur. Par amour pour son maître, Stretch se tuerait à la tâche si Joshen le lui demandait. Mais la situation dans laquelle se trouvait Senna obligeait le jeune homme à se hâter. Même s'il devait sacrifier Stretch pour sauver la jeune fille.

Au détour d'un bosquet, une vague de soulagement inonda Joshen : le navire de Parknel était ancré au large de la grève. Des pans entiers de bois neuf se détachaient sur l'ancienne peinture noire de la coque. Une série de souches jalonnait la plage au milieu de petits tourbillons de sciure mêlée de sable. Tous les arbres étaient débarrassés de leurs fruits. Les marins attendaient sans doute d'avoir amassé assez de provisions pour leur trajet retour.

Il immobilisa Stretch. Tout le corps de l'animal était parcouru de tremblements. Les mains en porte-voix, le jeune homme hurla :

— Parknel ! Capitaine Parknel !

Il fit ensuite de grands signes avec les bras mais, à cette distance – trop grande pour être couverte à la nage –, les marins étaient à peine plus gros que des insectes grouillant sur un bateau miniature.

— Parknel ! s'égosilla-t-il.

À son grand soulagement, une chaloupe fut enfin mise à l'eau. Au fur et à mesure qu'elle grossissait, il distinguait de mieux en mieux le visage sévère du capitaine posté à l'avant.

— Senna ? demanda Parknel d'une voix forte.

Joshen exagéra son mouvement de tête.

— Capturée !

— Les autres sorcières ?

— Capturées ! répondit le jeune homme avant de mettre pied à terre.

Le capitaine n'attendit pas que la chaloupe accoste pour rejoindre Joshen.

— Alors elle les a libérées ?

— Oui, mais les soldats tartenniens les ont arrêtées. Nous devons retourner à Carpel pour la libérer.

— Comment ? demanda Parknel, se grattant la barbe.

Joshen tourna la tête – il n'y avait pas réfléchi. Parknel scruta Stretch.

— Tu n'as pas ménagé ton animal, on dirait.

Les oreilles du cheval pendaient mollement sur sa tête à présent trop lourde pour lui.

— Je n'avais pas le choix.

— Nous allons devoir lui trouver du fourrage avant de faire route vers Carpel, je suppose, grogna le capitaine.

Ils s'apprêtaient à regagner la chaloupe quand un vent fort se leva subitement. Une puissante rafale fondit droit sur le jeune homme. Sur son passage, les arbres ployèrent selon une ligne parfaite en provenance de Carpel. Le vent portait les voix des sorcières parmi lesquelles Joshen crut reconnaître les intonations de Senna. Une partie de la tension qui l'habitait se dissipa.

Joshen, à Carpel tu dois venir,
Car notre destruction, nul ne peut prévenir.

La bourrasque s'évanouit, aussitôt remplacée par une nouvelle.

Capitaine Parknel, de Tartennie nous devons fuir,
Aussi, à Carpel, vous prions de venir.

— Elles ignoraient que nous serions ensemble.

— Si j'approche mon navire de la capitale, nous nous ferons tous arrêter, déclara Parknel, la mâchoire crispée. Tu ferais mieux de relâcher ton cheval, mon garçon. Nous n'avons pas assez de foin pour le nourrir pendant le trajet, pas plus que de temps pour nous en procurer.

Joshen pâlit à vue d'œil. Après tout ce qu'il avait traversé avec Stretch, pouvait-il l'abandonner à son sort ? Le visage fermé, le jeune homme enleva la selle qu'il déposa délicatement sur le sable. Il fit ensuite courir une main sur l'encolure de l'animal et la posa sur son front. Après une hésitation, il fit passer la bride par-dessus ses oreilles. Stretch ouvrit la bouche pour lui permettre de dégager le mors, secoua la tête, puis mâchonna d'un geste fatigué.

Il va s'en sortir, se rassura le jeune homme. Il posa la tête contre le cou de l'animal, conscient qu'il ne le reverrait sans doute jamais.

— Adieu, mon vieil ami.

Il enroula les rênes et les étriers autour du pommeau de la selle détrempée de sueur, puis la jeta sur son épaule. Il pataugea jusqu'à la chaloupe, tendit son chargement à l'un des marins et se retourna. Toujours sur la plage, Stretch ne le quittait pas des yeux. Joshen lut de la détresse dans le regard perdu de l'animal. Il ne comprenait pas pourquoi son maître l'abandonnait, pourquoi on le laissait seul en terre inconnue.

Joshen essuya ses larmes d'un revers de la manche avant de se hisser à bord de la chaloupe. Il garda les yeux rivés sur Stretch dont les traits s'effacèrent peu à peu. Une fois à bord de *La Sorcière des mers*, accoudé au bastingage, il observa son ami disparaître. L'animal n'avait pas bougé.

Cercle de Pouvoir

Grendi faisait les cent pas de l'autre côté de la barrière. Une à une, elle toisait les sorcières, comme pour identifier la plus faible.

— Vous n'allez pas tenir jusqu'à la nuit des temps. L'une d'entre vous finira bien par flancher et je veillerai alors personnellement à votre exécution. Je ferai brûler vos dépouilles et enterrer vos cendres dans les déserts du sud. Personne ne portera votre deuil. (Après une pause, elle reprit :) Vous mourrez toutes sauf une à laquelle j'accorderai mon pardon. Elle recevra une petite rente et une jolie maison. En contrepartie, nous lui trancherons la langue et noierons sa progéniture.

Les poings de Senna se crispèrent si fort que ses ongles imprimèrent de petits croissants de lune dans ses paumes. Quel monstre était donc cette femme pour juger sa proposition généreuse ?

— Ce que vous offrez n'a rien à voir avec la liberté, intervint Prenny. C'est un enfermement dans le mutisme et dans un taudis miteux, doublé d'un massacre d'enfants.

Senna était de tout cœur avec la vieille sorcière.

— Nous avons toutes connu l'emprisonnement, certaines pendant de longues années, renchérit Coyel. Une vie en captivité ne vaut pas d'être vécue.

— Nous refusons en outre de trahir nos Gardiennes, ajouta Drenelle. Nous avons vu ce qu'Espen a fait.

Chavis couvait le Chancelier d'un œil noir. Tiena était affalée contre Senna.

Grendi approcha du bouclier. La jeune fille se prit à espérer qu'elle ferait un pas de plus, un seul, mais qui suffirait à l'envoyer s'écraser contre le mur opposé. Malheureusement, la barrière était visible.

— Je sais que certaines réfléchissent malgré tout à mon offre. Et pourquoi pas, après tout ? Vous allez de toute façon mourir très bientôt. Pourquoi ne pas permettre à l'une d'entre vous de survivre ? Je sais que l'une de vous finira par céder. Et si c'était toi ?

— Votre langue est venimeuse, nous le savons toutes, répliqua Senna. Mais vous n'avez pas affaire à des femmes ordinaires, Grendi. Nous sommes des Gardiennes.

Un large sourire illumina le visage du Chancelier.

— Nous avons tous un point faible, Brusenna, fille de Sacra. Tu es celui de ta mère, elle est le tien. La femme qui est à ta gauche, Coyel, ne cédera pas. Mais la mère âgée de celle qui se trouve à ta droite s'est enfuie dans les bois lorsque nous vous avons capturées. Mes hommes sont activement à sa recherche. Ne serait-elle pas prête à rompre le cercle pour sauver la vie de sa vieille mère ?

— Non, rétorqua Tiena. Vous ne comprenez toujours pas, Grendi. Mais le moment viendra où, lorsque vous serez aussi affamée que vos Contadins, vous vous apercevrez de tout ce que les sorcières faisaient pour vous.

— Si vous croyez que votre malédiction me fait peur ! cria Grendi d'une voix perçante. J'ai converti l'une d'entre vous à ma cause, et elle a presque réussi à vous anéantir ! Je recommencerai !

— Si j'étais vous, l'interrompit Senna, je quitterais la ville.

— Et pourquoi ça, Brusenna ? Votre malédiction va-t-elle nous attirer une tempête ?

La voix de Chavis arracha ses consœurs à leurs sombres pensées.

— *Détruisons la ville sans plus attendre.*

Coyel lui retourna un regard cinglant.

— *Pas tant que Reden n'est pas revenu nous confirmer que ses habitants ont bien été évacués. Nous devons aussi laisser à Parknel le temps de nous rejoindre. Reden a dit qu'il nous préviendrait lorsque le navire serait en vue.*

Drenelle tenta de trouver une position plus confortable.

— Je ne sens plus mes mains… dit-elle.

Elle faisait jouer ses doigts pour y faire affluer le sang. Leur teinte violacée n'avait pas échappé à Senna.

— C'est bientôt fini, promit la jeune fille.

Elle tenta de se rappeler combien de temps *La Sorcière des mers* avait encore navigué après qu'ils avaient aperçu Carpel, mais elle n'avait pas fait attention sur le moment. Une demi-journée ? Plus ?

Un simple regard à l'assemblée de sorcières lui suffit à comprendre qu'elles tiendraient à peine plus tard que la tombée de la nuit. Leur fatigue était manifeste. Elle-même souffrait de la faim et de déshydratation. Dès que l'obscurité s'abattrait sur la ville, leur plan devrait être mis à exécution.

Le soleil déclinait dans le ciel quand Reden revint. Un mousquet dans une main, un gros sac dans l'autre, il portait deux pistolets à la ceinture. Il s'adressa aux gardes en tartennien. Après leur départ, il se tourna vers les sorcières.

— La plupart des habitants ont fui. L'évacuation a mis Grendi dans tous ses états, mais je lui ai parlé de vos plantes diaboliques et confié ma peur que vous nous attaquiez avant d'être à bout de forces. Elle a fini par l'accepter. Mais je dois vous prévenir qu'aucun soldat n'a quitté la ville.

— Ils le feront sous peu, répondit Senna, solennelle, qui refusait de les tuer. Êtes-vous prêt, général Reden ?

Il vérifia une dernière fois ses armes.

— Prêt.

Senna et ses consœurs donnèrent alors de la voix.

Arbres et forêts, à vos graines j'en appelle.
Recouvrez, je vous prie, la ville de Carpel.

Un souffle colossal leur parvint de loin. Un vent impétueux, chargé de projectiles, fonça sur la ville. Sur son passage, il cribla la cité d'une pluie de graines, de branches, et même de roches, puis s'évanouit subitement. Les sorcières optèrent alors pour une psalmodie plus sombre.

Que toutes les graines présentes dans Carpel,
Entendent notre impitoyable appel.
Qu'elles fracassent les murs, que la roche elles pulvérisent,
Qu'elles renversent les bâtiments, et les rues en miettes réduisent,
Que grâce à leur puissance, rapidement mûrie,
Au milieu de la nuit,
Les sorcières s'enfuient !

Un grondement guttural, telle la plainte d'un millier de fantômes, s'éleva. Ses échos étranges se répercutèrent sur les murs du bâtiment carré. De nouvelles silhouettes se découpèrent dans le clair de lune. La naissance d'une jungle, au cœur même de la cité, était perceptible. Les plantes profitaient de chaque crevasse, de chaque interstice pour s'installer, croître et s'épanouir. Dans un coin de la pièce, une fine liane verte grossissait sur le sol de pierre froide.

Après quelques minutes, le grondement fut ponctué de puissants craquements, suivis du crépitement des pierres et enfin de l'effondrement des murs les plus fragiles. Au début, les cris apeurés des soldats transperçaient le vacarme mais, bien vite, ils furent noyés dans le tumulte général.

Grendi, hirsute – comme tirée du lit en plein milieu de la nuit –, surgit dans la pièce.

— Arrêtez ! Je vous ordonne d'arrêter !

Comme pour lui répondre, l'enchantement atteignit son paroxysme. Les parois du bâtiment tremblèrent, protestèrent, puis un craquement assourdissant retentit. Une fissure courut sur l'un des murs, soudain aussi cassant qu'un pain de glace. Reden courut se réfugier entre deux des fauteuils rembourrés. Grendi tenta de le suivre au milieu des éclats de roche. Avec un dernier soupir, le mur s'effondra. Les arbres et les plantes, irrésistibles, œuvraient de concert. Grendi se recroquevilla.

Les cris des soldats leur parvinrent de nouveau avant de s'estomper : les militaires fuyaient la ville.

Les sorcières poursuivaient leur incantation, quand une bourrasque charria une série de graines qui prirent racine tout autour du Cercle de Pouvoir. Les arbres qui en jaillirent atteignirent le plafond en quelques instants. Renforcé par la présence des arbres, le chant provoqua l'effondrement des trois derniers murs encore debout. Les plantes, dont la croissance semblait ne jamais devoir cesser, réduisaient en miettes les débris de roche qui disparaissaient aussitôt sous la verdure. Un tapis d'herbes et de fleurs recouvrit toute la cité. Sa luxuriance était telle que personne n'aurait pu imaginer qu'une ville avait un jour trôné au sommet de cette montagne à présent couronnée de la plus magnifique des jungles.

Les sorcières se turent. Aussitôt, leur bouclier scintilla avant de se dissiper peu à peu. Assise depuis des heures sur le granit dur, à nourrir leurs enchantements de toutes ses ressources, Senna se sentait ankylosée et épuisée. Malgré les tremblements, elle se releva. Un simple coup d'œil autour d'elle lui apprit que ses consœurs n'étaient pas en meilleure forme – certaines semblaient d'ailleurs encore plus fatiguées qu'elle.

Elle découvrit ensuite, émerveillée, le monde qui l'entourait. Elles avaient créé leur propre Cercle de Pouvoir, entouré d'arbres immenses, en pleine maturité. Au centre, le cercle de granit était intact. De l'ancien bâtiment, seuls restaient les quatre sièges blancs qui se détachaient sur le vert profond de la jungle. Reden, toujours armé de son mousquet, surgit de son abri.

Les traits déformés par la colère, Grendi se leva à son tour. Elle tendit le bras vers l'assemblée des sorcières.

— Tuez-les toutes ! postillonna-t-elle.

Reden lui adressa un regard étrange.

— À vos ordres, Chancelier Grendi.

Elle s'empara du couteau qu'il gardait à sa ceinture et s'élança vers les sorcières. Une détermination meurtrière embrasait ses yeux cruels. Reden lui assena un violent coup de crosse à l'arrière du crâne et elle s'effondra.

— Voilà qui fait du bien !

Il récupéra son couteau et courut vers Senna pour trancher la corde qui lui entravait les mains. Il lui tendit ensuite un second couteau, et tous deux s'attelèrent à la tâche. Rapidement, ils libérèrent toutes les sorcières.

— Vos ceintures de graines sont là-dedans, dit-il avec un geste vers le sac qu'il avait rapporté. Récupérez-les, remontez vos capuches et restez groupées !

Une fois équipée de sa ceinture, Senna dissimula son visage sous sa capuche et suivit Reden hors du bâtiment. L'ancienne route était criblée de trous et recouverte de végétation. Le général, dépourvu de ses points de repère et incapable de discerner les quais à travers le foisonnement d'arbres, s'en remit à son sens de l'orientation et à son odorat pour se diriger vers le port. Le cœur de Senna, envahie par la peur, battait à tout rompre. Cette fois, sans Reden pour tempérer leurs ardeurs, les soldats ne feraient pas de quartier : ils tireraient à vue.

Malgré ses jambes en coton qui menaçaient de céder à tout instant, la jeune fille progressait aussi vite que possible dans le dédale végétal. Elle avait le souffle trop court pour demander à la jungle de dissimuler leurs traces. Les sorcières les plus âgées peinaient à mettre un pied devant l'autre. Par chance, la piste était en pente. La descente mettait certes leurs muscles à rude épreuve, mais au moins épargnait-elle leurs poumons.

Elles ne progressaient pas assez vite au goût de Reden, Senna le savait. Il avait plus l'habitude de mener une armée aguerrie qu'une troupe de femmes éreintées. Il ne cessait de jeter de petits coups d'œil par-dessus son épaule. Elle remarqua également que ses armes étaient chargées, prêtes à servir.

À côté d'elle, Tiena trébucha sur une racine. Elle avait à peine touché le sol que Sacra et Coyel la relevaient déjà. En se retournant, Senna comprit pourquoi Reden avait insisté pour qu'elles portent leurs capuches. Dans l'obscurité, elles n'étaient que de vagues silhouettes vertes. Senna avait le sentiment d'avoir passé sa vie à fuir.

Un cri s'éleva soudain derrière elle. Sans s'en rendre compte, les sorcières accélérèrent l'allure et se soutinrent mutuellement. Un coup de feu éclata. Toutes baissèrent la tête et hâtèrent encore le pas. Senna avait beau déceler l'odeur toujours plus forte de l'iode, elle doutait d'atteindre un jour les quais.

— Dépêchez-vous !

La jeune fille se laissa quelque peu distancer par le cortège. Malgré le sang qui lui martelait les tempes, elle enfonça une graine dans la terre, puis en planta une seconde quelques mètres plus loin. Elle invoqua ensuite les arbres-barrières. Leur croissance lui parut durer une éternité. Elle ne voyait déjà plus ses consœurs. Mais elle devait à tout prix ralentir les soldats, gagner du temps par tous les moyens !

Les bruits de bottes approchaient. Les soldats étaient à présent si près qu'elle distinguait jusqu'aux détentes de leurs mousquets. Elle s'engonça dans sa cape et pria pour qu'ils ne la voient pas.

— Ne laissez passer personne ! cria-t-elle avant de détaler à toutes jambes.

Des cris. Des détonations. Elle entendit le sifflement d'une balle qui ricocha dans une pluie d'étincelles sur un rocher à ses pieds. Une autre s'enfonça dans un tronc tout proche et une nuée d'échardes lui grêla le visage. Ses pieds volaient au-dessus du sol. Un des soldats finit tout de même par la rattraper. Sa cape lui cisailla la gorge et sa capuche retomba en arrière. L'homme la tira sur le sol avec un cri de triomphe.

Elle ouvrait la bouche pour appeler au secours quand une branche s'enroula autour de son assaillant. Le cri de triomphe laissa place à un couinement apeuré qui disparut dans les airs, précédé par le soldat. L'estomac noué, Senna se releva et reprit sa fuite effrénée. Une série de hurlements s'éleva derrière elle à mesure que les soldats servaient de projectiles aux arbres-barrières devenus lance-pierres.

Où se trouvaient les autres ? Les avait-elle perdues ? Et si elles partaient sans elle ? Personne n'avait remarqué son absence… Personne ne reviendrait la chercher. Chacune de ses respirations lui brûlait la poitrine. Les pulsations de son sang rendaient ses mains et ses lèvres douloureuses. Sa tête commençait à tourner et, même si elle n'avait rien mangé depuis presque une journée, elle sentait la nausée gagner du terrain. Pour autant, elle savait que la moindre pause pourrait lui coûter la vie. Ou pire. Elle peinait à imaginer le sort que Grendi lui réserverait.

Silhouette sombre dans le clair de lune, elle se faufilait entre les arbres. Elle dut retenir un cri de soulagement lorsqu'enfin elle aperçut d'autres ombres devant elles. La jeune fille, fatiguée, tremblante, avait l'impression que la peur ne l'avait jamais quittée.

Reden leva un bras pour immobiliser le cortège. Le souffle court, il indiqua un point, au-delà des arbres. Une mer d'encre dont seule l'écume accrochait le clair de lune s'étalait sous leurs yeux. Senna n'avait jamais rien vu d'aussi beau.

— C'est le port. Allez jusqu'au quai 17, le plus long.

— Et vous, qu'allez-vous faire ? demanda Chavis, à bout de souffle.

— Rester ici pour les retenir.

— Mais vous n'avez que trois coups de feu avant de devoir recharger ! s'écria Senna.

— J'ai mon sabre, indiqua-t-il. Ce qui fait au moins quatre morts. Jusqu'à sept même, je dirais, en fonction du nombre de soldats qui se rueront sur moi. Et ce, uniquement au cas où ils n'écouteraient pas mes ordres d'aller fouiller une autre zone.

Senna doutait que les soldats lui obéissent. Grendi, si ce n'était pas déjà fait, ne tarderait plus à recouvrer ses esprits. Reden l'avait trahie : s'il restait, c'était la mort assurée. Senna prit aussitôt une décision, certes risquée, mais irrévocable.

— Toutes celles qui ont encore un peu de souffle, formez un bouclier. Avec des arbres-barrières, des barbelles et tout ce qui vous passera par la tête ! Les autres, foncez au bout du quai pour guider le navire de Parknel, *La Sorcière des mers* !

Les sorcières formèrent sur-le-champ deux groupes, comme si elles avaient obéi à Senna toute leur vie. Le plus important s'éparpilla dans la forêt pour y planter et enchanter une myriade de graines disposées selon un demi-cercle le plus large possible face au port. Les soldats ne mettraient pas longtemps à contourner leur protection par les mers. Senna le savait, mais ne pouvait rien faire pour l'empêcher. Quelques plantes défensives s'épanouissaient certes dans l'eau, en plus du varech qui pourrait entraîner soldats et chaloupes par le fond, mais toute la végétation de la baie ne suffirait pas à arrêter dix mille hommes.

Reden, mousquet et pistolets prêts à l'emploi, patrouillait parmi elles. Les sorcières plantèrent leurs barbelles derrière les arbres-barrières de sorte que les soldats qui franchiraient le premier écueil sombrent dans un profond sommeil. En quelques minutes, l'air se chargea de l'odeur lourde et entêtante des gigantesques fleurs orange.

Un maillage de lianes épineuses – vouées à griffer ceux que les arbres-barrières et les barbelles n'arrêteraient pas – ainsi que tout un assortiment de plantes urticantes et vénéneuses complétaient le dispositif. Leurs poisons profiteraient des plaies provoquées par les lianes pour se déverser dans le système sanguin des victimes. Les rares soldats qui parviendraient malgré tout à franchir la muraille végétale souffriraient d'horribles démangeaisons pendant des mois.

Lorsque les premiers coups de feu éclatèrent, les sorcières s'empressèrent de terminer leur ouvrage avant de se ruer vers le quai 17. Mais Senna n'était pas satisfaite de sa contribution : les plantes défensives étaient encore trop loin du port. Poussée par le désespoir, elle planta une nouvelle série de graines sans cesser de chanter.

Une première vague de soldats buta sur les arbres-barrières. À la vue des corps qui volaient dans les airs, leurs compagnons reculèrent et firent feu de plus belle. Un petit panache de sable s'éleva aux pieds de Senna, puis un second. Une main puissante s'abattit sur son épaule et la tira en arrière.

— Viens ! Tu es plus utile vivante que morte !

Sans ménagement, Reden l'entraîna jusqu'au quai. Une balle transperça la cape de la jeune fille, qui sursauta. Une douleur lancinante se réveilla dans son bras au souvenir de Wardof qui la mettait en joue. Elle était paralysée. Reden la tira avec force. Ils piétinèrent dans le sable avant d'atteindre enfin le ponton. Senna se mit à courir sur les planches en se couvrant la tête des mains pour se protéger des tirs.

— Nous sommes hors de portée, l'informa enfin Reden.

Une vague de soulagement envahit la jeune fille. Ses consœurs avaient atteint l'extrémité du quai. Une partie était tournée vers les autres plages de la baie, d'où les soldats affluaient à bord de petites embarcations. Certaines sorcières invoquèrent des vents de face qui les repoussaient à chaque rafale, tandis que d'autres ordonnèrent au varech de les faire chavirer.

Mais malgré la force du désespoir qui les animait, leurs voix faiblissaient peu à peu. Elles tentaient de puiser dans des réserves déjà trop sollicitées. Senna n'avait jamais éprouvé une telle fatigue. L'engourdissement gagnait tous ses membres, sa voix était brisée et ses poumons à vif. Elle scruta l'obscurité. Parknel devait arriver par le nord. Une fois au bout du quai, elle fit naître un vent favorable pour *La Sorcière des mers*.

— Les soldats abandonnent leurs embarcations, constata sa mère.

— Je me demande ce qu'ils mijotent… déclara Chavis.

Un éclat lumineux scintilla dans le dos de Senna. Elle se retourna et découvrit un mur de flammes bleues.

— Ils incendient les barbelles ! s'écria Prenny.

Le feu ne tarderait plus à ronger les arbres-barrières.

— Je t'en supplie, Joshen, fais vite, sinon il sera trop tard !

Le Chant du vent

Joshen sentit le vent arrière forcir pour la première fois depuis la mi-journée. Malgré l'obscurité, tous les marins à bord scrutaient la côte pour tenter d'apercevoir la baie.

— Un feu ! s'écria la vigie.

Joshen aperçut les flammes bleues qui léchaient le ciel étoilé.

— La cité brûle-t-elle ? demanda-t-il.

— Je ne vois pas de lumières, déclara Parknel dont les sourcils se touchaient presque tant il plissait les yeux. Aucune trace de la ville. Pourtant c'est bien notre baie, j'en suis sûr.

Joshen, le regard posé sur les montagnes aux sommets arrondis, tentaient de déterminer s'il s'agissait bien de celles qu'ils avaient vues plusieurs jours auparavant. C'était de toute façon la seule anse qu'ils avaient aperçue lors de leur précédente venue. Cette baie ne pouvait être que la bonne.

— Bâbord toute ! lança Parknel.

Avec force grincements, le navire s'orienta vers la baie. Joshen perçut de lointains claquements accompagnés de faibles éclairs dorés.

— Des tirs de mousquets ! cria-t-il.

— Tous à vos armes ! ordonna le capitaine. Chargez-moi ces fichus canons !

Un groupe de marins se rua vers la cabine du capitaine tandis qu'un autre descendait au pont inférieur pour armer une bordée de canons. Joshen récupéra son mousquet et le rechargea une fois qu'il fut de retour à la proue du navire. Mais le port n'était pas encore à portée de tir. Condamné à attendre, il observa les grappes de sorcières qui, à la base du quai, s'employaient à en arracher les planches afin de le rendre inaccessible depuis la plage. Certaines se concentraient sur les vents qui poussaient *La Sorcière des mers* tandis que d'autres s'acharnaient à ralentir la progression des soldats embarqués. Au milieu de toutes ces femmes, Joshen distingua un homme. Trois sorcières se relayaient pour recharger son mousquet et ses pistolets. Il tirait aussi vite que possible sur la marée déferlante de soldats. Tous les militaires qu'abritaient Carpel semblaient converger vers eux.

Joshen ne put s'empêcher de se demander qui était cet homme, et pourquoi il aidait les sorcières. Encore quelques mètres et le jeune homme pourrait faire usage de son mousquet.

— Préparez la passerelle et le canon de retraite ! Faites-moi reculer ces soldats ! brailla Parknel. Et détruisez-moi ces navires. Qu'aucun ne nous suive !

Une première bordée ébranla le bateau. Une partie des boulets mutila les navires amarrés à quai, pendant qu'une autre filait vers les chaloupes remplies de soldats. Le feu nourri des mousquets attira certes l'attention des Tartenniens, mais échoua à les ralentir. Les marins, en hauteur et protégés par le bastingage, parvinrent malgré tout à freiner peu à peu l'avancée des soldats.

De loin, Joshen aperçut Senna qui, aidée de Coyel et d'une sorcière qu'il n'avait jamais vue, rechargeait les armes de l'inconnu. Accompagné d'une poignée d'hommes, il s'élança par-dessus bord, d'épais cordages à la main. Son atterrissage brutal sur le quai électrisa ses tibias de vibrations douloureuses. Aussi vite que possible, il noua les amarres au ponton. Le navire gronda et piqua du nez. La poupe, surgie de l'eau dans d'énormes gerbes, envoya marins et canons sens dessus dessous.

Ses compagnons se débattaient pour mettre en place la passerelle malgré les folles ruades du navire. À peine avait-elle touché les planches que les sorcières l'empruntèrent en toute hâte. Joshen ouvrit la bouche pour les mettre en garde, mais des coups de feu les prenaient déjà pour cibles, tels de vulgaires pigeons d'argile. Plusieurs femmes s'effondrèrent. Les marins accoururent pour les secourir, mais inutile : les sorcières valides veillaient à ramasser les blessées sur leur passage, sans que leur flot ne ralentisse.

Senna, Coyel et l'inconnu furent les derniers à embarquer. Joshen eut envie de jeter l'homme par-dessus bord, mais le temps manquait. Pendant toute la manœuvre, les canons n'avaient cessé de cracher leur feu sur toutes les cibles en vue.

— Dépêchons-nous ! lança Senna. Avant que l'un d'eux profite de nos vents favorables.

Sous l'effet de l'enchantement, le navire vira et fila brusquement en avant. Tous les canons, à l'exception de la pièce de retraite, se turent. Joshen, le souffle court, attendit de voir si les Tartenniens allaient se lancer à leur poursuite. Le navire de Parknel n'était pas encore en état pour survivre à un nouvel affrontement.

Mais aucun bateau ne bougea. Soulagé, le jeune homme se mit en quête de Senna. Il la trouva penchée sur une sorcière tartennienne. Elle plaquait les mains sur la jambe blessée de sa consœur pour tenter d'en juguler le saignement.

— Est-ce que tu sens la balle, Tienna ? demanda Sacra.

— Dans mon os ! répondit-elle entre deux halètements et avec un accent prononcé.

— Il faut la retirer ! diagnostiqua Prenny d'un ton grave. Nous ne pourrons jamais empêcher l'infection autrement. (Elle leva les yeux vers Joshen.) Toi et Brusenna, vous allez la tenir. Sacra, aide-moi.

Ils glissèrent l'ourlet de sa cape entre les dents de l'infortunée. Joshen et Senna lui maintinrent les bras tandis que deux autres individus pesèrent de tout leur poids sur ses jambes. Tiena poussa un hurlement déchirant lorsque les doigts de Prenny s'enfoncèrent dans sa chair. Le visage blême, les traits tirés et les mains maculées de sang, la vieille sorcière se releva.

— Elle glisse trop, je n'arrive pas à l'attraper.

Parknel apparut, une pince à la main. Prenny se pencha de nouveau sur Tiena, qu'elle finit par débarrasser de la balle. Toutes les sorcières s'affairèrent alors à soigner leurs blessées ou à invoquer des vents favorables.

Malgré leur épuisement, elles avaient encore des tâches à accomplir.

Le Cercle des Gardiennes

Le vent, soutenu, jouait avec les cheveux de Senna qui se collaient à son visage strié de larmes. Mais elle était trop épuisée pour s'en préoccuper. Sans Joshen à ses côtés pour l'empêcher de tomber, elle aurait sans doute été incapable de résister au roulis du navire. De nombreuses sorcières n'eurent pas la force de se joindre à eux.

Coyel entama le chant funéraire.

L'une des nôtres nous a quittées.
Nul ne sait où son âme s'en est allée.
Que les Créatrices, dans leur grande bienveillance,
Veillent sur notre Tiena, pendant sa dernière danse.

Le chant, profond, poignant, arracha des larmes à tous les marins présents. On souleva la planche et le corps de Tiena disparut dans les flots. Senna ne put retenir un sanglot. Desni ignorait que sa fille était morte. Une séparation bien cruelle après tant d'années d'attente.

La cérémonie funéraire se répéta encore trois fois.

Senna avait eu de la chance, elle le savait. L'armée la plus puissante de toute la Tartennie les avait capturées et Grendi avait juré de les faire exécuter. C'était un miracle qu'elles aient survécu. Elle n'en tirait malgré tout qu'un maigre réconfort. Quatre sorcières avaient péri. C'était quatre de trop.

Senna s'en voulait. C'est elle qui les avait libérées. Elle également qui avait proposé de fuir depuis Carpel plutôt que d'affronter Reden et ses hommes dans les terres.

Lorsque les dernières notes s'évanouirent dans le bruit des vagues, les sorcières s'éloignèrent. Seuls Sacra, Coyel, Senna et Joshen restèrent sur place. Sacra posa les yeux sur les doigts de sa fille entrelacés avec ceux de Joshen. Elle laissa échapper un profond soupir.

— Quand j'étais jeune, j'ai rencontré un homme. Un homme qui faisait battre mon cœur. Nous avons donné naissance à deux enfants. Des trois membres de ma famille, il ne m'en reste plus qu'un. (Elle regarda Senna droit dans les yeux.) Réfléchis bien avant de prendre tes décisions, car tu risques de ne pas pouvoir préserver tous ceux que tu amèneras à ce monde.

Sur ces mots, elle déposa un baiser sur le front de sa fille, puis se dirigea vers la proue pour relever la préposée au vent.

Sans savoir pourquoi, Senna eut soudain envie de hurler.

— Viens, dit Joshen, la serrant dans ses bras.

Trop de pensées fusaient dans sa tête pour qu'elle puisse protester. Le jeune homme l'entraîna vers le pont inférieur où il déposa un doux baiser sur ses lèvres avant de la laisser seule. Elle se dirigea vers Coyel, tel un automate. Elle s'allongea à ses côtés et sombra dans le sommeil.

*

Des cris en provenance du pont principal tirèrent Senna de son lit. L'obscurité avait cédé la place à la lumière du jour. La jeune fille avait le regard trouble et la bouche desséchée. Bon sang qu'elle avait soif ! Et faim ! Toute la nuit elles avaient lutté pour maintenir en vie leurs blessées. Elle n'avait eu que le temps d'avaler un peu d'eau et quelques biscuits secs.

Elle se frotta les yeux et gagna l'air libre d'un pas mal assuré. D'après la position du soleil, elle estima que le matin commençait tout juste. Ainsi, elle avait dormi une partie de la veille, plus une nuit entière. Un nouvel échange de cris attira son attention. Elle reconnut la voix de Joshen et écarquilla les yeux à ses mots.

— Lâche-le !

— Mais c'est l'un des leurs !

— Les sorcières lui font confiance, que te faut-il de plus ?

La jeune fille courait à présent vers la dunette. Imperturbable, Reden observait la scène, appuyé au bastingage, pendant que Joshen rivalisait d'éclats de voix avec un marin. Une petite assemblée s'était formée autour d'eux. Tous arboraient une expression haineuse qu'elle ne connaissait que trop bien. Elle croisa le regard de Reden, mais peina à le déchiffrer. Il semblait considérer la situation avec flegme, mais pas seulement. Elle comprit soudain qu'il la jaugeait encore. La moitié des marins voulaient le jeter par-dessus bord, mais lui continuait de la jauger.

— Reden est un ami des sorcières, déclara-t-elle avec calme. (Les marins la foudroyèrent de leurs regards incrédules.) Je vous le répète, c'est un ami des sorcières, insista-t-elle, à présent furieuse. Si vous aussi, vous voulez le rester, fichez-lui la paix.

Le souffle court, elle attendit que les marins la laissent seule avec Reden et Joshen. Le Protecteur posa une main sur l'épaule du militaire.

— Je m'excuse pour leur réaction. En règle générale, les Néfaliens ne font pas trop confiance aux Tartenniens.

— L'inverse est au moins aussi vrai, répliqua Reden sans quitter Senna des yeux.

Joshen posa sur la jeune fille un regard désapprobateur.

— Tu as trouvé de quoi manger ? (Elle secoua la tête d'un geste las.) Je vais te chercher un repas, dit-il, joignant le geste à la parole.

Reden continuait à l'observer, comme si un détail lui échappait.

— Tu es une meneuse, conclut-il finalement. J'ai passé ma vie à former des soldats. Je sais faire la différence entre celui qui est fait pour donner des ordres et celui qui est fait pour les recevoir. Toi, Senna, tu es de ceux qui les donnent.

Les oreilles brûlantes de gêne, elle se détourna.

— Non. Je ne sais pas le faire, et j'ai horreur de ça. J'ai toujours détesté qu'on me regarde, avoua-t-elle pour la première fois.

— Peut-être qu'on te l'a arrachée quand tu étais enfant. Mais elle est toujours là, elle attend que tu la trouves.

Elle le dévisagea sans comprendre.

— Que je trouve quoi ?

Il secoua la tête et fit mine de s'éloigner, mais s'immobilisa.

— Ta vocation.

Le cœur de la jeune fille battait encore la chamade lorsque Joshen lui tendit de quoi manger. Elle s'affala sur le pont où elle mâchonna, sans cesser de ruminer les propos de Reden.

— Je n'ai jamais navigué à une telle allure, déclara Joshen qui n'avait rien remarqué de la détresse de Senna. Nous devrions atteindre la Néfalie en à peine quelques jours.

Elle engloutit la timbale qu'il lui avait rapportée et s'attaqua de plus belle à son repas.

— Et c'est moi qui mange vite ! ricana Joshen.

Elle lui retourna un regard noir et enfourna une nouvelle bouchée.

*

Senna, à son tour, avait entretenu les vents favorables. À l'approche de l'aube, le soleil, humide et scintillant, émergea à l'horizon.

Ô lumière du matin, mes mots puisses-tu entendre,
Car au Refuge je dois me rendre.

Sous ses yeux, une brume s'éleva et indiqua – comme depuis plusieurs jours déjà – le nord-ouest. Le soleil n'avait pas encore atteint son zénith quand Senna distingua les silhouettes sombres de falaises qui jaillissaient hors des flots agités. Coyel, suivie par Parknel, vint trouver Joshen, lequel quittait rarement la jeune sorcière.

— Nous en avons discuté avec les autres Maîtresses. Alors que nous nous apprêtons à célébrer l'automne, nous requérons votre présence sur l'île.

Un large sourire illumina le visage du jeune homme, qui assena une tape dans le dos du capitaine.

— C'est un endroit incroyable, vous allez voir !

Parknel fit mettre à l'eau de nombreuses chaloupes lourdement chargées. Senna, dans la dernière embarcation à entreprendre le voyage sous-marin, compta jusqu'à deux cents avant d'entonner son enchantement.

Ô plantes marines, mes sœurs, entendez ma prière,
Menez-moi en ce lieu, que seules voient les sorcières.

Le varech entraîna la chaloupe sous les flots jusqu'au bassin d'une petite grotte. Les sorcières redécouvrirent la lumière du jour. Un léger désordre régnait sur l'île après leur longue absence. Pogg, dont les joues marbrées ruisselaient de larmes, les accueillit dès leur arrivée.

— Pogg sûr Senna ramener sorcières ! Pogg sûr !

Il se jeta dans les bras de la jeune fille, puis étreignit toutes ses consœurs une à une sans cesser de gémir et de pousser de petites plaintes stridentes. Parknel, interdit, observait le Mettlemot.

— Pour le moment, nous allons nous rendre aux jardins, mais à minuit, nous nous retrouverons au Cercle de Pouvoir, leur indiqua Senna.

*

La jeune fille, en compagnie des Gardiennes, attendait à l'orée de la clairière, illuminée par les rayons de la lune. Quatre années qu'un tel rassemblement ne s'était plus produit ! Soudain, toutes émergèrent des arbres au même instant. Chacune saisit l'avant-bras de sa voisine.

À toutes les terres que l'hiver touche de ses doigts de givre,
Renoncez à vos feuilles, lentement cessez de vivre.

Dans un profond sommeil plongez dès maintenant,
Jusqu'à ce que, plus tard, nous rappelions le printemps.

Le vent emporta leurs mots pour les saupoudrer sur les plantes et les fleurs. Bientôt, les arbres obéissants abandonneraient leurs feuilles. Même si c'était un bon début, elles devraient se relayer sans relâche pendant plusieurs mois pour espérer ramener la situation à la normale. Un sourire radieux aux lèvres, Senna courut vers Joshen.

— Viens avec moi ! J'ai quelque chose à te montrer.

Elle le prit par la main et lui fit traverser la vallée vers une falaise à pic. À son pied, ils trouvèrent un escalier dérobé qui grimpait jusqu'à l'arête.

Une fois en haut des marches, les pieds de la jeune fille volèrent vers un petit balcon surélevé. Sous leurs yeux s'étalait le spectacle de la vallée avec le Cercle des Gardiennes en son cœur et des chutes d'eau qui ponctuaient les falaises à intervalles réguliers. Des lanternes brillaient dans les arbres-maisons comme autant de minuscules étoiles scintillantes.

Senna ferma les yeux pour savourer la douce caresse du vent sur son visage. Curieuse de savoir ce que Joshen pensait de la vue, elle se tourna vers lui. Mais le jeune homme ne contemplait pas la vallée. Il n'avait d'yeux que pour Senna.

— Tu es la femme la plus belle qui ait jamais vécu. Tu le sais au moins ?

Des larmes embuèrent les yeux de la jeune fille. Il le pensait vraiment, ses traits sincères en attestaient. Un sentiment de vertige s'empara d'elle.

Joshen, dont la gêne teintait les oreilles d'une touche de rouge, tourna la tête et s'éclaircit la voix.

— Je sais que ta mère ne voit pas notre relation d'un très bon œil, surtout en ces temps troublés. Et je dois bien reconnaître qu'elle a raison. Les enfants qui naîtraient de notre mariage risqueraient d'être pris pour cibles. (Le regard qu'il posa alors sur elle brûlait du désir le plus puissant que Senna ait jamais vu dans les yeux d'un homme.) Mais ce n'est pas parce que le mariage nous est interdit que nous ne pouvons pas nous fiancer.

La jeune fille, le souffle coupé, ne put que l'observer avec de grands yeux. Il lui prit les deux mains avant de fouiller dans sa poche, d'où il tira une bague tressée de minuscules branches de saule pleureur surmontées d'une perle rose.

— C'est Coyel qui lui a donné sa forme et Parknel qui m'a fourni la perle, s'excusa-t-il. Je te promets de t'offrir une vraie bague quand nous rentrerons, mais je ne pouvais pas attendre plus longtemps. Il fallait que je sache. Promets-tu de m'épouser un jour ?

Senna passa l'anneau à son doigt et le contempla dans le ciel nocturne. Une perle. Comme une petite lune. Un nouveau sourire illumina son visage.

— Oui, Joshen. Je promets de t'épouser.

À son soupir de soulagement, Senna rejeta la tête en arrière et éclata de rire.

— Tu as vraiment pensé que j'allais dire non ?

Il la prit dans ses bras et l'entraîna dans une folle ronde. Lorsqu'il la reposa, il couvrit son sourire d'un chaleureux baiser.

Le bonheur, pensa Senna, les yeux emplis de larmes. *Maintenant, je sais ce qu'est le bonheur.*

Remerciements

Nombreux sont ceux qui ont joué un rôle important dans l'écriture de mes livres ainsi que dans mon parcours d'écrivain. Les remercier tous relèverait de l'impossible. Aussi, ne vais-je en mentionner que quelques-uns.

Merci à tous ceux qui m'ont dit que mon travail était formidable – quand bien même ce n'était pas le cas. En particulier Kent, Alice, Ellen, Gordon, Gayle, et tous les membres de mon cercle d'écriture.

Merci à tous ceux – mes groupes de critiques – qui m'ont dit que mon travail nécessitait quelques retouches : ils avaient raison. En particulier JoLynne Lyon (et son oreille toujours ouverte à mes lamentations), Cami Checketts (qui trouve mes livres aussi bons que *Hunger Games*), Janet Jensen, Marion Jensen (qui me fait tant rire), Chris Loke, Michelle Argyle et Kathy Beutler.

Merci à tous mes enseignants – véritables philanthropes qui tentent d'entraîner avec eux tous les autres vers le haut. En particulier Jeff Savage, David Farland, James Dashner, une myriade de bibliothécaires, et mes propres professeurs (Lonnie Kay, Reed Eborn et Ralph Johnson).

Merci à Rhett et Emmaline Hofflmeister, Kara Klotz et Eve Ventrue (pour sa magnifique couverture).

Merci surtout à ceux qui m'aiment – Derek, Corbin, Connor et Lily. Car sans vous, rien de tout cela n'aurait d'importance.

Composition : Romain Delplancq

Achevé d'imprimer en France en juillet 2014 par Aubin Imprimeur

Le papier de cet ouvrage est composé de fibres naturelles, renouvelables, recyclables et fabriquées à partir de bois issu de forêts plantées expressément pour la fabrication de pâte à papier.

ISBN : 978-2-37102-019-1
Dépôt légal : août 2014

Loi n° 49-956 du 16 juillet 1949 sur les publications destinées à la jeunesse, modifiée par la loi n° 2011-525 du 17 mai 2011

Numéro d'édition : 0007-007-01-01

Numéro d'impression :201405.0005

LUMEN